新世紀叢書
當代重要思潮・人文心靈・宗教・社會文化關懷

西方正典

【目錄】上冊總頁數448頁　下冊總頁數416頁

上

第四部—混亂時期

12 艾蜜利・狄津生・空白・出神・黑暗者

Emily Dickinson: Blanks, Transports, the Dark

狄津生以自己的方式重新構思每一件事情

如果我們借用艾里可・班特里（Eric Bentley, b. 1916）的《劇作家是思想家》（*The Playwright as Thinker*, 1946）此一標題而把一本書叫做《詩人是思想家》的話，艾蜜利・狄津生將會是這本書主要的討論對象之一。自但丁以來，狄津生比莎士比亞之外的任何一位西方詩人，表現出了更豐富的認知原創性。與她最接近的對手可能是布雷克，他也以自己的方式重新構思每一件事情。但布雷克是一個有系統的神話創造者，而他的系統有助於將他的想法組織起來。狄津生以自己的方式重新思考每一件事情，但她寫的是抒情詩，而非舞台劇或製造神話的史詩。莎士比亞手裡有千百個人物，布雷克也擁有不少他所謂的「巨形」（Giant Forms）。狄津生則持續使用大寫的「我」來表現一門獨特的藝術。

她的批評家們幾乎總是低估了其智能驚人的繁複特質。她的巧思化腐朽為神奇；如果有些事物她沒有加以重新命名或重新定義，她便把它們改頭換面，教人難以一眼看穿。惠特曼把他的作品拿給愛默生看；狄津生則選擇了湯瑪斯·溫渥斯·希金生（Thomas Wentworth Higginson, 1823-1911），這倒是很符合她的作風。希金生是一個勇敢的人，但他不是批評家。他很感到困惑，但我們跟他也不過是五十步與一百步之別而已；我們也很感到困惑，不是因為她的赫赫威名，而是因為她那強大的心智力量。面對她那優異無比的智能，我不相信有任何一位批評家可以應付自如，而我自己也從來沒有充分的把握。但是我希望能進一步突顯出她那超卓的認知原創性，及其所引發的作品困難度，好讓我們來瞧瞧在她的一些最傑出的詩作裡，到底有些什麼東西。

我不斷地體會到，疏異性是進入正典最主要的條件之一。狄津生如但丁或米爾頓一般具有疏異性，這兩位詩人把他們的特異視見強加在我們身上，使得我們的學者把他們的正統性都給誇大了。慧黠的狄津生不強加任何東西，但她和但丁一樣是個獨立思想家。與她同時代的惠特曼挾其微妙的語意和飄忽閃爍的隱喻大步領先了我們。狄津生也一直在前面等著遲到的我們，因為很少人能夠像她一樣以自己的方式重新想過每一件事情。

空白隱喻

大約十年前，我在一本名為《器具的散裂》（*The Breaking of the Vessels*, 1982）的小書中，對空白隱喻於英美詩作裡的若干際遇加以追蹤——從米爾頓到渥茲華斯、柯立芝、愛默生、惠特曼、史帝文生。我原本也考慮將狄津生的空白一併討論，但後來還是在那令人望而生畏的濃密特質下放棄了。這些空白隱喻出現在她的九首詩裡，每一首都精彩絕倫，而我最喜歡的是第七六一號詩作，寫作日期大約是一八六三年，詩人時年三十二歲：

從空白到空白—
一條沒有引線的道路
我拖著（pushed）機械式的步伐—
停止—或毀滅—或前進—
一樣地漠然——

如果我到達了（gained）終點（end）
它終止（ends）於

揭露開來的不確定事項之外——
我閉上眼睛——並摸索著
它輕鬆一些——眼盲——

要把那麼多東西通通塞到區區十行詩句的四十一個（英文）字裡面實在是不太可能。這首格言般的小詩帶著我們一路從希修斯（Theseus）走到了米爾頓；希修斯拋棄了那位以一團線球引他走出迷宮的女子，是典型的忘恩負義的英雄人物，眼盲的米爾頓則以自然本質呈獻給他的全然空白，在男性詩人對此一隱喻的使用上獨占鰲頭。狄津生沒有阿里亞德妮（Ariadne）的線球引她走出迷宮，即使她正想像著一種她害怕接近的東西，那可能是她自己的牛頭人身怪獸（Minotaur）的夢魘，此怪獸乃男性力量的象徵，其中或許包含了男性的性慾。這份恐懼引發了不存希望的冷漠與淡然，不得不在沒有引線的情形下，拖著機械式的步伐，從一處空白走到另一處空白。卡夫卡的巢穴在此已隱然成形，而我們也記得保羅・賽朗對狄津生非常著迷，並因此產生了一些絕佳的翻譯。

這一切的一切都包含在第一節的十九個（英文）字裡面；而且還不只這些，因為我們怎麼能限制住「從空白到空白」的無盡迴響呢？愛默生曾寫道，我們於自然本質中見到的荒疏或空白，就在我們自己的眼中。他想必是援引了柯立芝的〈頹喪〉（"Dejection", 1802）詠詩，其中的主角瞪著「一隻如許空白的眼睛」，這又是援引了米爾頓對眼盲的哀悼，柯立芝和愛默生都很清楚這一點。自願「眼盲」便是不去看視空白，而空白對狄津生及其男性先驅而言，都代表了詩的危機。當然，史帝文斯無止盡的空白和狄津生的關係比米爾頓或柯立芝要近一些，而在史帝文斯的作品裡，詩的危機是無所不在的。回頭瞧一瞧〈從空白到空白〉的第一節，其主要動詞「拖著」是過去式。那麼她如今身在何處呢？

第二節並未將解答揭露開來：「如果我到達了終點／它終止於／揭露開來的不確定事項之外——。」這著實教人費思量。從過去式的「到達了」到現在式的「終止」的進程暗示著她確實到達了某個終點，此一終點則不停地終止於仍然不確定的揭示之外。

超越性的「之外」是一個頑強的字眼，條件句裡的「終點」因之有了不一樣的調性，並提醒我們注意「終點」和「終止」的文字遊戲。一個不管是終止於什麼東西之外的終點根本不算是個終點，同時也為詩裡和拖著機械式步伐成為對比的堅決行為做了暖身：「我閉上眼睛。」當你停止看視空白時，你便跳出了自然本質的荒疏或迷宮，但你所得到的實在曖昧得很：「並摸索著，它輕鬆一些。」

這是否應該讀作「並且好像它輕鬆一些似地摸索著」？或許吧，但如此一來便要丟失了一份駭人的譏諷，此一反諷接著便擴展到最後被破折號左右包夾的「眼盲」。眼盲會比較輕鬆嗎？米爾頓的哀悼在此一修改過後的隱喻意涵中，褪去了它的英雄情調，而柯立芝、渥茲華斯、愛默生的空白譬喻皆以這份情調為基礎。狄津生所有的探求之詩都擁有卡夫卡式的迷宮氣質：這些詩作是沒有目的地的旅程，很像是史帝文斯的〈秋之曙光〉（"The Auroras of Autumn") 和惠特曼的〈海上漂流〉之詩裡的海灘漫步。她的〈從空白到空白〉一詩掏空了某種男性詩人英雄情致的傳統,在我看來這是相當明顯的。她的空白是米爾頓、是/或愛默生,極具莎士比亞式的空白意涵:靶心(bull's-eye)或標靶中心的白點,「你眼底的真實空白」。但是,可以把古典的(不是莎士比亞的)希修斯和具有父權形象的米爾頓連結起來的大好機會實在不容錯過。於是,「從空白到空白」便是從靶心到靶心、從希修斯到米爾頓;狄津生的小小格言的確帶有微妙的威脅感。

我以上所展示的是去名的一個實例,很像烏蘇拉・勒・古音(Ursula Le Guin, b. 1929)的夏娃為動物們去名的寓言。勒・古音給這則寓言的標題很適合狄津生的詩,如果狄津生願意加上標題的話:〈她為牠們去名〉("She Unnames Them")。如果我可以為她的詩集命名的話,我會用這麼一個名字,而不是《艾蜜利・狄津生詩作全集》。她從未停止為事物去名,連空白也難逃她崇偉激越的去名之筆。愛默生鼓勵詩人多多去名與重新命名。惠特曼慧黠地躲開了命名或去名。狄津生對重新命名不太感興趣,因為重新命名是在重新構思之後,而這和去名並沒什麼不同。我無意讓狄津生成為埃摩斯特的維根斯坦,我也無意將她視為艾茲里安・里奇等抗拒父權詩學傳統的反叛分子的先驅。狄津生所創造的模式很難模仿,對瑪利安・摩爾、伊利莎白・畢舍、梅・史文生等美國本世紀最佳女性詩人的影響也不顯著。狄津生的影響在哈特・柯瑞恩和瓦里斯・史帝文斯身上比較看得出來,這兩位詩人繼承了她對去名的熱衷,他們將見解和定義拋開,但仍不及她的精細智能。

已過世的威廉・安普生說如今詩已經成了扮鬼臉的遊戲，是一種孤絕激越的行為，充滿了自毀的暗示，他說這話時心裡頭必定是想著哈特・柯瑞恩。除了卡夫卡之外，我不知道還有哪一位作家能像狄津生一樣如此強而有力且持續一貫地傳達出孤絕激越的氛圍。我們都感覺到卡夫卡的孤絕激越主要是屬於精神的層面；狄津生的孤絕激越則集中在認知層面上。她像愛默生一樣崇揚自己的奇思異想，像米爾頓一樣固守一己定見，她採取的是威廉・布雷克的態度，但不屬於他的模式。她的痛楚是智識性的，而非宗教性的，所有想要以奉獻式詩人來看待她的評論企圖都不得善終。名為「上帝」的實體在她的詩裡可說是命運多舛，和另一個她名之為「死亡」的實體比起來，「上帝」顯然得到了較少的敬仰與認同。狄津生曾愛上一兩個牧師和一個法官，但她從來不曾將她的感情浪費在一個她認為跟自己的距離太過遙遠且望之儼然的愛人身上。這個先把上帝叫做夜賊和賭頭之後才稱他為父親的詩人，是不會心存什麼虔敬之思的。

出神・死去

文學原創性在狄津生身上已達到一種聳人聽聞的境界，其中最主要的就是她以詩為媒介的思考方式。她在還沒開始以前就已經開始了，因為她等於是預先在米爾頓／柯立芝／愛默生的空白處，暗中以莎士比亞式替代法做了去名的動作。接著她回復了象徵譬喻的歷時性以便有效運用之；她心裡頭比我們清楚象徵隱喻所患的時間歷史貧血症。這有些是她從愛默生那裡學來的，但大部分還是她自己的創見；愛默生並沒有像她一樣明白展現出，象徵隱喻的歷史面向在詩的不朽或精神存有上的主導地位。雖然她如同典型浪漫主義者一般追求著史帝文斯所謂原初的純樸與率真，她仍舊是對那重新造就的原初狀態所必須付出的代價充滿了疑慮。如果妳是西方頂尖的女詩人，妳當然可以去尊崇布朗寧太太，她是不會對妳造成實質的阻礙的。狄津生和惠特曼的直接影響是最危險的。惠特曼真正的門徒是最躲著他的人：《荒原》的艾略特和史帝文斯。同樣地，小心翼翼不和狄津生太過類同的伊利莎白・畢舍和梅・史文生受到了她最好的影響。她自己則和愛默生的詩有明顯的近似處，但是她和愛默生最直接的先驅是英國的典型浪漫主義派作家，莎士比亞則是她的濤濤伏流。男性傳統的龐大遺產對她有特別的好處，因為她和那文學世界的關係極富原創性。那些看不出來或不願意承認競賽乃文學鐵律的女性主義評論，仍繼續將狄津生視為同志而非具威脅性的危險人物。

我們可以在疲憊不堪甚至精神恍惚的時候閱讀一些大詩人的作品，因為它們能發揮很棒的撫慰效果。渥茲華斯和惠特曼是很好的例子。狄津生則強烈要求讀者的積極參與，因此讀的時候最好保持最佳心智狀態。有好幾次我在教過她的詩之後感到頭痛不已，因為其困難的程度逼得我超出了我的極限。我的先師威廉・溫沙特（William K. Wimsatt, 1907-75）曾打趣說，我的狄津生課程內容為他所說的「閱讀感應謬誤」（Affective Fallacy）樹立了里程碑。當然啦，狄津生對所有相信崇偉的文學可以引發以前所謂的「出神」狀態的人而言都是個威脅。狄津生對這個字有特殊的偏好，無論是做動詞還是名詞用。我們從她的手稿可以看得出來，她將「恐怖」和「狂喜」皆視為替代「出神」的字眼。就此一恐怖與狂喜的雙重意涵而言，她乍看之下似乎是回到了前一個世紀的感知、感觸、崇偉的文學年代。但是她的「出神」是完全不同的東西，這份差異也造就了愛默生的實際主義，如以下大約於一八六七年寫的第一一〇九號詩作：

我適應他們——
我尋找黑暗者
直到我完全適應。
這工作沈穩地進行著
以這份充足的甘甜
我的禁制為他們生產出
較精純的食物，如果我成功了，
否則我
會對著目標出神——

九行四十五個教人暈頭轉向的(英文)字，使我總是會想起安格斯・弗雷切就崇偉的精神此一議題對雪萊的重新詮釋。他說崇偉的精神會說服我們放棄便捷的快感以追求較艱難、較痛苦的快感。弗洛依德可能不會喜歡這種說法，它似乎表現出了他所謂基於自虐虐人快感的「誘因」(incitement premium)。這首詩短小精悍，其中的五個最重要的字是兩個「適應」以及「黑暗者」、「出神」、「目標」三聯字。這首詩所提出的關鍵問題是「黑暗者是哪些人?」而非「黑暗者是什麼東西?」——我根據「我適應他們」裡的「他們」做出此一區分，這裡的「他們」似乎是「黑暗者」的先行詞。狄津生的「黑暗者」(The Dark)和「黑暗」(Darkness)不同，前者有時候似乎是指你我所說的「死者」。有實力的詩人大都會要求我們在摸清楚他們的用語之前，先讀過他們所有或幾乎所有的詩作。狄津生的這項要求也不含糊，所以我們先來看一看一八六二年左右的第四一九號詩作:

我們漸漸習慣了黑暗者—
當光亮被移開—
正如鄰人拿著燈
看著她說再見——
一刻—我們猶疑停駐
為了夜之初至—

然後——讓我們的注視適應黑暗者——
並起身上路——挺立——

還有更深的——黑暗——
腦子的那些個夜晚——
當沒有任何月亮揭露任何徵象——
或星星——出現——在裡面——

最勇敢的人——稍做摸索——
有時撞了樹
一頭撞在前額上——
但當他們看出來——

黑暗產生變化——
抑或視覺的某些成分
適應了深夜——
而生命幾乎筆直地行走。

最勇敢的人一頭撞在前額上，這份奇妙的幽默，幫這首詩跳脫了過於簡化的寓意型式。我把這首詩的核心擺在「讓我們的注視適應黑暗者」上，它預告了五年後的詩作，「我適應他們——／我尋找黑暗者／直到我完全適應。」較早的詩作講的是克服我們對死者因此也是對自己的死亡的恐懼，而後來的〈我適應他們——〉一開始就已遠遠超越了顫慄與恐怖。讓自己適應死者以及讓自己適應黑暗者這項工作，藉由對自己的死者的沉著且極為周詳的思量進行著。接下來的是非常險峻的思路：狄津生將這份思量稱為她的禁制，還說如果她成功的話，將會為黑暗者也就是她的死者生產出較精純的食物，這是什麼意思？

除非我們視其為神秘怪談，否則我們會在這裡看出弗洛依德所說的「哀悼之事」。哀悼者完全適應了被哀悼者，較精純的食物替代了較不適當的食物——將演變成憂鬱的哀悼，狄津生把以上兩者連結起來，是里爾克和她的翻譯者賽朗的先聲。雖然這首詩表現出很大的信心，狄津生還是小心地加上了「如果我成功了」。最後是一份極為反諷的撫慰：「否則我會對著目標出神」。這便掏空了「出神」，因為她暗示著它所代表的是哀悼工事的失敗，並指出與它相關的是先前〈我們漸漸習慣了黑暗者——〉一詩裡提到的黑暗產生變化此一比較簡易取巧的選項，而不是讓自己的視覺適應深夜，逐漸習慣黑暗者，逐漸習慣自己的死者此一適切的成就。

狄津生不像葉慈是深夜的崇拜者。當葉慈寫說在濃濃夜色中上帝是贏家的時候，他的意思是死亡將贏得勝利，因為在葉慈神秘論知派的觀點中，上帝與死亡幾乎是同義的。在狄津生的詩裡，上帝和死亡都不是贏家，她並且還小心地把這兩者分隔開來。她要讓詩「這門親愛的語言學」贏得勝利，而她的詩也的確在從佩脫拉克一直到今天連續不斷的小傳統之中得到了最後的勝利。不同的學者在她的詩裡找到了不同的男人充當佩脫拉克的羅拉，而她對他們的那份內化的熱情，顯然已經在詩的隱喻中得到了回報，不管此一熱情與現實世界有什麼樣的關係。

以下是她的另一首有關出神、空白、死去的精彩小詩，短短八行三十八個(英文)字，編號一一五三，大約寫於一八七四年，在她死亡的十二年前：

藉由什麼樣耐心的出神
我得到沉悶的祝福
吞吐著我的空白時你已逝去
為我證驗這般和這般——

藉著那荒涼的幸喜
我就近贏得了這般
你那死亡的恩典

為我略去這般——

要揭開此處的反諷本就是一份荒涼的幸喜。「耐心的出神」即使對狄津生而言也算是個矛盾詞，她似乎和濟慈一樣非常喜愛看似自相互盾的修辭用語。珍・奧斯汀想必很樂意使用「耐心的出神」這個反諷語。「沉悶的祝福」更精彩，緊接著的是吞吐著自己的空白此一嚴峻的過程，這個過程將我們在自然本質中所面對的荒蕪空疏轉移至生命活力本身，而不是輸送到愛默生式的肉眼（bodily eye）之中。這首詩從這裡開始變得非常晦澀，關鍵字眼是四個「這般」。我們看到了第四行和第八行之間的對比，「為我證驗這般和這般——」和「為我略去這般——」相對鼎立著。

絕望・陰影

受召前來證驗和節略的是摯愛的死者（或者是死去的愛人）。另外拿一番話來描述狄津生的詩是很危險的，但有時候也很有用，我現在就要來嘗試一下。詩人深覺失落且對凋敝的生存景況極感厭煩，她反諷地將她憑著毅力與自制辛苦贏得的勝利全都倒過來講。狂喜消褪成耐心；滿足轉為沉悶；吞吐或呼吸便是承受那荒疏的景象。少了逝去的人兒繼續活著，此一行為本身便驗證了一項成就，這就是第一個「這般」。第二個「這般」召來了「荒涼的幸喜」此一奇妙的景況，莎士比亞的風味瀰漫其間，和哈姆雷特最後的死亡場景頗為契合。隨著第三個「這般」（「我就近贏得了這般」）我們來到了這首詩當下的時刻，也來到了一個正面的矛盾詞，「死亡的恩典」。最後一個「這般」是生命的殘餘，也就是生之死。「為我略去這般」既非祈禱也非請求，而是表明一種事功：去取得已經贏得的東西，從繼續存活下去的絕望中獲得舒解。在英國或美國的英語文學中，還有比它更傑出的深沉絕望的小詩嗎？

對狄津生而言，「出神」、「空白」、「黑暗者」有什麼共通點呢？她並不是她的國家的第一個後基督教詩人：此當為愛默生。她那極具開創性的精神姿態顯然是迂迴斜曲的，不像惠特曼在這方面——也唯有在這方面——顯得非常直接。然而，她擁有一顆最優越的詩人心靈，以不同於其他每一位作家的方式照亮了美國宗教。奧菲思教、超自然啟示觀（Enthusiasm）、古神秘論知派在美國融於一爐，此一綜合體在美學上顯現為卓越的原創性，而就思考原創性而言，即使愛默生也沒有狄津生來得細膩。她甚至希望能塑造出具有原創性的絕望模式，而她也做到了。對她而言，絕望也是一份狂喜或出神，而空白與黑暗者密不可分，這不是因為眼盲，而是因為她對一切可以被歸類為感覺的事物都非常不信任。她知道愛不是一種感覺，而痛苦則全然是一種感覺。你可以發現有一則維根斯坦式的格言具有真正的狄津生風格：愛不是一種感覺。愛和痛苦不同，它要接受試驗。我們不會說：「那不是真正的痛苦，因為它消逝得太快了。」

不管狄津生懷著什麼樣的情思，她對這種痛苦並無喜好，因為她的思維所觸及的是感覺的另一面。絕望對她而言不是一種感覺；絕望和愛一樣要接受試驗。她最富原創性的詩有很多便構成了這種試驗，如以下第二五八號的這類詩作實在是不枉盛名的：

有那麼一道斜光，
冬日午後——
壓迫著，像是
教堂曲調的重量——

天堂般的傷，它給了我們——
我們找不到疤痕，
但內在的差異，
那兒的意義，是——

它沒有人教得來——任何——
此乃絕望印記——
一份堂皇的憂煩

從空中遞給我們——

當它來的時候，山水聆聽著——

陰影——屏息——

當它走的時候，彷彿是

遙望死亡的距離——

我想，對狄津生而言，出神、空白、黑暗者一樣都和光關係密切。她最好的立傳者理查・希沃（Richard Sewall）曾含蓄地說：「她可以說是光的專家」，並引述了她在一八六六年三月、大約是〈斜光〉一詩完成之後的五年所寫的一封信，其中狄津生婉轉提及了她的前輩渥茲華斯：

二月如冰鞋般溜過，三月來臨。有這麼一道那陌生客說「不在陸上也不在海上」的「光」。我倒是可以捕捉得到，但我們不會怪他的。

渥茲華斯是陌生客，因為狄津生把他和柯立芝在〈夜霜〉（"The Frost at Midnight", 1798）一詩裡所期待的陌生客連結了起來。在狄津生的詩裡，自然和意識都曾被稱為陌生客，那位男性前輩或大師的綜合形象有時也被她喚為陌生客。當渥茲華斯在有關皮爾城堡（Peele Castle）的〈哀思〉（"Elegiac Stanzas", 1805）一詩裡悲傷地改口說，想像與視見之光不曾在陸上或海上而只是詩人之夢的時候，他無緣親眼目睹新英格蘭某一冬日的最終時刻——「當午後回返時」，這是瓦里斯·史帝文斯改寫狄津生的〈那麼一道斜光〉一詩的〈吾人時代風雲之詩〉（"The Poems of Our Climate"）裡的詩句。

「這兒除了壞天氣以外還有什麼？」這個史帝文斯的大哉問已經預先由狄津生的這首絕望好詩提供了解答（史帝文斯很清楚這一點）。她的詩是否定或負向的出神，將空白裡的空白堂堂攝入靶心之眼中，於是便看見那「天堂般的傷」或「堂皇的憂煩」自相矛盾糾纏。名詞是「傷」和「憂煩」，光帶來絕望的痛楚，但修飾詞「天堂般的」和「堂皇的」暗示著這道光應該受到歡迎，暗示著它帶來了某些美妙的東西。被教堂曲調的重量壓迫畢竟是一種特殊的壓迫，唯有醒覺與強化的感知方能感受到這種壓迫。狄津生是愛默生式的實際主義者，她察覺到「內在的差異」確實造成了差異，那是一種意義的交替，是完全無法教導與傳授的。

那麼一道斜光——「那麼」（certain）有「特定」與「不定」兩種意思——是「絕望印記」，這並非啟示錄七印之一，而比較像是《雅歌》裡被放在心上的情愛印記的反轉：

請將我有如印記放在你的心上，有如印記放在你的臂上：因為愛情如死亡般猛烈；妒嫉如墳地般殘酷；它的炭是火炭，燃燒著最熾烈的火燄。

狄津生找不到疤痕，但印記已然上身。就像她那些最強而有力的詩作所經常表現出來的，這裡的絕望是一份以存在意涵為表，以情愛慾望為裡的絕望，而那道斜光喻示著失落的憂鬱。這是最後一節未曾提及的「其間」的若干隱義，我們在這一節裡看到斜光來了又去，但其間那一段斜光短暫停留的時光卻隻字未提。側耳聆聽的山水和屏氣凝神的陰影是狄津生最精到的譬喻之二，但她的省略更是精到。整首詩告訴我們的是光的效應，但對這道光是什麼模樣則完全沒有交待，我們只知道光斜斜地照了下來。每一個字都是偏見或傾側，尼采如是說，而每一個字也都是先入為主之見，都已是偏斜的，就像狄津生認為所有的真理都應該被偏斜地表達出來一樣。於是，「斜」這個字成了字中之字，也是狄津生所使用的另一個代表絕望的字。

我不認為我們過去看到的對這首詩的解釋可以表現出狄津生的精神；這首詩傳達的絕非面對死亡的恐懼。那道斜光加諸「內在的差異」的是另一種完全不同的認知或憂慮，其中夾雜著情慾上進一步的失落，這份失落將在她的心上烙下另一個印記。在狄津生的詩裡，即使是最負面、最空白的出神也是美國崇偉精神的一部分，也是對那不是自然的一部分的詭異自我的禮讚。而我認為她那道斜光也不是自然的一部分。它代表了狄津生自身意識裡的一處偏斜。布雷克說，我們看到了什麼，我們就成為什麼，但狄津生比較接近愛默生，他說我們是什麼，我們便只能看到什麼。壓迫狄津生的東西不全然在她本身之外；在某種程度上，堂皇的憂煩本就是她自己的一部分，受傷的天堂也是一樣。她的意識巧妙地採取一種被動的姿態，在這首詩裡，我們看到這份意識正以另一道光芒對冬日之光做出回應。她已捕捉到陌生客渥茲華斯所說的不在陸上也不在海上的光。

〈斜光〉一詩最神秘的地方是意義的延滯，這在狄津生的詩裡本就是司空見慣的精彩戲碼，但在這裡更是轟動上映，熱烈演出。在一首「內在的差異」的詩裡，一陣靜默緊跟著那道光到來，同時也建構了那道光最深邃的意涵。一年之後，她在第六二七號詩作這首巔峰之作裡，所呈現的也是類似的觀感。在我心目中，這首詩是除了惠特曼的〈紫丁香〉之外的美國最佳詩作，堪與惠特曼的詩並列美國崇偉精神之雙璧：

我無法擷取的色調——是最好的——
此一色彩太難以捉摸
我無法在市集裡展示它——
當即兌換一個基尼金幣（guinea）——
美好——無法觸及的行列——
耀眼奪目

如克利歐佩特拉的貼身侍從般——
循環往復著——在空中——

統御的時刻
於靈魂之上發生
且留下了一份不滿
太過精細——難以言說——

熱切的眼光——於諸地景山水上——
彷彿它們勉強壓抑著
某個秘密——它推進著
像馬車——於衣兜裡——

夏日的祈求——
那另一次惡作劇——白雪的——
以薄紗掩飾奧秘，
恐怕松鼠——知道

牠們那無可掌控的姿態──嘲弄我們──
直到受騙的眼睛
傲然閉起──在墳墓裡──
另一種方式──觀看──

展現在這裡的是她那既是愛默生亦非愛默生的詩學，一種嶄新的且徹底個人化的自我依恃，一次恢宏的去名之舉，一種否定或負向的行徑，足可與尼采或弗洛依德每一次類似的舉措相比美。狄津生的〈我無法擷取的色調〉一詩知道我們總是被圍困在某些觀點裡，而在她的那個世紀裡沒有其他任何一首詩知道這一點。狄津生藝術的極致──如這首詩所表露出來的──便是要想出和寫出一條突破重圍的血路來。但我們活在先驅觀點的原初之詩裡，而她知道我們被這種相屬性掌控著。我們可以將尼采於狄津生主要創作期之後的一個世代所寫的《權力意志》（*Will to Power*）諸格言視為〈我無法擷取的色調──是最好的〉一詩的註腳。以下是《權力意志》第一〇四六小節（寫於一八八四年前後）的摘錄：

我們想要緊緊抓住我們的感官知覺以及我們對這些感覺的信賴──並一以貫之地反覆思索其影響和結果！

現存的世界經過許許多多世間生物的運作與推動才成為今天這等模樣（延續著並慢慢改變著），我們想要繼續建造這個世界——而不任意批評它是謬誤的！我們的評鑑是此一建造過程的一部分；此等評鑑加以強調並突顯。一個人必須了解被稱為「生命」的基本藝術現象——

（Walter Kaufmann和R. J. Hollingsdale譯）

尼采提出了一個兼容並蓄的立場，愛默生和狄津生皆符合此一立場。我們必須在認清自身感知的相屬性的同時為這些感知尋找新的方向，就好像在我們之前從來沒有人感知到它們和描述過它們似的。

女性主義觀點無以詮釋艾蜜利詩之精妙

狄津生的〈我無法擷取的色調〉整首詩的焦點在那無法取得的東西、一份無從捉摸的秘密、一個無以表明的象徵或隱喻。女性主義批評家將最後一行著名的詩句「另一種方式——觀看——」解讀為另類性別觀，而此一詮釋實在乏善可陳。這是一首極為艱澀的詩，其困難度與其優越性並駕齊驅，它唯一能容忍的是我們無比精細的解讀，它容不下意識形態或爭論辯駁的火熱勁兒，不管這股勁兒存有多麼良善的社會目的。我們在她最高超的實力中，遇見了在幾近四個世紀的時間裡西方所出現的最精良的詩人心靈。無論我們的策略或意圖為何，我們必須非常小心，別把我們和她的立場搞混了。愛默生、尼采、羅帝（Richard Rorty, b. 1931）讓我們警覺到觀點論的迷惘，而狄津生做的也是同樣的事情，但她同時也擁有詩的力量來超越這些，她點出了另一種方式，以便在個人的自我狀態和正典傳統的相屬性之間建立起辯證的關係。

一八六二年，狄津生時年三十一歲，她開始和善良和藹但頗感困惑的湯瑪斯・溫渥斯・希金生通信，他在平時和戰時都是個英雄，但並非愛默生式的智識人物。希金生是狄津生與外界接觸的少數幾個據點之一，但他和其他人一樣顯示出她適合一個人追求自己的境界。他進一步證明了她想要的色調或色彩是如此難以捉摸，因此，試圖在出版市集中展示它是很荒謬的。但第一節詩句並不是在吹噓：這裡的重點不是市集，而是她的藝術局限，那些她想要卻無法取得的東西。接著有四個比喻（或色彩）依序列舉出「我無法擷取的色調」：天空之景，源於靈魂的統御經驗的不滿，投向地景山水的一道光或「熱切的眼光」，夏日與冬日的季節差異。以上四端皆以色調為先行詞，但是把它們更細緻地連結或統一起來的，是一份愈來愈急切的文學呈現的需求，也就是說這首詩亟欲描繪出「我無法擷取」的負面感受，即使我們已能清楚地覺察到一種正面的存在感。

這四重崇偉的負面景況從埃及豔后克利歐佩特拉眾侍從耀眼奪目的華麗丰采開始，此一丰采藉由濟慈式的華美語調在那顯現於空中的「無法觸及的行列」裡循環往復著。狄津生很少使用「無法觸及的」(impalpable) 這個字；在她所有的一千七百七十五首詩作與片斷當中，除了此處之外，這個字只在另一個地方出現過：「憂煩彷彿無法觸及／直到我們自己撞上了—」(七九九號詩作)。或許她無法擷取、因此也無從呈現的東西還沒有撞上她，所以那色調或行列即使看得見，也好像純粹出於想像一般。這和下一節頗為契合，「統御的時刻……於靈魂**之上**發生」(強調處為另加)，而不是在靈魂的裡面或旁邊發生。

當場景轉換至地景山水時，我們更進一步深入了無法觸及之境：

熱切的眼光—於諸地景山水上—
彷彿它們勉強壓抑著
某個秘密—它推進著
像馬車—於衣兜裡—

可觸及的是一種魔力和魅惑。在狄津生所有的詩裡，「壓抑」只在這裡出現過一次，在如今後弗洛依德的年代中，我們必須就這個字比較古老的意義來考量：有意的、而非無意識的隱瞞或遺忘。熱切的地景山水——其人性化的程度在狄津生的詩裡實屬罕見——幾乎守不住它們的秘密，因為秘密或許已經讓某一道斜光給揭穿了。這個秘密在緊接著的全詩倒數第二節裡得到了部分的解釋：

夏日的祈求——
那另一次惡作劇——白雪的——
以薄紗掩飾奧秘，
恐怕松鼠——知道

白雪是白紗絲袍或面罩；但它所掩飾或隱藏的是什麼樣的奧秘，什麼樣的秘密呢？夏日在祈求什麼？而且到頭來只落得讓冬日來告知，即使是一整個季節的祈求也不過是另一次惡作劇而已？祈求、惡作劇和掩飾都是閃躲之道，因為那已然人性化與定型化的大自然懷疑松鼠已經知道了秘密，也看穿了奧秘。而松鼠本就是這首詩最神秘的地方。我們該如何看待描述牠們的這一詩行「牠們那無可掌控的姿態——嘲弄我們——」？

在編號一七三三尚未確定寫作日期的精彩詩作裡，或許可以找到一些線索：

無人得見敬畏，無人得以
進入他的房子
雖然在他可敬畏的住處旁
人的自然本質曾於此守候。

無法寄望他可怕的居處
直到奮力掙脫
加諸理解力的掌控
被扣押的生命力。

敬畏是指耶和華(甚或是慈愛的審判之主),而他那令人敬畏的可怕房子想必便是永生,在沒有把生命力讓渡給死亡之前是進不去的。加諸理解力的掌控是針對現實原則,或弗洛依德所說的與死亡交好所做的防禦。當松鼠的姿態被形容為「無所掌控」,並且嘲弄著我們的時候,個中意涵可能是指牠們檢驗現實的理解力,並沒有像我們自己的理解力一樣受到掌控。我們仍舊被牠們嘲弄著:

直到受騙的眼睛
傲然閉起——在墳墓裡——
另一種方式——觀看——

我們每個人的眼睛都受騙了,因為我們的理解力受到了掌控,而眼睛也在它終將於某時某地再度打開的錯誤期待中傲然閉起。在墳墓的場景中，「另一種方式—觀看」會是什麼意思？除非這最後一行純屬反諷——而我並不這麼想——否則我們便又回到了狄津生的觀點論，她從愛默生那裡習得此一觀點論，然後以此學習為基礎進而發展出她自己的一套負向詩學。她的新式觀點論是另一種觀看的方式，因為它看到了看不到的東西：一股驅使地景山水與季節浸潤於人性意涵之中的力量。她的眼睛並未上當受騙，因為她不再為自身的目的從事掠奪與剝削。她無法擷取的確實是最好的，而她那因此生成的意志感應力會賦予她一份獨特的去名力量作為補償。

愛默生和尼采的權力意志也是很有感應力的，但這份意志的反應型式是解說與詮釋，因此，對他們而言，每一字、每一語無不是對人類或是對自然本質的詮釋。狄津生的觀看或意志之道喜歡質問勝過詮釋，它喻示著人類狀態與自然過程的一種異質化傾向。她的原創性勝過了她的徒子徒孫的實力：瓦里斯·史帝文斯、哈特·柯瑞恩、伊利莎白·畢舍。她的正典地位源於她那完足的疏異性、她與傳統之間的詭譎關係。更重要的是，此一正典地位來自她的認知力量和靈巧的語言活力，而不是來自她的性別或任何與性別有關的意識形態。她那獨特的出神狀態與崇偉精神的根基在於，她將我們可見的所有確切事物一一去名成一個又一個的空白；這讓她與其真正的讀者有了另一種觀看的方式，幾乎可以看透了黑暗者。

13 正典小說：狄更斯的《蕭齋》，喬治·艾略特的《米多馬齊》

The Canonical Novel: Dickens's *Bleak House*, George Eliot's *Middlemarch*

二十一世紀的新神制時期——不管基督教或伊斯蘭教是老大，或兩者皆是，或兩者皆非——也許會和如今已經在「虛擬真實」和「超文件」(the hypertext) 之中初試啼聲的電腦年代結合起來。如果再結合全球電視網和憎恨學界(如今已然蓬勃成長)而形成一頭粗壯的野獸，這樣的未來將一勞永逸地刪除文學正典。小說、詩、戲劇將全部遭到取代。在這簡短的一章裡，我要來和最好的正典小說敘敘舊。小說是傳奇故事的子嗣，如今傳奇故事已成為古舊的文類，而當喬哀思、普魯斯特、卡夫卡、吳爾芙、曼、勞倫斯、福克納、貝克特，以及史坦和福克納於南美洲的傳人觸及了小說的極限以後，小說也顯得古意盎然了。小說在民主制時期的全盛期間出現了許許多多的大師：奧斯汀、史考特 (Scott, 1771-1832)、狄更斯、艾略特、史湯達爾、雨果、巴爾札克、曼佐尼、托爾斯泰、屠格涅夫、宮查洛夫 (Goncharov, 1812-91)、杜斯托也夫斯基、左拉 (Zola, 1840-1902)、福樓拜、霍桑、梅爾維爾、詹姆斯、哈代，而由康拉德譜下終曲。康拉德之後，客體的陰影逐漸籠罩了主體自我，而敘事小說進入了如今已近尾聲的年代。

十九世紀的小說家沒有一個比得上狄更斯

十九世紀的小說家、包括托爾斯泰在內沒有一個比得上狄更斯，他那豐沛的創造力直逼喬賽和莎士比亞。如今批評家大都同意，《蕭齋》是其核心作品；狄更斯對《大衛・卡柏菲爾》(*David Copperfield*, 1849-50) 懷有濃厚的情感，但這是他的「年輕藝術家的畫像」(Portrait of the Artist as a Young Man)。狄更斯的世界、他的倫敦走馬燈和英格蘭風情在《蕭齋》裡昂然展現，其清朗與濃烈的程度超越了他之前和之後的所有作品。沒有一部英國小說曾創造出那麼多的東西，雖然其創造模式比較接近班・強生，而非莎士比亞。根據我最喜歡的狄更斯、喬賽、布朗寧批評家闕斯特騰的論點，狄更斯的主角經常是不會改變的，在各式各樣的活動與事件之中常常顯得不太起眼。我們並不期待尤里爾・希普 (Uriah Heep) 和裴可斯尼福 (Pecksniff) 和史奎斯 (Squeers) 會有任何改變，同樣地，我們在班・強生筆下的老狐狸 (Volpone) 或艾比丘・馬蒙爵士 (Sir Epicure Mammon) 身上也看不到意識上的變化。但愛絲特・蘇莫生 (Esther Summerson) 顯然是不斷改變著的；她的第一人稱敘述及其個性、人格皆極為精巧細膩，在這方面狄更斯常常是被低估了。

我必須承認，每一次當我重讀這本小說的時候，我都會跟著愛絲特・蘇莫生一起哭泣，而我並不認為自己太濫情了。讀者要嘛就與她認同，要嘛就根本不必讀這本書，這是就閱讀的古典意義來講的，而這也是唯一重要的意義。我們都是愛絲特，因為我們都是受創者；我們和她一樣「朝未來回想著」。愛絲特因為她所見到的每一個慈愛的徵象而哭泣；如果我們未陷入生之死的狀態，我們多半也是會哭的。創傷朝未來回想著；每一個自其中超脫出來的時刻，都伴隨著舒解和喜悅的淚水。

愛絲特的創傷具有普遍性，因其源於無父無母的憂苦，而我們遲早都是要失去父母的。女性主義批評家認為愛絲特是父系社會的犧牲品，他們對約翰・江迪斯（John Jarndyce）沒有好感，而此一觀念和狄更斯的整個表現藝術實大相逕庭。狄更斯這位偉大的文學藝術家和莎士比亞一樣都不是父權人物，而羅薩蘭和克利歐佩特拉的創造者在我看來並沒有父權性質的意識形態。莎士比亞其人有什麼樣的意識形態我們無從知曉。狄更斯這位丈夫、父親和家居智慧發言人，不消說當然是屬於以約翰・司徒爾・米爾（John Stuart Mill, 1806–73）為代表人物的父權意識形態者；但愛絲特・蘇莫生的創造者，小說家狄更斯並不是意識形態者。無法停止自我貶謫的愛絲特是小說史上最聰慧的人物之一，在我看來，她遠比大衛・卡柏菲爾更能呈顯出狄更斯真實的基本精神。福樓拜所描述的他自己與愛瑪・包法利（Emma Bovary）的關係，狄更斯是絕對說不出口的；如果他真的自承「我就是愛絲特・蘇莫生」，那實在是無法想像。然而我認為他就是這位女主角。

愛絲特統合了《蕭齋》情節的雙線發展；只有她能將大法官廳（Chancery）的卡夫卡式

迷宮和她的母親戴拉可女士（Lady Dedlock）的悲劇串聯起來。她和大法官廳的連結關係不在於理查・卡斯騰（Richard Carstone）的墮落以及他和愛坦（Ada）的婚姻，而是在於她的監護人約翰・江迪斯對大法官廳的否定，她自己也參與了這一否定。約翰・江迪斯在《蕭齋》裡主要並不是作為一個最和善且完全沒有私心的長老(而他的確是如此），他最主要的演出是他始終如一地竣拒大法官廳，以便證明：人製造的迷宮可以由人來破解。狄更斯對卡夫卡的巨大影響造成了一個美好的結果，那就是卡夫卡——比照波赫士的說法——增進了我們對狄更斯的瞭解。

大法官廳就像卡夫卡的「審判」和「城堡」一樣是一份神秘論知的視見：法律已經被宇宙統治者（Cosmocrator），也就是造物主給篡奪了。布雷克對狄更斯並沒有產生影響，然而《蕭齋》讀來卻很有布雷克的味道，因為兩者都擁有一種神秘論知的觀點，雖然狄更斯並未意識到這種異教思想。《蕭齋》裡的大法官廳是無法改革的：它只有在你不去理會它的時候才會自我了結，如約翰・江迪斯和愛絲特拒不理會它一般。可憐的柯如可先生（Mr. Krook）的自發性燃燒其啟示性意義似乎就在這裡，這是《蕭齋》裡最著名的詭異事件（其他類似的事件還有很多，這些都在在增添了這部小說作為奇幻故事的魅力）。瘋狂但相當和藹的柯如可像一把野地大火一樣騰起，因為他也承認自己擁有等同於大法官（Lord Chancellor）的象徵身分。

愛絲特・蘇莫生總是不斷地分化著批評家的陣營，從狄更斯的時代一直到現在都是如此；我不認為她會分化通識讀者的陣營，那些仍舊是直觀式讀者的批評家應該也不會受到分化。《蕭齋》裡的反諷辭句大多出自那位不具名的敘述者之口。在愛絲特的敘述裡，狄更斯排除了明顯的反諷用語，直到她變得夠堅強且充分痊癒了之後能做出自己的反諷式評斷為止，她最後對史金坡（Skimpole）及其他人的看法便屬於這種評斷。與其說她是狄更斯為了要呈現出無私甚至創傷所做的實驗，倒不如說她是狄更斯試圖描繪心理變化的一大嘗試，而此一嘗試必定是莎士比亞式的。就某些方面來看，愛絲特和狄更斯的天才屬性是不太契合的，而他或許也知道這一點。雖然愛絲特神秘的疾病及其後續發展充滿了奇幻的況味，但她的父母比她更像是來自狄更斯的世界，因為奈莫（Nemo）和戴拉可女士都表現出了狄更斯的人物典型的衝動與掙扎。愛絲特站在一旁觀看著，和狄更斯慣用的誇飾手法大不相同，彷彿他對她不勝愛憐與敬畏似的。他把愛絲特獻給了英國小說裡具有新教意志的女英雄傳統，此一傳統始於可雷里莎・哈羅，終於勞倫斯戀愛中的女人烏蘇拉和戈德蘭・伯朗根（Ursula and Gudrun Brangwen），終於佛斯特（Forster, 1879-1970）《豪爾莊園》（*Howard's End*, 1910）裡的瑪格里特和海倫姐妹，終於吳爾芙《航向燈塔》（*To the Lighthouse*, 1927）裡的莉莉・布里斯可（Lily Briscoe）。

和《米多馬齊》的多洛西亞・布魯可（Dorothea Brooke）或哈代《林居》（*Woodlanders*, 1887）裡的馬蒂・邵斯（Marty South）比起來，愛絲特並不特別孤單。無我的意志幾乎稱得上是個矛盾語，但愛絲特已經以自己的方式成了一個深不可測的修辭學家，而她的典型風格便是保留與含蓄。她是一個倖存者，她的溫婉是面對創傷所做的防禦。她的整個存在性格是一個為了克服創傷，為了抵抗強迫私生子背負罪名的瘋狂社會而打造的機制。雖然她未曾耗費力氣去對她的社會做出反擊，但她從來不曾屈服於它那猥瑣卑劣的道德評斷，即使她從小就得忍受教母的疲勞轟炸。愛絲特在孩提時代就知道她是無辜的，她也知道，想要掙脫社會的瘋狂，必須靠自己的道德才智和無比的耐性。她那明顯的自我貶謫的邏輯所抵禦的，不只是一個糟糕透頂的體系，更是她自己受創的傷痛，她自己也很清楚這一點。「靜默、放逐、巧黠」——喬哀思的史帝芬（Stephen）只願意使用這些武器——並非源自大衛・卡柏菲爾，而是源於愛絲特・蘇莫生，她以其無邊無際的默然旁觀的特性，成為狄更斯所創造的，甚至是民主制時期英國的所有文學作品中最深不可測的意識體。

憎恨學派的「唯物主義」批評家不喜歡愛絲特是很自然的。愛絲特不太符合女性主義的理想，和馬克思主義的叛逆形象也不甚契合。在他們眼裡，《蕭齋》的女英雄應該是侯廷思（Hortense），她是七年後於《雙城記》（*A Tale of Two Cities*, 1859）裡出現的更耀眼的杜法潔女士（Madame DuFarge）的先驅。侯廷思和更為激烈的杜法潔女士一樣激發了狄更斯和讀者的自虐情結，然而，與她保持適當距離的巴吉警探（Inspector Bucket）壓倒了她，這位警探是狄更斯所創造的最奇特也最令人驚訝的先知。侯廷思情感奔放，缺乏耐性，愛講話，還殺了人，這位迷人的女子並不是戴拉可女士的代表（如女性主義批評家所主張的），而是愛絲特的襯托者，以便突顯出愛絲特的安靜自持，以及她那渥茲華斯式的且充滿智慧的默然旁觀的姿態。

愛絲特是父權社會的受害者嗎？她的創傷具有濃烈的個人色彩，實非私生子此一社會污名所能承載。我也不認為她頑強的耐性代表她對自己的輕蔑。在這裡，卡夫卡再一次以波赫士的方式對《蕭齋》做出了詮釋，因為他是我所說的正典耐性的大師。對卡夫卡而言，沒有耐性是唯一的罪惡，而我們在愛絲特・蘇莫生身上正可以看到卡夫卡的沉鬱身影，我在這裡指的是法蘭茲・卡夫卡其人，而不是他的人物或小說世界。卡夫卡個人的創傷和愛絲特（及齊克果）極為相似。此三者皆擅於齊克果式的朝未來回想。彷彿愛絲特・蘇莫生打從娘胎出來就一直等待著約翰・江迪斯這一位強而有力且和藹良善的父親出現，他是狄更斯在《蕭齋》裡所創造的一個——除了對愛絲特之外——氣勢逼人的角色。愛絲特就是狄更斯，華特・惠特曼想必也會稱她為狄更斯的「真我」或「己我」，因此，約翰・江迪斯便是狄更斯心目中理想的父親，而不是他那好像米可伯（Micawber）一樣的親生父親。

這些日子以來，新興學派的批評家們喃喃叨唸著狄更斯未曾交待江迪斯可觀的財產是怎麼得來的。這是誤解了《蕭齋》的本質，同時也忽略了它不只是社會小說，也是一則奇幻故事。和善的江迪斯屬於傳奇故事；或許小精靈們正在某一個快樂山谷裡為他鑄造夢幻黃金呢！他給愛絲特的名字全都是為了要把她變成神話故事裡的小老太婆，像是德登（Durden）或卡微柏（Cobweb）女士等等，而他對她的小心呵護可以說同時流露了母愛與父愛。但這個父兼母職的故事也帶著一種生命虛擲的情調，這顯然和江迪斯全然拒斥大法官廳的迷宮世界有關。狄更斯並未就這個大好人為什麼會早早就進了蕭齋過他的退休生活做任何的提示。

《蕭齋》近似傳奇故事

值得注意的是，《蕭齋》裡的重要人物大都各有所本：史金坡模擬浪漫派論述家萊·杭特（Leigh Hunt, 1784-1859），波伊松（Boythorn）模擬詩人華特·賽維居·藍德（Walter Savage Landor, 1775-1864），巴吉模擬一位著名的倫敦警探，侯廷思模擬比利時的女兇手馬莉亞·曼寧（Maria Manning），狄更斯和梅爾維爾都親眼見到了她的公開處決。杰里比太太（Mrs. Jellyby）、芙魯特小姐（Miss Flute）、可憐的喬（Jo）以及其他人物都各有模擬的對象，而愛絲特顯然很像狄更斯最喜歡的小姨子，即是幫他操持家務的喬吉娜·侯加斯（Georgina Hogarth）。萊希斯特·戴拉可爵士（Sir Leicester Dedlock）可上溯至第六任的德文郡（Devonshire）公爵，戴拉可女士和約翰·江迪斯則純粹是狄更斯的發明。或許，狄更斯的某些沒有在愛絲特身上表現出來的特質，全都跑到了江迪斯身上；但愛絲特的監護人基本上是屬於傳奇故事的世界，戴拉可女士亦然。江迪斯不接受謝意，這不是因為他有什麼自我毀滅的傾向，而是因為感謝並不合乎傳奇故事的精神。戴拉可女士的奔向死亡完全是走傳奇故事的路線，是一則女性因有所踰越而遭到男性社會懲罰的寓言。如果真有罪要贖的話，此罪並不是生了一個私生女，而是把小孩丟給別人去照顧，讓她從小就得不到親人的關愛。

這也和傳奇故事比較接近，而和父權政治沒有什麼關係。狄更斯在小說裡所做的最能和傳奇故事劃清界線的動作，就是他打破了情感自制的模式，讓江迪斯覺察到他和愛絲特之間是屬於父女的關係。愛絲特嫁給了伍德浩斯（Woodhouse）而非江迪斯，這使得她超脫了多重決定的命運：她將不再重蹈母親的覆轍。她的創傷並未完全消解，糾纏仍然持續著，然而我們可以感覺到她的自我否定將不再能說服她自己。狄更斯讓我們能夠如此完滿與充實地感受到她的意識，這是很教人吃驚的。

江迪斯則不同，如果我們對他比較沒有深入的認識，我們也應該瞭解到江迪斯尙且不太能掌握江迪斯，更別提狄更斯了。江迪斯從來不曾真正地想要娶妻，不管他是如何考慮過這件事，他想要的是兩個女兒和一個兒子。大法官廳的瘋狂讓他失去了兒子理查，最後，愛坦回到了他的身邊，愛絲特就住在附近。有一個尙未解開的謎題是，他為什麼會有娶愛絲特的念頭？江迪斯和愛絲特（及她的母親）不同，他不是一個情慾很強的人。或許他真正的焦慮是恐怕愛絲特會和戴拉可女士一樣陷入絕望之境，但是他們共同生活於蕭齋的經驗，想必已經消弭了這份恐懼。

真相可能非常單純；他不像愛絲特那麼堅強，他自己想必也了解這一點，而他對抗寂寞——那折磨著傳奇故事世界的孤獨氛圍——的方式是積極表現慈善的行為。這部小說的讀者沒有一個會相信江迪斯對愛絲特存有愛慾；如果計畫中的婚姻可以稱為半亂倫事件的話，這一定是從她而非他的角度來看的。狄更斯和讀者都不想見到此一婚配，而最後我們也看到愛絲特和江迪斯彼此也都沒有什麼意願。

其中的謎團非僅局限於《蕭齋》而已；在我看來，狄更斯的作品中有關意志的問題實為其小說世界的疏異性與魅力之源。在莎士比亞的作品中，就像在我們所稱的現實中，人的意志雖然彼此不同，但那只是程度之別，本質上並沒有什麼差異。在狄更斯的作品中，真正卑鄙的人擁有一種意志，詭異奇特的人擁有另一種意志，比較溫厚的人所擁有的又是另外一種意志。雖然批評家將強生和莫里哀視為狄更斯的先驅，而此一看法確實有點道理，尤其強生和狄更斯的氣質更是相近，但狄更斯並沒有成為戲劇家。他的劇作無法回應他的期待；他一人扮演小說裡全部的角色，誠乃單人秀場的超級天王，而他在許許多多熱情觀眾面前的那些賣力演出，使他損耗了大量的精力，這無疑是促使他於五十八歲之齡去世的原因之一。

雖然杜斯托也夫斯基和卡夫卡經常跟隨著他，狄更斯在英語世界裡並沒有真正的傳人。一門把神話故事講得好像社會寫實大戲一樣的藝術，哪有那麼簡單就重現江湖！諾斯洛普・弗萊發現，狄更斯小說的精髓在於，事物的實存狀態絕不能消弭其應有的模樣。不滿《蕭齋》歡喜結局的批評家似乎總是不值一駁的：皮可威可先生（Mr. Pickwick）仍是狄更斯的原型人物，而狄更斯最崇偉的時刻很可能是《皮可威可俱樂部趣聞》（*Pickwick Papers*, 1836–37）裡里歐・杭特太太（Mrs. Leo Hunter）朗誦她自己所寫的〈詠垂死之蛙〉（“Ode to an Expiring Frog”）。《蕭齋》裡有好幾個崇偉的顯現時刻，這正合乎狄更斯最佳作品的實力，其中包括了小說的兩股敘述主流雙雙匯聚於戴拉可女士的奔逃。敘述者的第五十六章以巴吉警探的視見作結：

在那兒，他的心靈攀上了高塔，看得既廣且遠。他注意到許多孤單的身影於街頭巷尾爬行蠕動；許多孤單的身影在荒野、在路上、在乾草堆底下躺著。但他所尋找的身影不在其中。他注意到其他的孤單者，在橋樑的角落往下窺看；以及下頭河面附近的暗處；還有一個隨著流水飄盪的黝黑陰暗的無形物體，比其他一切都要孤單，深恐溺斃似地緊抓住他的注意力。

她在哪裡？不管是死是活，她在哪裡？他折好手帕並小心地張掛起來，如果這塊手帕能夠施展魔法顯現出她發現它的地方、以及那座茅舍——裡頭的小孩被手帕覆蓋著——近旁的夜景，他會在那兒找到她嗎？荒野間，磚窯燃燒著淡藍色的火焰；製造著磚塊的殘破小屋屋頂的稻草被風吹得四散紛飛；泥和水都凍得死硬，有一座磨坊，瘦骨嶙峋的盲馬整天在裡邊兜著圈子，活像個折磨人的刑具；——一個孤獨的身影遊走於這片荒蕪凋敝的景象間，其自身悲傷的世界隨侍在側，風吹雪打，友伴情誼似乎盡皆遠離。那也是一個女人的身影；但她的穿著非常破爛，而從來就不曾看見這樣的衣服出入過戴拉可宅邸的廳堂與大門。

巴吉在這裡顯然是狄更斯的代言人，他看到了真相：戴拉可女士即將自殺身亡。此一視見導引出一個夢魘般的意象，和布朗寧於一八五二年所寫，而於一八五五年出版的〈羅蘭騎士來到了妖靈的塔〉極為類似，狄更斯亦於一八五二年開始撰寫《蕭齋》。狄更斯在記錄巴吉的視見之時，是不太可能讀過這首詩的，但也不是全無可能，因為約翰・佛斯特（John Forster, 1812-76）有時候會把布朗寧的手稿借給狄更斯。然而，在這裡，兩者之間的類同比任何直接的影響都要有趣得多。布朗寧與狄更斯於同一年出生（一八一二年），兩人在四十出頭時寫下了相似的視見。巴吉看見：「一座磨坊，骨瘦如柴的盲馬整天在裡邊兜著圈子，活像個折磨人的刑具。」布朗寧的探求者則一眼瞧見「一匹僵直的盲馬，瘦骨嶙峋，失神地站著，不知怎的牠就到了這裡。」在這匹紅毛瘦馬之後，他看見了來自地獄的器具，和狄更斯的「折磨人的刑具」頗為神似：

還不只這些——前面八分之一哩的地方——噢，看哪！
那機器有什麼兇惡的用途，那轉輪，
或是耙子，而非轉輪——那可以把人的身體
像絲線一樣抽取和捲起的耙子？活像是
地獄的用具，不小心遺留在世間，

或者是被送上來磨利它鏽蝕的鋼齒的。

布朗寧和狄更斯是英國的兩個詭奇大師，但兩人只有在這裡才顯得如此相似。他們共同的視見有一股死亡宿命的夢魇氣息瀰漫其間，這或許是因為兩人皆已達創作巔峰，而且都已步入中年。愛絲特·蘇莫生的視見緊跟著巴吉的視見到來，我們首先看到她陪著巴吉試圖追趕與拯救逃跑的媽媽，雖然此一努力終屬徒勞：

透著火光與燈光的窗子在戶外的寒冷陰暗之中顯得特別明亮與溫暖，這些窗子很快就消逝了，我們又繼續輾壓和翻攪著鬆散的落雪。我們辛苦地前進著；但這條黯鬱的道路路況並不比以前差多少，行程也不過九哩路而已。我的同伴在駕駛座上抽著煙，仍然警醒得很；在上一家旅店裡，當我看到他站在大火邊伴隨著一團蝹蝹香煙的時候，我就想請求他這麼抽煙了。他點亮了他的小龕燈，那似乎是他的最愛，因為馬車上已經有燈了；他不時把這盞燈轉向我，看看我是否安好。馬車前頭有一扇折疊窗，但我從來没有把它關起來過，因為那就像是把希望隔絕在外面一樣。

「輾壓和翻攪著」代表了壓抑之盾的碎裂，愛絲特因此可以對母親有更完整的認識，同時也導引出另一個布朗寧式的詭異水磨的意象：「我們又回到我們來的時候所走的陰鬱道路上；撕扯著泥濘的雹霰和漸融的積雪，彷彿有個水輪正在撕扯它們似的。」在布朗寧和巴吉警探看到刑具的地方，愛絲特・蘇莫生看到的是那些遭到壓抑的東西又回來了。在這裡，就像這部小說裡其他無以數計的轉折點一樣，狄更斯所使用的意象是無比深沉、精確、飽滿的。他那份最狂放的想像的確是一擊中的。無疑地，愛倫・坡也是如此，我們在《蕭齋》裡有時候似乎可以看見他的魅影；但是坡的幻夢世界經常尋不著足可與之匹配的語言。狄更斯的用語、隱喻和他的創造性可說是天作之合，而這就是《蕭齋》正典疏異性的勝利榮冠。

《米多馬齊》：美學和道德力量結合的最佳代表

閱讀《米多馬齊》(1872)和浸淫於狄更斯的世界是幾乎完全不同的經驗，對狄更斯的小說而言，「閱讀」這個詞彙有時似乎太過傳統，不足以形容《蕭齋》誘引讀者全面投入的盛況。在莎士比亞和狄更斯之間，唯有拜倫差可享有狄更斯二十五歲時所獲得的立即的名聲。這位小說家終其一生受歡迎的程度與性質，都和其他作家迥然不同，包括歌德與托爾斯泰在內，這兩位作家並不曾在那麼多國家的各個社會階層之間發揮如此普遍的影響力。就世界性的影響力而言，或許狄更斯比賽萬提斯更稱得上是莎士比亞的強勁對手，他和莎士比亞共同代表了聖經與可蘭經等我們皆已耳熟能詳的真正多元文化的展現。

莎士比亞成為世俗的聖經並不會讓人感到驚訝；讓人驚訝的是，在世界各地擁有眾多譯本與讀者的狄更斯也儼然成了一則無比恢宏的神話。他那正典的宏大普遍性超越了小說此一文類，就像於世界各地皆可上演且正在上演的莎士比亞無法被侷限在劇場一樣。就此一意義而言，狄更斯可說是民主制時期正典小說的危險案例。巴爾札克、雨果、杜斯托也夫斯基擁有類似狄更斯的寬廣度，雖然他們讓讀者更接近了正典小說此一成就的極限。史湯達爾、福樓拜、詹姆斯、喬治・艾略特等正典小說大家，基本上是忠於文類的；我之所以會選擇艾略特的《米多馬齊》不只是因為這是一部眾所公認的優秀小說，同時也是因為，在如今這個有許多半路出師的道德家自以為是地打著社會改革的旗號恣意操弄文學的惡劣時節裡，此一作品顯得特別有用。如果正典小說可以將美學和道德的力量融合起來，那麼喬治・艾略特就是最好的代表，而《米多馬齊》正是她對道德想像所做的——可能是小說中絕無僅有的——最精巧細膩的分析。

《米多馬齊》的長處首先是故事的力道以及人物塑造的深刻與活潑，這都要依賴喬治・艾略特的修辭藝術、亦即她的語言掌控能力，即使她並不特別擅長打造個人的語言風格。但她不只是小說家而已；她以新的方法將小說帶入道德預言的模式，而積極力行這種方法的勞倫斯表面上看起來和艾略特沒什麼交集，骨子裡卻是她的門徒。《米多馬齊》的多洛西亞・布魯可和《戀愛中的女人》的烏蘇拉・伯朗根可說是直系血親；存在的完滿飽足是探求的目標，而探求者明顯的選擇傾向構成了一種特別的道德意識，幾乎完全跳脫了此一意識的新教發源地。

尼采表示他瞧不起喬治·艾略特，因為她相信一個人可以在棄絕基督教上帝的同時，仍堅守住基督教的道德觀，但尼采這一次總算是看走眼了。艾略特不是基督教道德家，她是浪漫派或渥茲華斯式的道德家；她的道德感來自〈汀藤寺〉、〈決心與自立〉和〈永生的喻示〉詠詩。出版者說她的田園鄉野小說《席拉斯·馬南》(*Silas Marner*,1861)「缺乏明亮的色彩」，她的回應摻雜著淡淡的反諷與自承：

> 我並不訝異你會把我寫的故事看得那麼陰沈，老實說，我本來就應該有所體認，如果這故事無法吸引路易斯先生的話，那麼除了我自己之外(因為威廉·渥茲華斯已經過世了)恐怕是不會有人對它感興趣的。但我希望你千萬別把它當成一個悲傷的故事，因為它既明且亮地點出了——或試圖點出——純樸、自然的人際關係的治療作用。

《席拉斯·馬南》把我們帶回到了《荒屋》、〈麥可〉、〈康柏藍的老乞丐〉——帶回到鄉野男女一派純真善良的境界。這樣的渥茲華斯始終是艾略特的一個基本面向；她的自制道德觀不只是要把別人的利益置於自身的利益之上，還要鼓勵別人也來實踐相同的自制之道，這是此道德觀唯一的意義所在。這在今天聽來不啻是一種老掉牙的理想主義觀，在她的作品裡，它則是道德與美學雙重立場的實際顯現，因為她和渥茲華斯所說的「善」並不必然是傳統意義的「善」。他們激勵我們走向道德的崇偉之境：競賽式的、對立於自然、對立於我們所謂的「人類自然本質」、孤立的，但可以和他人有所通連的。

但我們並不認為渥茲華斯會寫小說。《米多馬齊》是描繪一整個鄉鎮社會的一幅龐大而複雜的圖像，時間設定在不遠的過去：這看來似乎很難容得下渥茲華斯式的視見。然而，就喬治·艾略特的主要成就而言（如果我們暫且略過《丹尼爾·德隆答》〔*Daniel Deronda*, 1876〕裡的葛文多倫·哈勒斯〔Gwendolen Harleth〕那一部分的話），渥茲華斯比其他任何一位小說家都更稱得上是她的先驅，或者我們也可以將《天路歷程》的班揚和渥茲華斯結合起來成為她的複合先驅，有關此一連結我採用的是貝里·郭斯（Barry Qualls）的論點。

《米多馬齊》的故事發生在一八三〇年代早期，正值維多利亞時期初始的改革年代，而在這部小說裡，社會希望的理念始終都有多洛西亞·布魯可和黎德杰（Lydgate）這兩位主角痛苦的道德教育作為對照。郭斯指出，當他們終於學會拋開虛構的自我時，他們的公共關係已經完全遭到阻絕。班揚和渥茲華斯的視見雖然總能打動敘述者，但卻和多洛西亞與黎德杰的孤隔命運不甚相干，不過仍不失為一股濤濤伏流。黎德杰掉入了羅莎蒙·敏西（Rosamond Vincy）設下的圈套，馬汀·普萊斯（Martin Price, b. 1920）論及此事時說：「喬治·艾略特想要寫出一部精巧細膩的作品，她探討的是一個人的美德如何能關聯到甚至成就了他的過失。」這在《荒屋》那較為崇偉恢宏的格局裡是屬於瑪格里特的情致，她那份等待丈夫回來的天啟式希望的力量，摧毀了她自己和她的小孩。現代詩的創始者和最聰慧的小說家都擁有一份精巧與細膩，而我們也再次看到了喬治・艾略特從渥茲華斯那裡學到了什麼東西。

我們通常不會在小說家或抒情詩人或戲劇家身上找尋認知力此一特質。喬治・艾略特和艾蜜利・狄津生、布雷克、莎士比亞一樣以自己的方式重新想過每一件事情。她是小說家，也是思想家（非哲學家），我們常常對她有所誤解，因為我們低估了她觀照事物的認知力量。這份力量和她的道德識見當然是有關聯的，但在此關聯之外，她也具有道德家的一種直截了當的特性，這使得她不致沉溺於過度膨脹的自我意識，她對自己的人物予以直接或間接評斷的意願，因此也不會受到抑制。

就此一面向而言，她的繼承者是艾里思・墨多（Iris Murdoch, b. 1919），而這位作家和喬治・艾略特之間的傳承關係並非總是那麼直接，但是在一個多世紀後的今天，要想在任何一位小說家身上找尋艾略特的道德權威恐怕都是徒勞無功的。文學或精神上的賢士或先知已不復得，而當我們讀著別人憶述艾略特的文字時，我們既不勝緬懷，也感到迷惘。其中最有名的是由麥爾斯（F. W. H. Myers）所寫的，他描述小說家一八七三年的劍橋大學之行：

我記得有一次我和她一起漫步於劍橋大學的三一學園（Fellows' Garden of Trinity），

時值多雨的五月，暮色漸濃；她略顯激動，有點異乎尋常，嘴上老掛著那三個總是被拿來當啟發眾人的精神號角的字眼——上帝、永生、責任——她無比激切地陳述著頭一個字是如何無法想像，第二個字是如何難以置信，而第三個字又是如何地強橫與獨斷。可能不會有人以更堅決的語調，來確認那超然決絕的法則的無上權威了。我聆聽著，夜幕已低垂；她那沉鬱、莊嚴、如先知一般的容顏在暮色中朝我轉了過來；彷彿她從我的手裡逐一抽走了兩份許諾的卷軸，只留給我第三份載錄著肅殺宿命的卷軸。當我們分手以後，在一排排的林樹之間，在無星天空的最後一道微光之下，我就像耶路撒冷的提多（Titus）（按：羅馬皇帝〔79-81〕，曾征服耶路撒冷）一樣瞪視著空著的座位和無人的廳堂——瞪視著一座嗅不出神聖氣息的聖殿和那上帝已杳的天堂。

如果由我們來寫的話，這種高昂的語調想必是帶著譏諷氣息的，但那將是百無聊賴的譏諷。喬治・艾略特也可以是譏諷家，在正典小說家當中，她最不具喜感，但要嘲諷她也是最困難的；對她的作品的諷擬只會是無心的。沒有任何機構或運動支撐著的道德崇偉性格總讓人感到不太自在。環繞喬治・艾略特的若干氛圍已為我們留存了下來；我們瞥見了它的存在，但我們寧願把它擱在一邊，盡談些她的理念或藝術等別的話題。然而，此一氛圍並未完全消散，因為有多部小說撐持著它，尤其是《米多馬齊》。

亨利・詹姆斯一直躲著艾略特門徒的角色，然而在論及她死後出版的書信和札記時，面對崇偉人格的他，也不免要用到相同的高昂語調：「自彼處昇起了一股崇高道德的芳香；一份對公義、真理、光亮的愛；一份觀照事物的寬廣視野；在人的本心的幽暗境地中高舉火把的一份持續的努力。」

詹姆斯語帶哀思，也沒有嘲弄的意思，但到底有哪一個小說家承受得了這樣的讚美呢？正典小說不必成為智慧文學，而這種例子也很罕見，除了《米多馬齊》之外或許別無分號。索爾・貝婁（Saul Bellow, b. 1915）的《院長的十二月》（*The Dean's December*, 1982）讓人難以消受。我讀了這本書，也很同意其中的每一個觀點，然而它那連綿不斷的宣導與說教實在讓人不敢恭維。小說家在《米多馬齊》裡不斷介入的意見鮮少能得到我的贊同，但是這些介入就像小說其他的部分一樣是受到歡迎的。喬治・艾略特的美學奧秘在於她能悠遊於——詹姆斯在一八六六年評論她時所說的——「道德與美學琴瑟和鳴的中間地帶」。或許此一奧秘不是別的，正是喬治・艾略特本人，因為我不知道，古往今來還有哪一位重要小說家其明顯的道德意圖能夠成為美學上的長處，而不致變成一場災難的。即使我們熱烈贊同多里思・雷辛（Doris Lessing, b. 1919）和艾莉斯・渦可所推動的對抗男人的聖戰，她們的排除之道仍然無法引發快感。研讀《米多馬齊》可以讓我們觀摩一下艾略特如何將道德與美學融於一爐。

《米多馬齊》和《神曲》有間接但明確的關聯

《米多馬齊》和艾略特的最後一部小說《丹尼爾・德隆答》一樣野心勃勃地試圖建立一個宏大的架構，和但丁的《神曲》有間接但明確的關聯。威許（Alexander Welsh, b. 1933）對《米多馬齊》的這個面向已有闡述，而威許和郭斯也在《德隆答》之中注意到了類似的效應。但丁一族渴望求知與被知、被記憶，威許認為這是《米多馬齊》裡兩個主要探求者的驅動力：多洛西亞，就某些方面而言她是作者的代表；黎德杰，艾略特對他似乎懷有一種強烈但謹愼的認同感。但丁是最具野心的大作家，在他的評判視見中，所有的人物都已走上了不歸路、也都找到了命運的歸宿。他們在我們眼前呈展開來，但他們已不會再有任何改變；他們的時辰已經過去了。喬治・艾略特是一位慈悲為懷的自由思想家，她會拿但丁作為典範是一個頗為奇特的選擇，但是她那嚴厲的道德評斷風格或許正是她和《神曲》的創造者最相似的地方，後面這位詩人想必會把她擺在《地獄》的第五曲之中，雖然如今我們已不太會把喬治・艾略特和她的已婚情人喬治・亨利・路易斯（George Henry Lewes）看成是十九世紀的佛蘭西斯卡（Francesca）和包羅（Paolo）了。她自己最能認同的想必是《地獄》裡的尤利西斯，他那毀滅性的知識探求之旅正是《米多馬齊》的主要角色所追隨的英雄行徑。

威許在論及黎德杰時表示：「他的身段和懲罰是最具但丁風味的」，因此，我在此便以黎德杰，以及第十五章和第七十六章的陰鬱對比開始講起，在前面那一章裡他被介紹出場，而在後一章裡他承認失敗，將追求知識的希望與熱忱盡皆拋棄。我們首先看到的是二十七歲的黎德杰，一個對醫學研究充滿學識熱忱，前景看好的外科醫師：

我們並不怕一而再、再而三地重複一個男人如何愛上一個女人，並與之共結連理或各奔東西的故事。我們不停講述著國王詹姆斯所說的女人的「從容與美麗」，總是聆聽著老吟唱詩人咿咿哦哦的弦響，而從來不會感到厭煩，對其他那種必須憑藉勤快的思考和克制微瑣欲望的耐性方能得致的「從容與美麗」則比較沒有興趣，這是因為詩寫得太多了，還是因為愚蠢正在流行？在有關此一熱情的故事裡，發展情況也是各有差異的：有時候是閃亮的婚禮，有時候是阻滯挫折與最終的分手。而且還有另一種熱情也常來湊熱鬧，可謂禍不單行，聽聽吟唱詩人的歌詠便知分曉。許許多多的中年男子按照他們打領帶的方式在每天既定的工作流程中忙忙碌碌，這其中必定有不少人原本是想要形塑自己的作為，並期待能稍稍改變世界的。他們可能想都没想過他們會有被形塑成標準規格而且很適合整批打包的一天；或許他們對無償勞動的慷慨熱忱，就像對其他實際愛情的熱衷一樣，不知不覺地冷卻了，直到有一天他們以前的自我如鬼魂一般在它的老家遊盪，讓屋裡的新傢俱顯得陰森森的。在這個世界上沒有比他們逐漸轉變的過程更微妙的事情了！一開始他們不自覺地予以吸收：你和我都有可能從口中呼出一些足以感染他們的氣息，也就是當我們說出規格化的謬誤言語，或發表愚不可及的論調時；或者這種轉變是來自某位女子的回眸一笑。

黎德杰無意成為這些失敗者之中的一員，而他也擁有較佳的遠景，因為他在科學上的興趣，很快就落實成了職業上的幹勁與熱忱：他為自己吃飯的工具注入了青春活躍的信念，那段當學徒的日子並沒有澆熄他的熱情；在他於倫敦、愛丁堡、巴黎求學期間，他總是深信醫療業可以是全世界最好的行業；能展現出科學與藝術之間最完美的互動與交流；在智識成就與社會利益之間建立最直接的連繫；黎德杰的性格企求著這樣的組合：他是性情中人，懷抱著實實在在、民胞物與的血肉情感，對專門研究的抽象學理一概敬謝不敏。他不只關心「病例」而已，他也關心約翰和伊利莎白，尤其是伊利莎白。

這裡的「國王詹姆斯」指的不是英國聖經，而是詹姆斯一世本人，他大談女士的「從容與美麗」。可憐的黎德杰於五十歲時抑鬱以終，他成了那許許多多無以形塑自己的作為，而且絲毫未曾改變世界的中年男子其中的一員。如果把黎德杰醫生這個名字換成狄可・戴佛醫生 (Dr. Dick Diver) 的話，你大可以把這兩段話放進《夜未央》(*Tender Is the Night*, 1934)

裡，雖然精神未必相符，內容則完全一致。費茲傑羅的戴佛和黎德杰一樣，他們的失敗都是因為一場毀滅性的婚姻，以及兩人所共有的「通俗性」(commonness)——喬治·艾略特如此名之——所引發的其他行徑。法蘭克·柯默德表示，「《米多馬齊》在社會層面上描繪婚姻，就好比《彩虹》(*The Rainbow*, 1915) 在精神層面上描繪婚姻一樣。」費茲傑羅似乎想要同時抓住這兩個層面；他失敗了，因為他缺乏艾略特的卓越才智和勞倫斯的先知識見，不過《夜未央》還是雖敗猶榮的。喬治·艾略特說黎德杰探求著「一種想像，它能揭露出任何一種透鏡都無法看清的精密作為，內在的光在外界的一片黑暗之中，經由長長的必經通道追蹤著那些作為，此一內在的光是宇宙能量最精純的形式，能夠把空靈縹緲的微粒，也浸潤在它那理想光亮的空間裡。」

這是喬治·艾略特所重塑的但丁樂園，我們看到了一趟理想化的世俗朝聖之旅，黎德杰和戴佛正是缺乏這份視見。敗退的黎德杰再一次替《夜未央》的主角暖身：戴佛醫生最後去到了紐約州西部保留地的芬格湖 (Finger Lakes) 城鎮執業。我們在第七十六章聽到了黎德杰的傾毀，他告訴多洛西亞：

> 我很清楚我必須毫不猶疑地儘快離開米多馬齊。在未來很長的一段時間裡，我都不應該冀望在這裡得到任何收入，而且——而且去新的地方做一些必要的改變會比較容易一點。我必須學習別人的做法，想想有什麼能討好世人和帶來錢財的；

> 在倫敦的群眾之間尋覓一處小小的空間勉力為之；落腳於一處水濱休閒地，或者去到住著許多閒散的英國人的南方小鎮，好好休養生息一番，——我得爬進這種殼裡並設法在裡面養活我的靈魂。

這是黎德杰的沉墜，他從樂園式的知識探求，掉落到一個無法養活靈魂而且很快連肉體也養活不了的地方。多洛西亞則贏得了相反的命運，她熬過了和無能的卡韶班（Casaubon）的一段煉獄般的婚姻，最後嫁給了雷迪斯洛（Ladislaw），許多批評家強調此一婚配委屈了她，但這既不是多洛西亞也不是喬治・艾略特的評斷。黎德杰雖然教人印象深刻，他的沉墜更是讓人難以忘懷，但這終究是一部屬於多洛西亞的小說，如果把《米多馬齊》此一標題改成《多洛西亞・布魯可》也是合情合理的。維吉尼亞・吳爾芙強調，多洛西亞是艾略特所有女主角的代言人：

> 這是她們的問題所在。她們的生活不能沒有宗教，而且她們在還是小女孩的時候，就已經開始去找尋某種形式的宗教了。她們每一個人都擁有女性追求良善的深切熱情，於是她所立足的盼望與苦惱交纏之地，便成了這本書的核心所在——靜寂、孤隔，彷彿禮拜之所，只是她已無從得知該向誰祈禱。她們在嘗試與學習之中尋覓她們的目標；在女人的日常工作中；在較廣義的女性事務裡。她們並未找到她

們所尋覓的，而我們也不會覺得奇怪。她們那滿載著苦楚和感知，在漫漫年歲裡一直沉默無語的古老的女性意識，似乎已經滿溢漫流並發出了呼求之聲——她們從不知道在呼求什麼——而她們所呼求的和人類存在的事實或許並不相容。聰慧過人的喬治．艾略特不會去干預這些事實，流露寬宏氣韻的她也不會因為真相太過酷烈就予以柔化。她的女主角們展現了無比的勇氣，但她們的努力，最後還是以悲劇或是比悲劇更為鬱抑的妥協收場。

喬治．艾略特想必不會贊同維吉尼亞．吳爾芙的評斷，如果說多洛西亞最後是以一種比悲劇更為鬱抑的妥協收場，這對多洛西亞的第二任丈夫，也就是心地善良但有點粗枝大葉的威爾‧雷迪斯洛的確是太嚴苛了點。理查‧艾爾曼（Richard Ellmann, 1918-87）在他對「多洛西亞的丈夫」所做的傳記式探討中，並沒有發現可悲的卡鉊班——在各個神話故事裡都曾出現的冒牌學者——在現實生活裡的特定範本，但他暗示說卡鉊班所模擬的無非是艾略特自己較陰暗的一面，這是早期性壓抑經驗的延伸，以及隨之而起的不健康幻想的結果。艾爾曼的另一個很有意思的看法是，理想化的威爾．雷迪斯洛不只有艾略特的第一任丈夫喬治．亨利．路易斯的影子，也有比艾略特小二十多歲且在她生命中的最後七個月期間成了她的第二任丈夫的約翰．可羅斯（John Cross）的影子。艾略特和多洛西亞一樣，我們不能說她找到了可以和她匹配的丈夫；然而，除了不可得的約翰．司徒爾．米爾之外，這樣一個在智識和精神上和她並駕齊驅的人要去哪兒找呢？《米多馬齊》精彩的「序曲」將阿維拉的聖德雷莎（Saint Theresa of Avila, 1515-82）和「後世的德雷莎」做了一個對比，這些德雷莎「沒有一貫的社會信念與規條做為她們的後盾，對熱誠懇切的靈魂而言，這種信念與規條可以發揮知識學理的功能。」在序曲的最後一段裡，艾略特對她自己和多洛西亞深刻地表達了反諷、陰鬱、激切的哀思：

有人會覺得，這些謬誤的生命係源自於無上大能在形塑女人的本性時，所製造的一種麻煩的不確定性：如果能夠精確地將女性的某種能力不足的形式，界定為數數只能數到三的話，那麼女人在社會上的命運，或許就可以用科學的方法準確測知了。此一不確定性仍存在著，其變化多端的程度比任何人根據女人相同的髮型，和根據她們共同喜愛的或詩或文的愛情故事所能推斷和想像的還要複雜得多。到處都有小天鵝混在仔鴉群裡於暗褐的池塘中不安地成長，牠從來不曾和同類一起感受生命的躍動。到處都有無創建之功的聖德雷莎降生，她慈愛的心跳以及因善事未果而發的啜泣忽忽顫響著，並在各種阻撓與防堵中消散無蹤，而沒有凝聚成某種可供追念的作為。

但丁會為「無創建之功」的女人在《天堂》裡安排什麼位置呢？喬治・艾略特雖然烈

性十足，但是對當今的女性主義批評家而言，她和珍・奧斯汀都不是很好用的人物。李・艾德渥茲（Lee Edwards）一九七二年的文章是許多評論意見的先聲。艾德渥茲清楚地覺察到「《米多馬齊》是一部有關想像活力的小說」，同時對艾略特不願為多洛西亞注入更多的活力與意志表達了強烈的抗議：

> ……喬治・艾略特最後並未創造出一個察覺到自己既不喜歡也不需要丈夫的女子——因為這種喜好將會招致卑屈或毀滅。喬治・艾略特如果能找出這類女子可賴以維生的某種價值體系的話，她或許已經成功地為聖德雷莎枯乾的形象再次注入了生命與活力。

女性主義批評家無法了解多洛西亞

多洛西亞和她的創造者一樣並不打算放棄婚姻；如果艾略特是一個基進的女性主義者，《米多馬齊》或許會是一部更有力的小說；也或許不會。但艾略特獨到之處不在她是一個什麼樣的解放女性，甚至也不在她的活力與意志，而在於其智能的廣度與強度。她會讓多洛西亞擁有一份在認知原創性上足以和布雷克或艾蜜利・狄津生相比擬的心智嗎？《米多馬齊》並不是《年輕女藝術家的畫像》，而是多洛西亞・布魯可的畫像，她骨子裡是一個具新教氣質的聖德雷莎，但她所處的時空不允許這樣一個聖徒般的女子自在地悠遊其中。

黎德杰探求著科學知識及隨之而來的聲名，多洛西亞求知的動機則純粹是屬於精神層面的。多洛西亞本性內斂，做不來社會運動者或政治改革者。喬治・艾略特和珍・奧斯汀一樣，這兩位傑出的藝術家和敏銳的諷諷家都沒有被她們當時的社會結構所禁錮。兩位小說家都在追求小說的利益，兩人之間的差異在於艾略特比奧斯汀更加明顯而突出地融合了美學與道德的意圖，而兩人的道德感比時下流行的道德意識要堅實得多。艾略特卓越的敘述掌控能力，使得她不會讓多洛西亞擁有艾略特自己無從企及的可能性。地位崇高的猶太先知末底改（Mordecai）向丹尼爾・德隆答說，「吾族之神聖原則為行動、抉擇、堅定的記憶。」艾略特崇偉的才華，不只是讓她能寫出這樣的句子而已，同時也讓她能在生活中予以實踐，雖然不是實踐得很徹底。或許女性主義批評可以理直氣壯地要求喬治・艾略特的女性立場能夠更積極一些，但這並不是文學上的理直氣壯。亨利・詹姆斯預告了女性主義批評家的矛盾情感，他抗議說那位稟賦優異的女主角被浪費掉了，並強調艾略特所塑造的多洛西亞無法滿足讀者的想像。在小說的最後，總是機敏靈巧的艾略特已經預測到了這些個抱怨：

當然，她生命中的主要作為並不是特別美好。這些作為是年輕高貴的動機在不完美的社會情勢之中掙扎挺進的折衷成果，在這種情勢底下，偉大的情感老是出錯，偉大的信仰轉眼成空。沒有任何一個傢伙的內在可以如此強勢而不致受到外界事物的深刻影響。新的德雷莎很難得再有機會去改革修道生活，正如新的安緹格尼（Antigone）不會再一心為了兄弟的殮葬而大逞英雄一般：能夠讓她們展現熱切行徑的環境與背景已經一去不復返了。而我們這些市井小民日常的言談舉止正在製造許許多多的多洛西亞，她們有些人的犧牲可能比我們所知道的多洛西亞還要悲切得多。

她那精巧細緻的心靈仍然很有看頭，雖然不是到處都看得到。她的精神——就像那條被賽魯斯（Cyrus）破了功的河一樣——都被人世間的一些瑣事給消耗掉了。但是她的存在對她身旁的人事物的影響是無遠弗居的：因為世界的發展有一部分必須依賴歷史上籍籍無名的作為；而如果世事真可以不那麼難耐與磨人的話，這大半得歸功於那些一輩子忠誠勤懇，死後歇息於孤墳荒塚的無名人氏。

「沒有任何一個傢伙的內在可以如此強勢而不致受到外界事物的深刻影響。」很難找到一句更有智慧，更有警示意味的話了。憎恨學派的成員並不需要這句話；但是我需要。「深刻」是非常精確的字眼，艾略特暗示說，內在力量的強度也決定了此一「深刻」的程度為何。多重決定是一樁陰鬱的事實，不管在生命還是文學中都是如此，而個人的意志與活力和社會及歷史力量之間的爭戰，在這兩個領域中都是永不止息的。多洛西亞選擇了不當爭戰者，她相信（和她的創造者一樣）「世界的發展有一部分必須依賴歷史上籍籍無名的作為。」

詹姆斯可能說對了：我自己的閱讀想像之旅有時不免會企盼多洛西亞的作為能夠具有歷史性的聲名。但是詹姆斯也可能說錯了；他最迷人的女主角伊沙貝兒·阿雀（Isabel Archer）和咪里·泰兒（Milly Theale）又有什麼具歷史聲名的作為呢？正值盛年的正典小說或許已於《米多馬齊》達到了崇偉的高點，它對讀者的影響仍然是「無遠弗屆」的。

14 托爾斯泰與英雄主義
Tolstoy and Heroism

托爾斯泰有若狂野的道德家

馬可辛‧高爾基（Maxim Gorky, 1868-1936）一九二一年的《回憶錄》（*Reminiscences*）裡，所記載的一段作者於一九〇一年初數次探視托爾斯泰的經歷，是我所見過對這位小說家的最佳引言。托爾斯泰當時七十有二，住在克里米亞（Crimea），健康情況欠佳，剛剛被俄羅斯正教會（Russian Orthodox Church）除籍。高爾基直接表達出托爾斯泰和他自己之間的矛盾情感，此矛盾情感強化了托爾斯泰的詭譎形象：

> 我在他拿給我看的日記中，看到一則奇怪的格言：「上帝是我的慾望。」今天當我歸還日記時，我問他那是什麼意思。

「一個不完整的想法，」他瞄著書頁，擰著眼睛說道，「我一定是想說：上帝就是我想要認識他的這一份慾望……不，不是這樣……」他笑了起來，把日記捲成了一個圓管放進上衣的大口袋裡。他和上帝的關係是很曖昧的；它有時會讓我想起「一穴雙熊」的關係。（依S. S. kateliansky與Leonard Woolf之英譯）

高爾基引用俗諺的神來之筆捕捉到了托爾斯泰的虛無觀和他無法堅守虛無觀的隱秘事實。這位先知小說家的完整想法是：將上帝等同於不想死去的慾望。勇氣十足的托爾斯泰並非感受到了一般人對死亡的恐懼，牽動他的是他自己非凡的活力與活力論——這和任何與滅絕消逝有關的念頭或事實都是格格不入的。對於這一點高爾基也說得很好：

死亡是他一輩子所恐懼和痛恨的，赴死的怖慄一輩子在他的靈魂中震顫著——他終須一死嗎？整個世界，整個地球都在看著他：從中國、印度、美洲，活潑躍動的信息從每一個角落向他源源傳來；他的靈魂無所不與，無所不包。為什麼大自然不破個例，讓某一個人長生不死呢？

托爾斯泰的渴望或可稱為天啟式的想望，而不好稱之為宗教欲望。托爾斯泰式的觀念與思維仍零星散佈在世界各地，但如今它們和許多其他各式各樣的精神化理性主義已經是難以區隔了。托爾斯泰冷冷地愛著他所謂的上帝，心存欲求卻一點也不急切。他的基督是山中訓示（Sermon on the Mount）的宣講者，如此而已，或許托爾斯泰自己比他還要像是個神呢！閱讀托爾斯泰談論宗教的文字，會讓你碰到一個嚴厲、有時顯得狂野的道德家，他不提供教誨，除非你像甘地（Gandhi）一樣把非暴力奉為至高無上的準則。托爾斯泰和他的妻子生了十三個小孩，但他對婚姻和家庭的觀感卻是很負面的，而他厭惡女人的程度也讓人心驚。當然，這些都是指發表議論的托爾斯泰而言，而不是指那位小說作家，甚至也和晚期的小說《復活》（*Resurrection*, 1900）或《惡魔》（*The Devil*）等後期的短篇小說以及著名的《克洛采奏鳴曲》（*Kreutzer Sonata*, 1889）沒有什麼關係。托爾斯泰強大且一貫的敘述能力，使得他的小說不致受到訓示性文字太大的干擾，也不致因此變成說教文章。

俄國的批評家強調，他的小說和故事在描繪熟悉的事物時，呈現出一種奇異的風貌，使得所有的一切都像是重新鑄造過的。尼采所說的「人類原初之詩」——也就是我們眼中的世界——已經在托爾斯泰的觀照之下被重組過了。如果你深入閱讀他的作品，你不會開始用他的眼睛來看事情，而是會察覺到你自己看事情的方式是多麼地主觀與武斷。他的世界要比你的世界豐富許多，因為他隱約暗示了他所看到的不但比較自然，也比較奇怪。要了解他所看到的自然是如何由象徵譬喻組構起來的，可能要花點時間，因為它純樸簡單的面貌實為修辭力量的展現。英國文學史上最類似的例子要數〈汀藤寺〉之前早期的渥茲華斯，如〈罪與悲〉（"Guilt and Sorrow"）、《荒屋》、〈康柏藍的老乞丐〉等詩作。在這些作品之中，渥茲華斯不需要記憶的神話，或是柯立芝式的人心與自然之間的相互感應。渥茲華斯早期主要詩作所呈現出來的自然兒女的哀傷令人坐立難安，堪稱托爾斯泰以前的托爾斯泰之作，其純樸簡單的藝術以如此濃烈的強度表現出來，使得其中的藝術向度幾乎完全遭到掩蓋。喬治・艾略特最具莎士比亞之風的作品《亞當・畢德》很有托爾斯泰的味道，托爾斯泰對這部小說的讚賞，更證實了兩者的確有神似之處。

渥茲華斯童年的記憶，帶來了他所謂的永生的喻示，雖然這些喻示將在日常的天光裡黯淡下來，卻仍然為他維繫著自然的虔敬情懷。托爾斯泰沒有類似的喻示，而在俄國農民身上尋覓著等同於自然的虔敬情懷的東西。可以肯定的是，不管他找到了什麼，都無法發揮他所尋求的安定力量。他是一個頑強無比的理性主義者，不會輕易認同一般民眾的信仰，然而他還是努力要達到他們對上帝的愛。托爾斯泰拒斥任何的奇蹟，因此，一位慈愛的上帝對他會有什麼樣的意義，還頗教人費思量。高爾基寫道，托爾斯泰「接著說真理只有一個——對上帝的愛。但是他談論此一主題的語氣頗為冷淡而且懶洋洋的。」托爾斯泰又告訴高爾基說，信仰和愛需要勇氣與膽量，這倒是很符合托爾斯泰的特質。如果對上帝的愛本身就是個大膽之舉的話，那麼誰來拯救那些膽小恐懼的人呢？托爾斯泰在這裡及其他地方教人讚歎之處在於其人格氣質的原創性或疏異性。他的行為動機實非我們所能想像。勇氣與膽量是史詩的德行，而托爾斯泰的宗教（如果可以這麼稱呼的話）沾染了他的藝術裡無處不在的史詩特質。托爾斯泰自比為荷馬的說法是很有說服力的，而其他後荷馬作家就很難得有如此的說服力了。不管是先知還是道德家，我們都可以說托爾斯泰既是史詩般的人物，也是史詩的創造者。

托爾斯泰的信念：道德的、宗教的、美學的

托爾斯泰的信念——道德的、宗教的、美學的——到底重不重要？如果這個問題的焦點是在那些信念本身，而時光又可以倒流回去的話，答案便是肯定的，因為那時托爾斯泰式的觀念與思維仍然活躍得很，但在歷經時空變遷的今天，答案恐怕就是否定的了，因為他的作品勢必得和荷馬、耶威者、但丁、莎士比亞的著作一起閱讀，從文藝復興時期以來，他大概是唯一能挑戰這些大作家的人。對於這種宿命，如果他地下有知，想必會大感不悅的；他自詡為先知，而非說故事的人。即使作為一個作家，他也會樂於和《伊里亞德》和「創世紀」為伍的，而且必然會繼續叱責但丁與莎士比亞。他尤其無法忍受《李爾王》，雖然他在晚年不由自主地倣效了李爾逃離家園，縱身躍入孤絕的自由之中。他很有一股以身相殉的衝動，但精明的沙皇政府就是不給他機會，政府迫害他的追隨者，但卻從來不去碰他這位世界聞名的賢士和史詩小說家，幾乎從一開始就被認定是普希金真正繼承人與完成者的作家，以及最偉大的俄語作者——此一名聲很可能會永遠跟著他。或許，在他心中的某個角落，總是存有一股媲美甚或超越荷馬和聖經的欲望，不過他的競技性格所表現出來

的，通常是對文學的不信任，甚至是對美學價值的拒斥。

然而，驚人的《哈吉・穆拉》卻和《藝術是什麼？》(1896)——他對希臘悲劇、但丁、米開朗基羅（Michelangelo, 1475-1564）、莎士比亞、貝多芬的強烈責難——大唱反調，這部短篇小說寫於一八九六年至一九〇四年之間，但一直到他去世時還沒有出版。雖然他有時會說《哈吉・穆拉》不過是自我耽溺之作，但是這個故事他寫了一遍又一遍，心裡也很清楚這是一篇不折不扣的傑作，一部違反了他幾乎所有的基督教與道德藝術原則的作品。要將《哈吉・穆拉》置於托爾斯泰其他所有傑出的短篇小說之上實在不太容易，尤其在他所擅長的這種文類底下，他還寫了《伊凡・伊里奇之死》(*The Death of Ivan Ilyich*)、《主與人》(*Master and Man*)、《惡魔》、《哥薩克人》(*The Cossacks*)、《克洛采奏鳴曲》、《賽吉烏神父》(*Father Sergius*) 等精彩作品。然而，自從我在四十多年前首次閱讀《哈吉・穆拉》以來，即使前面所列的頭兩本書也無法像它那樣縈繞我心。它是我個人檢視小說崇偉性的試金石，在我心目中它是全世界最好的一篇故事，至少是我所讀過的故事中最好的。

我在本書中一再強調，正典作品最重要的質素是原創性或疏異性。托爾斯泰的疏異性本身就頗為奇異，因為——很弔詭地——它乍看之下似乎一點也不奇異。你總是能聽到托爾斯泰那敘述者的聲音娓娓道來，而這聲音是直接的、理性的、自信的、良善的。當代俄國重要批評家維可多・許可洛夫斯基（Victor Shklovsky, 1893-1984）指出，「托爾斯泰的作品中最常見的策略，是拒絕將某一事物講得、描述得好像從來沒見過它似的。」這種疏異性的技藝和托爾斯泰的語調兩相結合，不由得要讓讀者欣然相信：托爾斯泰使得所有事物在他或她眼前都好像是從來沒出現過似的，同時也讓他或她覺得自己已經看過了所有事物。陌生感和熟悉感似乎並不相容，但兩種感受的結合，正是托爾斯泰製造出來的獨特氛圍。

托爾斯泰的創作顯得既詭異又自然

創作要怎樣才能夠顯得既詭異又自然呢？我認為最高段的創作——《神曲》、《哈姆雷特》、《李爾王》、《唐吉訶德》、《失樂園》、《浮士德，第二部》、《培爾·甘特》、《戰爭與和平》、《追尋逝去的時光》——都融合了如此相互矛盾的特徵。這些作品躍入了各式觀點齊聚的叢林，或者甚至是創造了這些觀點。但是能夠撮合歧異觀點的短篇小說並不多見。《哈吉·穆拉》和《奧狄賽》一樣奇異，和海明威的作品一樣親切。托爾斯泰的故事最後以哈吉·穆拉和少數幾個死忠追隨者對抗一大群敵人的英雄式決戰作結，令我們不由得要想起《喪鐘為誰響》（*For Whom the Bell Tolls*, 1940）之中，讓我印象最深刻的一段：艾爾·梭多（El Sordo）及其一小撮朋黨對抗為數眾多且火力強大的法西斯主義者的最後一博。海明威一直是托爾斯泰迷，而他模仿師父的作品也非常精彩。但哈吉·穆拉無論是生是死都像一個古代的史詩英雄，集奧狄修斯、阿基里斯、伊尼亞斯的優點於一身，而他們的缺點則一個也沒有。

路維奇・維根斯坦和伊薩可・巴柏（Isaak Babel, 1894?-1941）可能只有在他們那很不一樣的猶太血統上是相同的，但令我很感興味的是，他們倆也都很看重《哈吉・穆拉》。維根斯坦給了他的弟子諾門・馬孔（Norman Malcolm, b. 1911）一本《哈吉・穆拉》讓他帶去軍中，還告訴他書裡有豐富的寶藏。巴柏於一九三七年危難期間重讀這本書，他激狂無比地說：「在這裡，電流從大地經過雙手直接奔竄到紙頁上，其間沒有任何阻絕，毫不留情地以一種真實感，將所有外衣剝除淨盡。」

這本讓巴柏和維根斯坦如此激賞的書顯然是具有普遍性的，而這正是托爾斯泰的心願。喜歡屠格涅夫遠甚托爾斯泰的亨利・詹姆斯，想必無法像描述《戰爭與和平》一樣說《哈吉・穆拉》是一頭「鬆垮垮的怪獸」。如能詳細檢視這部小說，便不難發現是什麼因素讓托爾斯泰成為十九世紀最具正典性的作家，使得他在民主制時期藝術百花爭妍的時刻也能豔冠群芳。

首先，《哈吉・穆拉》屬於歷史，雖然視之為歷史小說是很奇怪的，即使《戰爭與和平》可以被稱為歷史小說也是如此。《哈吉・穆拉》不曾對歷史做過任何思考，它純粹是在講故事；但嚴格來講，小說裡所發生的事——至少其基本精神——並不是托爾斯泰自己想出來的。當我把這本小說和貝德里（J. F. Baddeley）的《俄國征服高加索記事》（*Russian Conquest of the Caucasus*, 1908）放在一起看的時候，那種弔詭又襲上心頭：托爾斯泰好像是跟著事實走，也好像是跟著自然走，他的《哈吉・穆拉》頗為詭異，屬於神話史詩而非編年記事。

俄羅斯帝國於十九世紀前半連年興戰，意欲征服高加索山林中的伊斯蘭教徒。高加索人團結一致對抗俄國人的聖戰最後由導師沙米爾（Shamil）領軍，他手下最有效率的部屬，是早在戰死之前即已成為傳奇人物的哈吉・穆拉。一八五一年十二月，和沙米爾意見不合的哈吉・穆拉投奔俄羅斯陣營。四個月之後的一八五二年四月，他試圖逃跑，在追逐間死於最後的決戰中。

托爾斯泰的立傳者和翻譯者艾默・毛德（Aylmer Maude）在托爾斯泰於一八五一年十二月二十三日所寫的一封信裡找到了故事的源頭，就在他加入對抗沙米爾的戰爭擔任砲兵官之前：

> 如果你想要秀一下有關高加索的消息，你可以發佈說有一個叫做哈吉・穆拉的人（沙米爾之外的第二號人物）在幾天前向俄國政府投降了。他是塞卡西亞（Circassia）的頭號蠻將和「勇士」，但卻晚節不保。

半個世紀之後，托爾斯泰的哈吉・穆拉讓人看不出有任何晚節不保的跡象。和小說裡其他任何一個人物，特別是沙米爾和沙皇尼可拉一世（Nicholas I）這兩位敵對的領導者比起來，哈吉・穆拉實在是一個百分之百的英雄。雖然托爾斯泰從來沒有說過荷馬的壞話，托爾斯泰所形塑的哈吉・穆拉卻是對荷馬式英雄的有力批判。托爾斯泰的英雄將荷馬分別賦予阿基里斯和黑可特的可敬特質集於一身，他不像阿基里斯那樣對死亡宿命流露出激狂的憤恨，也不像黑可特那樣頹然消極地接受最後的終局。

和阿基里斯一樣充分體認到自身力量的哈吉・穆拉成熟穩健、不模稜兩可、強而有力但不流於蠻橫。他比阿基里斯擁有更崇偉的活力，其處事手腕與策略可媲美奧狄修斯。他和奧狄修斯一樣想回家和妻兒團聚。奧狄修斯成功，而他失敗了，但托爾斯泰給我們的是一個神格化的英雄，而不是一個可悲的失敗者。在托爾斯泰的作品裡，沒有一個核心人物像哈吉・穆拉一樣接受過如此慈愛與完整的關注，我也不相信，在西方文學史上還能找到第二個韃靼族（Tartar）領袖哈吉・穆拉。還有哪個作家能給我們一個智勇雙全的自然之子做為勝利主角呢？康拉德的人民之子諾斯特洛蒙（Nostromo）是一個雄偉的人物，但是和哈吉・穆拉的想像空間比起來還差了一大截。托爾斯泰的蠻將和托爾斯泰自己一樣智巧過人，死得也很轟轟烈烈，如果我們說諾斯特洛蒙的死具有反諷的意味，那麼哈吉・穆拉便是如英雄般壯烈赴死了。

一九〇二年初的托爾斯泰離死亡之日已然不遠，這想必脫不了干係。他的病在四月初漸有起色，使他得以重返《哈吉・穆拉》的寫作，而在這段暫緩死亡的時間裡，他的主角卻代替他死掉了。小說家或許已心知肚明，在某個層面上他就是哈吉・穆拉，我們也可以說這位英雄是莎士比亞所塑造的托爾斯泰，在這裡，我們看到戲劇家反諷地勝過了最敵視他的作家。

《哈吉・穆拉》顯然是托爾斯泰最具莎士比亞風格的一則故事

不管是在質量俱佳的角色形塑上，在深廣無比的戲劇效應上，尤其是在所呈現出來的核心人物的改變上，《哈吉・穆拉》顯然是托爾斯泰最具莎士比亞風格的一則故事。講述哈吉・穆拉故事的托爾斯泰和莎士比亞一樣，誰都是，誰也都不是，既興致勃勃又態度冷漠，深受震動但淡然處之。托爾斯泰從莎士比亞那裡學來的是（不過他一定會否認的）將各種不同的場景集合並置的藝術，這種並置法可以創造出比較複雜的連結關係，這不是簡單的情節發展所能提供的。我們看見哈吉・穆拉在他無從知悉的環境脈絡裡活動著，而我們也樂於見到他嫻熟地掌控著情境與人物。

托爾斯泰說莎士比亞沒辦法讓他的人物說出個人化的語言，這是一項很荒謬的指控，就好像說巴哈不會做賦格曲（fugue）一樣。多學點英文也不會讓托爾斯泰開竅的；他對莎士比亞的敵視屬於自衛性質，雖然這大半是不自覺的。只有孚斯塔夫能討他歡心，李爾則最受他的鄙視。托爾斯泰的局限實在不是什麼令人愉快的話題，不過他的局限只有在莎士比亞跟前才會蹦出來。他最有份量的角色安娜・卡烈尼娜（Anna Karenina）具有濃濃的莎士比亞風味，喜愛她的托爾斯泰如果知道的話，想必是不會原諒她的。說托爾斯泰痛恨莎士比亞並不誇張，而我們大可以再補充說他也懼怕莎士比亞。湯瑪斯・曼認為托爾斯泰私底下將莎士比亞視同自然，而將自己視同心靈與精神。道德論再次於我們的學院裡引領風騷，而我們也將大聲認可托爾斯泰將哈里特・比且・司多置於莎士比亞之上的評斷。新歷史論者、女性主義者、馬克思主義者都會喜愛《湯姆叔叔的小屋》甚於《李爾王》的，托爾斯泰正是他們的老祖宗。

《哈吉・穆拉》是托爾斯泰晚年最特出的成就，這位老巫師在此終於趕上了莎士比亞。莎士比亞能讓最無足輕重的角色生氣蓬勃，充滿躍動的活力，托爾斯泰巧妙地吸收了這種卓越的才能。《哈吉・穆拉》裡的每一個人都擁有鮮活的個性：沙米爾；尼可拉沙皇；阿迪夫（Avdeev），在一次打鬥中喪命的倒楣俄國士兵；佛隆梭夫（Vorontsov）王子，接受哈吉・穆拉投降的人；波多拉斯基（Poltoratsky），一位連長；以及哈吉・穆拉的一小夥死忠追隨者：艾達（Eldar）、甘札羅（Gamzalo）、可汗・馬侯瑪（Khan Mahoma）、卡奈菲（Khanefi）。此一人物表似乎永遠也列不完，就像莎士比亞的一齣主要劇作一樣。還有大佛隆梭夫，俄軍統帥；他的副官羅里-梅里科夫（Loris-Melikov），負責看管哈吉・穆拉的人；巴特勒（Butler），一位能對韃靼族領袖特質表示欣賞的英勇軍官。故事裡的兩個主要女性角色也極具說服力：小佛隆梭夫的妻子馬亞・瓦西雷夫納公主（Marya Vasilevna）和一位低階軍官的情婦馬亞・德米里夫納（Marya Dmitrievna）。

這十四個人物和其他許多次要角色都表現出了莎士比亞精準與活潑的氣韻，將哈吉・穆拉烘托得極為出色，我們認識他就像我們認識莎士比亞的偉大戰士一樣：奧賽羅、安東尼、考利歐雷諾斯，或《約翰王》裡的孚康布瑞吉。我們認識安娜·卡烈尼娜更為完整而深入，安娜和托爾斯泰太親近了。托爾斯泰終於也和莎士比亞一樣透過了不屬於他自己的聲音說話，並且扮演了哈吉·穆拉此一自然之子兼史詩英雄的偉大角色。

哈吉·穆拉乃真有其人

歷史上的哈吉·穆拉既是也不是托爾斯泰的哈吉·穆拉。貝德里所記述的韃靼族英雄或許更具膽量與勇氣，但同時也更陰沉，更不通人情。哈吉·穆拉是山國達吉斯坦的阿瓦人（Avar of Dagestan），他一開始所對抗的是穆里茲（Murids），此一大規模的伊斯蘭教神秘復興運動，挑起了俄羅斯人和阿瓦人之間長達六十年的戰爭。貝德里所記錄的哈吉·穆拉一生的事蹟雖然只是事實的陳述，讀來卻很有奇幻故事的味道。

這位英雄在殺掉穆里茲的領導者導師韓亞（Imam Hamyad）之後投效俄羅斯陣營，後來他遭到阿瓦人領導者的背叛，並且被誣陷說他是新任導師沙米爾的手下。哈吉·穆拉跳下斷崖躲開了俄羅斯人的追捕，接著他投奔穆里茲，憑著他優越的才能很快就成了沙米爾的頭號大將。正規戰和奇襲戰都是這位英雄的拿手好戲，沙米爾嫉恨他的名聲，便將他最優秀的部下處死，以確保朝代的傳承。別無選擇的哈吉·穆拉再度投奔俄羅斯人，托爾斯泰的小說便從這裡開始。雖然托爾斯泰儘量忠於歷史事實，他的哈吉．穆拉仍然經過了他的巧手安排，他不允許一絲絲野心或殘暴的氣息沾染了這位英雄的輝燦榮光。

托爾斯泰的小說開頭是一支簡短的序曲，敘述者在散步回家途中頗費了一番功夫折下「一株漂亮的大紅薊，這附近的人管它叫『韃靼』。」這株紅薊顯然是哈吉．穆拉的象徵：「多麼活躍與執拗啊！它如此堅決地保護自己，讓對手付出了如此慘痛的代價！」每一次當我讀到此一序曲時，我都會驚訝於如此明白露骨的象徵手法竟然不會讓我覺得是美學上的瑕疵。但我接著便會想起《哈吉．穆拉》裡的一切都是明白而露骨的。這則故事沒有任何驚奇之處或意想不到的轉折；事實上，托爾斯泰老是在事情發生以前就先讓我們知道。故事在詳細描述了哈吉．穆拉的最後一搏而告結束之前，我們先看到了這位英雄被割下來的頭顱，於是上述的手法便在此一敘述的反轉中達於極致。托爾斯泰似乎以為我們都已經很熟悉這段歷史，但小說並不去思忖故事的意義為何；其中沒有訓誡，沒有議論。重要的顯然不是所做所為，也不是情調與氛圍，而是其中所揭露的哈吉．穆拉的人格氣質。

哈吉．穆拉膽識過人，然而打從一開始他就已經踏上命運的不歸路，總是擺脫不了沙米爾和尼可拉沙皇這兩位邪惡君王的包夾。因此，他的宿命已定；俄羅斯人不放心任由他去發動反抗沙米爾的戰事，但是他必須救出被沙米爾擄為人質的家人。因此他也和托爾斯泰與讀者一樣很清楚他自己的故事以及和英雄的最終命運有關的所有故事會有什麼樣的結局。但哈吉．穆拉既非但丁的尤利西斯，也不是其他任何一位被困在復古的道德世界裡的史詩英雄。這位莎士比亞式的主角最深沉的人格特質，是其內在變化的能耐，這種能耐在他對抗必將毀滅他的事物時得到強化，就像安東尼在他的守護神赫庫力茲棄他而去之後，終於展現出人性光輝一樣。托爾斯泰在講哈吉·穆拉的故事時，深為講故事的藝術所吸引，於是他跳脫了托爾斯泰的教條而全心投入藝術的純粹與實踐之中。

在十一月的一個寒冷的夜晚，裹著頭巾和斗篷的哈吉·穆拉由艾達一個人陪著來到了離俄羅斯陣線大約十五哩遠的一個韃靼族村莊。他要在這裡等候俄羅斯是否要接納他的消息，如今他已從沙米爾那裡逃了出來，而根據貝德里的記載，那位導師不管走到哪裡身邊都跟著一位持斧劊子手。托爾斯泰這段開場白的氛圍所烘托出來的可能正是《哈吉·穆拉》最讓維根斯坦讚賞的地方：一個讓人對悲劇如何能呈現自然本質既信又疑的悲劇英雄。

羅拉·昆尼的《陰鬱的真理》(*The Grimness of Truth*)將維根斯坦對生命悲劇感的曖昧態度，推衍到約翰生博士和雪萊兩人身上。對托爾斯泰和杜斯托也夫斯基這兩位互成對比的作家都很感興趣的維根斯坦，似乎在他們倆的作品中瞥見了他自己對悲劇的矛盾觀感。莎士比亞讓維根斯坦感到不安，他顯然和托爾斯泰一樣很怕這位寫出《哈姆雷特》和《李爾王》的劇作家。托爾斯泰和維根斯坦對悲劇持懷疑的態度，但卻不由自主地渴求著它，如果你和他們一樣的話，那麼莎士比亞便成了你最大的問題，因為你討厭看到對他而言悲劇就如同喜劇或傳奇劇一般自然的事實。托爾斯泰尤其無法忍受《李爾王》裡所發生的一切，而《哈吉·穆拉》——姑不論其中不自覺的莎士比亞色彩——或許是針對莎士比亞任由他的悲劇英雄釋放出超乎人類智識的力量所做的批判。哈吉・穆拉這位韃靼族第一號勇士憑靠自己的力量行走天涯，他救不了他自己，但他所對抗或召喚的從來不是神魔的力量。他具有英雄與自然的氣質，但他必須面對最艱困的情勢，這是他全部的悲劇意涵所在。談到這裡，高爾基又浮上心頭，因為他和托爾斯泰的對話讓我不免要好奇，托爾斯泰在那時候是以什麼樣的心情來寫《哈吉・穆拉》的：

我說，所有作家或多或少都可以說是杜撰者，總是根據人們在他們眼裡的模樣來描繪眾生像。我還說我樂於見到積極活躍的人，以各種方式來抵抗生活中的罪惡，甚至訴諸暴力也在所不惜。

「暴力就是最大的罪惡，」他抓著我的手臂叫道，「關於這點你要如何自圓其說呢，杜撰者？你的旅伴先生不是杜撰的——它的好處就在它並不是杜撰的。但只要你一動腦筋，你就生出了許許多多像阿瑪迪斯一樣的騎士。」

托爾斯泰的遊俠騎士，他那高盧的阿瑪迪斯不消說就是優秀卓越而且非常暴力（當他必須使用暴力時）的哈吉・穆拉，這位英雄可以說是小說家杜撰的，也可以說不是。托爾斯泰這位非暴力主義者在他為韃靼族領導者所寫下的剽悍敘述中是全然缺席的。哪一個才是比較真實的托爾斯泰？是《哈吉・穆拉》的作者還是寫下《自白》（*Confession*）和《藝術是什麼?》的道德先知?我們很難斷定說有兩個互不相容的托爾斯泰。以下這一段文字(艾默・毛德英譯)怎麼能說不是出自最有份量、最有正典性的托爾斯泰呢?

兩個人的眼睛互望著,彼此傳達著許多無法訴諸言語,也不是其他人解釋得來的東西。它們無言地相互傾訴全部的真相。佛隆梭夫的眼睛說他不相信哈吉・穆拉所說的每一個字,還說他知道他將永遠是俄羅斯的敵人,他的投降只是權宜之計而已。哈吉・穆拉很清楚這一點,但他仍然繼續表現出自己的忠誠。他的眼睛說,「那老頭心裡想的應該是他自己的生死,而不是這場戰爭,但是他老歸老,頭腦可還靈光得很,我得小心提防著點。」佛隆梭夫也是心知肚明,但他還是以他認為對戰爭最有利的方式和哈吉・穆拉說話。

托爾斯泰也和那老頭一樣努力不去想他自己的生死並轉而關心戰爭。托爾斯泰和荷馬一樣對戰爭既不加以禮讚也不表示遺憾;兩位作者皆視戰爭為生命基本法則。或許又有人想起了托爾斯泰和他的非暴力主義,但是非暴力和佛隆梭夫與哈吉・穆拉的高加索會有什麼關係呢?戰爭在《哈吉・穆拉》裡是一種解放,在沙米爾和尼可拉雙方恐怖平衡的世界中,它是唯一的出路。寫《哈吉・穆拉》顯然也是一種解放,是老托爾斯泰放縱自己的最佳成果,而他則對高爾基說,「英雄——全是謊言與杜撰;只有人、人、人,如此而已。」

哈吉・穆拉可說是代表了托爾斯泰早已逝去的青春年少

如果哈吉・穆拉不是英雄，那麼他是什麼?或許他可以說是代表了托爾斯泰早已逝去的青春年少，但這並不足以說明這位韃靼族戰士多方面的卓越才幹。托爾斯泰其他重要小說的主角相形之下就比較沒那麼鮮活，也比較不能讓讀者完全認同。每一位讀者內心的某一個角落都在企盼一位如哈吉・穆拉一般完全融入自身情境的虛構人物。托爾斯泰比莎士比亞以降的其他每一個作家，都更能表現出爭戰世界中的權力追逐，而哈吉・穆拉實堪與《安東尼與克利歐佩特拉》的安東尼或康拉德的諾斯特洛蒙相比美。托爾斯泰和莎士比亞一樣既對主角的戰事淡然以對，同時也對主角迫近的宿命不勝同情。

托爾斯泰和哈吉・穆拉之間另有一層奇妙的私密關係，直逼全面的認同。環境迫使哈吉・穆拉成為流亡者，即使這是一個擁有充分尊嚴與榮耀的流亡者。雖然他和自身周遭的情境極為契合，但他知道此一情境正逐漸消解，最後只留下幾個人在他身邊。最終命運的影子在托爾斯泰的整篇故事裡盤桓繚繞著，正如《安東尼與克利歐佩特拉》裡英雄的一舉一動皆散發出宿命氣息一般。夾在沙米爾和沙皇之間的哈吉・穆拉最後唯一的自由便是勇敢地死去，他的身份地位並未因此而有絲毫的損傷，反而得到了提昇。

和托爾斯泰最相像的兩個文學人物是作者J的上帝耶威和莎士比亞的李爾，這絕不意外，不過他顯然也很像他自己的哈吉・穆拉——一個智勇雙全的戰士，而非暴躁易怒的神祇或君王。湯瑪斯・曼在〈歌德與托爾斯泰〉這篇奇文裡證實了這一點，但這絕非他的本意：

我們也在托爾斯泰身上注意到了同樣明顯的野獸特質；他的這種特質一直持續到他那缺乏歌德生命最後期的尊榮、威儀與嚴整氣韻的老年階段。這並不會讓人感到意外。因為我們相信，歌德所過的生活絕對比這位斯拉夫貴族所過的更嚴謹、更勤勉、更堪為模範；我們也相信，他的文化活動遠比托爾斯泰的那些老是無謂荒謬地胡兜著的、毫無成效的精神造化運動更需要真正的自制、拘謹、紀律。正如高爾基所描述的，托爾斯泰的貴族式魅力得自一頭高貴的野獸。他從未企求文明人和萬物之靈的尊榮。

約翰・貝里（John Bayley, b. 1925）對此做了一個適切的回應，他說歌德和托爾斯泰都是超級自我中心主義者，但各自屬於截然不同的類型：「如果說歌德除了他自己之外什麼都不關心，那麼我們便可以說托爾斯泰除了他自己之外什麼都不是；而他對未來運勢和生命意涵的感受也因此較為親暱與動人。」

托爾斯泰和他的哈吉・穆拉一樣除了他自己之外什麼都不是。曼想必也會把哈吉・穆拉當作是缺乏文明尊榮的高貴野獸。曼是一個傑出的譏諷家，而他在這裡所面對的是他自己的藝術能力無法掌握的東西。哈吉・穆拉最特出的地方是他的美學尊榮，而曼的人物沒有一個擁有可以和這份尊榮相比擬的特質。提到美學尊榮的問題我們便要來到哈吉・穆拉的最後一搏與他的死亡，這或許是托爾斯泰最棒的文學想像。

托爾斯泰和哈吉・穆拉有一個不相同的地方：車臣（Chechen）英雄愛他的妻兒，最後他就在試圖使他們免受沙米爾報復的奮力一博中死去。托爾斯泰有沒有愛過任何人——包括他的小孩在內——是很成問題的。渥茲華斯、米爾頓、但丁都比不上托爾斯泰這位超級唯我主義者。托爾斯泰的宗教與道德文章說穿了不過是他本人唯我主義的表白，然而，《戰爭與和平》或《哈吉・穆拉》的讀者有誰會希望他少自我執迷一些？天下沒有白吃的午餐，有些傑出的作家（男女皆然）就是要靠自身的唯我主義，才能煥發美學的光彩。就我們所知，莎士比亞可能是最不具唯我主義傾向的詩人之一；喬賽在這方面也不讓莎士比亞專美於前，有時候我還真想玩一種遊戲：根據各個主要作家唯我主義的程度把他們區分開來。這種區分有沒有意義呢？作家的地位與成就完全不會因此受到影響，但是和作家創造了哪一種成就則有明顯的關聯。喬哀思是特大號唯我主義者，而貝克特則可以說是最沒有自我的人之一。《芬尼根守靈》和貝克特的三部曲《莫洛伊》、《馬龍死了》、《無名者》之間的差異部分是來自貝克特對其先驅的閃躲，但主要還是得歸因於兩人對他人自我的截然不同的觀感。

哈吉・穆拉和托爾斯泰其他的一些主要男性角色不同的是，他對他人自我的存在懷有異乎尋常的感受。如果沒有這份感受的話他可能早就一命嗚呼哀哉了；但他的這份意識絕不只是一種警覺心理而已，這從他和巴特勒之間的親摯關係可以看得出來，這位軍官的浪漫視見和恣意冒險頗有青年托爾斯泰於高加索服役時的味道。如果哈吉・穆拉悲劇性的孤獨狀態就某方面來講是反映了托爾斯泰自己的尷尬處境的話，那麼這位韃靼族戰士寬容廣博的情懷便代表了小說家知道自己並不具備的特質。無疑地，他的英雄卓越的軍事才能也是托爾斯泰亟欲認同的對象。約翰・貝里總括托爾斯泰的服役經驗說「大半的時間都是在打屁、編故事、射野兔和雉雞、和哥薩克女郎調情、在當地的礦泉浴場治療淋病。」貝里並生動地補充說，這份經驗和海明威積極的軍事探險頗為類似，而海明威一生的志業便是自覺地從事和托爾斯泰的競技。兩位小說家都將他們的自我注入事物的自然本質之中，好讓他們的自我崇拜能在他們的藝術裡得到痛快淋漓的揮灑，於是他們便堂堂進入了弗洛依德稱之為「檢驗現實」的領域，雖然其中並沒有弗洛依德所說的與死亡交好的最終智慧。

哈吉・穆拉在其最後一搏和整個一生中都閃耀著熠熠光芒，他戰鬥到最後一刻，直到他不屈而優雅地死去，展現了那份只有莎士比亞的男女悲劇英雄方能擁有的智慧。在他生命中的最後一個早晨，天光已現但太陽尚未昇起，他召來了座騎和他的五個追隨者，外加五個負責監視他的哥薩克人一起動身。他和自己人在殺掉和趕走這幾個哥薩克人以後，仍然擺脫不了其他眾多的哥薩克人，以及投效俄羅斯陣營的韃靼族民兵，以致身陷重圍。在一場激烈的槍戰後，哈吉・穆拉終於走到了盡頭：

又一顆子彈打中了哈吉・穆拉的左側腹。他倒在溝渠裡，又從衣服裡扯出了些棉花塞住傷口。這是個致命傷，他覺得他就要死了。記憶與圖像在他的腦海裡一個接著一個極其快速地閃過。他看見強悍的阿布・努查・可汗（Abu Nutsal Khan）手拿短刃，抬起被割裂的臉頰衝向敵陣；接著他看見虛弱無血色的老佛隆梭夫蒼白狡黠的臉，聽到他低緩的聲音；接著他看見他的兒子猶蘇（Yusuf）、妻子索菲亞(Sofiat)以及他的死對頭沙米爾長著紅鬍子的蒼白臉孔和半閉著的雙眼。這些影像一一流過他的心頭時並沒有激起一點波瀾——沒有遺憾、沒有憤恨、沒有任何欲望：和他身上將要開始或已經開始的事情比起來，一切都顯得如此微不足道。

但他那頑強的身體繼續做著他已經開了頭的事情。他鼓起最後的力量站起身，朝一個向他這邊跑來的人開槍，將他擊倒。接著哈吉・穆拉出了溝渠，手持短刃吃力地直直朝向敵人蹣跚走去。

幾聲槍響，他搖搖晃晃地倒了下去。幾個民兵高呼勝利，並朝倒下的屍體奔去。但那像是已沒有生命的身體突然有了動靜。首先是那光溜溜的、流著血的頭抬了起來；接著雙手伸出來抓住一棵樹。他看起來可怕得很，那些向他跑去的人猛地停下腳步。但他突然感到一陣顫慄，搖搖擺擺地抓不住樹幹，然後整個人臉朝下栽在地上，像一株被割下來的薊草，他不再動了。

他一動也不動，但他仍有感覺。

當第一個來到他身旁的哈吉・阿嘉（Hadji Aga）以一支大短刃敲他頭的時候，哈吉・穆拉覺得有人在拿鎚子敲他，他不知道那是誰，也不知道他為什麼要這麼做。這是他的意識和他的身體的最後一次連結。他再也沒有感覺了，而被他的敵人踢著砍著的屍體和他已不再有任何的瓜葛。

這段敘述展現了超然與淡漠的力量，我們不禁要好奇，極為認同哈吉・穆拉的托爾斯泰，如何能在這位英雄失去意識的時候不流露出一絲絲的驚惶、哀痛或莫名的恐懼。他的屍體「和他已不再有任何的瓜葛」，這令我們想起了《戰爭與和平》裡的娜塔沙（Natasha），她在聽聞安祖魯王子（Prince Andrew）的死訊後大叫道：「如今他身在何處，他現在又是誰呢？」在此我引述貝里評論托爾斯泰教人認同的強大力量時的高見：「唯我主義是永恆的指標。」

哈吉・穆拉的死，是老托爾斯泰跳脫唯我主義之舉

哈吉・穆拉的死是老托爾斯泰跳脫唯我主義之舉，它不曾引發像娜塔沙那種尖刻哀慟

的雙重問題。托爾斯泰給我們的是「在槍聲持續時噤聲不歌而如今又開始鳴囀的夜鶯：先是在近處，接著遠方也應和了起來。」

最後只留下泥濘田野上被踩扁的名為韃靼的紅薊以及夜鶯的哀歌，托爾斯泰的敘述擁有荷馬的氛圍和莎士比亞的人物塑造，其精巧細膩的力量，讓我們在那英雄行徑的意象裡得到了最好的報償。不管在高加索或俄羅斯的國度裡，哈吉・穆拉都是最優秀的，他擁有一切最好的特質：膽大、騎術、機智、領導才能、現實觀。古今所有史詩或傳奇裡的英雄沒有一個可以和他相比擬。在哈吉・穆拉死去的那一刻，他已不再有任何遺憾、憤恨和欲望。托爾斯泰亦然。我們亦然。在所有的作家當中，托爾斯泰能設想出一個如此妥貼適切而且和他自己對死亡的恐懼如此格格不入的死亡場景，這實在是美學尊榮上的一次出人意表的絕大勝利。不管我們認為正典是什麼，《哈吉・穆拉》永遠是民主制時期的正典核心。

15 易卜生．北歐精靈和《培爾．甘特》

Ibsen: Trolls and *Peer Gynt*

我最近站上了哈佛大學美國劇目劇場（American Repertory Theatre）的舞台，準備討論易卜生的《海達‧嘉柏樂》（*Hedda Gabler*）。和我同台演出的有著名的易卜生學者（男性）、頗受歡迎的哈佛大學女性主義者，還有剛剛扮演過海達的美麗女名伶。我溫和懇切地說，海達真正的先驅是莎士比亞的依阿高和哀德蒙，因此，即使當時的挪威社會允許海達昇上軍火工業總裁的高位，她仍然會自虐虐人、詭計多端、謀殺害命、自殺以終，也就是說，她仍將保有她那迷人的可怕自我；這番話成功地為我帶來了許多觀眾的噓聲。

接著我語帶諧謔地補充說，海達是男是女並沒有什麼差別，由於已有女演員扮演過哈姆雷特，可以想見的是有一天海達也將由男演員來扮演。那位學院派女性主義者回應說，婚姻生活不快樂、懷孕也非出於自願的海達是社會和自然的犧牲品，觀眾聽到此一論點顯然開心得多。「她被困在女人的身體裡」成天反覆地播送著，彷彿海達是因為社會沒有給她事情做才會沉淪似的。

海達的聰明才智是由於要行使個人的意志

我那位信奉女性主義的對手所發表的並不是什麼創見，我也一樣。布里姬・布洛菲（Brigid Brophy, 1929-95）早在一九七〇年就說過，如果海達「成為挪威的軍隊統帥的話」，她的悲劇或許就可以避免了，但是我認為《地獄黑船》（*Black Ship to Hell*, 1962）（我最喜歡的書之一）了不起的作者是誤會了。率領軍隊也好，掌管軍火工廠也罷，海達無論如何都會表現得跟她的前輩依阿高和哀德蒙一樣。這三個人的天才都必須發揮在否定與毀滅上頭。他們都是用別人的生命來寫作的劇作家。她那凶險的聰明才智並不是社會環境所激發的，而是為了她要尋求快感、為了她要行使個人的意志。如果真要說她像易卜生認識的某個人的話，這個人就是易卜生自己，而他想必也知道這一點。

一八九〇年寫於慕尼黑的《海達・嘉柏樂》是美學時期——民主制時期過渡到混亂時期的動盪年代——的精彩傑作，這絕不是意外。依阿高得意洋洋地品味著他巧計構陷奧賽羅的傑作，哀德蒙冷冷地看著他的父親格勞斯特和手足愛德加輕易地上當受騙，海達則如出一轍地熱切希望賴夫伯格（Lovberg）能夠在她的慫恿下，拿她的手槍漂亮地結束他自己的生命。縱使將依阿高擢昇為奧賽羅的副官，或是讓哀德蒙成為格勞斯特的繼承人，也只會讓他們所造就的悲劇延後發生而已；其他的誘因仍然會出現。海達就算當上了軍備大臣或陸軍元帥也一樣會找機會毀掉賴夫伯格和她自己的。

這些都是為了要點出易卜生之所以能進入正典最關鍵的因素：他的社會寫實色彩只是表象，他真正的成就是，將莎士比亞的悲劇和歌德的幻想曲轉化成一種新式的北方悲喜劇，如《布蘭德》（*Brand*, 1866）和《培爾·甘特》等顯性的典型浪漫主義戲劇詩作，以及如《海達·嘉柏樂》和《建築大師》（*Master Builder*, 1892）等隱性的典型浪漫主義戲劇詩作。在易卜生半世紀的戲劇作家生涯中，《哈姆雷特》和《浮士德》的陰影一直籠罩著他。他的正典性與其劇作家的地位和他為了彰顯自己詩的意志所做的努力與掙扎息息相關，和他那個年代的社會能量則幾乎完全扯不上關係。

易怒、古怪、執迷不悟地發揮自己才藝的易卜生並不是一個令人著迷的偶像級人物，他和歌德唯一相像的地方是，他們倆都棄絕了自己的一些最活躍的情感衝動，以便無所阻礙地開拓自己的藝術天地。易卜生幾乎吸引不了任何人；歌德吸引了每一個人，包括他自己在內。易卜生和莎士比亞一樣擁有真正的戲劇家的神秘天賦，他可以把自己所缺乏的生命內容，傾注在某個角色身上。歌德唯一令人信服的戲劇創作是他自己的人格，或者是等同於歌德自己的梅弗斯托菲里斯。在歌德的劇作或戲劇詩裡，我們找不到類似布蘭德、培爾·甘特、皇帝朱里安（Emperor Julian）、海達·嘉柏樂、索尼斯（Solness）的人物。這些神魔般或北歐精靈般的角色洋溢著充沛的生命力，此一莎士比亞式的人物大觀園在現代文學中可謂無有匹敵。但他們揹負著莎士比亞的人物所沒有的負擔，那就是劇作家的責難。

艾里可・班特里在大約半個世紀以前就已經點出了易卜生的這項重要特質：「他寫的作品愈來愈主觀，愈來愈艱澀，其中並隱含著對現代人包括對詩人自己的譴責。」

班特里並且暗示，這份譴責尤其是衝著人民公眾而發的，這些民眾透過他們在舞台上的代理人所承受的痛苦，正是易卜生希望他們來承受的。對易卜生具有間接但強大影響的齊克果曾區分出兩種絕望：無法成為自己的絕望，還有一種更大更深的絕望，那就是真的成為了自己。易卜生的主角的的確確成為了自己。這些人除了培爾・甘特以外全都絕望以終。易卜生也很努力地要讓培爾・甘特陷入絕望之中，但這號人物完全脫離了他的掌握，而進到了哈姆雷特、孚斯塔夫、李爾的弄臣、巴拿丁（《惡有惡報》）、唐吉訶德、桑秋・潘札以及其他少數幾個人物所居住的文學空間裡。

《培爾・甘特》這一部戲劇詩作自有它奇特的喜感，我們就這麼看著易卜生儘忙著要讓我們和他自己不贊同或討厭培爾但終歸徒勞。孚斯塔夫的機智使得他所犯下的每一項過錯都顯得那麼理所當然，同時也調和了他的生活，而我們也終將對此有所省思；但是當孚斯塔夫還在舞台上的時候，誰會有那個閒功夫來想這些？培爾的充沛活力與漫不經心，使得他在北歐精靈王（troll king）、大勃哥（Great Boyg）、紐扣製模匠、陌生客（Strange Passenger）等超自然界的可怕敵手和人世間的所有對立者之間不斷地衝鋒陷陣。不管在劇場中或書房裡，我們都站在培爾這一邊，甚至已經融入了甘特式宏大的自我之中。

易卜生是美學時期最具代表性的戲劇家，因為他比史特林堡（Strindberg, 1849-1912）、王爾德、蕭伯納，甚至契柯夫都更靈巧地意識到了要怎樣透過我們讀者的種種認知與感受來觀照他的人物。他是貴族氣質的歌德的民主傳人，他的戲劇詩作雖然無法和《浮士德，第二部》相比擬，但他知道一樁歌德從來不知道的祕密，那就是要怎樣在後啟蒙時期重新為詩劇注入活力。《浮士德，第二部》的神話太過遙遠，無法展現立即的戲劇效果；易卜生則運用詭奇的挪威民間神話，和現今混亂時期的許多作家運用弗洛依德神話的情形頗為類似。

易卜生的戲劇心理學，以北歐精靈的意象為中心

易卜生的戲劇心理學以北歐精靈的意象為中心，而北歐精靈最近在兒童玩偶市場上突然再次大受歡迎。不過，我在商店櫥窗裡看到的那些頭髮狂亂的小頑童，看起來比易卜生的北歐精靈要和善得多，後者是如假包換的惡魔。易卜生在早期的一篇討論民俗歌謠的文章裡（1857）談到，他的國家的通俗文學總喜歡「前往北歐精靈的家進行奇幻之旅……與北歐精靈一較高下」，這便把我們帶到了《培爾·甘特》的世界。在閱讀易卜生的劇作或觀賞其舞台演出的時候，我總覺得，易卜生的北歐精靈對他而言並非古代的奇想或現代的隱喻。易卜生和歌德一樣相信自己筆下的神魔、相信自己的天才的超自然源頭。有些批評家認為易卜生的北歐精靈相當於弗洛依德所說的潛意識，這是不正確的。他們比較接近弗洛依德

較晚期的有關「愛慾」和「死亡」等驅力的神話，而且因為**我們**具備此等驅力，我們便擁有北歐精靈的部分特質。但弗洛依德在此是二元論者，易卜生則是一元論者；在易卜生看來，我們求生和求死的慾望彼此交替著，而此等慾望並不屬於人類的特質。因為驅力無所不在（或者至少是無所不在的神話），所以北歐精靈不可能像——比如說——《培爾·甘特》裡住在山上的北歐精靈一樣只是個怪獸。培爾自己便是半個北歐精靈，而我們也將看到，海達·嘉柏樂和索尼斯除了僅止於對社會的膽怯以外，也都是北歐精靈。《布蘭德》裡的女孩潔德（Gerd）教我們既愛又惡，因為她身上一切不屬於北歐精靈的人類特質，都表明了她是一個真正的心靈先知。易卜生的某個基本面向——和他的創造力存有某種特殊關聯的狡黠神秘的氣質——正是不折不扣的北歐精靈。

易卜生想必不會同意現代學者為北歐精靈所下的若干定義。穆里爾·布瑞布魯可（Muriel Bradbrook）稱北歐精靈為「人類的動物版」，但總是活力充沛的培爾·甘特裡的那隻健康的動物，可是不與北歐精靈為伍的。洛夫·福耶德（Rolf Fjelde）翻譯的《培爾·甘特》是我在這裡所使用的版本，這位譯者比布瑞布魯可更厲害，他說北歐精靈是「近代歷史上死亡集中營的頭子」。易卜生的北歐精靈的確很邪惡，在《培爾·甘特》裡尤其如此，但是如果和搞滅種大屠殺的技術官僚比起來，他們倒比較像是愛捉弄人的調皮小孩。簡單一句話，北歐精靈是**前於**善惡，而非外於善惡的。

易卜生所創造的最可畏的人性化北歐精靈要數海達·嘉柏樂，而你並不能說海達是惡人。這就和你說她的前輩依阿高和哀德蒙是壞蛋一樣地無趣。易卜生顯然也將包括馬克白在內的莎士比亞反派英雄視為北歐精靈；但這並不屬於莎士比亞的神話。我們在依阿高、哀德蒙、海達身上都可以聞到幾許逐漸轉為陳腐的戲耍氣味，而只要崇偉的孚斯塔夫也散發著陳腐的味道，他也就擁有幾分北歐精靈的特質。北歐精靈特性的反面是智巧以及由智巧而生的旺盛活力。總是智巧過人的約翰爵士從來不是一個真正的北歐精靈，而《如願》裡喜歡作弄別人的小丑試金石，則幾乎可以說是北歐精靈的難兄難弟。

北歐精靈特性不管是在易卜生或是——他引導我們發現的——在莎士比亞的作品裡，都具有一種辯證性的張力。它和歌德式的神魔力量一樣，足可摧毀大部分的人性價值，但它似乎代表了那些非人類所能掌控的活力與才智的必然陰暗面。海達・嘉柏樂曖昧的性傾向包括了對賽亞・艾夫斯德（Thea Elfstead）的虐待式慾望，她的始祖可上溯至李利特，根據猶太民族的秘義傳統，李利特乃亞當元配。有一種說法是，李利特之所以會離開伊甸園的亞當，是因為她拒絕再用男上女下所謂的傳教姿勢（missionary posture）進行性交。當易卜生說海達想要活得像一個真正的男人時，他是在暗示說他的悲劇主角和李利特本是一家，因為挪威民間傳說把隱匿的女性北歐精靈（挪威原文為huldres）當成是亞當元配的女兒。我們再次看到的是，重點並不在海達那顯得邪惡的本質，而在她超自然的魅惑。如果好好演出的話，海達將會像哀德蒙一樣在冷漠虛無之間散發迷人的魅力，也將把我們都變成剛乃綺或瑞干。她的北歐精靈特性無論多麼凶險都堪稱是她的榮耀。

讓易卜生搖身一變成為社會改革者或道德家的評論或演出，勢必將破壞他的美學成就，同時也將動搖他在西方戲劇正典中僅次於莎士比亞或許還有莫里哀的地位。劇作家易卜生甚至比後期的莎士比亞更難以捉摸，更具有先知視見。他從頭到尾都在寫傳奇劇，即使《布蘭德》、《培爾・甘特》、《皇帝與加勒里人》（*Emperor and Galilean*）的華麗風格，在後來成為典型易卜生作品的布爾喬亞民主悲劇中似乎已不復見。捨詩就文的易卜生說他是在向現代風格靠攏；但他的天性是沒有任何對象可以靠攏的。蕭伯納宣稱易卜生是社會派作者，這實在是自欺欺人的說法；我想不出有哪一位西方主要劇作家像易卜生那樣自始至終不改其詭異本色的。狂野不馴的疏異性、詭奇的視見、不折不扣的巴洛克藝術——易卜生和西方正典的其他每一個巨人一樣表現出了這些特質。米爾頓或但丁或狄津生或托爾斯泰如此，易卜生亦同：我們已看不出他的原創性，因為這份個人特質已將我們涵納其中；易卜生已經形塑了我們一部分的生命。這種現象當然是以莎士比亞所表現的最為突出。而易卜生自始至終都比他自己所認為的更像莎士比亞。

易卜生的第一部正典劇作：《布蘭德》

批評家一般都同意易卜生的第一部正典劇作是狂烈的《布蘭德》，此劇於一八六五年寫於義大利，劇作家時年三十七歲。《布蘭德》甚至比其後的《培爾・甘特》更像是一部不適合搬上舞台的心靈劇作。如今這部劇作在英語世界顯得特別璀璨，因為詩人傑弗瑞・希爾（Geoffrey Hill）的版本（一九七八年）堪稱最精緻的易卜生詩作。文風狂野奔放的希爾是一位殉教史家，他在自己的詩作裡所顯現出來的氣質和布蘭德非常相似。他不願稱其《布蘭德》為翻譯，但它比其他任何一種譯作都要優秀。

希爾所展現的崇偉事實是，布蘭德實在是崇偉得讓人無法招架；當他最後死於一場雪崩時，觀眾或讀者想必都鬆了一口氣，因為這位急急奔向宿命的牧師，再也不能遵循最高原則去毀滅任何人了。在這齣悲劇的中心議題上，易卜生未曾表態或態度曖昧：布蘭德的上帝是否不過是放大了的布蘭德而已？如果一個人相信（我相信）每一個神祇包括上帝耶威在內都曾經是凡人的話（這是摩門教先知約瑟夫・史密斯最主要的洞見），那麼他便會正視瘋女孩潔德最後所相信的事實：耶穌並未死去，而是變成了布蘭德。布蘭德是挪威或維京（Viking）的耶穌，正如同美國信徒所信仰的並非拿札里的耶穌，而是美國的耶穌。努力想要建立一套基督教正統神學的歐登指責布蘭德搞偶像崇拜，這絕不是易卜生的意思：

> ……我們最後的印象是布蘭德誠乃偶像崇拜者，他所崇仰的並非上帝，而是他的上帝。縱使他的上帝恰巧就是正牌的上帝也沒有什麼差別；只要他認為上帝是他一個人的，他就像那些向物神頂禮膜拜的野蠻人一樣，是十足的偶像崇拜者。

潔德眼裡的布蘭德並不是易卜生的布蘭德，但是和歐登的詮釋比起來，她的看法倒是貼切得多。布蘭德的上帝是他一個人的，這就好像任何一位先知或神秘家的上帝都是他自己一個人的一樣，如此而已。不管布蘭德和他的上帝關係為何，他並不是因為這層關係才變得讓人無法招架的。從他和母親的互動開始，他的人際關係一直是很沒有希望的，包括他的婚姻也是如此，因為我們看到艾格尼思（Agnes）所愛上的並不是一個男人，而是一位信仰的英雄。

不管挪威的布蘭德是或曾經是什麼模樣，我總覺得他的宗教很有美國和後基督教的風味。我們對布蘭德的上帝所知不多，但我們可以看得出來，布蘭德和上帝共同存在於相對的孤獨之中。歐登認為布蘭德是一個不完美的使徒，然而易卜生的布蘭德根本不是誰的使徒。布蘭德和易卜生自己也和培爾・甘特一樣，擁有北歐精靈般的自我。易卜生是個戲劇天才，布蘭德則非常令人信服地呈現出了可怕的宗教天才。培爾・甘特則和唐吉訶德、約翰・孚斯塔夫爵士一樣是戲耍天才，是何辛佳《戲耍人間》裡的成員。在易卜生的作品中，和布蘭德最類似的人物是叛離者朱里安（Julian the Apostate），他是另一個散發著魅力但到頭來仍是不討人喜愛且教人無法忍受的精神天才。

這兩個人物以及幾乎所有易卜生主要角色的特質，都在在讓我們想起了易卜生自己詭異的北歐精靈特性。我有許多朋友是真正的詩人、小說家、劇作家，其中也有不少人的古怪癖性是一籮筐；但卻沒有人會在寫字檯的玻璃底下養一隻毒蠍子，每天拿水果餵牠。易卜生既非布蘭德也不是皇帝朱里安，但他是一位自知能與北歐精靈互通聲息的建築大師。他顯然只想讓培爾・甘特諷擬一下自己就好了，但培爾的普遍性卻直逼哈姆雷特、孚斯塔夫、唐吉訶德、桑秋・潘札。

在十九世紀的文學人物中，培爾遠比（易卜生極為心儀的）歌德的浮士德更接近文藝復興式的恢宏人格。狄更斯、托爾斯泰、史湯達爾、雨果，甚至巴爾札克都不曾創造出像培爾・甘特這麼一個旺盛飽滿、桀驁不馴、活力十足的人物。乍看之下他實在難當此名：我們或許會說，他不過是挪威的一個對女人具有莫大吸引力（年輕時）的喧囂男孩、冒牌詩人、自戀狂、荒唐的自我崇拜者、騙子、誘拐者、膨風的自欺者罷了。但這又是在說教了，與眾學者們撻伐孚斯塔夫的合唱如出一轍。沒錯，培爾不像孚斯塔夫那麼富有機智（不過培爾也可以非常滑稽）。然而，就耶威者聖經的意涵而言，玩世不恭的培爾是承載著祝福的：更豐沛的生命力。布蘭德急急奔向宿命，彷彿一艘掛著骷髏旗的維京死亡船。培爾帶來溫暖，雖然不能說他是一個光明使者。易卜生在培爾那烈性子的慈母臨死的場景中所營造的美妙情調說明了這一點，培爾戲耍式的溫柔安撫了臨終的母親，布蘭德則是一派不近人情地拒絕撫慰他那垂死的貪吝而悲慘的母親，兩者實為鮮明的對比。

培爾是自然的人、超自然的人

許多有關《培爾·甘特》的評論都不過是將培爾·甘特視為和布蘭德正相對反的人物。由於布蘭德所標榜的是「絕不妥協！」，奉行大勃哥所告誡的「婉轉迂迴」的甘特，便不明不白地成了折衷派或騎牆派的代言人。培爾確實多所放縱，但絕不是這樣的一個妥協者。培爾正合乎民主制時期的精神，他是一個自然的人——太自然了。同時他也和布蘭德、叛離者朱里安一樣是超自然的人，受到北歐精靈特性和超越北歐精靈特性的需要所驅使。我們並不太喜歡此劇接近尾聲時在船上跟船員惡顏相向的培爾；也不太喜歡遭遇船難後卯起勁來溺死廚師的培爾。但培爾多半是能夠引發我們的情感認同的。他狂暴的一面不只是反映了他的北歐精靈特性而已，同時也顯露了他在神話裡做為北歐精靈屠殺者的原始身分。

易卜生的培爾·甘特顯然是源自一位名為培·甘特（Per Gynt）的準歷史人物，這個獵人是一則挪威民間故事裡的英雄。獵人遇見了大勃哥，這是一個形曲如蛇的神秘隱形北歐精靈；易卜生的甘特遵從勃哥的告誡，好好婉轉迂迴了一番，但民間故事裡的英雄則手刃了勃哥。這位兇悍的獵人接下來殺掉了向女牧人示愛的北歐精靈，那些女牧人就是誘惑易卜生的培爾·甘特的熱情女郎。劇作家緩和了培原來的暴力氣息，不過仍然保留了這位英雄編故事和說故事的聲譽。易卜生的培爾是十九世紀的挪威農人，出生在一個家道中落的家庭，不是什麼神奇的獵人，除了他愛幻想的個性還有那麼一點味道以外。而他的那些幻想與渴望並不能證明歐登所說的他是一個結合了藝術家與天才特質的新式戲劇英雄。易卜生的培爾既非藝術家也不是天才，而歐登就是不死心：

> 我們在舞台上看到的培爾並沒有尋常普遍的嗜好或欲求；他表演得好像有這種欲求似的。對於如何在戲劇中形塑一位詩人這個問題，易卜生的解決方法是，讓劇中的人物把他所作的事情幾乎都當成一個角色來看待，不管是和奴隸或偶像相處，或者是作為一個東方先知都是如此。真實生活中的詩人大可以寫一齣有關奴隸買賣的劇作，然後再寫一齣描寫先知的劇作，然而，在舞台上，表演就代表了創作。

我們在易卜生的劇作中所看到的培爾充滿了尋常普遍的嗜好和欲求，而且他顯然不是詩人，而是自然的人。不過歐登的見解仍有其獨到之處：《建築大師》裡的索尼斯是一個建築師，《當死者醒來》（*When We Dead Awaken*, 1899）裡的魯貝可（Rubek）則是一位雕刻家。至於《海達・嘉柏樂》裡賴夫伯格被燒掉的手稿，我們和易卜生都不認為那會是什麼巨大的文化損失。歐登試圖在培爾・甘特身上尋找一個不存在的詩人，因為比起布蘭德或皇帝朱里安，易卜生和這位主角之間有一種更親密的關係。易卜生的人性與美學意涵的部分奧秘就在於，在他所有的人物之中，他似乎在培爾・甘特和海達・嘉柏樂身上投注了最多的精神。他就是海達，如同福樓拜就是愛瑪・包法利一般。他和培爾・甘特之間則是非常不一樣的關係，擺盪於認同與非認同之間。如果我們還記得蕭伯納將培爾・甘特和唐吉訶德、哈姆雷特連結在一起的話，我們可以說這是一種普遍的美學現象，超越了國族正典的範圍。哈姆雷特也許並不能代表莎士比亞自己的想像與視見；馬克白更適合這樣一個先知性的角色。老唐和賽萬提斯的關係則根本不需要任何人來花腦筋，因為賽萬提斯於其史詩傳奇故事的末尾已經做了明白的宣示：「唐吉訶德為我而生，我為他而生。他知道如何演戲，我知道如何寫作。我倆本是一體。」如果把這句話裡的「唐吉訶德」換成「培爾・甘特」的話想必會嚇我們一跳的，而易卜生也從來不會這麼想。不過，培爾・甘特的確是為易卜生而生，而易卜生為培爾而生，即使這兩個人或許都不知道如何演戲（就賽萬提斯的意思而言）。易卜生的其他劇作也很具有悲劇的強度，但此劇的豐富意涵是無可比擬的。艾里可・班特里在幾乎半個世紀以前說《培爾・甘特》是「一部傑作，一份欣喜」，並鼓勵我們在解讀這首宏偉的戲劇詩作時加入一些情感的認同。班特里的描述是很正確的，我最喜歡他所說的「欣喜」。

易卜生同時代的人對第四、第五幕並不欣賞，而這是全劇的榮耀所在，是易卜生最極致的創造成就，而創造發明就是詩的精髓。最後這兩幕比前三幕長得多，同時也跳脫了青年培爾的傳奇。第一幕到第三幕的培爾是二十歲的年輕小伙子，精力充沛，活力四射，和鄰居與北歐精靈爭辯不休。曾和北歐精靈公主暗通款曲的他，自覺配不上索維葛（Solveig），在母親去世之後踏上了放逐之路，本劇自此開始超現實或非現實了起來，風格近似貝克特，而較不似史特林堡。絢麗嬉鬧的第四幕從摩洛哥海岸開始，經過了撒哈拉沙漠，最後來到開羅的一所瘋人院。培爾如今已屆中年，是一個極其腐化的美國奴隸販子，正招待四個臭味相投的朋友——英國人、法國人、普魯士人、瑞典人——在戶外用餐，他向這些朋友說明甘特式的道德哲學：

甘特式的自我——是如軍團般壯盛的
願望、嗜好、欲求，
甘特式的自我是如大海般深廣的
奇想、需求、癖性——
簡言之，就是任何能鼓動我的靈魂
且能讓我追隨自身意志而活的特質，
但正如我們的天主需要泥土
來創造整個世界，
我也要有黃金才能好好
扮演皇帝的角色。

培爾體內的北歐精靈贏得了勝利，因為他所親身實踐的是北歐精靈王的告誡：「北歐精靈啊，適足地對待自己！」而非人類的箴言：「人啊，真實地對待自己！」在希臘人反叛土耳其人的行動中，培爾一本其北歐精靈特性，悖反了拜倫的英雄行徑而提出資助土耳其人的想法。他的友伴們乘著他那艘裝滿黃金的遊艇正要逃跑時，船身突然爆炸，他讚美上帝，同時悲嘆著天神總是不太精明。

前三幕的英雄如今似乎成了大梟雄，但是他仍然不改其本色地愈來愈有趣，甚至愈來愈討人喜愛，因為他那哀愁的坎坷歷險是如此深深撥動了人類普遍的奇思幻想。玩世不恭的培爾知道自己仍是上天的選民，我們看到他爬上一棵樹和群猴打了一架，好像那些猴子是一個一個的北歐精靈似的。接著他以一貫的漫不經心的態度漫遊沙漠，心裡盤算著要如何整治這片土地。我們突然發現，培爾是歌德的浮士德和喬哀思的波迪·布魯姆之間的中繼站。他們都夢想著從廢墟之中再次建立起來的一個新的國度：浮士德的濱海王國、甘特之邦、布魯姆在未來的新愛爾蘭上的新布魯姆撒冷（New Bloomusalem）都被培爾一語道盡：

在我的汪洋之中，一處豐美的綠洲上，
我將再造北歐族種。
谿谷居民的血尊貴如皇族；

阿拉伯混血兒會料理其他未盡之事。
在某個小港灣內，在濱海緩坡上，
我將創建培爾之都，我的都城。
這世界已是一片荒涼！如今時代正在召喚。
甘特之邦，我的原鄉！

培爾接著呼求對抗死亡的聖戰，此乃第五幕神奇的探求之旅的先聲，易卜生在這裡融合了鬧劇、幻想，和一種渴望的情調。命運（和易卜生）為培爾攜來了摩洛哥皇帝失竊的馬匹和皇袍。他騎上馬、穿上皇袍，搖身一變成為一位先知，受到一群跳著舞的女孩的簇擁，這些女孩以安妮特拉（Anitra）為首，在禮讚甘特式自我的賀客當中，她特別迷人。培爾是一位非常稱職的先知，但是當他想要在狡猾的安妮特拉身上獲得世俗慾望的滿足時，他便又跌回到凡常塵世之中：安妮特拉帶著先知的財物騎上他的馬走掉了，留下完全沒有得到滿足的培爾。他很快就從這次難堪的戀情中回過神來，而我們也因此更喜愛培爾：

跳躍、舞蹈，想要藉此讓時間停下腳步；
裝扮、矯飾，想要和潮流對抗！
笨拙地彈著古弦琴，認真地看待愛情，

然後落得一隻母雞的下場——被拔光了毛。
這種行為就叫做先知的狂熱——
被拔光了毛！噢老天，這毛可真是拔得好。

培爾於其先知事業告一段落之後，成了一個擷取歷史精華的老歷史學者。他像是維科二世似的尋找著「過去的總和」，到埃及去聽曼儂雕像（Statue of Memnon）迎接日出的樂音。培爾的想望所諷擬的是歌德《第二部》裡的浮士德，歌德的這部詩作在易卜生此劇的第四、第五幕中是揮之不去的暗影。歌德重現了非凡的古典風情，他的浮士德是海倫的愛人，而培爾則是挪威旅客，他在筆記本中寫道：

雕像唱了歌。聽見了確切的音韻，
但想不透其中的意涵。
一種幻覺，顯然是的。
今天沒有其他值得一記的事情。

曼儂並沒有把培爾帶回到陰森沉鬱的古典歷史之中，這尊雕像只讓他想起了北歐精靈王。他見到埃及基札（Giza）的史芬可斯獅身人面像原本應該是一樁盛事，但卻無緣在世界歷史中占有一席之地，在培爾眼裡不過是又和大勃哥碰上了而已。為「人是什麼？」此一謎題提供伊底帕斯式解答的不是培爾，而是開羅一所瘋人院的院長伯格里芬菲爾德（Begriffinfeldt），他也來看獅身人面像以尋求領悟（Begriffinfeldt這個名字字面上即此義）。伯格里芬菲爾德最後宣布任務結束，並封培爾為詮釋者之王，因為他論及北歐精靈似的史芬可斯時說「他就是**他自己**」並因而解開了生命之謎。感到困惑但總是興致昂然的培爾接著被帶到了學者俱樂部或瘋人院，在這裡，伯格里芬菲爾德把管理員鎖在籠子裡，住院病患則被釋放了出來，那位院長做了一個反黑格爾的堂皇聲明：「絕對理性於昨晚十一點死去。」

理性已死，驚愕不已的培爾取代了它的地位，並接受眾精神病患的致敬：語言改革者忽忽（Huhu）；一位揹著阿比斯王（King Apis）木乃伊的農人；還有最精彩的胡笙（Hussein），這位內閣閣員成天幻想著自己是一支筆。對易卜生而言，這些人全是針對當代政治的露骨嘲諷，但如今他們已然各自安居於自身鮮活的瘋狂狀態之中。培爾派忽忽去解說曾和他大打出手的摩洛哥猴子所說的話，他還教那位農人吊死自己，好變得和阿比斯王一樣。忽忽那邊的情形進展得頗為平順，但農人卻真的跑去自殺，這嚇壞了培爾，然後筆人胡笙也跟著自殺，無法承受這些的培爾終於昏了過去。伯格里芬菲爾德在一場雜亂的封神儀式中，為失去意識的培爾戴上草冠，眾人於第四幕幕落時，皆高呼自我大帝（Emperor of Self）萬歲。

易卜生不像一個道德家，而像一隻蠍子

二十世紀的劇作沒有一部能像《培爾．甘特》的第四幕一樣重現出阿里斯多法尼斯和《浮士德，第二部》的傳統。易卜生狂野放肆的創造活力是生生不息的。不管培爾代表的是什麼，如果我們像一些最優秀的易卜生評論家一樣訴諸奧古斯汀式的道德教誨的話，他便要受到委屈了。與其說易卜生是一個道德家，倒不如說他是一隻蠍子，而在這齣戲中，他的酒神氣質比我們所能想像的還要濃厚。艾里可．班特里對培爾或許是太嚴苛了點，至少比易卜生嚴苛：

> 《培爾．甘特》是反浮士德的。它顯現出浮士德所做的努力的相反面，這位仁兄一心一意為自己的目標全力打拼，一切風風雨雨因此而起。培爾．甘特則以其快意的漫不經心、冒險犯難的自我中心主義以及溫和的不道德傾向，實堪稱自由企業的唐吉訶德，同時也會是國家勞工協會的守護神。

就某方面來看，培爾的確是一個劫掠好手，但他的旺盛活力與變幻莫測，使他無法固著於任何一種角色上頭，而他的自我涵納也著實衍生出了某種冷漠與淡然。培爾是戲耍天

才，一種北歐精靈般的狂亂戲耍。易卜生、賽萬提斯、莎士比亞都對人類的墮落不感興趣。北歐精靈特性並不是對上帝的反叛，即使將這種特性表現出來的是人類而非北歐精靈自己。《培爾・甘特》的第四幕是反基督教的，也是反黑格爾的；絕對理性和絕對精神都已消逝於濃濃的夜色之中，傷痕累累的培爾則繼續存活下去。

不管批評家怎麼想，培爾在易卜生心目中絕不是一個失敗者或膚淺的人。《浮士德，第二部》是一部比《培爾・甘特》更宏大的戲劇詩作，但培爾和浮士德不同，他成功地展現出了一個完足的人格。易卜生看重培爾的地方，也是我們應該看重的：拒絕被溶化也就是拒絕被簡化與通俗化的古怪特質，此一特質開展出本劇第五幕的競技場域。我非常不同意如今頗為風行的一種觀點，麥可・梅爾（Michael Meyer）在他一九八五年的《易卜生檔案》（*Ibsen on File*）裡將這種論點表達得最為詳盡：

> 不管我們認為培爾是死在瘋人院裡或死於船難，很顯然地，第五幕若不是在他死亡的那一刻掠過他心頭的一生事蹟，就是（兩者可能並沒有差別）他的靈魂在煉獄中漫遊的歷程。

不管是瘋人院也好，船難也罷，易卜生的培爾・甘特都沒有一命嗚呼；當劇終幕落時，他仍舊是活蹦亂跳的。培爾、奧狄修斯、桑秋・潘札和唐吉訶德、孚斯塔夫、浮士德不同，他們是存活者，這正符合培爾做為波迪・布魯姆先驅的角色。易卜生欣然讓一場雪崩埋葬了布蘭德，但他絕不忍心殺掉培爾・甘特。海達・嘉柏樂、索尼斯、魯貝可等大北歐精靈都得死；具備北歐精靈特性的培爾承載著易卜生的生命感，所以他必須活下去。第五幕所講的不外是拒絕溺死、拒絕溶化、拒絕煉獄之苦。培爾・甘特並沒有像浮士德一樣飛昇到天使和聖女的領域之中；易卜生讓他回到了那位既是母親又是遲來新娘的女人懷裡。

批評家和導演不用擔心這會太過俗氣與煽情；易卜生的這齣戲無一處不狂野，這不過是最後的一記狂野罷了。北歐精靈們摧毀不了培爾，因為他有女人支持著，而陌生客和紐扣製模匠都同樣在拜倫式與歌德式的謎樣氛圍中遭到阻撓。易卜生有意淡化培爾和母親歐莎（Aase）以及聖潔的索維葛之間的關係，因為我們比較會記得的是主角的情慾歷險——不管是和人還是和北歐精靈。貫串其間的是一股狂放不羈的活力，易卜生因而寬諒了培爾所做的每一件事。

第五幕為培爾投下了陰影，在這齣戲裡首次呈現出他醜惡的時刻。《培爾・甘特》恆久的疏異性，一部分在於它比較像是三部曲，而比較不像是單一的劇作。前三幕二十歲的培爾是一個充滿活力的英雄人物，其精力與欲望帶有詭異的北歐精靈氣質。第四幕已屆中年的培爾，既是一位身心成熟的幽默家，也是一個玩世不恭的無賴漢，而他那神奇的歷險過程，不過是勉強停留在自然的界限裡。最後一幕則充斥著超自然的元素，垂垂老矣的培爾流露出前所未有的陳腐氣與尖刻味。《培爾・甘特》是易卜生最富原創性，最不具莎士比亞色彩的劇作，但培爾的這種雙重發展和《亨利四世》第二部分裡孚斯塔夫的命運倒是頗為一致。

場景回到了海上與挪威山谷中，這和最後一幕不一樣的氣氛有很大的關係——但也不只是這層關係而已。年老——培爾的以及易卜生預先感受到的——讓宇宙世界顯得一片荒涼，死亡是其中永恆的基調。易卜生和《浮士德，第二部》的歌德（易卜生在此又是受惠於他）顯然都擁有菁英式的永生觀。許許多多的靈魂一起被溶化，新的生命便從此一共同資源庫裡領取魂魄；但偉大的、創造性的靈魂在死後仍保有其個別的特殊性。這種觀念可回溯至佩脫拉克，歌德和易卜生則是單刀直入、乾淨俐落地為它注入了新的活力。於是我們要問：此刻正強烈流露其北歐精靈特性的培爾・甘特，到底具有什麼樣優秀的特質能讓他不致落入陌生客和紐扣製模匠之手？葛萊卿（和歌德）拯救了浮士德，但是為什麼索維葛（和易卜生）拯救培爾・甘特時顯得更理直氣壯呢？

這個問題不好回答，此乃易卜生的戲劇力量使然。培爾第一次讓人覺得不舒服，除非你是那個恐怖的陌生客來向培爾索討他的屍體，以便進行一種讓人覺得不舒服的研究；陌生客安慰培爾的話令人印象深刻：「沒有人會在最後一幕才進行到一半時就死掉的。」但是就在這最後一幕進行到三分之二的時候，培爾遇見了主宰剩餘劇情的紐扣製模匠。祖可（A. E. Zucker）於一九四二年機敏地指出了易卜生在這裡和歌德相似的地方，他將紐扣製模匠和梅弗斯托菲里斯相比擬。易卜生創造嘲諷性與黑色幽默的能力可與歌德相媲美，而易卜生終其一生源自孩提時代的一份揮之不去的思緒，更使之力道倍增。易卜生小時候曾拿著杓子玩紐扣製模的遊戲，歐莎在本劇稍早所說孩子氣的培爾在玩的就是這種遊戲。紐扣製模匠跟培爾說：「你是曉得這項把戲的」，此時他所碰觸到的是兒時的迷戀與恐懼的結合。這裡所呈現的是一份聖經式、預言式的隱喻，含藏其中的淨化意涵比懲罰意涵要濃一些，不過這種「淨化」意謂著自我身分的喪失，而這是培爾（和易卜生）非常畏懼的。

「朋友，溶化時間到了」，這是紐扣製模匠對培爾所說的怪話，他那奇異的魅力一部分是來自他的耐性，只見他不只一次同意將事情延擱到下一個路口再說。他知道培爾下一次和他碰面之前會遇見落魄的前北歐精靈王，也會再次聽見北歐精靈箴言：**適足**。「北歐精靈啊，適足地對待自己」實際上是跟隨「朋友，溶化時間到了」而來的。培爾和紐扣製模匠二度會面時的對話，有時會讓易卜生的評論家們套上基督教的意涵。深感困惑的培爾問「做你自己」是什麼意思，紐扣製模匠的回答是一份可以讓人一眼看穿的簡單弔詭：「做你自己就是殺死你自己。」

但我們為什麼要認為紐扣製模匠是代表易卜生或這齣戲說話呢？易卜生的主要角色沒有一個是透過自殺而獲得自我的，包括《當死者醒來》的魯貝可和海達・嘉柏樂在內。談到殺死自己的自我，沒有一位文學藝術家比易卜生更對這檔子事興趣缺缺了，我認為紐扣製模匠真正的意思是，睿智如他當能接受永久的遲延。因為，你如何能把培爾・甘特和其他人共熔於一爐之中呢？對這種不堪的結局不勝恐懼的培爾轉而向一個名為瘦子（Lean

One）的怪人求助，此乃易卜生的梅弗斯托菲里斯；但瘦子認為培爾並不值得詛咒，至少匿名的培爾是如此。至於吉訶德式的自我大帝，那著名的培爾．甘特就不同了，接著瘦子便循著匿名培爾的錯誤指示往南邊尋找真培爾去了。

真實世界的培爾和傳奇世界的培爾兩者之間愈來愈明顯的分隔，逐漸成為此劇最終的核心。紐扣製模匠第三次又讓步了，接著，那既是葛萊卿也是碧翠思的索維葛的出現改變了情況。此劇末尾我們聽到，索維葛和紐扣製模匠兩人相互抵消的兩種聲音交替輪唱著。紐扣製模匠指向最終於路口的相遇，擁抱培爾的索維葛則指向永久的退避。易卜生並不為哪種指向背書。對他、對我們而言，此劇於反諷中結束，也就是在無意義中落幕。培爾既未得救，也沒有掉入被熔化的宿命。他要做的是睡覺與進入夢鄉。當然，他並不會適足地對待自己，而他也會被淨化；但是，當他於索維葛的懷抱中沉睡的時候，他會成為他自己嗎？

《培爾．甘特》是易卜生的《哈姆雷特》和《浮士德》

《培爾．甘特》比《哈姆雷特》的完整版還要多上五百行左右，不過和《浮士德》比起來仍是小巫見大巫。《培爾．甘特》顯然是易卜生的《哈姆雷特》和《浮士德》，這部劇作或戲劇詩作揭露了一份圓滿而完足的想像。以《布蘭德》為序，以《皇帝與加勒里人》

為跋的《培爾・甘特》是易卜生的核心，其中蘊藏了他所有的一切，他為了他所謂的主要創作時期的非詩體劇作所挖掘的一切。我覺得《培爾・甘特》的正典性在於其北歐精靈特質，而易卜生最好的非詩體劇作，也是那些最富北歐精靈特性的作品，《海達・嘉柏樂》為個中翹楚。

回到易卜生的北歐精靈特性，便是回到了戲劇家易卜生本人，因為易卜生的精髓就是北歐精靈。不管北歐精靈在挪威的民俗傳說裡有什麼意涵，易卜生的北歐精靈是他自身原創性的象徵，是他自身精神的印記。北歐精靈對易卜生是如此重要，因為他們和人類是如此難以區隔，在易卜生的後期劇作裡，此一區隔更是微渺。而這種現象——至少對易卜生而言——既不屬道德也非關宗教。布蘭德是北歐精靈嗎？這種問題令人厭煩，但絕非沒有意義，而當我們再看看希答・溫格（Hilde Wangel）、蕾貝卡・韋斯特（Rebecca West）、海達・嘉柏樂、建築師索尼斯和魯貝可時，這個問題就不再那麼讓人厭煩了。

北歐精靈特性對易卜生而言，是有關心靈圖像的問題。在歌德的作品中，神魔之境是存在的，但它並未滲透至萬事萬物之中。在易卜生的作品裡，界線並不存在，我們無法分辨誰是百分之百的人類，誰又沾染了北方惡魔的氣息。然而，當人物表現出北歐精靈特性的時候，我們總是最興致盎然，於是易卜生再次讓我們猛然發覺，戲劇就是超自然領域的代名詞。這非常不符合易卜生的刻板形象；但真正的易卜生做為一個劇作家，就好像他筆下的蛇形北歐精靈大勃哥一樣。因此我們至少不要再將培爾・甘特視為道德羸弱者、遇事逃避的妥協者，或無以實現的自我。他是半個北歐精靈，渾身散發著魅惑與活力，易卜生也是一樣。艾里可・班特里很久以前曾經強調，後期的易卜生外表上是個寫實派，骨子裡卻極盡魔幻詭奇之能事。班特里當然是說對了：《布蘭德》、《培爾・甘特》、《海達・嘉柏樂》是沒有內在與外在之別的，而我們所得到的是比其他劇作所能給我們的更詭譎的分類和更尖銳的聲音（按：史帝文斯詩句）。

〈第四部〉

混亂時期
The Chaotic Age

16 弗洛依德：莎士比亞式的解讀

Freud: A Shakespearean Reading

每一個批評家都有（或應該有）她或他自己最喜歡的批評笑話。我的笑話是把「弗洛依德文學批評」比擬為「神聖羅馬帝國」（Holy Roman Empire）：非神聖、非羅馬、非帝國；非弗洛依德、非文學、非批評。對於其英美子弟兵的化約傾向，弗洛依德只要負一部分的責任；至於賈可・拉岡（Jacques Lacan, 1901-81）與其徒眾的法國海德格派精神語言學的興起，弗洛依德則一點責任也沒有。無論你認為潛意識是一部內燃機（美國的弗洛依德），或是一個語言音素結構體（法國的弗洛依德），或是一種古老的隱喻（我這麼認為），把弗洛依德的心靈圖樣或他的分析系統應用在莎士比亞劇作的詮釋上都得不到什麼好處的。弗洛依德賦予莎士比亞的寓意，就如同時下的傅柯學派（新歷史論者）、馬克思主義者、女性主義者或過去的基督教與道德觀點戴著意識形態的有色眼鏡賦予其劇作的寓意一樣無法讓人滿意。

弗洛依德有關人類心理的視見，源自於他對莎士比亞劇作的解讀

多年來，我一直告訴學生說弗洛依德本是口語化了的莎士比亞：弗洛依德有關人類心理的視見源自於——不完全是下意識地——他對劇作的解讀。精神分析的祖師爺終其一生都在閱讀英文版的莎士比亞，他知道莎士比亞是最偉大的作家。莎士比亞盤繞著弗洛依德，正如他盤繞著其他人一般；弗洛依德無論在談話、寫信、試圖創建精神分析學的時候，都在有意無意地引用（和誤用）莎士比亞。我不認為弗洛依德像愛著歌德和米爾頓一樣地愛著莎士比亞。他看待莎士比亞的態度，我懷疑甚至連矛盾曖昧都稱不上。弗洛依德不喜歡聖經，其間沒有任何矛盾或曖昧，而莎士比亞比聖經更堪稱是弗洛依德的隱藏權威，是他不願意指認的父親。

弗洛依德曾寫過一篇文章討論米開朗基羅的摩西，從中我們可以發現弗洛依德——不管是自覺還是不自覺的——在某個層面上在莎士比亞和摩西之間做了某種奇異的連結。這篇探討米開朗基羅雕刻作品的精彩文章，於一九一四年匿名發表於精神分析期刊《心像》（*Imago*）上，而除了他的門生之外，弗洛依德並不想讓外界知道這篇文章是他寫的。他首先談論若干文學與雕刻傑作其惑人或謎樣的效果，在論及米開朗基羅的摩西之前他先談到了《哈姆雷特》，宣稱這是一個已由精神分析提供了解答的問題。此一匿名的宣告充斥著了

無趣味的教條成見：

讓我們來看看莎士比亞的傑作《哈姆雷特》，這部劇作如今已超過三百歲了。我仔細閱讀精神分析的文獻，其中提到必須將這齣悲劇的內容分析追溯至伊底帕斯主題，才能讓它的神秘效果得到解釋，我接受這樣的說法。然而，在此之前已經出現了許許多多各不相同且彼此矛盾的詮釋，對主角的性格與戲劇家的意圖提出了各式各樣的看法！莎士比亞藉以博取我們情感認同的人物到底是一個病人，或是一個猶豫不決的懦夫，或是一尊小廟供奉不起的大菩薩？這些詮釋大半都讓我們提不起勁來——於是此劇的效果並沒有得到解釋，我們也只好把注意力轉移到劇中的思想與其精緻的語言上頭。然而，那許許多多的努力與嘗試，不正說明了我們覺得必須在思想或語言之外尋找此劇力量的來源嗎？

我不想和此一論調爭辯，我要問的是，弗洛依德為什麼會拿《哈姆雷特》來和米開朗基羅的摩西連在一起？他對大理石雕像的詮釋，比他將莎士比亞最複雜的人物化約成伊底帕斯情結的論斷要生動活潑得多了。或許認同於摩西誘發了弗洛依德的想像，但我比較相信的是莎士比亞讓弗洛依德感到了相當程度的焦慮，米開朗基羅則否。到最後，弗洛依德將摩西和莎士比亞間接扯在了一塊：兩個人都不是他們原來的樣子，弗洛依德拒絕接受有關他們的任何傳統記載。在弗洛依德最後的結論中，《摩西與一神論》將聖經裡上帝的希伯來先知代之以一位埃及人，威廉・莎士比亞的歷史地位則是一位演員，而非作家。

弗洛依德一直到死都還堅持摩西是埃及人，以及牛津伯爵寫了那些誤說成是莎士比亞寫的詩和劇作。後面這個觀念由湯瑪斯・魯尼於其一九二一年的《為莎士比亞驗明正身》(*Shakespeare Identified*) 首度提出，比前面那個有關摩西的想法還要瘋狂。然而，幾年之後弗洛依德就接受了魯尼的假說，在他的最後一部著作，於其死後出版的《精神分析概要》(*Outline of Psychoanalysis*) 裡仍然深信不疑。實在沒有比這更瘋狂的事了：第十七任牛津伯爵愛德華・德・維爾 (Edward de Vere) 生於一五五〇年，死於一六〇四年。也就是說，他在《李爾王》、《馬克白》、《安東尼與克利歐佩特拉》和莎士比亞晚期的傳奇劇寫成之前就去世了。魯尼假說的支持者首先必須指出牛津伯爵死後留下了這些劇作的手稿，然後再由此繼續發展論點。弗洛依德這個很可能是本世紀最卓越的心靈，怎麼會有這種可笑而荒唐的想法呢？

弗洛依德在欣然發現魯尼假說之前，就曾經不只一次地以各種形式表露出他希望莎士比亞不是莎士比亞的欲望。我們會覺得弗洛依德隨時隨地準備接納有關那斯翠津手套業者的兒子、演員威廉・莎士比亞是個冒牌貨的每一種可能的暗示。弗洛依德的聖徒傳作者恩尼斯特・瓊斯 (Ernest Jones, 1879–1958) 說，弗洛依德年輕時的大腦解剖學老師梅諾 (Meynert) 相信法蘭西斯・培根爵士才是莎士比亞作品的作者。弗洛依德雖然很敬仰梅諾，卻拒不接受這套理論，理由很明顯：莎士比亞的崇高地位再加上培根認知思想上的成就，將會產生一位擁有「全世界有史以來最佳頭腦」的作者。

弗洛依德不接受培根理論，但他不斷玩味著其他每一種有關莎士比亞和不利於莎士比亞的古怪說法，包括一位義大利學者所說的Shakespeare這個名字是Jacques Pierre的一種變型！如果有任何人的言論可能揭穿那位斯翠津演員的真實身分，弗洛依德想必都是很歡迎的。當他於一九二三年讀到魯尼的書時，他便不疑有他地全盤接受。牛津伯爵死於《李爾王》寫成之前一點也不重要；重要的是牛津伯爵和李爾一樣有三個女兒。牛津伯爵的朋友在他死後為他完成了劇作，而且無論如何那位斯翠津演員只有兩個女兒而已。弗洛依德那細膩而卓越的心靈如何容得下這麼粗糙草率的論點？數十年前由弗洛依德強加在哈姆雷特身上的伊底帕斯情結，如今成了牛津伯爵情結。《哈姆雷特》的作者牛津伯爵幼時失去了父親，後來也和再嫁的母親漸行漸遠。就算告訴弗洛依德說這種情形普遍存在於伊利莎白時代的貴族之間也沒有用；他想要讓、他必須讓《哈姆雷特》、《李爾王》、《馬克白》的詩人成為一個擁有財富與權勢的貴族。

如果弗洛依德確實如我所說的從莎士比亞那裡得到太多太多的話，讓牛津伯爵而非那位鄉下演員來當他的先進就可以減輕這份債務嗎？這是不是弗洛依德的維也納社會雅癖性格在作怪？我的推測是，弗洛依德不顧一切地想要在莎士比亞的偉大悲劇中讀出自傳性的成份。來自斯翠津的演員寫出《溫莎的風流婦人》（*The Merry Wives of Windsor*）還不成問題，但他無法創造出那些階級崇高者的家庭悲劇：哈姆雷特、李爾王、奧賽羅、馬克白。在一封寫給老朋友阿諾·齊維格（Arnold Zweig）的信中（一九三七年四月二日），弗洛依德為了他無法讓感到困惑的齊維格相信魯尼理論，簡直快要抓狂了：

他似乎沒有任何東西可以支持他，牛津伯爵卻幾乎什麼都有。我實在無法相信莎士比亞可以完全憑藉二手材料來寫作——哈姆雷特的精神官能症、李爾的瘋狂、馬克白的桀驁不馴、馬克白夫人的性格、奧賽羅的妒嫉等等。你竟然會支持這種觀點實在是讓人氣不過。（Ernst L. Freud譯）

這段話實在讓我大開眼界：這是一個卓越而細緻的心靈，其力量仍處高峰；它的確是當今年代的心靈，正如蒙田是莎士比亞年代的心靈一般。莎士比亞的心靈是每一個年代的心靈——弗洛依德知道這一點但拒絕承認——將來的世紀將永遠追不上它。弗洛依德從來不缺想像力，但他卻說莎士比亞的想像全是二手貨。

弗洛依德患有莎士比亞焦慮症

弗洛依德的辯解實在凜冽得很。他好像迫切地需要哈姆雷特來寫下《哈姆雷特》、李爾來寫下《李爾》、馬克白來寫下《馬克白》、奧賽羅來寫下《奧賽羅》。我們或可以此類推：《夢的解析》是弗洛依德自己的《哈姆雷特》，《性學三論》是他的《李爾》，《禁制、症候、焦慮》(*Inhibitions, Symptoms, Anxieties*)是他的《奧賽羅》，《超越享樂原則》(*Beyond the Pleasure Principle*) 是他的《馬克白》。「斯翠津人」無從開創弗洛依德心理學，高傲任性的牛津伯爵也沒有辦法，但他可以在生活中感受它，這點出身寒微的演員是做不到的。

除非你是弗洛依德教教徒，否則你一定看得出來這是有關文學影響及其焦慮的古老故事。莎士比亞是精神分析的創始人；弗洛依德則是其規章制定者。誤讀莎士比亞的作品對弗洛依德而言尚嫌不足；這位令他備感威脅的先驅必須被揭穿、被拒斥、被羞辱。這位來自斯翠津的演員頂多只是個偽造者與剽竊者而已。牛津伯爵這位偉大的未知者，則是一個能以某種方式寫出自身經歷的悲劇主角。對弗洛依德而言，牛津伯爵相對於他心目中的彌賽亞只是先知以利亞，在精神領域的曠野中狂嘯呼喊著預言真正詮釋者的到來。弗洛依德遐想中的埃及人摩西將會死於猶太人之手，然後成為比先知在世時更強而有力的圖騰式父親。弗洛依德的魯尼幻想中的莎士比亞被抹除了，取而代之的是一個比詩人劇作家在世時弱勢許多的王公貴族。

很顯然地，我在這裡所討論的弗洛依德是個作家，所討論的精神分析則是文學。這本書所談的，是在時局較好的時候我們稱之為想像文學的西方正典，而弗洛依德做為一個作家的傑出表現才是他真正的成就。精神分析做為一種治療法正逐漸衰亡，或許已經衰亡了：

其正典性必得留存於弗洛依德的作品中。有人可能不同意，他們會說弗洛依德是一位深具原創性的思想家，同時也是一個強而有力的作者。我的回答是：莎士比亞是一位更富原創性的思想家。對這位世界歷史上最主要的心理學家而言，再拿法蘭西斯・培根爵士的成就來錦上添花是不必要的。

我的意思不是說莎士比亞只是一個道德心理學家，而弗洛依德發明了深度心理學。哈姆雷特沒有伊底帕斯情結，弗洛依德倒是有哈姆雷特情結，而精神分析或許是莎士比亞情結！從文學影響的角度來看，莎士比亞對弗洛依德的影響是無遠弗屆的。這份影響和莎士比亞對歌德、易卜生、喬哀思以及本書所討論的其他許多作家的影響，只有程度上而沒有本質上的不同。但我想要進一步說明：莎士比亞影響弗洛依德正如愛默生影響惠特曼；這裡所談的是最主要的先驅，正如渥茲華斯之於雪萊、雪萊之於葉慈、葉慈之於他以後的所有英國與愛爾蘭詩人，包括傑出的薛慕斯・黑尼（Seamus Heaney, b. 1939, 按：一九九五年諾貝爾文學獎得主）在內。我們已經領教了弗洛依德的莎士比亞焦慮症；就算沒有魯尼這個人，弗洛依德也會為自己創造出一個牛津伯爵的。

對莎士比亞所做的弗洛依德式文學批評是個天大的笑話；對弗洛依德所做的莎士比亞式批評則催生不易，但該來的總是要來的，因為作家弗洛依德會在精神分析衰亡後留存下來。向巫師作情感的轉移是一種世界性的古老療法，人類學家和宗教史學者對此已做過廣泛的研究。原始巫教在精神分析之前就已存在，之後也將繼續存在；此乃動態精神醫學最精純之形式。弗洛依德的作品描述人性本質之統整狀態，比衰頹中的弗洛依德治療法優越得多。如果弗洛依德的作品有其核心質素的話，那無疑是精神領域的內戰。要產生此一紛擾必須先設定人格的組織結構，然後用許多的神話或隱喻來讓此一結構動態化（用文學語彙來講，就是戲劇化）。這些弗洛依德式的象徵隱喻包括精神能量、驅力、防禦機制等。雖然弗洛依德以創始人的身分進行了自我分析，以便揭露或創造他的自我劇場，但他明白告誡其追隨者不可起而效尤。

弗洛依德以哈姆雷特來詮釋伊底帕斯情結

原初的自我分析為求緊湊與一貫，必須倚賴某種戲劇典範，弗洛依德所找到的是歐洲浪漫主義一般皆已認可的典範，也就是哈姆雷特。我以為，伊底帕斯是被弗洛依德給拖進來植接在哈姆雷特身上，以便遮掩其受惠於莎士比亞之實。弗洛依德在這兩齣悲劇之間所做的類比代表著強力的誤讀，如果能跳脫弗洛依德對他所說的伊底帕斯情結的過度評價的話，此一類比是站不住腳的。哈姆雷特情結蘊藏著極其豐富的意涵，因為放眼西方文學再也找不到第二個如此聰慧睿智的人物。索弗克里斯的伊底帕斯可能有哈姆雷特情結（我為它下的定義是：想得太深而非想得太多），但斯翠津人的哈姆雷特絕對沒有伊底帕斯情結。

莎士比亞的哈姆雷特對父親的記憶顯然包含了愛戀與敬仰，對母親的情感則多所保留。弗洛依德的論調是，哈姆雷特在潛意識裡愛慕著母親，同時也在潛意識裡懷有殺死父親的念頭，克勞底斯則替他執行了這項工作。然而，莎士比亞是何等細膩：他的伊底帕斯悲劇是《李爾王》和《馬克白》，而非《哈姆雷特》。最近有一些女性主義者替葛楚德皇后（Queen Gertrude）說話，但她是不需要辯護的。她顯然是一個渾身散發性感魅力的女人，先是迷住了哈姆雷特國王，後來則深深吸引了克勞底斯國王。弗洛依德不會去注意這一點，但莎士比亞卻很細心地表現出，哈姆雷特王子是一個相當不受關注的小孩，至少他的父親是不太理他的。劇中沒有任何一個人包括哈姆雷特和鬼魂在內曾經告訴我們，那迷戀妻子的父親是疼愛兒子的。這位和浮廷布拉斯（Fortinbras）一樣長年征戰的脾氣暴躁的國王在流連於國事、戰爭與丈夫的情慾之餘，似乎沒有留給兒子什麼時間。於是，當鬼魂催促哈姆雷特為他復仇的時候，它所呼喊的是，「如果你真愛你父親的話——」，而完全不提它自己對王子的感情。同樣地，哈姆雷特在他的第一次獨白中所強調的是父親與母親之間的情誼，而排除掉父母對他的觀感。他自己愛與被愛的記憶完全集中在父親的弄臣身上，可憐的約利克（Yorick）取代了他那如膠似漆的父母的位置：

> 噯呀，可憐的約利克！——我認識他，何瑞修；這人滑稽百出，才氣縱橫；他把我揹在背上至少有一千回；現在想起來多麼可怕。呀！我要作嘔了，當初我吻過不知多少遍的嘴唇就是掛在這個地方。

第五幕墳地一景中的哈姆雷特，事實上是沒有情感糾結的，即使當他和賴爾蒂斯（Laer-tes）爭辯著誰比較愛死去的奧菲里亞時也是如此。他哀悼約利克的冷冷悲歌應該會讓弗洛依德體認到沒有別的嘴唇——奧菲里亞的、葛楚德的、哈姆雷特國王的——曾經讓哈姆雷特吻過不知多少遍。伊底帕斯情結的概念深刻地呈現出弗洛依德所指陳的情感矛盾，他認為自己是第一個賦予這種現象具體意涵的人。我以為哈姆雷特和伊底帕斯情結毫不相干，然而，在文學上，弗洛依德要去哪裡找如此精彩非凡的情感與認知矛盾呢？莎士比亞在哈姆雷特身上首次傾注其戲劇天才來表現矛盾糾結，除了他以外，弗洛依德還能去哪裡找更具代表性的人物？歐洲和全世界聆聽哈姆雷特講授有關矛盾糾結的課程至今已幾近四百年了，而弗洛依德不過是一個晚到的學生。做為哈姆雷特的詮釋者，弗洛依德恐怕不太合格，然而哈姆雷特做為弗洛依德研究主題的評論者，可說是無人能出其右。且讓我們從弗洛依德寫給威廉•符里斯（Wilhelm Fliess）的一封著名的信（一八九七年十月十五日）開始看起：

此後我又大有進展，但還沒有找到一處真正可以落腳的地方。講那些還沒個準的東西是很費神的，也會讓我心思飄忽，所以請你不要見怪，先聽聽確實可徵的部分。如果研究分析照我所預期的繼續進行下去的話，將來我會一一把它條理分明地記錄下來，將結果呈現在你眼前。迄今我並沒有什麼全新的發現，一切的糾葛紛擾對我而言多少都已司空見慣了。這並不容易。徹底對自己誠實是一項很好的活動。我只有一個具有普遍價值的想法。我發現在我自己身上也存在著對母親的愛戀以及對父親的妒嫉，現在我相信這是孩提時代早期的一個普遍的現象，即使此一現象並不是都像在那些有歇斯底里症傾向的小孩身上一樣出現得那麼早（那些有偏執症傾向的英雄人物和創教者「將源起浪漫化」也是類似的情形）。如果真是如此的話，《伊底帕斯王》（*Oedipus Rex*）的故事裡，令人在理智上難以接受的冷酷命運所展現出來的懾人力量就可以理解了，而我們也能了解為什麼後來的命運劇會顯得那麼蹩腳。我們的情感無法接受任何類似《女祖宗》（*Ahnfrau*, 1817, 按：Grillparzer〔1791-1872〕的劇作）裡偶然、個人的命運，但希臘神話所訴諸的是每一個人都能體會的強制情感，每個人都能在自己身上察覺到它的痕跡。每一個觀眾都曾經是幻想世界中的小伊底帕斯，此一夢幻在現實世界中活生生的演出，令所有人大為驚駭，從而深刻感受到將嬰孩時期與現在分隔開來的壓抑效應。

我想這或許就是《哈姆雷特》的根基所在。我不是說莎士比亞有意如此，而是指他在潛意識裡能夠理解劇中主角的潛意識，《哈姆雷特》便是在這樣的一種動力驅使下寫出來的。要怎麼解釋歇斯底里的哈姆雷特所說的「良知讓我們都成了懦夫」？又如何解釋他對殺掉叔父為父親報仇百般猶疑，卻輕易地讓他的朝臣去送死，並且三兩下就把賴爾蒂斯給收拾了？最好的解釋可能是，他還隱約記得自己也曾經因為對母親的愛戀而想要對父親做同樣的事情，心中遂不勝煩擾——「若是賞罰分明，有哪一個人可以不受責罰？」他的良知就是他潛意識裡的罪惡感。他對奧菲里亞的冷言冷語，他對生育本能的拒斥，甚至還把他父親的帳算到奧菲里亞頭上，這些不都是典型的歇斯底里的表現嗎？而他最後不也像我的歇斯底里症患者一樣，以令人印象深刻的方式將處罰加諸己身，並且重蹈父親的覆轍被同一個死對頭所毒害嗎？（Eric Mosbacher和James Strachey譯）

以對《哈姆雷特》的解讀觀之，第二段的拙劣實教我退避三舍，然而就在弗洛依德的對手毒害了他且持續毒害他之後，這段對他的這位對手予以謬誤解讀的文字，不可諱言，其文學力量將會留存下來。這兩段話差異極大：弗洛依德抽象地看待《伊底帕斯王》，跟文本保持相當的距離，而他給哈姆雷特的卻是一個大特寫，其中不乏細節與引言。有關《伊底帕斯》的論說對每一部訴諸悲劇命運的文學作品都絕對適用；其中並無索弗克里斯的劇作所獨有的東西。而《哈姆雷特》則是弗洛依德的閨中密友：此劇解讀著他，讓他得以在自我分析時把自己當成另一個哈姆雷特。除了幾次短暫失控之外，哈姆雷特不曾歇斯底里，但弗洛依德有他的歇斯底里症患者，而他便把哈姆雷特和這些患者融合起來。有趣得多的是，他將他自己和哈姆雷特及哈姆雷特的矛盾糾結融合起來。此一融合延續到了弗洛依德的《夢的解析》（1900）也就是他習稱的夢之書裡，伊底帕斯情結在這本書裡首度被賦予明確而具體的意涵，不過此一名稱要到一九一〇年才正式出現。

弗洛依德意圖遮掩莎士比亞對他的影響

到了一九〇〇年，弗洛依德已經學會了遮掩莎士比亞對他的影響；他在夢之書裡先對《伊底帕斯王》做了一番非常完整（而枯燥）的論述之後才論及哈姆雷特其人。有一道難解的謎題是，弗洛依德真正關注和感興趣的是《哈姆雷特》而非《伊底帕斯王》，但獲選的名稱卻不是「哈姆雷特情結」。在文化史上很少人能像弗洛依德一樣成功地將一些概念融入我們的意識之中。「是啊，當然，這是伊底帕斯情結，每個人都有的。」我們都會如此朗朗上口，但事實上那是哈姆雷特情結，而且只有作家及其他創造者才會有這種情結。

弗洛依德為什麼不叫它「哈姆雷特情結」呢？伊底帕斯無意間殺死了父親，哈姆雷特對正直的國王則完全沒有這種衝動，雖然這位矛盾王子於其繁複意識的每一個層面上，對每一個人無疑都具有某種拒斥性的衝動。但是哈姆雷特情結會讓深具威脅性的莎士比亞和精神分析挨得太近；索弗克里斯安全多了，同時也能提供古典素材的威望。在《夢的解析》這本書裡，哈姆雷特原本只在討論伊底帕斯的地方於一個長長的註腳中出現，充滿焦慮的弗洛依德一直要到一九三四年的版本才把有關《哈姆雷特》的討論放到本文之中，而成為長長的一段稠密的文字（除非另有註明，否則我採用的都是James Strachey的翻譯）

莎士比亞的《哈姆雷特》是另一部傑出的悲劇詩作，它和《伊底帕斯王》植根於相同的土壤。但同一題材的不同處理顯示出這兩段分隔久遠的文明之間在精神生活上存在著極大的差異：人類情感生活中的壓抑在世俗生活裡的進展。就《伊底帕斯》而言，含藏其中的孩童願望與幻想彷彿夢境一般明白展演出來，在《哈姆雷特》裡則仍然被壓抑著，我們只能——就像精神病患的情形一樣——從它那禁忌的癥候察覺到它的存在。奇怪的是，這齣比較現代的悲劇所產生的憾人效果並沒有因為主角的性格完全無從捉摸而稍減。這齣戲植基於哈姆雷特的躊躇猶豫上，雖然有許許多多各式各樣的解釋，仍是沒有定論。根據歌德首先提出，如今仍然很盛行的觀點，哈姆雷特代表了那些行動力因智識過度發展而陷於癱瘓的人（他「因蒼白的思慮而顯得虛弱」）。根據另一種觀點，戲劇家試圖描繪一個可說是患有神經衰弱症的優柔寡斷的人物。不過劇情顯示，哈姆雷特絕不是一個欠缺行動力的人。兩次事件足資佐證：第一次是他突然發飆，猛地一劍刺穿了氈幕後面的竊聽者，第二次則是出於預謀甚至巧詐，只見他完全一副文藝復興時期翩翩王子漠然無謂的姿態，讓兩位朝臣代替他去送死。到底是什麼在阻擋他去完成他父親交代給他的工作呢？答案同樣是這項工作的特殊性。哈姆雷特什麼都能做——唯一下不了手的是報殺父之仇，除去那個殺害他的父親並取而代之成為他母親的丈夫的傢伙，一個讓他兒時隱忍壓抑的心願翩然成真的人。於是，那份本應驅使他去報仇雪恨的嫌惡之情，卻被自責與良心的煎熬所取代，心裡總有個聲音在提醒他說自己也比那個他要教訓的罪人好不到那裡去。我在這裡已經把那些將永遠存留在哈姆雷特潛意識裡的東西轉換到意識的層面來；如果有人想要以歇斯底里症患者視之的話，我只能說我的解釋並不排除這個可能。哈姆雷特在和奧菲里亞說話時所表現出來的性冷感是很有它的理由的：同樣的冷感注定將在未來的年歲裡進一步占據詩人的心靈，而在《雅典的泰蒙》（*Timon of Athens*）臻於極致。因為我們在哈姆雷特身上所遇見的顯然只可能是詩人自己的心靈。我記得喬治·布蘭德（Georg Brandes）於討論莎士比亞的一本書（1896）裡曾提及《哈姆雷特》是在莎士比亞的父親死後（1601）沒多久寫成的，也就是說，當時莎士比亞正處於喪父的立即效應之中，而我們也大可以假設，他小時候對父親的感覺又再次浮上心頭。我們也知道莎士比亞那早夭的兒子名喚「哈姆尼特」（Hamnet），此名和「哈姆雷特」可以說是雷同的。《哈姆雷特》處理的是兒子與其雙親的關係，正如《馬克白》（大約是於同一時期寫成的）所關心的主題是沒有子嗣一般。所有的精神徵候和相關的夢境都可以接受「過度的詮釋」，而且如果想要徹底了解它們的話也必須這麼做，同樣的道理，所有真材實料的創作都不只是源自詩人心靈中的一種動機或一種衝動而已，而且可以接受不只一種的詮釋。在此我只想揭露與詮釋創作者內心衝動最深層的元素。

「人類情感生活中的壓抑」是很奇特的說法，因為弗洛依德所談的並不是伊底帕斯和哈姆雷特，而是索弗克里斯和莎士比亞。伊底帕斯畢竟對自己在路口殺了誰一無所悉，而哈姆雷特也不會同意弗洛依德所說他對殺死克勞底斯一事所表現的矛盾糾結代表著他意圖弒父的罪惡感。我在此要再次強調，哈姆雷特自我分析的能力不只可以和弗洛依德媲美，同時還為弗洛依德提供了一個學習的典範。哈姆雷特不曾躺在弗洛依德醫師辦公室那著名的長椅上，而只見到弗洛依德和其他所有的人在埃西諾（Elsinore）廳堂的腐敗毒氣中徘徊踟躕；當我們在走廊上互相推擠的時候，弗洛依德並沒有任何特權：歌德、柯立芝、哈慈里特、布瑞德里、加答以及其他所有人也都一樣，因為每一個讀過《哈姆雷特》或看過其舞台演出的人都必然會成為一位詮釋者。

弗洛依德告訴我們，健康的哈姆雷特會手刃克勞底斯，因為哈姆雷特並沒有這麼做，所以他一定是一個歇斯底里症患者。我要再次引用經過尼采潤飾的歌德觀點：哈姆雷特想得太深而非想得太多；站在人類意識最前端的他拒絕成為他的父親，後者若碰到相同的情況必然會刺殺他的叔叔。小浮廷布拉斯是老浮廷布拉斯的翻版，是另一個小霸王，但哈姆雷特王子絕不只是他父親的兒子而已。我們說弗洛依德粗魯地誤讀與低估了哈姆雷特，此一持平之論可並不是要將弗洛依德的誤讀其恆久的力量與價值給抹煞掉。

弗洛依德拒絕正視哈姆雷特和莎士比亞深不可測的智慧與才能，但我不會低估弗洛依德。我們如今都相信自己擁有「原慾」（或被原慾所擁有），但這種東西是不存在的：事實上並沒有獨立存在的性慾。如果弗洛依德決定以「毀滅慾」（destrudo）——他曾懷抱的概念——來為死亡驅力煽風點火的話，我們現在隨身攜帶的就不只是伊底帕斯情結和原慾而已，而還要再加上毀滅慾了。幸運的是，弗洛依德決定擱置毀滅慾，但這個與我們失之交臂的概念還是蠻有教育意義的。正如維根斯坦所警告的，弗洛依德是一個強有力的神話家，是我們這個年代頂尖的神話製造者，與普魯斯特、喬哀思、卡夫卡同為現代文學的正典核心。稍早我曾引述一段討論《哈姆雷特》的文字，其中的最後一句話是弗洛依德的登高一呼；他表示真正的創作「不只是源自一種動機或一種衝動而已」，而在表現出批評家的這種不太有說服力的謙遜姿態後，弗洛依德說他的那「一種詮釋」想要做的是追根究底：「創作者內心衝動最深層的元素」。心靈並沒有「最深層」；米爾頓的撒旦是個大詩人，他確切地哀悼說，在每一個深處尚有更深之處正張開大口欲將他吞噬。弗洛依德自己是一個米爾頓式而非撒旦式的人物，他當然知道「最深處」此一隱喻是什麼意思。

真正的議題是哈姆雷特情結，而非伊底帕斯情結

我所強調的是，真正的議題是哈姆雷特情結，而非伊底帕斯情結，弗洛依德寫於一九

〇五或一九〇六年，但於他死後才出版的一份〈舞台上的精神病患〉（"Psychopathic Characters on the Stage"）的論文概要裡，又再次思忖此一議題：

這些現代戲劇以《哈姆雷特》打頭陣。它的主題是，一個本來很正常的人，由於等著他去做的工作性質特殊而出現了精神症候，也就是說，這位仁兄過去一直被壓抑著的情感衝動終於突圍而出了。《哈姆雷特》有三項特徵對我們目前的討論特別重要。(1)主角本無精神疾病，其精神症候是在劇情進展過程中逐漸出現的。(2)那份遭到壓抑的情感衝動在我們每一個人身上都同樣被壓抑著，此一壓抑乃吾人人格演化的重要基礎。在劇中的情境裡產生動搖的正是這份壓抑。這兩項特徵使得我們很容易在主角身上找到自己的影子：我們很可能也會陷入同樣的衝突矛盾之中，因為「一個人如果能在某些狀況底下不失去理智的話，他也就沒有什麼理智可以失去了」。(3)這種藝術形式似乎有一個先決條件：那份正逐漸進入意識之中的情感衝動不管多麼清晰可辨，都不曾有過確切的名號；觀眾的注意力因此便被轉移開去，於是他們遂成為感情的俘虜，無從仔細探究所發生的一切。這無疑可以消除一部分的抗拒心理，就像在分析治療的過程中，我們會發現浮出意識的並不是被壓抑的東西本身，而是其衍生物，因為抗拒程度較低。總之，《哈姆雷特》裡的衝突矛盾被掩藏得非常紮實，只好由我把它挖掘出來。

在此我們和《哈姆雷特》隔得很遠，弗洛依德的理論體系和他的「挖掘」教條說將我們和這齣劇分隔開來。很明顯地，哈姆雷特已完全無異於弗洛依德的一個病人，連受到關注的程度也一樣！西方意識史上的英雄成了另一個精神病患，莎士比亞的悲劇也被簡化成一個供分析之用的病例。這段枯燥乏味的文字或可稱為「哈姆雷特情結之衰亡」，但我是不會相信的。真正的情形是，哈姆雷特已經被李爾和馬克白所取代，弗洛依德和莎士比亞的纏鬥轉移到了不一樣的戰場，因為往後五處有關《哈姆雷特》的討論只不過是伊底帕斯情結的重複，實在有負弗洛依德一代宗師的聲名。

弗洛依德對《李爾王》的解讀充滿謬誤

弗洛依德的第一個考地利亞是和他結婚前的馬莎．博內斯（Martha Bernays），第二個也是比較真實的考地利亞是他的女兒安娜，她是弗洛依德最喜愛的小孩，而她有關自我與其防禦機制的研究也讓她成為弗洛依德的優秀繼承人。弗洛依德對《李爾王》的解讀可以在〈三副棺木之主題〉（1913）這一篇精彩的文章和他晚年寫給布蘭森（Branson）的一封信（一九三四年三月二十五日）裡找到，這封信收錄在恩尼斯特．瓊斯的弗洛依德的《生平與作品》（*Life and Work*）一書的附錄裡。布蘭森很遺憾地寫過一本有關《李爾王》的書，他將李爾對考地利亞潛在的亂倫情慾視為此劇之隱義，弗洛依德則欣然接受此一瘋狂的觀點。以下是〈三副棺木之主題〉令人印象深刻的神話式結論：

李爾是一個老人。我們曾經說過這就是那三個姐妹會以他的女兒的身分出現的原因。父子關係可能會引發許許多多重要的戲劇情境，在本劇中卻鮮有著墨。但李爾不只是一個老人；他是一個垂死的人。那頗不尋常的分配遺產之舉因此也就沒什麼好奇怪的了。不過這個來日無多的人並不願意放下他對女人的愛戀；他堅持要聽聽別人對他的愛有多深。且讓我們回想一下那無比動人的最後一景，此乃現代悲劇所能觸及的最頂點之一：「李爾手抱已死之考地利亞上。」考地利亞就是死亡。如果倒過來看，情況就變得熟悉而容易理解了——死亡女神將死去的英雄從戰場帶走，就像德國神話中的花姫女一樣。永恆的智慧以原始神話之貌囑咐老人棄愛就死，與死亡交好。

詩人找了一個年老且垂死的人在三姐妹之間做選擇，這使得那古老的意念呼之欲出。他對神話的逆向式處理讓原始的意義隱而不彰，因此對那三個女性角色做淺陋的寓意式的詮釋，或許是講得過去的。可以說男人和女人的三種必然的關係已在這裡呈現了出來：和生母、和枕邊伴侶、和毀滅者的關係。或者也可以說是母親的身影於行進間變換出三種形態：母親本身、以母親為典範所挑選的愛侶、最後是再次接納他的大地之母。老人渴望如兒時擁有母愛一般享受女人的愛，但這份慾望終究無法滿足；第三種命運、靜默的死亡女神將獨個兒前來將他擁入懷中。

弗洛依德所說的「父子關係……在本劇中卻鮮有著墨」實教我迷惑。《李爾王》處理了兩份父子關係，一為李爾與考地利亞、剛乃綺、瑞干，二為格勞斯特與愛德加、哀德蒙。弗洛依德在壓抑什麼？李爾雖然是老得可以，但除了在最後一景之外，他並不是一個垂死的人，而忠貞的考地利亞也絕不是死亡。但是誰會對第一段的最後一句絕妙好辭有意見呢？即便是普魯斯特、喬哀思、卡夫卡也鮮少表達出像弗洛依德所囑咐的「棄愛就死，與死亡交好」如此教人難以忘懷的智慧。這句話在最後一段優美如詩的文字裡持續迴響著，李爾與弗洛依德於其中彼此融合成一個碩大的神秘人物，幾乎成了垂死的神。

天啊，二十一年之後我們所見到的，竟是精神分析式的簡化處理和瘋狂的牛津伯爵假說的大聯合！弗洛依德贊同布蘭森對李爾的看法，接著考地利亞—安娜也被拖進來加入了這起亂倫事件：

你的假設大有助於解開考地利亞與李爾之謎。兩位姐姐已經跨越了對父親命定的愛，轉而對他懷恨在心；析言之，她們對早年的愛感到失望，從而憤恨滿懷。考地利亞則仍然依偎著他；她對他的愛是她一個人的秘密。如果有人要求她當眾表達出來，她必將悍然拒絕並緘默以對。我已經看過許多類似的行為了。

此一荒唐言論實不值一駁；弗洛依德上一次讀這部劇作或觀賞其舞台演出是什麼時候？但請先別責怪他，且讓我們仔細想想他比較有趣的謬誤或創見。他說劇中不曾提及李爾女兒的母親；事實上曾有一處提及她，不過並無關痛癢。但弗洛依德是如何知道剛乃綺懷有身孕的？而他又憑什麼相信李爾的瘋狂不是源自這位老國王的憤怒，而是源於他對考地利亞的潛在慾念？這還不算，更離譜的是弗洛依德告訴布蘭森——和我們——說，《李爾王》裡的阿班尼和《哈姆雷特》裡的何瑞修就是牛津伯爵的大女婿德比勳爵（Lord Derby）！「啊，一半有理，一半胡說，神經錯亂了！」（按：《李爾王》中愛德加形容李爾王語）弗洛依德對莎士比亞的排拒已經在他將哈姆雷特視為伊底帕斯的解讀與詮釋中有了充分的發揮，如今又在李爾、牛津伯爵、弗洛依德的交相融混中達到了一種教人不寒而慄的複雜度。莎士比亞所寫的天啟式悲劇是怎麼了？那個曉得如何閱讀的席格門·弗洛依德又到哪裡去了？戲劇和弗洛依德的詮釋能力都因為他急切地想要擋開從斯翠津來的那位不學無術的演員而消逝無蹤了。

弗洛依德認為《馬克白》是一齣「和沒有子嗣有關」的戲劇

《李爾王》和弗洛依德挨得太近；《馬克白》讓他重振雄風，尤其是在一九一六年的〈在精神分析作品中所碰見的若干人物型態〉("Some Character-Types Met with in Psychoanalytic Work")這篇文章裡，我們再次發現弗洛依德的確是一位正典作者。他在很久以前曾經表示，馬克白和馬克白夫人的沒有子嗣是此劇的重要意涵所在。在一九一六年的文章裡，他的注意力集中在馬克白夫人這個「毀於成就」與受良心苛責的人物身上：

如果馬克白的沒有子嗣和他夫人的不孕是一種懲罰，因為他們褻瀆了生命誕生之聖事，那麼這種報應就是詩的正義的完美範例——如果馬克白不能當爸爸是因為他讓小孩失去爸爸、爸爸失去小孩，如果馬克白夫人無法生育是因為謀殺害命的凜冽與肅殺有以致之。我相信馬克白夫人之疾是很容易解釋的，她之所以從冷酷漠然一變而為懺悔自責是顯而易見的：她生不出小孩使得她確信自己無能對抗自然法則，同時也讓她明白，如果她所犯下的罪行得不到預期中比較好的效果，她也只有責怪自己的份。

馬克白夫人有幾個小孩？這個由一位形式主義批評家半開玩笑地提出的問題問得可不愚蠢，雖然我們找不到任何確切的答案。弗洛依德說她「不能生育」，但她又怎麼會說她曾經哺乳過？她的丈夫是朝中大將，且是國王表親，地位如此崇高的女人是不會去為別人家的小孩哺乳的。我們必須說她至少有一個小孩，但已經早夭了。而她也不會患上不孕症；稱讚她行事果敢的馬克白要她只生男孩子。但馬克白有他類似希律王（Herod）的一面。他想辦法要殺掉班珂（Banquo）之子弗里安斯（Fleance），並下令殺死麥克德夫（Macduff）的孩子。在馬克白那幾近神秘論知式的對時間的怨憤裡，存有一種世代恐懼感，而班珂的後代（始自蘇格蘭瑪麗皇后〔Mary Queen of Scots〕之子詹姆斯一世的英國司鐸王朝一系）日後將君臨蘇格蘭的預言，一直在他和馬克白夫人心中揮之不去。因此，弗洛依德認為《馬克白》是一齣「和沒有子嗣有關」的戲劇事實上是說對了，他並且爽快地承認說他無法為這部劇作提供一份徹底而完整的詮釋，此一自白亦適用於他對《哈姆雷特》和《李爾王》的解讀，但是，他和哈姆雷特與李爾的短兵相接想必是容不下這種退避姿態的：

在這麼短的時間裡，到底是什麼原因讓一個懷有抱負的猶疑男子變成狂妄不羈的暴君，讓他那鋼鐵意志的教唆者變成一個飽受良心呵責的弱女子的？在我看來，這個謎是無法解開的。這部劇作的文稿保存狀況不佳，劇作家的意向難料，故事本身的意旨不明，我想我們立於這三重隔閡之外是別想看出什麼名堂的。但是鑑於這齣悲劇對觀眾深具感染力，我不能說這些個探究都是白費工夫。在戲正上演的當兒，戲劇家的藝術確實足以撼動人心、癱瘓我們的思考能力；但他卻無法阻止我們在戲落幕後，設法找出此一效應的心理機制。有一種看法是，戲劇家為了提昇戲劇效果大可以自行縮短劇中諸事件原本所需的時間，但是在我看來，這種犧牲一般可能性的做法在這裡是無關緊要的。因為這類犧牲不過是悖逆了一般的常理而已，尚未打破因果關係的連結；再者，就算所經歷的時間並非清楚地限定在短短幾天，而是懸而未定的話，戲劇效果也不會因而減弱的。

這段話首先表現出批評家的某種謙遜姿態，接著便頗為不耐地針對——特別是時間的——戲劇呈現的問題多所發揮。我覺得弗洛依德的不滿源自其內心的壓抑，他的哈姆雷特情結再度隱隱作祟。如果矛盾糾結（或是所呈現出來的矛盾糾結）是莎士比亞而非弗洛依德的概念，如果是因為弗洛依德的莎士比亞經驗才讓它成為弗洛依德的概念，那麼弗洛依德就免不了要憎恨並誤讀莎士比亞所呈現的最強烈的矛盾糾結了，此即四大家庭悲劇：《哈姆雷特》、《奧賽羅》、《李爾王》、《馬克白》。沒有任何一位作家、包括但丁在內都不曾把我們拋入如此決絕的曖昧情境之中：情感矛盾幾乎統攝了所有的關係，而認知矛盾——哈姆雷特、依阿高、哀德蒙——則是讓那些真正成為弗洛依德研究主題的慘酷謀殺受到多重決定的因由之一。哈姆雷特、奧賽羅、考地利亞、德斯底蒙娜、奧菲里亞、愛德加都不曾表現出哈姆雷特情結，但依阿高、哀德蒙、剛乃綺、瑞干、馬克白、馬克白夫人等都是呈現出矛盾糾結的崇偉壯闊的不朽傑作。弗洛依德是後莎士比亞的散文詩人，他尾隨莎士比亞而行；在我們這個時代裡，再也沒有人比精神分析之父更為影響的焦慮所苦了，他發現莎士比亞總是在前面等著他，而且就是無法忍受這個令人洩氣的事實。

矛盾糾結瀰漫於《馬克白》全劇的字裡行間，於是時間本身就成為此一矛盾糾結的象徵與呈現，弗洛依德也隱約感覺到了這一點。弗洛依德所說的Nachträglichkeit——一種凡事落後的感覺，就像是一個老是錯過提示的蹩腳演員——正是馬克白的寫照。弗洛依德對馬克白和馬克白夫人想當然耳的動機所提出的質疑是很有見地的，因為他們的野心所帶來的是如此恐怖陰森的後果，也因為莎士比亞並未明白指陳其欲望的本質為何，而留下了一道難解的謎題。他們和馬妻的帖木兒或莎士比亞自己的李查三世不同：他們沒有那份君臨天下的榮耀快感。那麼他們到底為什麼想要成為蘇格蘭的國王與王后呢？那場班珂的鬼魂曾兩度現身的無聊筵席，顯然是馬克白當時典型的宮廷活動，既單調乏味又凶險肅殺。弗洛依德所暗示的正是本劇的核心元素：沒有子嗣、空泛的野心、鄧肯（Duncan）的慘遭屠殺，而這位父親一般的君王是如此溫和與良善，馬克白夫妻倆對他個人並無任何情感矛盾可言。但不管有沒有子嗣，他們篡奪、謀殺、試圖抹消未來，藉此向時間報復：那些個明天、明天、又一個明天就這麼一步一步逼迫著馬克白。弗洛依德對此劇的詮釋少了理論與說教，至少在這裡他是極富啟發性的。

弗洛依德保全自我的慾望，驅使他否定莎士比亞

除了矛盾糾結此一主要概念及其於哈姆雷特／伊底帕斯情結上頭的極致發揮以外，弗洛依德受惠於（自覺或不自覺地）莎士比亞最多的地方在哪裡？在弗洛依德的作品中，無所不在的莎士比亞在他未被提起之處比他被引述的地方更為活躍。弗洛依德面對莎士比亞的基本姿態是他所說的「否定」（Verneinung），這是先將從前遭到壓抑的思想、感覺或慾望予以否認、然後透過此一不二法門使之進到意識當中，如此則防禦或壓抑仍舊持續著。被壓抑的東西可為智識層面所接納，但是在情感層面上仍是遭到拒斥的；弗洛依德接納了莎士比亞的觀念，但他否認這些觀念來自莎士比亞。弗洛依德保全自我的慾望驅使他否定莎士比亞，然而他從來不曾停止——間或不自覺地——認同於哈姆雷特，而《朱利阿斯・凱撒》（*Julius Caesar*）裡的布魯圖斯（Brutus）這個就莎士比亞發展脈絡來看堪稱哈姆雷特前身的人物，在某種程度上也是他認同的對象。認同於哈姆雷特當然不是弗洛依德的專利；這是一個普遍的現象，跨越了死去的歐洲男性白人而及於各個時空中的各形各色的人。恩尼斯特・瓊斯說弗洛依德在談話和寫作時最喜歡引用的一句話是哈姆雷特給何瑞修的告誡：「何瑞修，宇宙間無奇不有，不是你的哲學全能夢想得到的。」我們很清楚弗洛依德為何以之為精神分析的不二箴言，而如果原本的情境重現的話，這番話還要顯得更為貼切。

就在這句話之前的一段對話是：

何瑞修：啊，這事可真怪了！

哈姆雷特：所以把這事當做生客歡迎吧！

對弗洛依德而言，這是精神分析初期狀況具體而微的呈現：何瑞修代表民眾，哈姆雷特則代表弗洛依德，正催促人們向陌生客獻上他應得的誠摯歡迎。在弗洛依德的信件或其他文字或任何有記載的談話裡，他都不曾表露出那份令人不快的強烈對比：和精神分析遭到抗拒的情況形成對比的是，莎士比亞自其時代與國家直至現今於世界各地的普受接納與歡迎。我記得弗洛依德曾在一次對自身夢境的分析當中，將哈爾王子潛意識裡的篡位欲望做為自己和莎士比亞兩人關係的寫照：「在有權位階級的地方便存有隱伏的想望。莎士比亞的哈爾王子即使在他父親的病榻旁，也無法抑止自登王座的欲望。」

一般咸信莎士比亞在《哈姆雷特》首度上演時親自扮演了哈姆雷特父親的鬼魂一角。從許多角度來看，精神分析都是將莎士比亞予以簡化的諷擬之作，而它將繼續被莎士比亞的鬼魂所糾纏，因為莎士比亞可以說是一種超越性的精神分析。當他的人物有所改變，或是於自我竊聞間改變著自己時，他們便預言了精神分析的病患也會在向分析師做情感轉移時被誘導著進行自我竊聞。在弗洛依德之前，莎士比亞是愛情及其種種或驅力及其種種的首席知識權威，而且他顯然還是我們最好的導師，同時也一直引導著弗洛依德。試比較弗洛依德的兩種焦慮理論，經過修正的版本在我看來比遭到擱置的早期版本更有莎士比亞的味道。在一九二六年的《禁制、症候、焦慮》之前，弗洛依德相信精神官能性的和現實性的焦慮可截然二分：現實性的焦慮由真正的危險所引發，精神官能性的焦慮則源於原慾的受阻或壓抑的失敗，因此並未加入精神領域的內戰。

一九二六年之後，弗洛依德拋棄了原慾可轉化為焦慮的觀念。新的看法是焦慮先於壓抑，因此焦慮便是壓抑的成因。在早先的理論中，壓抑是先於焦慮的，焦慮只有在壓抑失敗時才會出現。在修正後的觀念裡，弗洛依德拋棄了現實的恐懼和精神官能性的焦慮兩者之間在因果關係上的差異。後起的理論和莎士比亞的戲劇世界非常契合，弗洛依德所偏好的大悲劇尤其如此，在這些劇作裡，焦慮就像矛盾糾結一樣地迫人。

哈姆雷特的埃西諾、依阿高的威尼斯、李爾和哀德蒙的英國、馬克白的蘇格蘭：在這些地方，劇場觀眾和讀者都處於一種先於人物與事件的焦慮氛圍當中。若哈姆雷特／伊底帕斯情結果真集矛盾糾結之大成，那麼集焦慮之大成的便是我所說的馬克白情結，因為這位反派英雄是莎士比亞所創造的最焦慮的人物。在馬克白情結之中，畏懼和欲望水乳交融，想像彷彿堅不可摧但又那麼凶惡陰險。對馬克白而言，幻想便是跳過行事的意願來到事情已然執行的時刻。馬克白一直到死都脫離不了時間的掌控，他的生活領域充斥著無數時間的先兆，在他成功篡位之前便是如此。如果哈姆雷特／伊底帕斯情結隱含著自立為父的願望，隱藏於馬克白情結之中的，便是自我毀滅的欲望。弗洛依德於《超越享樂原則》裡稱此為死亡驅力，但我較偏愛馬克白情結所傳達的宿命氣息與迫人氛圍。

雖然馬克白讓弗洛依德感到認同的程度比不上哈姆雷特，在他的言語間仍不乏驚人的類比，比如他在一封一九一〇的信裡預言了等在他前面將近三十年的工作：「如果有一天思想停滯了、語言荒廢了，這該如何是好？一想到這種可能性就不禁膽顫心驚。所以，雖然要像個正直的人一樣順應天命，我仍暗暗祈禱：別讓疾病纏身，別因為身體的病痛而喪失了力量。正如馬克白國王所說的，我們死的時候仍要披著盔甲。」此處洋溢著高貴情調的情感氛圍和篡位者馬克白天啟式的絕望語氣是很不一樣的：

> 我對於太陽開始厭惡，
> 願整個世界現在就傾覆。
> 敲起警鐘！風，吹！毀滅，來吧！
> 至少我們死的時候要披著盔甲。

弗洛依德死的時候的確是全副武裝的，他不斷思考與寫作直到生命的最後一刻。從「正如馬克白國王所說的」這句話我們可以看出弗洛依德確實對馬克白懷有正面的情感認同。弗洛依德不只一次提到他所預見的自己將出版的著作令他心驚，如同馬克白朝著班珂的司鐸王朝皇家子孫的鬼影叫道：「什麼！這一脈相傳竟要直到世界末日麼？」這又是一份輕微但驕傲的情感認同，也見證了馬克白的想像的漬染力量。弗洛依德儘可以說沒有子嗣是《馬克白》的中心主題，但是在某一較深的層面上，他把自己和馬克白兩人的想像力連結了起來，因為他在這位血腥暴君和他自己身上都可以找到一份堅忍不拔的英雄氣概和創造意象的卓越能力。

莎士比亞是美學自由與原創性的神聖典範。弗洛依德對莎士比亞感到焦慮，因為他從莎士比亞那裡學到了焦慮，如同他學到了矛盾糾結、自戀癖和人格分裂一般。愛默生和莎士比亞的關係比較自在、也比較具有原創性，因為他從莎士比亞那裡學到了疏異性與狂放的特質。在這裡，適合為本章作結的一段話正是出自愛默生，而非同具正典性的弗洛依德：「如今，文學、哲學、思想都已經被莎士比亞化了。目前，在他心靈的視界之外，我們是看不到任何東西的。」

17 普魯斯特：性的妒嫉是真正的堅持

Proust: The True Persuasion of Sexual Jealousy

普魯斯特最特出的地方在於人物的形塑：二十世紀的小說家沒有一個人曾創造出那麼多鮮活的角色。喬哀思擁有波迪這個動人心魄的角色，但普魯斯特的肖像畫足可擺滿一棟展覽館：夏呂（Charlus）、史宛（Swann）、阿貝汀（Albertine）、布洛禾（Bloch）、貝果特（Bergotte）、柯塔（Cottard）、佛亨沙斯（Françoise）、艾斯狄（Elstir）、姬貝特（Gilberte）、祖母巴蒂德（Bathilde the Grandmother）、歐里安・蓋蒙特（Oriane Guermantes）、巴森・蓋蒙特（Basin Guermantes）、敘述者／馬榭的媽媽、歐蝶（Odette）、諾波（Norpois）、摩禾（Morel）、聖盧（Saint-Loup）、維朵亨夫人（Madame Verdurin）、維葉巴里希女侯爵（the marquise de Villeparisis）以及最重要的人物：敘述者與其先前的自我——馬榭——所組合成的雙重角色。或許我還忽略了一些同樣重要的人物，但這已經是二十個教我難以忘懷的角色了。

普魯斯特在描繪性的妒嫉的能力上，直逼莎士比亞

《追尋逝去的時光》（簡稱《追尋》）雖其英文標題翻譯很不幸勢將以《往事追憶錄》(*Remembrance of Things Past*) 此一美麗的莎士比亞式的句子繼續誤導讀者，然而這部作品呈現與形塑人物的功力，可以說不在莎士比亞之下。杰曼・布雷 (Germaine Brée) 表示，普魯斯特和莎士比亞的人物都拒絕接受心理學的化約分析。普魯斯特和莎士比亞一樣是悲喜劇的大師：我驚懼地笑著，而我也必須同意羅杰・薛特可 (Roger Shattuck) 所說的喜劇是普魯斯特不可或缺的寫作型式，因為它為當時尚未完全解禁的同性戀題材，提供了呈現認知上的安全距離。普魯斯特超凡的喜劇天才使得他在描繪性的妒嫉的能力上直逼莎士比亞，而性的妒嫉是最具文學性與正典性的人類情緒之一，莎士比亞於《奧賽羅》之中便以之成就了一齣毀滅性的悲劇，並在《冬天的故事》(*The Winter's Tale*) 裡以之造就了一段幾近毀滅性的傳奇。普魯斯特給了我們三段精彩絕倫的妒嫉物語：依序為史宛、聖盧、馬樹（我叫他馬樹，即使敘述者在這本大部頭的小說裡只提了這個名字一兩次而已）的嚴酷考驗。這三份悲喜交集、糾纏執迷的痛楚，只是這部百科全書式的作品裡的一個環節而已，但我們可以說，普魯斯特和弗洛依德一樣應和了莎士比亞與《紅字》的霍桑，而共同為性的妒嫉確立了正典性。此誠乃人間地獄，但作為詩的題材卻能煥發煉獄的光彩。雪萊斷定亂倫構成

了詩的最佳情境；普魯斯特則告訴我們，性的妒嫉可能是最好的小說題材。

普魯斯特於一九二二年去世（當時他才五十一歲），同年弗洛依德發表了一篇談論性的妒嫉的精彩短文：〈妒嫉、妄想症、同性戀的若干神經機制〉（"Certain Neurotic Mechanisms in Jealousy, Paranoia, and Homosexuality"）。妒嫉和悲傷之間有直接的連結，弗洛依德信誓旦旦地表示，如果某人在外表上看不出有這兩種共通普遍的情結的話，那麼他一定是有所壓抑，如此一來妒嫉和悲傷便會在潛意識裡更加活躍。弗洛依德以其陰鬱的反諷將妒嫉分成三種：競爭式、投射式、幻象式。第一種妒嫉屬自戀性質，是伊底帕斯式的；第二種妒嫉把屬於自我的罪惡——不管是真實的還是想像的——歸給愛人；第三種妒嫉則撈過界成了精神偏執症，某個和自己同性別的人是這種妒嫉大半受到壓抑的標的物。弗洛依德的這項分析照例很有莎士比亞的味兒，不過主要是依據弗洛依德未曾提及的《冬天的故事》的模式，和《奧賽羅》的陰鬱悲劇則比較沒有關係，弗洛依德曾特別就後者的投射式妒嫉加以探討。《冬天的故事》裡的利昂蒂斯（Leontes）幾乎是按部就班地經歷了弗洛依德的三種妒嫉。普魯斯特的三大妒嫉物語跳過了正常的或競爭式的妒嫉，輕輕拂過投射式妒嫉，最終毅然而然地棲身於幻象式妒嫉上頭。但弗洛依德是普魯斯特的對手，而不是他的師父，普魯斯特所呈現的妒嫉是普魯斯特自己的創作。把弗洛依德的妒嫉說套在普魯斯特身上是行不通的，這就好比拿弗洛依德的論點來分析《追尋》的同性戀傾向一樣有簡化與誤導之嫌。

普魯斯特將猶太人和同性戀者做了神話式的連結

普魯斯特是本世紀最細膩的譏諷家，他的小說將猶太人和同性戀者做了神話式的連結，對這兩個族群來說，這都不能算是一種貶抑。普魯斯特既非反猶太主義者，也不是同性戀恐懼症患者。他對他的非猶太父親的愛是很真誠的，但他對他的猶太母親的熱愛則如巨浪滔天，而他和作曲家雷納多・漢(Reynaldo Hahn)以及阿孚雷德・阿果斯提內里(Alfred Agostinelli)——阿貝汀的現實範本——的戀情也都是很真實的關係。從所多瑪城(Sodom)與蛾摩拉城(Gomorrah)逃出來的人，被普魯斯特比喻為巴比倫流亡後離散的猶太人，以及被逐出伊甸園的亞當和夏娃。黎河斯(J. E. Rivers, b. 1944)強調，所多瑪、耶路撒冷和伊甸園的連結是普魯斯特小說的核心，在這裡，世世代代以來猶太民族的生命力和同性戀者的忍受力被揉合在一起，於是猶太人和同性戀者便成為呈現人類生存情境的代表，因為正如普魯斯特所說的，「真正的樂園是已然失去的樂園」。夏呂的虐待式同性戀和不太討人喜歡的布洛禾其猶太人不穩定的特質，都在普魯斯特的筆下顯得頗為尖刻，但如果我們說他對自己的猶太血統和同性戀傾向感到遺憾或不安的話，這種評斷便是對他的一種強暴。

不過，對他做任何評斷都是強暴了他；《追尋》是如此自省與內斂，實非西方評論標準所能掌握。我記得羅杰・薛特可說過，它散發著一股奇異的東方氣息：普魯斯特、敘述者、馬樹都在悠悠地暗示著，我們都不曾擁有完滿的生命，都一直在慢慢地經歷意識的演化。我知道，普魯斯特的光輝所照耀的是法國文化，而非印度思想。魯希金雖然瘋狂，但他可能為普魯斯特注入了些許的世俗神秘觀；更有可能的是，普魯斯特的擅於遐想幾乎讓他練就了內在轉化的功夫。有時我不免感到好奇，獨具巧思的普魯斯特所看到、所呈現的性的妒嫉為何會是高級喜劇而非低級鬧劇？在《追尋》細細尋思的過程當中，馬樹的妒嫉折磨看來是那麼雅致而有趣——雖然仍是不勝苦楚的。

這並不是說普魯斯特自個兒在他遍鋪軟木的房間裡那孤隔與沉靜的氣氛當中，陶醉陷溺於類似印度教聖典《聖者之歌》的天書裡頭，但《追尋》是智慧文學，正可匹配蒙田、約翰生博士、愛默生、弗洛依德等作者尋思憶想之事功。羅杰·薛特可如此描述《追尋》：「我們大可以跟著我們的時代與心思盡情解讀之。」到了小說末尾，我們並不一定會相信敘述者真的已經**知曉**了什麼事實或真理，但是，至少在我眼裡他已經幾乎**化為**一種西方小說裡絕無僅有的意識體。就是因為這份呼之欲出的意識，方使得性的妒嫉與熱切的愛滑稽突梯卻又崇隆偉麗地彼此糾纏在一起。

山謬·貝克特於其《普魯斯特》(1931)近末尾處表示，普魯斯特的男女角色「似乎在尋求一個純粹的主體，好讓他們可以從盲目的意志推移至情境的呈現。」在貝克特眼裡，普魯斯特成了純粹的主體：「他幾乎完全免除了意志上不純粹的成分。」我認為貝克特在這裡指的既不是敘述者也非馬樹，而是馬樹·普魯斯特，那個為氣喘所苦，讀叔本華(Schopenhauer, 1788-1860），努力想要製造音樂情境的普魯斯特。佩特和魯希金就如同普魯斯特和魯希金，而批評家佩特想必會是普魯斯特的知音。佩特的「恩典時刻」——一種世俗與物質性的靈光閃現——正是普魯斯特筆下的妒嫉愛人史宛和馬樹在焦慮地對過去的情慾經驗進行歷史學術探索時所要找尋的。在普魯斯特駭人的大喜劇裡，他的主角們成了如假包換的妒嫉藝術史家，他們在愛情早已逝去，馬樹甚至在愛人已經死去之後還在進行探索與研究。普魯斯特暗示，性的妒嫉代表著對死亡宿命的恐懼：妒嫉愛人念茲在茲於背叛的空間與時間的每一個細節，因為他害怕已經沒有足夠的空間與時間留給自己了。失落的愛人像藝術史家一樣，想要從過去找出具有真義的啟示，但妒嫉研究者卻發現啟示原是一片蒙昧。

沉入妒嫉有如沉入地獄

普魯斯特本人認為《追尋》的第一冊《史宛之道》（*Swann's Way*）最關鍵的部分是在描繪史宛因妒嫉而遭受的苦楚。的確，當我想到史宛的時候，首先浮上心頭的便是他沉入妒嫉地獄的歷程與軌跡。黎河斯說「普魯斯特的視見不是女性的視見；它是雌雄同體的。」而莎士比亞有時候也是如此。我自己閱讀《追尋》，特別是其中最主要的阿貝汀連續劇（《囚俘》［*The Captive*］與《跑路人》［*The Fugitive*］）的經驗告訴我，敘述者的立場只能說是男體女同性戀者的立場，這是普魯斯特再一次所呈顯與禮讚的雌雄同體的想像。普魯斯特的敘述者在《平原諸城》(*Cities of the Plain*)裡召喚出莎士比亞喜劇的雙性世界（我採用的是Terrence Kilmartin校訂過的C. K. Scott Moncrief譯本）：「我們所試圖描繪的年輕男子顯然是一個女人，因此那些深情脈脈地望著他的女人注定（被她們的一種特殊偏好給耍了）要和莎士比亞喜劇裡被女扮男裝的女孩所吸引的女人一樣感到失望。」

在莎士比亞的喜劇裡，兩性反串與性的妒嫉之間，並沒有什麼盤旋纏繞的糾葛錯結。普魯斯特的喜劇跳脫莎士比亞之處，便在於它大膽地讓不得不然的情感自由馳騁、恣意奔竄。普魯斯特所描繪的妒嫉在文學史上絕對是空前的：奧賽羅、利昂蒂斯和史宛、馬榭相距何止千里。普魯斯特的妒嫉愛人不會變成殺人兇手：這是《追尋》的喜劇精神所不允許的。這就是為什麼描繪史宛和馬榭時通用的隱喻會是學術研究者，特別是魯希金式的藝術史家了。因搜尋事實而遭受折磨是普魯斯特的喜劇模式，因為此乃自尋苦惱，而所謂的事實本就是想像與臆測。史宛設定了這個模式：

> 在愛情的這個奇怪的時節裡，另一個人的存在被如此放大與深化，那女人日常生活中最微不足道的細節，都會讓他感到無限好奇，而這份好奇和他以往研讀歷史時，所抱持的強烈求知慾並沒有任何不同。那些以前他認為是見不得人的勾當，比如今夜在窗口窺探、明天又古靈精怪地誘導別人不經意地說你的好話、收買僕人、在門口偷聽等等，這些行為如今在他看來就跟解讀手稿、估量證據、解說古

蹟一樣，全是具有真正的智識價值，在追求真理的過程中大可合法運用的科學研究方法了。

稍後，熱切地想要重建歐蝶社會生活之瑣碎細節的史宛，被比擬為為了深入探測真命女郎(Primavera)、美麗的娃娜(Vanna)或是畫家波提切里(Botticelli, 1445-1510)的維納斯的靈魂而翻遍現存的十五世紀佛羅倫斯史料的狂熱美學家。史宛發現，歐蝶的靈魂是不可測的，可以預見的是，它將召來一波又一波日新又新的妒嫉之苦，而探求真理的「較高尚的」渴望也夾雜其中。以下是普魯斯特最可愛的反諷之一：史宛發現，「追求真理的熱情是他的妒嫉從他那用功勤勉的年少時代重新喚回的本事之一，但那份真理位於他自己和他的情人之間，而且只從她那裡吸取亮光。」這樣一份植基於妒嫉的真理從滿懷妒意的愛人那兒所能吸取的，只有陰鬱氛圍形成的暗影而已。弗洛依德說戀愛是「對客體的過度高估」，這種反諷的描繪並不足以說明妒嫉一開始所催化，接著便予以取代的熱情。在這裡，普魯斯特的天才以其透視情慾執念的洞見，超越了莎士比亞，超越了弗洛依德：

史宛對這份愛情顯然沒有直接的認識。有時當他想稍加忖度的時候，他會覺得這份愛情已然衰微，幾乎化成了泡影；比如說，在愛上歐蝶以前，他對她那富於表情的容顏和略嫌黯淡的臉色並不怎麼喜歡，甚至有點厭惡，如今在某些個日子裡，這種感覺又回來了。「當真是日新月異，」他隔天會這麼告訴自己。「坦白講，我實在說不出昨晚和她上床有多大的樂趣可言。說來奇怪，但我真覺得她是個醜八怪。」這當然是實話，但是他的愛延展到了肉慾之外很遠的地方。在這份愛裡，歐蝶其人不再佔有重要的地位。當他的視線落在案頭歐蝶的照片上，或是當她來看他的時侯，他很難把她活生生的或相紙上的面容跟留駐他心頭的那份痛苦、持續的焦慮連結起來。他幾乎是不勝詫異地對自己說：「是她！」就好像有人突然把我們身上的某種疾病拿到體外讓我們仔細端詳，我們覺得它既不像愛情，也不像死亡，比那些人們經常提起的疾病都要厲害得多，使得我們想要更深入探究人格的奧秘，唯恐掌握不了那疾病的實質。史宛的愛情之疾已經廣為擴散，跟他所有的習慣、所有的行動、思想、健康、睡眠、生活甚至身後的遺願已難以分割，總之已和他合為一體，如果要將它去除便非得把他整個人毀掉不可：套句外科醫師說的話，他的愛情是沒辦法動手術的。

弗洛依德以「誘因」來說明熱情的高漲，但他指的是社會的及與其相關的阻礙以及內在的壓抑過程。而普魯斯特告訴我們，性的妒嫉是最大的誘因，滑稽的是，性的標的物本身已變得無足輕重：「在這份愛裡，歐蝶其人不再佔有重要的地位。」她的照片，甚至她實際的面容都和「留駐他心頭的那份痛苦、持續的焦慮」湊不在一塊。愛情和死亡愈來愈靠近，教人捏把冷汗，溫文儒雅的史宛逼近幽暗深淵，但我們卻覺得趣味洋溢：

有時他希望她會出了什麼意外之後沒有痛苦地死去，因為她從早到晚都在外頭街路上走著，不時還會穿越交通繁忙的大道。而她卻總是安然無恙地回來，這時他不禁要讚嘆人的身體是如此靈活與結實，總能驅避擺脫任何虎視眈眈的災禍（自從史宛私底下生出了那種願望之後，他覺得類似的災禍是數不勝數的，隨時都有可能發生在她身上），而且在從事虛偽撒謊、尋歡作樂的勾當之餘，幾乎都能不受懲罰。史宛很喜歡貝里尼（Bellini）畫的穆罕默德二世肖像，他對這位君王深表同情，後者發現自己瘋狂地愛上了一個后妃，就把她活活刺死——據為他作傳的威尼斯人據實相告——以便回復平靜的心情。然後史宛又會為了他只想到自己而深感羞慚，覺得自己既然已將歐蝶的生命視若草芥，那麼他自己感到痛苦也是活該，一點兒也不值得憐憫。

「史宛談戀愛」是普魯斯特的小說裡最著名的段落之一，其中的高潮來臨之前是一場五彩繽紛的夢，史宛的情敵佛歇維耶（Forcheville）在夢中和拿破崙三世（Napoleon III）合而為一，對我們來說這又是滑稽得很，但是對可憐的史宛而言則不然，他最後終於是受夠了：

醒來一小時之後，正當他指點著理髮師，好讓他那梳刷整當的頭髮不致在半路上就散亂開來的時候，他又想到那場夢，又看到歐蝶蒼白的面容、瘦削的臉頰、憔悴的五官、疲累的眼神，一切彷彿就在他的身旁；先前他們兩情繾綣時，他就不再會注意到這些了，只見一波波感情的浪潮襲捲而來，對歐蝶百般疼愛的他，早已把當初歐蝶給他的第一印象全忘個精光，而他的記憶就趁他剛才睡著時回到了過去的親密時光好探尋那時的確切感受。自從他不再怏怏不樂、道德標準也隨之降低以來，從前的粗野卑鄙遂不時重新顯現，他心裡不禁咆哮起來：「我浪擲了好幾年光陰，拋棄生命也在所不惜，同時體驗了我最偉大的愛情，想想這一切竟然都是因為一個吸引不了我，根本不是我那一型的女人！」

當一個人不再怏怏不樂時，粗野卑鄙便重新顯現，我們的道德感也隨之降到了正常的水平。史宛後來對一切有關性別或性慾的堅持與信念表達了永恆的哀思，對我們每一個人而言都是很好的藥石，而上述絕妙的看法便是此一哀思的先聲。歐蝶當然不是適合史宛的類型，對一個社交生活如此多采多姿的唯美主義者和公子哥兒而言，她既嫌不夠高尚也嫌不夠低俗。啊呀！史宛著實進退失據；在普魯斯特的世界裡，你不能說「再見了，歐蝶，就讓我對妳所做的一切隨風而逝吧」（美國模式）或者「失戀是偉大的人生經驗；你似乎是重新打開了眼睛來觀看世界」（英國—愛爾蘭模式）。對史宛而言，愛情已然消逝，但妒嫉仍然持續著；於是他娶了歐蝶，這不是因為他不在乎她和男男女女來往時背叛了他，而恰恰是因為這份背叛。普魯斯特對這樁婚事的解釋是恰如其分的：

幾乎每一個人都對這樁婚事感到訝異，而這種現象本身就是很讓人訝異的。顯然，很少人能了解我們所說的愛情其純屬主觀的特質，鮮少人能明白愛情怎麼會——就這麼說吧——另外創造出一個人，此人和另一個用相同的名字活在世上的人是兩個不同的人，而他的成分大多是得自我們本身的真傳。

史宛對妻子的妒嫉也跟著他對她的愛遭到了遺忘，但如此過了很久以後，妒嫉的記憶仍折磨著他，而他的研究也繼續著：

他仍舊試圖去找尋他不再感興趣的東西，因為他過去的自我雖然已是老殘凋敝，卻仍然隨著那份已完全廢棄的執念繼續機械式地動作著，而如今史宛甚至已經說不出那是什麼樣的一種痛楚了——當時他是痛得那麼椎心刺骨，使得他完全無法想像會有解脱的一天，覺得只有他所愛的女子死了以後（但這個故事稍後的發展便殘酷地證明了死亡絕對無法減輕妒嫉的苦楚），他的生命才有可能從絕望之境步向坦途。

這預告了阿貝汀—馬樹的愛情煉獄，因為史宛是馬樹的先驅，像是施洗約翰一樣預示了敘述者年輕時所登上的妒嫉十字架。普魯斯特在這兩起殉道事件之間安排了兩段轉折：聖盧在和哈雪(Rachel)拍拖時所遭受的妒嫉酷刑，以及史宛對尚無心理準備的馬樹所提出的直接、預言式的警告。

從敘述者的身分看普魯斯特的美學企圖

在討論此一轉折以前，我們不妨先來看看時下針對普魯斯特而發的兩份不公平的議論。為什麼敘述者不像普魯斯特一樣是半個猶太人？此外，如今看來更重要的是，為什麼普魯斯特是雙性戀，且同性情慾比較強烈，而敘述者卻是個異性戀者？有人為普魯斯特辯解，其中一種盛行的說法是普魯斯特想要求得普遍性，但這實在無關宏旨。另外一種說法是，在德雷福斯(Dreyfus, 1859–1935)事件仍餘波盪漾的一九二二年，同性戀仍難脫污名。這也不怎麼有說服力；普魯斯特是極為傑出的藝術家，他在美學上的赫赫成就，本是源於他在美學上的抉擇，因此我們所要探尋的應該是美學上的動機才對。如果敘述者是信奉基督教的異性戀者，我們會看到一部更好的小說嗎？

曾有人將馬樹和阿貝汀比擬為普魯斯特和阿孚雷德．阿果斯提內里的關係，如今傳記學者已經否定了這種說法。將 *À l'Ombre des jeunes filles en fleur* 譯為《在初綻的花叢裡》(*Within a Budding Grove*)固然很不錯，但仍然抓不住《在花間少女的影子裡》(*In the Shadow of Young Girls in Blossom*)的完整意涵。你如果花言巧語說成了少男初綻的花叢，普魯斯特的美學企圖就要被你一手給毀了。阿貝汀的女同性戀情慾——普魯斯特筆下的幽微光輝——直率而犀利，阿果斯提內里的女同性戀情卻逐漸變成了異性之戀。普魯斯特很清楚自己在做什麼：史宛、馬榭和同性戀者夏呂、雙性戀者聖盧是互成對比的。愛與妒嫉的折磨超越了性別和性傾向，如果敘述者不和同性戀與猶太人保持距離的話，小說裡「平原諸城」的神話就岌岌可危了。

普魯斯特所關心的不是社會史或性解放或德雷福斯事件(雖然他一向是德雷福斯的熱誠支持者)。美學的救贖是他那恢宏的小說所成就的事業；弗洛依德的混亂時期主要神話創造者的地位，遭到了普魯斯特的挑戰。他所創造的是一則描繪敘述者如何自馬榭蛻變為成熟的小說家普魯斯特的想像傳奇，在小說的最後，這位成熟的小說家轉化了他的意識，將自己的生命模塑成一種全新的智慧形態。普魯斯特說得對：對於將故事提昇為但丁式與莎士比亞式恢宏詩篇的整套神話，敘述者必須保持冷漠淡然的態度才能發揮最大的敘述效果。普魯斯特將所多瑪城與蛾摩拉城、耶路撒冷、伊甸園——三個棄守的樂園——結合起來，他的這麼一著視見大躍進把巴爾札克、史湯達爾、福樓拜全給比了下去。敘述者還是當一個非猶太異性戀者比較能有力地展示出這樣一則新的神話。

在陷入妒嫉的窒息氣氛中的史宛和馬榭兩人之間，敘述者嵌進了將娶姬貝特為妻的聖盧，姬貝特是史宛的女兒、馬榭的初戀情人，很早就成了第一次世界大戰的犧牲品而香消玉殞。在聖盧和哈雪的戀情逐漸轉淡時，我們聽到了普魯斯特有關妒嫉的最尖銳的格言：「延展了愛情歷程的妒嫉，並不比其他想像的產物更能保有實質的內涵。」

這番話給我的感覺是，對所有那些不快樂的戀愛者而言，普魯斯特實不愧為最好的醫生，而只要是戀愛者遲早都是不快樂的。不幸的是，他的藥方就像所有的愛情療法一樣，只能在病情結束之後發揮藥效，即使疾病純粹是以妒嫉的形態發作也是如此。他提供的是回顧式的撫慰，這是我們唯一能得到的慰藉。他說妒嫉是一首劣詩，即使其中有區區三四個意象也都是發展不全的，我們聽聞此說不禁感到一陣遲來的喜悅。在我們用生命撰寫的小說裡，於某一段時間啃囓我們的妒嫉，隨著逝去的愛慾消褪成一份亦莊亦諧的情調。聖盧既不像他的岳父一樣是一位妒嫉藝術史家，也不是他朋友馬榭那樣的妒嫉小說家。愛情就在妒嫉的支撐下苟延殘喘，終而與之俱亡，聖盧成了哈雪的一個熟悉、令人安心的遺物，他也從中獲得了一份奇異的慰藉：

> 有時哈雪深夜到來，在徵得前任愛人的同意後，她會在他身旁躺下來直到天明。此舉令侯貝(Robert)極感窩心，看到她就算是他霸佔了大半個床鋪也同樣睡得安安穩穩，光是這情景就足以讓他憶起他們倆畢竟有過那麼一段親密共處的時光。他

曉得她躺在他熟悉的身體旁邊，會比在別的地方舒服的。

我們很難看得出來幽默和哀傷哪個在這裡佔了上風；最要緊的是，當聖盧和哈雪在取代了熱情的虛空裡一起睡著的時候，他們倆都未曾感到哀傷或遺憾。聖盧先前的妒嫉已然遠遁，留下這麼一份散發居家氣息的情誼。對這樣一份古早的聯繫其回溯過往的幽微冥深，史宛──正如他向馬樹透露的──恐怕是無法想像的：

「人們總有一肚子問題。我從來就不愛發問，除了在我談戀愛或心存妒嫉的時候。而我確實打聽到很多事情！你會嫉妒嗎？」我跟史宛說我從來沒有妒嫉的經驗，我甚至不知道妒嫉是什麼。「那麼你應該覺得慶幸了。一點點妒嫉是不會招致太大的不愉快的，這有兩個原因。首先，它可以促使那些不愛發問的人對其他一些人或一個人的生活產生興趣……我們即使已不再和某些事物有任何聯繫了，但那份聯繫的經驗仍然是可貴的；因為個中因由旁人總無法得知。那些感覺的記憶只能往我們內裡去尋；想要探視它就必得回歸自我。」

史宛的美學唯我主義使得他比以前更像是魯希金的翻版，其藝術崇拜轉而成了思索者的自我崇拜。在普魯斯特精巧的反諷之下，史宛所謂的「有一肚子問題」其實就是「懸念」，而我們也只得任史宛陷於寒風料峭的氛圍中了。弗洛依德稱之為「愛」的隱喻或移轉，普魯斯特稱之為「妒嫉」，所以當馬樹告訴病中的史宛說他從來不感到嫉妒的時候，他所暗示的是他並不愛姬貝特。在小說轟轟烈烈的妒嫉事件裡，時間即將狠狠送他一記反擊，此一神魔般的事件彷彿就等同於小說追尋逝去時光的努力。阿貝汀—馬樹的沉迷、妒嫉、死亡以及接踵而至的更強烈的妒嫉傳奇就這麼展開，正如敘述者所說的，妒嫉在馬樹愛上阿貝汀之前就已經存在了。此一模式在《囚俘》裡已至為明顯：妒嫉是馬樹的原動力，在和阿貝汀的女同性戀愛人較勁的競賽裡，他是絕對沒有勝算的：

> 離開巴貝(Balbec)時，我想像我是揪著阿貝汀離開了蛾摩拉城；事實上，天啊！蛾摩拉城四處蔓延，世界各地都有它的蹤跡。部分是出於妒嫉，部分是出於懵懂的喜悅（這情形少之又少），我在無意間玩起了這個捉迷藏的遊戲，而遊戲裡的阿貝汀，我是永遠逮不到的。

如果弗洛依德的愛情是對客體的過度高估的話，那麼普魯斯特那辯證性與矛盾性都要強得多的妒嫉，便同時是過度低估了客體，以及歇斯底里地誇大了她對其他每一個人的吸引力。而正如普魯斯特所強調的，這其中可能包含了全然的矛盾：

如果她就在我近旁尋歡享樂，接受我的鼓勵，且完全在我的監控之下，讓我絲毫沒有受騙之憂，那麼我就不會嫉妒了；如果她搬到一個遙遠而陌生的地方，使我沒辦法、不可能、也不想知道或想像她是怎麼過日子的，那麼我一樣不會產生妒意。在這兩種情境之中，我的惶恐不安都會因為全然知悉或全然不知而得以消散。

確定與知悉都足以摧毀妒嫉的傳奇，依照普魯斯特的詮釋，妒嫉是不折不扣的傳奇，不管是就文學上或經驗上的意義而言都是如此。然而，除了死亡之外，我們又能確定什麼？除了無法傳達的死亡經驗之外，我們最後又能知悉什麼？妒嫉藝術家普魯斯特為什麼創造出了這麼一個凜冽冷峻的愛人決絕悲喜劇？普魯斯特——而非魯希金、佩特、王爾德以及他們的傳人葉慈、喬哀思、貝克特——才是藝術這門宗教真正的得道高僧。普魯斯特逃脫經驗上的妒嫉傳奇的唯一管道是藝術，而非性的執迷，而《追尋》的末卷《時光重現》(*Time Regained*)使這部小說不致成為文學上的妒嫉傳奇。不管普魯斯特是如何立於其彷若印度教的自我觀，對於他在《囚俘》與《跑路人》裡的妒嫉大啟示，他可是很樂在其中的，而我們也是如此。但我們不禁也要退避三舍，只見普魯斯特為我們準備了一份很不一樣的現實視見，其中有過去，甚至也可能有未來，不過對妒嫉而言，唯一存在的就是現在，不管妒嫉具有多麼濃烈的回溯特性。

阿貝汀完全診斷不出馬榭的妒嫉，只是安撫他說她的謊言純粹是出於她對他的愛。敘述者未曾交待阿貝汀為何一直巴著馬樹，讀者的疑惑也一直未曾稍解；她是個繆思，從不曾說出她的秘密。當她逃跑時，她的告別信以此作結：「我留給你最好的我」，這句話就像這樁戀情其他每一個部分一樣地真假莫辨。馬樹曾寫信騙她說將娶她的朋友翁德蕾（Andrée）為妻，在她騎馬意外身亡後，他收到了兩張回應的短箋；第一張為他的選擇表達賀喜之意，第二張則提議回到他的身邊。其中明顯的矛盾雖然因為阿貝汀的死而告止息，但也讓馬樹在讀者眼前展開了幾近拿破崙式的探索活動，他深入故去愛人的情慾世界，主要是藉由對翁德蕾的詢問，翁德蕾曾是她的愛人，如今也彷彿成了他的愛人。

普魯斯特的智慧凜冽冷峻

只有不夠格的讀者才敢對普魯斯特的《追尋》做出負面的道德評斷；這本書的榮耀與反諷足可抵擋那些跳樑小丑。然而，普魯斯特的智慧是相當冷峻的；真正的愛只存在於祖母、母親與馬樹之間，在小說裡其他任何人之間則杳無蹤影。連友情似乎都和愛情一樣無處尋覓；妒嫉是真正的堅持，這在那些真正的堅持者——所多瑪城與蛾摩拉城的頑強流亡者——之間是非常令人困惑與極端複雜的：

> 有些人——無疑就是那些在兒時極為怯懦的人——並不怎麼在意她們所獲得的是

怎麼樣的一種肉體享受，只要能把這種享受和一張男性的臉聯結起來即可。另外有一些感官慾望無疑較為強烈的人，則急切地要為她們的肉體享受嚴格定位。後者也許會因其直言無諱而嚇到一般人。比起前一類人，她們的生活所受到來自土星衛星的牽制或許並不是那麼絕對，因為對她們來說，女人並不像在前一類人眼裡那樣遭到全然的拒斥；在前一類人看來，女人除了嚼舌、打情罵俏，莽撞而非傾心的戀情之外，就什麼都不是了。後一類人則追逐那些喜愛女色的女人，那些會找來年輕小伙子並且和他一起尋歡享樂、增加情趣的女人；更棒的是，她們可以如法炮製從這種女人身上獲得和男人一起享受到的同樣樂趣。由此而產生的結果便是，對那些喜愛前一類人的人來說，唯有她們與男人在一起可能享受到的樂趣方能激起其妒意，在她們的愛人眼裡只有這種樂趣才可能構成背叛，因為他們從不融入女人的愛情世界裡，他們愛女人只是習慣動作，只是要為自己保留婚姻歸宿的可能性，他們看不出愛女人能夠帶來什麼了不得的樂趣，所以就算他們想到她們所愛的男人正在享受那種樂趣也不會黯然神傷；後一類人卻往往因為她們和女人的戀情而產生妒意。因為在她們與女人的關係之中，她們為喜愛女色的女人所扮演的是另一個女人的角色，而那個女人也同時或多或少為她們提供了她們在其他男人身上發現的東西，於是，妒火中燒的男友痛苦地看著他所愛的男人竟與在他看來活脫是個男人的女人湊在一塊，同時也感覺到他心愛的人兒就要離他而去，因為對這些女人而言，他有點像是一個女人，而這位愛人自己是察覺不到這一點的。

這段話的語氣與氛圍實在難以形容：反諷當然是有的，同時也有幾許疏隔，但最主要的似乎是一份驚奇。普魯斯特有許多優秀的評論者——例如貝克特、布雷、班雅明、吉哈(Girard)、吉內特(Genette)、博薩尼(Bersani)、薛特可（我偏愛的一位）——但普魯斯特打敗了他的評論者，連喬哀思都要自嘆弗如。三千三百頁無比曲折的小說，簡直就像是一部《一千零一夜》(*Arabian Nights*)。山謬・理查生的《可雷里莎》似乎是唯一可一較「長短」的西方小說（按：《可雷里莎》共有七卷，超過一百萬字），然而《可雷里莎》只有兩位核心人物，即殉難的可雷里莎和對她予取予求的勒里斯。馬榭和阿貝汀是《追尋》之謎，但這可不是專為他們倆寫的小說。而它也不是敘述者，即如今已臻成熟的馬榭一個人的小說；它或許只能說是普魯斯特的小說，而他既非敘述者也不是馬榭。我知道敘述者對妒嫉的看法；我不敢說我知道普魯斯特的看法，因為敘述者既非同性戀也不是猶太人。在小說的末卷，當智慧之聲最是震聾發聵的時候，敘述者幾乎就在不知不覺間與小說家普魯斯特融成了一體，妒嫉的黑色幽默遂被束諸高閣。這一刻終將到來，但我們還要再來看看那份真正的堅持。

在小說的終卷，敘述者和小說家普魯斯特融為一體

《囚俘》裡有一段激切的話看起來似乎是在攻訐妒嫉，然而事實上卻是在禮讚它：

一個人的妒嫉搜遍陳年往事尋找線索，但卻什麼也找不著；這種始終具有回溯特性的妒嫉，就像一位準備撰寫史書而缺乏任何文件資料的歷史學家；這種始終遲來晚到的妒嫉，就像一頭發怒的公牛橫衝直撞，閃亮高傲的傢伙試圖激怒牠，全場觀眾讚嘆著他的美技與謀略，而牠衝去的地方卻不見這個傢伙的蹤影。妒嫉在虛無中猛打空拳。

無能為力的歷史學家和受騙的公牛：這兩個有關妒嫉的隱喻都不是讚美之詞，然而，在回想馬榭不停追查著阿貝汀勃然興旺的同性戀情愛行為的情景時，敘述者卻忍不住將妒嫉比擬為對死後名聲的渴求：

當我們試圖想像自己死後會發生什麼事的當兒，我們不是仍在錯誤地投射出我們活著的自我嗎？對於一個已翩然遠去的女子不知道我們已經曉得她在六年前所做

的事，如果我們對此感到悔恨的話，這和我們——我們都會死——希望一百年之後人們仍舊會語帶嘉許地提起自己比起來真的是更為荒謬嗎？如果後者比前者來得有確切根據的話，我那回溯的妒嫉所引發的悔恨，便和其他人渴求死後名聲一樣都是源於眼睛的錯覺。

這些其他人就是各個先輩們：福樓拜、史湯達爾、巴爾札克、波特萊爾、魯希金，將和敘述者融為一體的小說家普魯斯特當然也包括在內。濟慈想必會說「眼睛的錯覺」這個缺陷並不算太壞，在這兒妒嫉顯然是和文學藝術連結在一起的。不過，敘述者先前曾插入一段話：「妒嫉老是花時間做一些大謬不然的無謂猜測，而如果要來發掘真相的話，它則顯得那麼缺乏想像力，真教人吃驚。」妒嫉的局限再一次預告了普魯斯特的使命。在虛無中猛打空拳的馬樹發現，「沒有任何一個想法不在自我反駁，沒有任何一個字不隱含著與之相反的意義。」

癱瘓狀態隨即到來。馬樹確切地說，「說謊是人性之必然。它所扮演的角色和追求享樂一樣重要，並且為此一追求所左右。」這個看法可能會造就出一位道德家，而不是一個小說家。當敘述者於《時光重現》中看出阿貝汀給他——就文學觀點而言——帶來多少好處的時候，我們看到了一份很好的對比：「幸福的歲月是消逝了、荒廢掉的歲月，人們在著手工作之前必得等待苦楚。」當早已死去的阿貝汀得到她該得的讚詞時，我們知道敘述者已經和小說家普魯斯特融為一體：

從某個角度來看，回溯到她身上並沒有錯，因為如果那天我不是在前面走著，如果我未與她相識的話，那麼這許許多多的意念就不會出現了（除非另有一個女人讓這些意念出現）。但我也可以說是錯的，因為這份攪動內心、讓我們想要追溯到那張美麗的女性臉龐上頭的樂趣，實在是源於我們自己的感覺：而阿貝汀、尤其那些個日子裡的阿貝汀是永遠不會了解我寫的這些東西的。然而，正因為這樣（這顯示我們不應該活得太聰明），正因為她和我是如此天差地別，她才得以豐富我的生命，透過不愉快、透過當初我必須想像和自己不一樣的東西因而付出的小小努力來豐富我的生命。

我們看得出來敘述者馬榭為何能夠成為小說家普魯斯特，而不只是像史宛一樣檢視著他所收藏的妒嫉的記憶。要讓普魯斯特不致變成雅痞和嫉妒偏執狂得花很大的力氣，這份努力同時具有治療、美學與（我還能怎麼稱呼它呢？）神秘的意義。每一個普魯斯特的讀者終於都在《追尋》裡聽見了羅杰·薛特可恰當地比擬為印度教自我觀的反響。《追尋》所遵循的規條已拋棄了柯里許納（Krishna，按：印度教神祇）於《聖者之歌》裡所說的「黑暗惰性」。這可能又是一個反諷，且不必然是普魯斯特式的反諷：《追尋逝去的時光》的小說家才是如假包換的現代多元文化論者，他超越了西方與東方正典之間的若干區隔。

18 喬哀思與莎士比亞之競技

Joyce's Agon with Shakespeare

喬哀思得自莎士比亞的影響焦慮既深且廣

詹姆斯・喬哀思之視莎士比亞猶如但丁之視魏吉爾。此一巨大的野心即便是膽識過人如喬哀思也難以令其實現。如今——如果維科和喬哀思沒錯的話——在新的神制時期來臨之前的長久衰退期裡，一般都以為普魯斯特的《追尋逝去的時光》是唯一能和《尤利西斯》和《芬尼根守靈》相比擬的作品。或許喬哀思和普魯斯特都創造了近似但丁《神曲》的成就，即使並無類似成就的卡夫卡似乎更像是我們這時代的但丁。然而，沒有任何一位曾好好讀過莎士比亞以及曾觀賞過導、演俱優的莎士比亞戲劇的人，會認為喬哀思是莎士比亞的傳人。喬哀思知道這一點，他在《尤利西斯》和《守靈》裡自始至終不斷提起這位詩人前輩，其中潛伏的焦慮可謂不言而喻。如果沒有莎士比亞，喬哀思和弗洛依德想必永遠不會感受到那份唯莎士比亞方能引發的漬染之苦。

對於這份影響，喬哀思的態度比弗洛依德要來得和善，他從來不曾附和魯尼的假說，雖然他在《芬尼根守靈》裡把玩過培根理論。喬哀思主要是在《尤利西斯》的圖書館一景裡讓史帝芬・戴達勒斯（Stephen Dedalus）提出了一種假說，此一理論與其說是攻擊父權主義，不如說是攻擊父子關係本身，而且顯然不曾攻擊莎士比亞。法蘭克・巴珍（Frank Budgen）曾經問喬哀思一個老問題：如果只能帶一本書的話，你會帶哪一本到一座無人荒島去？喬哀思的回答是：「我會在但丁與莎士比亞之間猶豫一會兒，但只是一會兒而已。那個英國人比較豐富，我會選他的。」「比較豐富」在這裡用得頗妙；一個孤伶伶身處荒島的人最想要的是更多的人物，而莎士比亞比他最強勁的對手——但丁和希伯來聖經——擁有更多精彩的角色。喬哀思在《尤利西斯》裡雖然和狄更斯一樣能賦予次等角色相當的活力，但他只有一個史帝芬有那麼一點哈姆雷特的味道，加上一個堪與巴斯婦人媲美的摩莉（Molly）。波迪可以挑戰或想要挑戰莎士比亞，但這是一項不可能的任務，因為在所有的文學競賽裡從來都是大吃小的。史帝芬說他不相信他那有關莎士比亞和哈姆雷特的理論，但理查・艾爾曼告訴我們，喬哀思的朋友說他一直都很認真地看待此一理論，而且從來不曾放棄。為了檢視喬哀思在《尤利西斯》和《芬尼根守靈》裡和莎士比亞的正典抗爭，這是必要的起點。

像喬哀思一樣同時以《奧狄賽》和《哈姆雷特》作為《尤利西斯》的基礎需要很大的

勇氣，因為正如艾爾曼所注意到的，奧狄修斯／尤利西斯和丹麥王子事實上是完全不同典型的人物。喬哀思的安排有其軌跡可循：《奧狄賽》的主角似乎是聰明才智僅次於哈姆雷特（和孚斯塔夫）的文學人物，即使喬哀思看上的並非他的巧妙心機，而是他的人格完整性。但尤利西斯原本是想要回家的，而哈姆雷特的家不在埃西諾，也不在其他任何地方，他是沒有家的。喬哀思要把尤利西斯和哈姆雷特湊在一塊唯有靠一人兼飾兩角：波迪是尤利西斯和老哈姆雷特的鬼魂，史帝芬是尤利西斯的兒子泰雷馬庫斯（Telemachus）和小哈姆雷特，波迪和史帝芬則共同組合成了莎士比亞與喬哀思。這些聽起來有點讓人摸不著頭腦，但卻是喬哀思吸融莎士比亞的法寶。莎士比亞和喬哀思一樣屬於世俗的世界，倆人都以述說凡常人生的寫作取代了聖經，喬哀思並且拒斥哈姆雷特和伊底帕斯之間的連結，而在弗洛依德面前為莎士比亞做了一次公正的辯護。和弗洛依德比起來，喬哀思是比較優秀的《哈姆雷特》評論家。他不認為那個兒子對葛楚德心存慾念或意圖殺害哈姆雷特國王。史帝芬和布魯姆（指波迪）也不像是有伊底帕斯情結的人，而且就算喬哀思對莎士比亞懷有此一情結（他有過的），他顯然也沒有在《尤利西斯》裡表現出來。

《尤利西斯》和《哈姆雷特》相當貼近

史帝芬於《尤利西斯》的國立圖書館一景中（第二部第九章）解釋了喬哀思有關《哈

姆雷特》的理論。法蘭克・巴珍一九三四年的《詹姆斯・喬哀思和〈尤利西斯〉的生成》(*James Joyce and the Making of "Ulysses"*) 仍是這部作品的最佳導讀，因為其中含有許多有關喬哀思個人的訊息，巴珍告訴我們：「比起劇作家莎士比亞，莎士比亞其人，那語言天王與人物的創造者佔據了〔喬哀思〕更多的心思。」史帝芬的莎士比亞顯然是遵照一般公認的看法，走上了環球劇院 (Globe Theatre) 的舞台，扮演哈姆雷特父親的鬼魂一角：

——戲開演了。一名演員在陰影中登場，披一套宮廷壯漢穿舊不要的盔甲，身材勻稱，嗓音低沈。它是鬼魂、國王、既是國王亦非國王，演員莎士比亞於其未屬虛度的生命歲月中都在研究《哈姆雷特》，以便扮演幽靈一角。年輕演員伯比奇 (Burbage) 隔著蠟布架站在他面前，他直呼其名說道：

哈姆雷特，我是你父親的亡靈，

要他注意聽。他在對兒子講話，他靈魂的兒子、王子、年輕的哈姆雷特，也是在對他肉體的兒子哈姆尼特・莎士比亞說話，那兒子已在斯翠津夭折，好讓那位與他同名的人獲得永生。

因行蹤杳然而成鬼魂的演員莎士比亞，打扮成因死亡而成鬼魂的墓中丹麥王的模樣，他有沒有可能是在想著親生兒子的名字說話呢（如果哈姆尼特・莎士比亞在世的話，他想必會是哈姆雷特王子的學生兄弟）？我想要知道，有沒有可能或有任何理由相信，他並沒有根據這些前提推出或預見其合乎邏輯的結論：你是被剝奪了權利的兒子：我是被謀殺的父親：你母親是有罪的王后安・莎士比亞，原姓哈沙維（Hathaway）的？

安・哈沙維是葛楚德，早夭的哈姆尼特是哈姆雷特，莎士比亞是鬼魂，他的兩個兄弟合成了克勞底斯——此一驚人之語在在令人印象深刻，同時也讓安東尼・柏吉斯於一九六四年寫出了他最好的小說《無如太陽》，這是以莎士比亞為題材的唯一一本成功的小說。柏吉斯是喬哀思的忠實門徒，他為史帝芬的理論所做的補充極有喬哀思之風，使得圖書館一景和柏吉斯的想像很早就在我的腦海裡混成了一團難分彼此，如今每當我重讀喬哀思時，總會預期柏吉斯的巧言妙論也在其中，然後因為此一錯誤期待的落空而大感驚訝。這有一部分是因為喬哀思的史帝芬含藏著極為精細的意涵，他不經意地把莎士比亞的一生與作品在寥寥幾句閃爍迷離的生動話語裡完整揭露了出來。馬拉基・「壯鹿」・摩里根（Malachi "Buck" Mulligan）——喬哀思以他來戲謔不怎麼靈光的詩人醫生歐里佛・聖・約翰・勾加提（Oliver St. John Gogarty, 1878-1957）——稍早時解釋了史帝芬的理論：「他用代數證明，哈姆雷特的孫子是莎士比亞的祖父，而且他本身就是他父親的鬼魂。」這是巧妙的諷擬，也是饒富意義的一擊，因為史帝芬的目的是要消解父道本身的權威。

就其自覺性的生育意涵而言，所謂父道是人類所沒有的現象。從獨一無二的生父到獨一無二的子嗣，這是一種神秘的態勢，一種神權的延續。教會就是建立在此一神秘態勢上，而不是建立在狡黠的義大利智識分子設計出來丟給歐洲群眾的聖母身上。這基礎是無可動搖的，就像這世界——宏觀世界也好，微觀世界也罷——是建立在虛空上一樣。立足於子虛烏有，立足於荒誕無稽。母親的愛，主詞屬格與受詞屬格，也許是生活中唯一真實的東西。父子關係可能是法律上的虛構。誰是哪個哪個兒子的父親應該由那兒子來愛他，或者父親應該愛哪個哪個兒子呢？

史帝芬過不了多久就對此一觀點加以嘲諷，但它是不容易嘲諷的，同時也不容易理解，因為它隱含著無窮的意涵。如果此一觀點可信的話，基督教會和整個基督教就都要瓦解了，而喬哀思對此是不置可否的。已故的威廉·安普生曾對他妙指為「肯納惡言」（Kenner smear）的論點加以駁斥，不過他也可以管它叫「艾略特惡言」，因為艾略特在休·肯納（Hugh Kenner）之前就已經表示喬哀思的想像「散發出正統教義的光輝」。安普生之見自然不假：為喬哀思塗上基督教的色彩是很讓人遺憾的評論行徑。如果《尤利西斯》裡真有聖靈，那必是莎士比亞無疑；如果真有任何父子關係能夠成為正當有效的虛構故事，那麼喬哀思想必很樂意當莎士比亞的兒子。但是《尤利西斯》裡的喬哀思到底在哪裡呢？這本書裡顯然有他的身影，但此一身影分裂成了史帝芬和波迪。喬哀思一方面是年輕的藝術家，一方面也是一個拒絕暴力與恨意的怪好人。這種奇異的分身現象很難以批評方法詳加剖析；在英語小說人物的最終據點上，在具有說服力的角色遁入《芬尼根守靈》的廣漠神話和山謬・貝克特的純粹否定之前，此一溫婉異常的展示向我們表明，父子關係純屬虛構，它是一種美學概念，還是很不穩定的一種。

讀者會很確切地感覺到，比起《奧狄賽》，《尤利西斯》這部小說和《哈姆雷特》更為貼近，但莎士比亞、喬哀思、戴達勒斯、布魯姆的四角關係又是如何呢？《尤利西斯》光芒四射的語言表現足供一籮筐的小說之用而不虞匱乏，但我們的感覺是，這本書的正典核心地位，並非喬哀思的語言風格所能涵括，儘管此一風格是多麼出類拔萃。喬哀思沒有普魯斯特的美學神秘主義，而繼承喬哀思和普魯斯特的貝克特，則像個苦行僧似地迴避了普魯斯特式的璀璨華光。喬哀思仍是個謎團；他和莎士比亞的關係在我看來，正是他化身為謎團的少數幾種途徑之一。

史帝芬把他的莎士比亞理論延伸到了異端與教會神學之間的戰爭：「非洲人撒伯里烏是一切異端邪說創導者中最微妙的，他認為聖父本人就是他自己的兒子。阿奎家的鬥牛狗無話不能說，就批駁了撒伯里烏。假定無子之父不成其父，則無父之子豈能為子？」

史帝芬接著補充說，寫下《哈姆雷特》的詩人因此「不僅是他本人兒子的父親，而且因為他已經不是兒子，他實際上是也自我感覺是整個民族的父親，也是他本人的祖父的父親，也是他的尚未出生的孫輩的父親，而他的孫輩卻同樣從未出生。」於是一個像上帝一樣的莎士比亞出現了，但他想必只是史帝芬所描繪的藝術家肖像；史帝芬的心思雖然為莎士比亞所盤據，但他終究是在波迪、而非他自己的書裡面。

布魯姆和俗世之神莎士比亞之間存在著獨特而令人迷惑的關係

如果《尤利西斯》裡存有任何奧秘的話，這份奧秘只能往利奧波迪‧布魯姆裡去尋（按：為了與作者哈洛‧卜倫〔Harold Bloom〕作一區別，特將《尤利西斯》的主角Leopold Bloom譯為利奧波迪‧布魯姆）。這號人物和俗世之神莎士比亞之間存在著獨特而令人迷惑的關係。史帝芬的莎士比亞預告了波迪的出現。莎士比亞這位父親本身就是他自己的父親。他既沒有先人也沒有後繼者，而喬哀思顯然很樂意將自己嵌入此一理想的作者形象之中。波迪的猶太裔父親自殺身亡，同時他也沒有兒子存活下來，除非你把史帝芬當作是他心靈上的兒子。《尤利西斯》裡唯一的心靈是莎士比亞，他是鬼魅般的父親與鬼魅般的兒子；我們將察覺到，他的心靈棲身之處並不是帶著點但丁風味的史帝芬，而是頗似喬哀思的布魯姆，他最喜歡的莎士比亞戲劇是哈姆雷特在第五幕裡和掘墓者的對話。

波迪身上有哪些莎士比亞的特質？我想答案必定和喬哀思完整充分的人格描繪與人物呈現有關，喬哀思的這份才華可以說是莎士比亞的最後一座堡壘，也可以說是莎士比亞式的摹擬手法在英語文學裡悠久歷史的最後一章。無論你相不相信莎士比亞朝自然舉起了一面鏡子，你都很難再找到比喬哀思的波迪擁有更完足的自然氣質的人物了。這對喬哀思來說可能是一種很古怪的評語：他筆下那富含自然氣質的人物，可能是以莎士比亞為原型，而他當然是喬哀思的莎士比亞。

喬哀思的莎士比亞不是一個劇作家；喬哀思有一個奇怪的看法：易卜生的《當死者醒來》其戲劇性要比《奧賽羅》強得多。喬哀思的戲劇觀不容易理解，他的莎士比亞顯然並不是一個以戲劇情節為重的詩人，而是男女人物的創造者。如果我們要在波迪身上找尋莎士比亞，我們就得擱下戲劇而專注於更易與改變。當我想到《尤利西斯》，首先浮現腦海的就是波迪，這波迪並不是一個被嵌在某個脈絡或某種關係裡的人物。布魯姆先生寬廣宏大，他的特質、人格甚至他那看來再平凡不過的理念或思想都一樣舉足輕重。波迪不平凡之處在於他那豐富的意識，他將自己的感覺與感受轉換為具體意象的能力。我認為這就是根本底蘊：波迪擁有莎士比亞式的內在性，此一內在性的呈顯遠比史帝芬、摩莉或小說裡其他每一個人物的內心世界更為深刻。和波迪比起來，珍・奧斯汀、喬治・艾略特、亨利・詹姆斯的女主角是更為細膩的社會意識體，但即便是她們也無法和他的內在風情相抗衡。任何事情都逃不過他的心思，即使他的意識反應可能是很單調乏味的。他是喬哀思最偏愛的角色，理查・艾爾曼首先強調了這一點。

喬哀思很欣賞福樓拜，但波迪的意識和愛瑪・包法利的意識並不相同。對一個才剛剛要步入中年的人而言，那是一種奇異的、古老滄桑的精神狀態，小說裡其他每一個人似乎都比布魯姆先生年輕許多。這或許和他的猶太血統之謎有關。從猶太觀點來看，波迪不是猶太人也是猶太人。他的母親和她的母親都是愛爾蘭天主教徒，他的父親韋拉格（Virag）是改信新教的猶太人。波迪自己既是新教徒也是天主教徒，但他所認同的是他死去的父親，而且顯然自視為猶太人，雖然他的妻子和女兒並不這麼想。都柏林惴惴不安地看著這位猶太人，他的孤隔狀態似乎是他自己一手造成的。他有很多點頭之交，好像沒有一個人是他不認識的，但是如果有人問起他有哪些朋友的話，我們可能會當場愣住，因為他從來不曾步出自我，這對一個如此溫婉和善的人而言，毋寧是讓人感到驚訝的。

傑羅·莫斯台（Zero Mostel, 1915-77, 按：舞台劇演員）在《夜城之尤利西斯》（*Ulysses in Nightown*）裡輕盈靈動的演出，曾經讓我著迷不已，那是一種強而有力的錯誤解讀，使得我在重讀《尤利西斯》時，總要和莫斯台的身影拉扯一番。喬哀思不是梅爾·布魯可斯（Mel Brooks, b. 1926, 按：電影演員、導演），但他有時的確為波迪注入了某種猶太人的幽默氣息。莫斯台很有魅力，波迪則否，但波迪觸動喬哀思和我們的地方，在於他是唯一一個沒有表現出葉慈所說的「躁動的心」（a fanatic heart）的愛爾蘭人。休·肯納在他第一本討論喬哀思的書裡視波迪為艾略特式的猶太人（反猶太的艾略特，而非溫婉慈善的喬治·艾略特），但他在經過二十年的研究之後，不再視布魯姆先生為現代墮落文化的象徵，並生動地表達出比較貼近喬哀思的看法：喬哀思的主角「合當不具敵意、暴力與恨意地住在愛爾蘭」。如今還有多少人合當不具敵意、暴力與恨意地住在愛爾蘭或美國呢？又有誰會向波迪紆尊降貴，彷彿這麼一個全然良善的、具有充分說服力的、有趣的人類形象渾然充塞於四方天地間似的？

連好奇心都有自虐傾向的波迪頗有怪癖、欣然處世、執迷於自我、擁有無窮的善意，喬哀思的這個角色不像任何一位莎士比亞的人物，他所呈現的是鬼魅般的莎士比亞本人，誰都是，誰也都不是——或許有點像是波赫士的莎士比亞。這當然不是詩人莎士比亞，而是一介市民莎士比亞，像波迪漫遊都柏林一樣漫遊著倫敦。史帝芬在圖書館的一段特別激越的談話中，甚至暗示莎士比亞是猶太人，而且可能和波迪沒有兩樣，雖然史帝芬除非是個鐵口直斷的半仙否則不可能知道的。史帝芬的理論在詭奇與執迷地將莎士比亞的一生化為天地間的完滿存在時達到了最高潮：

男人引不起他的興趣，女人也引不起他的興趣，史帝芬說。他在外面過了一輩子之後，又回到他生於斯長於斯的地點，他曾是這裡的一個靜默的觀察者，而在生命旅程告終時，他在這塊地上種下他的桑樹。然後死去。活動結束了。掘墓人埋葬了老哈姆雷特和小哈姆雷特。國王和王子終究是死了，還伴著配樂。儘管被謀殺了，被出賣了，還是為所有心腸溫柔的人所悲泣哀悼，因為不管是丹麥人還是都柏林人，為死者哀悼就好像是她們唯一拒絕離異的丈夫一樣。如果你喜歡收場戲的話，你可看仔細了：頗樂斯頗樂的普洛斯帕羅（prosperous Prospero），好人得好報；外公的小寶貝麗吉（Lizzi）；還有壞蛋小叔里奇（Richie），就是劇中為了詩的正義而被打發到壞黑鬼去處的那個傢伙。強而有力的收場。他發現，那些有可能在他的內在世界中出現的，於外在世界中已經實際存在了。梅特林克（Maeterlinck）曾說：蘇格拉底今天跨出家門時，將會發現哲人就坐在他家門前的台階上。如果猶大今晚出去，他的腳步將會走向猶大。每一個生命都是許許多多的日子，日復一日。我們走過自己，一路上遇見了強盜、鬼魂、巨人、老人、年輕人、妻媳、寡婦、姐夫妹婿，但總歸是要遇見自己。那位編寫這齣世界大戲還寫得很差勁的劇作家（他先給我們光，兩天以後才給太陽），那位掌管當下萬事萬物的主子、被天下最主要的天主教人稱為dio boia即劊子手上帝的，無疑就在我們所有人之中，是馬夫與屠夫，也可以既拉皮條又戴綠帽子，只不過這將是哈姆雷特所預言的天堂風光，婚姻已不復存在，榮光煥發的男人，雌雄同體的天使，自己當自己的妻子。

史帝芬在此顯然是喬哀思的代言人，他既是在攻訐基督教的劊子手上帝，也是對《哈姆雷特》的詩人獻上最終的讚頌。劇作家有兩位，即天主教的上帝和莎士比亞，倆人都是天神；而莎士比亞的先知哈姆雷特預示了喬哀思所見的「榮光煥發的男人，雌雄同體的天使，自己當自己的妻子」，這份視見在莎士比亞和可憐的波迪身上獲得了具體的形象。世界有兩種版本，即這個世界和莎士比亞的世界，喬哀思所偏好的是他那鬼魂般的父親，他在外面過了一輩子之後又回到家鄉，喬哀思有生之年則沒有這麼做過。餘下皆是靜默，流亡生涯已經落幕，所有的慧黠機巧也一併告終。即使在《尤利西斯》裡也很難再找到像這樣的一句無可躲避的話：「我們走過自己，一路上遇見了強盜、鬼魂、巨人、老人、年輕人、妻媳、寡婦、姐夫妹婿，但總歸是要遇見自己。」我們大可以把它濃縮成喬哀思的沉吟（雖然有些失真）：「我走過自己，路上遇見了莎士比亞的鬼魂，但總歸是要遇見自己」。這樣的一份有關影響的告白，流露出一股能夠將莎士比亞予以內化的自信，而這正是《尤利西斯》對本身的正典榮光所獻上的最佳讚詞。

《芬尼根守靈》裡邊有許許多多地方提及或引述莎士比亞

本書以維科的週期說為架構探討西方正典，這樣的一本書絕不能忽略擷取了維科部分組織原則的《芬尼根守靈》。在本世紀的所有作品當中——包括《尤利西斯》在內——《守靈》是唯一真正能和普魯斯特的《追尋逝去的時光》鼎足而立的鉅著。誤以「多元文化主義」為名，徹底反智識、反文學的運動風潮正在讓大部分包含想像與認知困難度的著作，也就是一大半的正典作品從學校課程中一一消失。喬哀思的傑作《芬尼根守靈》也包含了如此的困難度，令人不免要擔心它能否存活下去。我想史賓賽精彩的傳奇詩《仙后》（*The*

Faerie Queene）會是它的好伙伴，往後大概只有一小撮熱心的學者專家會來讀這兩本書了。說來令人感傷，但在那即將來臨的時代裡，福克納和康拉德一樣在劫難逃。我有一位密友是阿多諾及其法蘭克福學派（Frankfurt School）的信徒，她的大學決定將海明威從必修課程裡剔除，而換上一位不過爾爾的墨西哥裔短篇故事作家。他為此一決定辯稱，如此一來她的學生便能夠為住在美國的生活做更好的準備。她暗示說，美學標準是為了我們私人的閱讀樂趣，這如今在公共領域裡已是惡名昭彰了。

海明威可以寫出非常好的短篇故事，然而從這些故事到《芬尼根守靈》仍有一段很長的距離。在我們新的反菁英道德觀底下，這本書的讀者會愈來愈少，這實在是美學上的一大損失。在以下區區數頁裡，我何能呈現《守靈》之道於萬一？我只能說，如果美學價值重回正典核心的話，《守靈》必定會和普魯斯特的《追尋逝去的時光》一起將我們的混亂時代，帶往莎士比亞和但丁的高度。我接下來只想要繼續講喬哀思和莎士比亞競技的故事，在喬哀思的心目中，莎士比亞可說是（至少是喬哀思之前）最偉大的作家，但是在戲劇創作上卻遜於易卜生（這是喬哀思未曾動搖的奇特評斷，但我們不以為忤，因為他曾說：「有人認為寫下《海達·嘉柏樂》的易卜生是一個女性主義者，但他並不是女性主義者，就好像我不是大主教一樣。」）

批評家們都同意，《守靈》是從《尤利西斯》結束的地方開始的：波迪沉沉睡去，摩莉陷入沉思，接著便有一個來頭更大的「世間凡人」（Everyman）夢見了這本夜晚之書。這個新的世間凡人亨弗里・青登・伊耳威可（Humphrey Chimpden Earwicker）是如此龐大，要賦予他人格是不可能的，就好像布雷克史詩裡的原人阿比翁算不上是一個人物一樣。從《尤利西斯》轉向《守靈》之際，這一直是我唯一的感傷；《守靈》比較豐富，但我失去了波迪，雖然我得到了喬哀思所說的「世界歷史」。這是一部非常奇特且強而有力的歷史，其中包含了文學史，並以所有的文學為藍本，不像《尤利西斯》是以《哈姆雷特》和《奧狄賽》的奇異組合為基礎。因為莎士比亞和西方正典本是一體，所以喬哀思必然要回到莎士比亞，這整本書裡有許許多多的地方是暗中提及或引述莎士比亞（和聖經）的。關於這一點我是得自詹姆斯・艾瑟騰（James S. Atherton）《守望書》（*The Books at the Wake*, 1960）的見解，在討論《守靈》的幾本好書裡，這仍然是最有用的一本。《劍橋期刊》（*Cambridge Journal*）裡馬修・哈德加開創性的〈莎士比亞和《芬尼根守靈》〉（"Shakespeare and *Finnegans Wake*", 1953）也提供了這方面的觀察。

阿答林・葛雷勳（Adaline Glasheen）在她一九七七年的《〈芬尼根守靈〉的第三次普查》（*Third Census of "Finnegans Wake"*）裡表示，莎士比亞其人與其作是《守靈》的母岩，也就是「其中嵌藏著金屬、化石、寶石的巨岩」。《守靈》是一本讀者絕對必須從各種可能的角度來賞析的書，葛雷勳所提供的當然只是一種觀點而已，但我卻受益匪淺。《尤利西斯》裡的莎士比亞——在我看來是一縷聖靈——和《芬尼根守靈》裡的莎士比亞最大的差異是，喬哀思第一次表達出了對他的前輩與對手的妒意。他所羨慕的不是莎士比亞的才能和廣度

——喬哀思相信自己在這方面和莎士比亞是旗鼓相當的——他嫉妒的是莎士比亞廣大的觀眾，而這真可謂是嫉妒有理。這份妒意使得《守靈》成了一部悲喜劇，而非喬哀思所設想的喜劇。這本書的讀者反應令來日無多的喬哀思感到灰心，但是難道會有第二種情況發生嗎？從布雷克的「預言」以來，英語世界從來就沒有像這樣的一部文學作品，能讓熱情、寬容、具有一定背景的讀者也不得其門而入的。在《守靈》的「安娜‧李維亞多美」（"Anna Livia Plurabelle"）那部分開始沒幾頁的地方，喬哀思悲嘆道：「雲天在上，大地在下，我多麼盼望一片全新的河岸，瞧瞧現在我凝滯沉重的模樣！」

河岸(bankside)戲指「後台」(backside)，**凝滯**(bedamp)戲指「注定沒人疼愛」(bedammed)：因為說話者是里菲河（Liffey River）和伊耳威可的太太，所以艾瑟騰的註解是很恰當的：「喬哀思的意思是，他希望里菲河能有一片擁有文學知音的南岸，像莎士比亞的泰晤士河一樣。」莎士比亞坐擁環球劇院和廣大的劇院觀眾，而喬哀思只有一小撮圈內人捧場而已。瞪著《守靈》裡的字句，即使是寬容豁達的讀者也不禁要好奇：喬哀思有沒有警覺到他把一個人想要躍入其最佳作品的——弗洛依德所謂的——「誘因」懸得多麼高不可及？在經過了好幾年的細細尋思之後，我只能試著提出一個可能的解答。我認為，莎士比亞對喬哀思構成的挑戰是《守靈》極盡恣意膽大之能事的部分動因所在。《尤利西斯》試圖直搗莎士比亞的大本營：《哈姆雷特》。都柏林很大，但還沒有大得可以吞下莎士比亞，以地獄夜城為背景的「色西」（"Circe"）一節裡的高潮時刻便說得很明白。就在可憐的波迪像個鑰匙孔偷窺狂一樣目睹布雷茲·波伊蘭（Blazes Boylan）大肆開墾摩莉的身體之後，史帝芬的死黨林區（Lynch）醉醺醺地指著一面鏡子叫道：「朝自然舉起的鏡子」。接著，莎士比亞便和喬哀思的兩個分身即史帝芬和布魯姆碰了頭：

（史帝芬和布魯姆看著鏡子。威廉·莎士比亞的臉出現了，沒有鬍鬚，線條僵硬面無表情，頭頂著廳堂裡鹿角帽架的映像。）

莎士比亞：（莊重的腹語）那高聲大笑顯示出空蕩蕩的心靈。（向布魯姆說）你以為你可以隱形不讓人看見。看。（他像隻黑閹雞一樣啼笑著）依阿高高！我那老傢伙就這麼窒死了他的禮拜四媽咪。依阿高高！

布魯姆：（畏縮地向那三個妓女微笑）什麼時候把笑話講給我聽？

林區引述了哈姆雷特對演員的勸誡，他提醒演員「自古至今演戲的目的便是朝自然舉起一面鏡子」，然後戴綠帽子的莎士比亞（史帝芬的理論如此主張）便看著戴綠帽子的波迪和醉醺醺的史帝芬。莎士比亞頂著像綠帽子一樣的鹿角，但他仍然是莊重自持地錯誤引述了歐里佛・勾茲密斯的詩作《荒村》（*The Deserted Village*, 1770）：「高聲大笑道出了空蕩蕩的心靈」，「空蕩蕩的心靈」（vacant mind）在這裡是正面的詞彙，意指「空閒」或「安適」。莎士比亞所責難的不只是林區空洞的心靈，波伊蘭和譏笑波迪的妓女的空洞不實也受到指責。然而對波迪而言，莎士比亞是在警告他不要成為第二個奧賽羅，不要因為受了依阿高／波伊蘭的刺激就把摩莉給殺了，像我那「老傢伙」或「父親」殺掉我的「禮拜四母親」一樣。

史帝芬是在禮拜四出生的，因此（至少）有兩次角色融混的情形發生：史帝芬和布魯姆合而為一，莎士比亞則再度成為哈姆雷特父親的鬼魂，他警告喬哀思別再進一步融混哈姆雷特和奧賽羅，於是摩莉・布魯姆便結合了史帝芬死去的母親、葛楚德、德斯底蒙娜。對可憐的波迪而言，這實在是個笑話，但還不足以說明主要的問題所在：莎士比亞為什麼會變成一隻閹雞，這還不算，還變得沒有鬍鬚、面無表情？艾爾曼曾說：「喬哀思在警告我們，他用的形象乃取其形似，非完全等同也。」但我仍然維持先前的看法，也就是喬哀思終於正面表達出了他的影響焦慮。莎士比亞這位前輩在嘲笑他的追隨者史帝芬—布魯姆—喬哀思，他的意思是：「你盯著鏡子猛瞧，想把自己看成是我，但你算是瞧見了自己的模樣：一張光溜溜的沒有鬍鬚的臉，一點也沒有我那威猛的氣勢，而且還像條死魚一樣面無表情，一點也不像我那從容恬適的容顏。」於是喬哀思便帶著莎士比亞在《尤利西斯》

裡丟給他的這句話來到了《芬尼根守靈》，試圖和莎士比亞做最後一回合的決戰。

《守靈》訴諸的是悲劇作家莎士比亞

許多批評家都認為，臨死的安娜・李維亞——母親、妻子、河流——在《芬尼根守靈》末尾的獨白是喬哀思所寫的最美的一段文字，而也的確是如此。喬哀思以接近五十八歲之齡寫下了他最後的小說，時間顯然是在一九三八年的十一月。再過兩年多一點他就在六十大壽前夕去世了。派屈可・派林德（Patrick Parrinder, b. 1944）曾細膩而生動地說：「於喬哀思早期的作品中被待之以好奇、痛楚、嘲諷、嬉鬧的死亡，在此代表了痛苦的興致和恐怖的狂喜。」如果把這句話裡的「喬哀思」換成「莎士比亞」，那麼「在此」就是《李爾王》末尾的國王之死。喬哀思最後那奔流到海、回返家鄉的河流，就是在她那發瘋的父親懷裡已死的考地利亞，而這位父親很快也就共赴黃泉了。

有沒有可能在一夜之間睡出整部文學史？《芬尼根守靈》說這是可能的，並主張一個人可以在一段長長的、斷續的夢境裡經歷整部人類的歷史。喬哀思的忠實門徒安東尼・柏吉斯——和山謬・貝克特不同，貝克特和喬哀思終究是分家了——說「看見約翰生博士和孚斯塔夫以及鄰家女子在柴林十字（Charing Cross）火車站等候是再自然不過的事情了。」我還記得曾做過一個布魯姆式的夢，在夢中我因為遲到而錯過了和傑羅・莫斯台先生——另學上皆然。

一個我——在新港市火車站的約會，醒來之後我當它是我經常做的擔心無法準時趕上《尤利西斯》的課的焦慮之夢。每一個我不曾想過會再碰面的人都在車站等候著，生活中和文學上皆然。

這場夢沒什麼好玩的；《守靈》則好玩得很，和哈伯來或布雷克的「筆記」一樣好玩。但它所訴諸的並非喜劇作家莎士比亞，而主要是寫下《馬克白》、《哈姆雷特》、《朱利阿斯·凱撒》、《李爾王》、《奧賽羅》的悲劇作家或後期的傳奇劇作家，最偉大的喜劇人物約翰·孚斯塔夫爵士自屬例外。喬哀思會把莎士比亞和歷史混為一談是再自然不過的事情，而若非《守靈》比原先設想的來得陰鬱，便是莎士比亞隨時都在伺機溜進《守靈》之中。伊耳威可或世間凡人同時也是上帝、莎士比亞、利奧波迪·布魯姆、成熟的詹姆斯·喬哀思、李爾王（也是疑爾王〔King Leary〕）、尤利西斯、凱撒、路易斯·卡羅（Lewis Carroll, 1832-98）、哈姆雷特父親的鬼魂、孚斯塔夫、太陽、大海、山巒等等。

葛雷勳的《第三次普查》裡列了一張精彩的清單，標題是頗富喬哀思風格的「當每個人都是別的人時該如何認人」（"Who Is Who When Everybody Is Somebody Else"）。喬哀思想要營造融合與涵容，本世紀其他的作家大概只有普魯斯特和他有相同的企圖，雖然普魯斯特的規模並沒有那麼宏大。但悲劇作家莎士比亞是不講融合的，而《馬克白》這部極為陰鬱的劇作尤其是斧鑿深深地切進了《守靈》之中。如果喬哀思這位凱特族（Celtic）的大海老人就是李爾的話，那麼他的考地利亞便是他那悲劇性的瘋女兒露西亞（Lucia），而喜劇的意念有時想必也會猶疑動搖。他在自己的記憶裡是一個年輕的藝術家筆人沈姆（Shem the Penman）（按：沈姆係伊耳威可之子），既是哈姆雷特也是史帝芬・戴達勒斯（馬克白也閃現其中）；哈里・雷文（Harry Levin）所巧妙形容的「自嘆來得太晚的偉大作家的放聲呼喊」清晰可聞：

你就這麼在復活島上一路從神聖的孩提時代被養大、養肥、被拉拔大，儘在說教聲中聽得天堂嬉鬧喧嘩、其他地方咆哮吵雜（你且擄掠搶奪到晚，其餘你就將錯就錯，閃閃亮光看著辦吧！）如今，實在是，就這麼杵在這不肖年代的蠢蛋之間，你成了雙身雙靈的神仙，藏起來然後被發現，不，該死的傻瓜、目無法紀者、自大狂、邪教魔頭，你在你自己那疑雲層層的靈魂虛空中哺育著你不相連的王國。你自以為是馬槽裡的某個神仙椰和嘩，你既不會去服侍也不會讓他來服侍你的，既不會向他祈禱也不會讓他向你祈禱的？在這裡，付出誠敬，當我們都泡在所多瑪城的池子裡時我自己是否也太過焦躁以致無從祈禱失去自尊好讓我藉由褪去希望與恐懼而擁有驚世駭俗（親愛的姐妹，妳們準備好了嗎？）的可怕需求？

逐臭之夫，幼稚的掘墓者，盡在好話裡搜尋邪惡巢穴的人，你，我們值夜時你睡覺，我們吃大餐時你齋戒，你用你那不著邊際的理智慧黠地預言，你這個不在場的「鮮」知，藉由瞎看著你那許多的燙傷、火傷、水泡、膿瘡和膿皰，藉由那朵烏雲和你的影子顯示的吉兆，藉由議會騙徒的預兆、每一樁災禍的死難、同僚的激烈舉措、功勳業績的化成灰燼、世事在熾烈火光中的全然崩毀、溫柔的槍礮彈葯融為泥塵，但它從不曾敲開你那滿是泥巴的遲鈍腦袋（地獄啊，我們的葬禮就來了！死病啊，我快錯過郵遞時間了！）所以你切了越多的蘿蔔、切了越多的蕪菁、剝了越多的馬鈴薯、對越多的洋蔥流淚、斬了越多的牛肉、切了越多的羊肉、磨碎越多的調味蔬菜、火越強、你的湯匙越長、你越是辛辛苦苦費力費勁你新燉的愛爾蘭菜就越是香氣四溢。

其中有喬哀思對自己的年輕歲月的自我解嘲，但這絕非主要的情感效應。對愛爾蘭、教會、喬哀思整個生存環境的挖苦與刻薄瀰漫其間，也顯示出他對作家自主性的強烈認同。我在想，就好像貝克特轉而以法文寫作好克服喬哀思對其早期作品的影響一樣，喬哀思在《芬尼根守靈》裡也和莎士比亞的英文正式宣告決裂。這是一種辯證性的決裂，一部分是受了莎士比亞的文字遊戲的啟發；《空愛一場》裡華麗的語言盛宴本就是喬哀思的風格。在上面那一段話裡，除了諷擬丁尼生立意攻訐教會的「輕騎兵」（Light Brigade）一詩，以及呼應史帝芬在《年輕藝術家的畫像》裡所回答的「我不會去服侍誰」之外，最慘烈的還是要屬在雷文所指出的表達遲到情懷的括弧裡（「地獄啊，我們的葬禮就來了！死病啊，我快錯過郵遞時間了！」）對「哥林多書」裡聖保羅的諷擬（「死啊，你的毒刺哪裡去了？墳啊，你的勝利哪裡去了？」）。《芬尼根守靈》有沒有錯過郵遞時間還不能確定，但是把文學**當文學看**的嚴肅研究之死，或許就要將喬哀思最偉大的成就送上不歸路了。莎士比亞是《守靈》裡安排郵遞時間的頭號大作家，而且簡直就成了郵遞服務系統。我們眼前的沈姆。

> 不知道還有哪個沙士皮鴨或傻是彼牙不是一輩子沒像過他那死硬對頭或正確地像（嗚！）他所想所猜的像他自己一樣，如偉大的史古特、達更斯、沙格瑞，雖他像獵戶小廝般地被獵被逮，被圖敦茶館裡虎豹豺狼壓制，他自己也是脾氣大壞的鬻文者，壞男人、壞父親、壞風尚、悲哀哀瘋顛顛，文字填空遊戲少根筋，邋邋遢遢，最是其他以及所有一切等等，如有大篇幅，若其乞憐生計繼續下去，用句比喻的說法，他將一舉抹去殆盡世上所有駭人作嘔的英文。

其中有對莎士比亞的適度反擊，也流露出想要拿《守靈》裡化外之民的南蠻鴃舌——喬哀思想必會這麼形容的——來取代英文的濃烈欲望。這位化外之民否定了十九世紀的英語小說家（史古特、達更斯、沙格瑞：史考特、狄更斯、柴可瑞〔Thackeray, 1811-63〕），他既是莎士比亞的死對頭，同時也像是在驗證維科的週期輪迴說似的回歸了莎士比亞。就喬哀思所勉強呈現出來的他自己那如同韓波或維永（Villon, b.1431）等文學邊緣人一般的波迪式溫和自我而言，呼應史溫本（Swinburne, 1837-1909）對維永的描述（「維永是我們那使壞、歡欣、悲哀哀瘋顛顛弟兄的名字」）是蠻恰當的。口誤之語在這裡和《守靈》全書中處處可見，彷彿巴著莎士比亞不放的喬哀思簡直就和寫《空愛一場》的語言狂飆族莎士比亞難以區分似的。《守靈》裡俯拾皆是的新鮮效果，為晦澀的文句做了最好的補償，雖然喬哀思並不是一天到晚都會讓你驚奇得跳上天去的。

《守靈》有若一部莎士比亞變形記

如果你無法驅逐莎士比亞（誰有辦法呢？）也無法予以吸收（來自他現身夜城之鏡的教訓），那麼你就得把他變成你自己，或者勉力把你自己變成他，而正如哈德加、葛雷勳、艾瑟騰所說的，喬哀思正樂得使勁把莎士比亞變成《守靈》的創造者。作為一個執著於文學影響的學子，我認為這是文學史上最成功的莎士比亞變形記。在這方面貝克特是唯一實力相當的對手，其《終局》巧妙而大膽地挪用了《哈姆雷特》。但貝克特很早就和《守靈》有了密切的關係，從前的那位朋友與老師的表演對他而言多少都有些示範效果的。

就《守靈》大規模挪用「偉大的散式彼押」（Great Shapesphere）而言，實在不難嗅出其中一股惘惘的衝動。如果莎士比亞完全撤離的話，我實在不敢說這本書會變成什麼模樣。哈德加幾乎每隔一頁就會找到引述莎士比亞的重要文句，總共足足有三百處之多，而且有很多地方實非一般通用的「引述」一詞能道其真章。伊耳威可——上帝、父親、罪人——既是《哈姆雷特》裡的鬼魂，也是邪惡的克勞底斯和普羅尼烏斯。再者，伊耳威可也包含了《馬克白》裡被殺害的鄧肯王、朱利阿斯．凱撒、李爾、可怕的李查三世，以及兩個崇偉的人物：線團和孚斯塔夫。沈姆或史帝芬．戴達勒斯既是哈姆雷特王子也是馬克白、凱修斯（Cassius）和哀德蒙，於是喬哀思便在慧黠的詮釋轉換之間把哈姆雷特變成了另一個殺氣騰騰的反派英雄。沈姆的手足邵恩（Shaun）既是喬哀思的手足、那長期受折磨的忠實支持者史坦尼斯勞斯（Stanislaus），同時也是賴爾蒂斯、麥克德夫、布魯圖斯、愛德加的莎士比亞頑強四人組。

這些莎士比亞的角色徹底落實了喬哀思的圖謀（姑且如此名之）；他們為伊耳威可及其一家提供了人物，其中包括：安娜．李維亞是葛楚德，伊莎貝拉（Isabella）（伊耳威可對其懷有一份亂倫罪惡慾念的女兒）是奧菲里亞。哈德加對此角色扮演有精到的分析：

> 一個人物化身為某種「類型」而以特定的形貌出現，像是於降靈法會驅使靈媒的「靈力」一樣說著話：當一種「類型」成為敘述的主要管道時，引述他的地方便愈來愈多：可以預期的是，引用莎士比亞的文句不會是零零星星的，而是一大串一大串、或長或短遍佈段落之間，每一串都指向劇作之中的一個對應的角色。

最大串的文句是從《哈姆雷特》、《馬克白》、《朱利阿斯．凱撒》——依序遞減——裡走出來的。《哈姆雷特》已不是意外，但為何是《馬克白》或《朱利阿斯．凱撒》則仍難以理解。弒君是這些劇作的共同主題，李爾王則是懸吊在五幕愈來愈見天啟意味的場景間，於愈益劇烈的痛苦中死去，這或許就是為什麼喬哀思會把他留到最後來幫《守靈》收尾的原因。被幹掉的國王當然是伊耳威可，也就是喬哀思／莎士比亞；雖然沈姆有哈姆雷特情結，但到底是誰下的手總是沒個準兒。

我想《馬克白》在《芬尼根守靈》裡的重要性就在這裡顯現了出來。喬哀思是莎士比亞的超級讀者與強力誤讀者，他引述《馬克白》是想要透露殺手事實上是那喬哀思式、莎士比亞式、伊耳威可式的想像，就好像馬克白那非比尋常的預期想像埋藏著危險殺機一樣。《守靈》最先引述的莎士比亞劇作是《馬克白》，最後引用的則是《李爾王》。哈德加指出，《守靈》裡引自《馬克白》的文句，總會在伊耳威可承受巨大的情緒壓力以及他的自毀傾向最是活躍時出現，例如這位主角在卷一末尾的激動情緒：

亨弗是在他的上位了。說的話對他而言就像雷芬漢（Rethfernhim）的雨滴一樣無無足輕重。我們都喜歡的。雨。當我們睡覺時。滴滴。但請等到我們睡覺時。滴滴滴落。

「鄧肯是在他的墳裡了;於陣陣狂熱的一生之後,他安眠了。」雷芬漢(Rathfernham)是都柏林的一區,「上位」(doge)諧仿「瞌睡」(doze),「滴落」(sdoppiare)在義大利文中有「脫落」或「往外開展」之意。復仇者麥克德夫和殺人者馬克白的爭鬥在大約二十五頁之後恰如其分地登場,三妖婆或「古怪姐妹」(Weird Sisters)以及殺害班珂的三個兇手也分別露臉。哈德加指出,馬克白於第五幕第五景著名的「明天、明天、明天」獨白和哈姆雷特的「存在或不存在」獨白一樣都在《守靈》裡處處迴響著,但兩者都被打散鋪平於全書各個角落,此一分散策略既能符合喬哀思的用途,又多少可以反將無所不在的莎士比亞一軍!但莎士比亞可不是好惹的,他可以如此反咬喬哀思一口:

然而存在的時候到了。
因燃燒著的世界跳著空虛之舞。
其光彩已然扼殺了愛,
使冷峻不再跳動。匱乏的氣息不再跳動。

路易斯・卡羅、強納申・史威弗特、理查・華格納(Richard Wagner, 1813–83)都曾在《守靈》裡出現(雖然不如莎士比亞那麼露臉),但他們從來不曾像莎士比亞那樣反過來倒抓一耙或跳脫喬哀思的掌握。我們可以說,《守靈》裡的莎士比亞之於喬哀思就好比哈姆雷特、依阿高、孚斯塔夫之於莎士比亞一般：創造物掙脫了創造者的掌控。莎士比亞不是任何人的創造物，或者他是每一個人的創造物；喬哀思雖然身手了得，在我看來終究是輸了這場比賽。然而，他雖然是輸家，在臨死的安娜‧李維亞於《守靈》末尾悠然回返孩提時代的時候，仍然贏得了崇偉的榮耀：

我討厭他們在這裡以及所有我討厭的。孤單的我是孤單。全是他們的錯。我快不行了。噢悲苦的結局！他們上來之前我就溜走了。他們不會看見的。也不會知道的。也不會念著我。老啊老的悲啊老的悲啊倦的我回到你身旁，我冷冰的父親，我冷冰瘋狂的父親，我冷冰瘋狂怕怕的父親，直到近近地瞧見僅僅一瞥他的個頭，那張張狂狂皇皇張張，低笛音吟，叫我擰了心巴著鹹海泥巴我奔向你的懷裡，我的唯一。我看見他們騰騰昇起。幫我把那些嚇怕人的尖頭玩意兒拿走。還有兩個。一個兩個還有更多的更多。這麼的。向熔岩兒致敬。我的葉飄走了。全部。但有一片還撐著。我會載著它。好提醒我。Lff！多麼柔和今天早上，我們的。好嘛。帶我去，爹迪，像是跟你逛遍了玩具市集！如果我看見他此刻襲上我身在白色張開的翅膀底下彷彿他剛從大天使那裡來的，我想我會倒在他腳前，卑微微聲，只想好好被沖刷一番。好嘛，小爹。這裡就是那裡。首先。我們靜靜經過草叢灌木。呼呼沙沙！一隻鷗鳥。好幾隻鷗鳥。遠處的呼喚。來了，遠遠地！在此告一段落。

是我們了。芬，又來了。接著。輕輕柔柔的你，記憶及於的我！直到幾千幾百個
你。LPS。給把鑰匙。早已給了的！一路一孤一終一愛一長此

曾在《尤利西斯》的奇幻夜景裡古怪登場的凱特族海神馬那南・馬可・里爾（Manannan Mac Lir）同時也是「里爾王」或李爾，「我冷冰的父親，我冷冰瘋狂的父親，我冷冰瘋狂怕怕的父親」，安娜・李維亞・考地利亞於死後回到他的身旁，像里菲河一樣奔流到海。《守靈》裡的李爾代表了其他三個父親——伊耳威可、喬哀思、莎士比亞——也代表了大海，因此在這一曲美麗的死亡之歌裡，喬哀思或許是在暗示另一部偉大的作品正等著他去完成，那將是一部海上的史詩。濟慈重讀《李爾王》讀到「聽！你聽見海聲了嗎？」(4.6.4)的地方時，寫下了一首精彩的十四行詩〈大海〉("On the Sea")。我們很遺憾喬哀思沒能活到六十歲來寫下他自己的《大海》，因為他和莎士比亞永無止境的競賽必定會進入新的回合，正典榮光想必也將再度閃耀。

19 吳爾芙的《歐蘭多》：以閱讀之愛呈現的女性主義

Woolf's *Orlando*: Feminism as the Love of Reading

吳爾芙對於閱讀有份異於尋常的喜愛

我心目中最有趣的法國批評家聖玻夫（Sainte-Beuve, 1804-69）教我們要對每一個我們深入閱讀的作家提出一個重要的問題：作者對我們會有什麼看法？維吉尼亞・吳爾芙寫了五本精彩的小說——《戴洛維太太》（*Mrs. Dalloway*, 1925）、《燈塔行》（1927）、《歐蘭多》（1928）、《波浪》（*The Waves*, 1931）、《幕與幕之間》（*Between the Acts*, 1941）——本本皆可能成為正典。這些日子以來，她的名聲是建立在所謂的「女性主義文學批評」的祖師奶奶上頭，尤其是她的《自己的房間》（*A Room of One's Own*, 1929）和《三基尼》（*Three Guineas*, 1938）更是被奉為女性主義的經典之作。因為我還不太夠格來評斷女性主義批評，在這裡我將只專注於吳爾芙女性主義寫作的一個面向：她對閱讀的那份非比尋常的喜愛與守護。

吳爾芙自己所做的文學批評，在我看來頗為良莠不齊，她對當代作家的評斷尤其有問題。她說喬哀思的《尤利西斯》是個「災難」，還說勞倫斯的小說缺少「讓事情功德圓滿的最後一擊」，這些都不像是吳爾芙如此學識豐富與認知敏銳的批評家該有的看法。但她仍堪稱是本世紀最全方位的英國文人。她的文章與小說擴展英國文學核心傳統的能力，是她的論證議說所遠遠不及的。《歐蘭多》的序言一開始便向狄福（Defoe, 1659–1731）、湯瑪斯・布朗（Sir Thomas Browne, 1605–82）、史坦、史考特、馬考利（Lord Macaulay, 1800–59）、艾蜜利・布朗黛（Emily Brontë, 1818–48）、德・昆西（De Quincey, 1785–1859）、佩特等人致意，「茲列舉一些首先想到的人」。佩特是真正的先驅，或是如培里・麥哲（Perry Meisel）所說的「不在場的父親」，想必是上述名單中的頭號人物，因為《歐蘭多》顯然是我們這一代最具佩特風情的故事。奧斯卡・王爾德、年輕的詹姆斯・喬哀思和吳爾芙看待與呈現經驗的方式都具有濃厚的佩特風格。但來自其他作家的影響也是有的，史坦的影響力可能就僅次於佩特。佩特似乎是唯一讓吳爾芙感到焦慮的人；她很少提到佩特，也不把佩特的「恩典時刻」（privileged moments）或世俗的靈顯當做她那「存在時刻」（moments of being）的典範，而將此一榮銜歸給了湯瑪斯・哈代，或時而顯露佩特風格的約瑟夫・康拉德。培里・麥哲發現，吳爾芙的小說與文章和佩特的重要隱喻之間有很微妙的關係。饒富反諷意味的是，她的許多忠實追隨者似乎總在拒斥美學的評斷標準，然而吳爾芙自己的女性主義觀卻是建立在佩特的美學主義上。本世紀或許還有其他重要作家像吳爾芙一樣喜愛閱讀，但是自哈慈里特和愛默生以來，再也沒有人像她一樣那麼讓人難以忘懷與受用無窮地表達出那份熱情。閱讀和寫作的確需要一個自己的房間。我仍然很珍愛我在一九四七年花九便士購買的企鵝版《自己的房間》，其中我做了註記的一段文字仍教我品味再三，它將珍·奧斯汀與莎士比亞組合成了一個夢幻先驅：

我在想，如果珍·奧斯汀覺得沒有必要把她的手稿藏起來不讓訪客看的話，《傲慢與偏見》會不會變成一部更好的小說呢？我讀了一兩頁想要一探究竟；但是我看不出她的環境曾對她的作品造成損傷。這或許就是其中最奧妙的地方。我們看到了一個在一八〇〇年前後一路寫來沒有怨恨、沒有酸苦、沒有恐懼、沒有抗議、不曾說教的女子。當我讀著《安東尼與克利歐佩特拉》時，我想莎士比亞也是這麼寫作的；如果人們把莎士比亞和珍·奧斯汀拿來做類比，他們可能是認為兩人的心靈都已經消化了所有的阻難；緣此，我們並不認識珍·奧斯汀，我們也不認識莎士比亞；緣此，珍·奧斯汀浸染了她所寫的每一個字，莎士比亞亦然。如果珍·奧斯汀曾因她的環境而遭受任何損傷的話，那想必是源於她不得不接受的狹隘生活圈。一個女人是不可能單獨行動的。她不曾旅行；她不曾坐公車穿越倫敦市區，也不曾一個人在店裡用餐。然而，不奢求自己沒有的東西或許是珍·奧斯汀的天性。她的才華和她的環境是完全契合的。但我懷疑夏洛·布朗黛是否也是這樣……

吳爾芙始終堅持其美學主義

吳爾芙比較像奧斯汀還是夏洛·布朗黛(Charlotte Brontë, 1816-55)?攻訐父權體系的《三基尼》不太會讓人覺得吳爾芙的心靈已經消化了所有的阻難;然而《波浪》或《幕與幕之間》卻能讓我們覺察到她的才華和她的環境是完全契合的。是不是有兩個吳爾芙呢?一個是現代批評女祭司的先驅,另一個是沒有一個後輩趕得上的最有成就的女性小說家?我不這麼認為,雖然《自己的房間》裡有很深的裂隙。吳爾芙和佩特、尼采一樣都是天啟式的美學主義者,人的存在和整個世界在他們眼裡到頭來都只能歸結為美學現象。維吉尼亞·吳爾芙和愛默生、尼采、佩特等作家沒有兩樣,她也拒絕將她的自我觀感歸諸歷史的情境,即使這是男人不斷剝削女人的歷史。對她而言,她的自我就如同《歐蘭多》和《戴洛維太太》一般是她自己的創作,而每一個熟悉她評論的人都很清楚,她並不把小說或詩或莎士比亞劇作,視為布爾喬亞階級的故作神秘或「文化資本」。和佩特或弗洛依德一樣都不是宗教信仰者的吳爾芙始終堅守其美學主義,直至虛無與自殺以終。但是,和旅程的終點比起來,她較為在意的是旅途的浪漫風光,在她心目中,她生命裡最美好的事物是閱讀、寫作、和朋友談天，這些都不是一個狂熱者的喜好。

會不會再出現像奧斯汀、喬治・艾略特、吳爾芙等如此具有原創性的優秀小說家，或是像狄津生那麼有智慧的非凡詩人呢？在吳爾芙謝世已半世紀的今天，沒有任何一位女性小說家或批評家可以和她比美，雖然諸女將們已經享受到了她所預言的自由解放。正如吳爾芙所說的，如果莎士比亞有妹妹的話，那必是兩世紀前的奧斯汀無疑。沒有任何一種社會狀況或社會情境必然會促成傑出文學作品的生產，不過我們在短時間內還很難接受這樣一種令人不太愉快的事實。這些日子以來在我們身旁流竄的作品可不是什麼速成的傑作，只要再過幾年我們就能明白這一點。如今在世的美國女性小說家不管是屬於哪個種族或意識形態，在美學成就上都不能和艾迪思・華騰（Edith Wharton, 1862-1937）或維拉・凱瑟相比，同樣地，如今也沒有任何一位美國女詩人比瑪利安・摩爾或伊利莎白・畢舍更優秀。正如哈慈里特於一八一四年所說的，藝術本來就是不會進化的，他還說：「普選原則絕不適用於有關品味的事情上」；吳爾芙在感受與認知上是哈慈里特的妹妹，她那宏大的文學文化和如今以她為名的解放聖戰是沒有什麼關係的。

在今天這種氣候底下，想要在談論吳爾芙的時候保持些許均衡感是很困難的。喬哀思的《尤利西斯》和勞倫斯的《戀愛中的女人》看來是比《燈塔行》和《幕與幕之間》傑出得多，但現在有許多吳爾芙的擁護者連這點也有意見。吳爾芙是一位抒情小說家；《波浪》與其說是一部小說，不如說是一首散文詩，而《歐蘭多》也是在它敘事意味最薄弱的地方最見功力。根據她的姪兒與立傳者昆汀・貝爾（Quentin Bell）所提供的可靠訊息，吳爾芙既非馬克思主義者也不是女性主義者，而是一位享樂派物質主義者。在她眼裡，現實會隨著每一份新的識覺與感知閃動與搖擺，而理念不過是她那恩典時刻周遭的影子。

她的女性主義（姑且稱之）正因其不是一種理念或多種理念的組合，而是一連串動人心魄的識覺與感知，方才顯得堅實與耐久。與之爭辯絕對占不到便宜：她憑著她的感受力所覺察與體認到的事物，比我所能做的任何感應都要靈巧與細緻得多。在震懾於她那強大的表達能力和她對象徵隱喻的嫻熟運用之餘，我實在無法——在我閱讀的當兒——和《三基尼》爭辯，即使在書中碰到了讓我退避三舍的地方也不例外。本世紀或許只有弗洛依德能寫出像吳爾芙那樣自成一格的宣傳文章。《自己的房間》和《文明及其不滿》（*Civilization and Its Discontents*）都對讀者有特定的期待，但是就算讀者知道這一點，也無法讓他或她不被弗洛依德和吳爾芙卓越的論證議說所說服。他們倆強大的說服力分別屬於截然不同的類型：弗洛依德能預測你會有什麼不同的想法，並且至少試著予以回應；吳爾芙則強烈地暗示道：如果你對她的咄咄逼人有意見的話，那一定是因為你的認知能力有所不足的關係。

吳爾芙是作家，而非激進的政治理論家

每當我重讀《自己的房間》或甚至《三基尼》的時候，想到竟然會有人視之為「政治

理論」總讓我大惑不解，而在那些造就「政治理論」此一文類的文學女性主義者眼裡，吳爾芙的見解與論證實與聖經無異。吳爾芙或許會覺得很高興，但形勢終究比人強。如果真要為她的作品貼上政治的標籤，就非得為政治重新下一個能讓人信服的定義不可，也就是要限定在「學院政治」的範圍，但吳爾芙過去不是學院派，現在也不是。吳爾芙不是激進的政治理論家，正如卡夫卡不是異教神學家一樣。他們是作家，別無其他誓約。他們所提供的樂趣是艱辛的樂趣，無以遽爾定評。在卡夫卡的格言短語間迴旋繚繞的「無可毀滅者」讓我深感震動、甚至敬畏，而「無可毀滅者」抗拒詮釋的特性，正是吾人必須加以詮釋的。《自己的房間》最需要予以詮釋的地方是它「絕不妥協的思考習慣」，這是約翰・柏特（John Burt）於一九八二年追本溯源的用語。

柏特指出，這本書同時提出了一套「女性主義式」的中心論點——父權體系在經濟和社會層面上剝削女性，以便支撐其無以自恃的價值觀——和一套浪漫式的隱性論點。這套隱性論點底下的女性不是供男性顧盼自憐的鏡子，而是（吳爾芙之語）「唯有女性方才具備的創造力的某種復甦」。吳爾芙並補充說，此一才具已然失落，但這並非受到父權體系侵襲掠奪的結果。第一次世界大戰是個壞東西，但這本書明白宣示的中心論點到哪裡去了呢？維多利亞時代是惡劣的舊日時光、還是美好的舊日時光？

柏特的精要概述誠屬得當：

《自己的房間》的兩套論點彼此是無法調和的，任何試圖調和兩者的努力都只不過是自圓其說的詭辯。《自己的房間》並不是一套論點，正如吳爾芙在這本書一開始所宣示的，它所描繪的是一個心靈為了能在它的世界裡安適自處所做的嘗試。

吳爾芙安適自處的方式和佩特、尼采並無二致：這世界在美學的觀照下被重新組構了起來。如果《自己的房間》是典型的吳爾芙作品，而它的確是的，那麼它可以說和《波浪》一樣是一首散文詩，同時也如《歐蘭多》一般是一部烏托邦幻想曲。只有那些將美學關懷完全拋諸腦後的人，才會把它當成「文化批評」或「政治理論」來拜讀，對這些人而言，只有撤退到男女之間以及互相衝突的各個社會階級、種族、宗教之間的戰爭已告平息的另一個時空中，才有可能享受閱讀的樂趣（艱辛的樂趣）。吳爾芙本人並未如此丟盔棄甲；做為一位小說家和文學批評家，她持續滋養著自己的感受力，其中還包含了一份強烈的喜感。即便是宣導性的文字也充滿了趣味，其論證也因此更有說服力。正經八百地看待吳爾芙，或者視之為政治理論家和文化批評家是絕對無法看清吳爾芙的原貌的。

對文學研究而言，這顯然是一個奇異的年代：勞倫斯在《冠冕》(*The Crown*)裡的文章、他的墨西哥小說《羽蛇》(*The Plumed Serpent*, 1926) 和以澳洲為背景的《袋鼠》(*Kangaroo*, 1923)——又一部法西斯小說——都在在彰顯出一位相當詭異的政治理論家。沒有人願意棄《彩虹》和《戀愛中的女人》的小說家，而就政治味的勞倫斯或者有趣一點的文化道德家勞倫斯。然而，如今吳爾芙的主要身分卻是《自己的房間》的作者，而不是寫下《戴洛維太太》和《燈塔行》的小說家。《歐蘭多》時下的名聲幾乎完全建立在主角的性別轉換上，小說中最重要的面向則甚少得到關注：喜劇、人物形塑、對英國文學主要時期的熱愛。我不知道還有哪一個重要的小說家能像吳爾芙那樣毫無保留地呈現出她對閱讀的熱情。

她的宗教（別的字眼都不足以形容）就是佩特的美學主義：對藝術的崇仰。在這份信仰逐漸式微的今天，我這個晚來後到的小沙彌，必然要為吳爾芙的小說與評論忠誠奉獻，因此我要向追隨她的女性主義者們展開抗爭，因為我覺得這些人誤解了她們的先知。吳爾芙當然希望她們為自己的權利而戰，但絕不是像現在這樣隨隨便便地和學院派的偽馬克思主義者、法國的冒牌哲學家以及其他所有拒斥智識標準的多元文化主義者一起貶抑美學的價值。她所說的自己的房間並不是指自己的學術部門，而是指一種情境，此一情境能讓追隨者跟著她寫出足以和史坦、奧斯汀比美的小說以及可以和哈慈里特、佩特相互呼應的評論。吳爾芙非常欣賞湯瑪斯・布朗的文筆，如果她看到了那些打著她的名號從事寫作與教學的人所做的宣告，她想必會很難過的。這位最後的唯美主義者，已經被冷酷的清教徒所吞噬了，對這些人而言，文學之美不過是另一種化妝品工業而已。

雪萊的影子在吳爾芙的作品裡盤旋迴繞，在《波浪》中尤然，吳爾芙曾說「他雖是英勇奮戰，但似乎都是在和略嫌過氣的怪獸爭鬥，所以顯得有些可笑。」吳爾芙的爭鬥似乎也是如此：她所對抗的那些愛德華時代和喬治時代的沙豬們都到哪裡去了？在逼近公元兩千年的今天，父權體系的怪獸已經棄我們而去了，雖然女性主義批評家仍不辭辛勞地想要把牠們給變出來。在吳爾芙眼中，雪萊的傑出與卓越就如「一種存在狀態」般廣佈流行。抒情小說家就像抒情詩人一樣，為我們再次想像出了一個非凡的存在時刻：「寂靜、無風、一片清朗的空間。」

吳爾芙的女性主義是離不開美學主義的

吳爾芙亟欲探觸此一空間，她所採取的方式比較接近佩特，而較不似雪萊。這從其中被極度壓縮的情慾元素便可略窺一二。雪萊從未擱下異性結合的意象，雖然此一意象在他那首被反諷地題為《生命凱旋式》的死亡之詩裡頗富妖魔之氣。吳爾芙是個佩特派或晚到的浪漫主義派人物，她的情慾衝動大都已轉換昇華為美學的展現。我再說一遍，她的女性主義和美學主義是焦不離孟、孟不離焦的；或許我們應該好好討論一下她那「思辨性的女性主義」（contemplative feminism），而這實在是一種象徵隱喻式的姿態。她所追尋的既是想像中也是實際上的自由，此一自由繫於卜倫斯貝里（Bloomsbury，按：吳爾芙於一九〇四年起居住於此）的理想國，這在當時是很難以美國觀點來理解的。

我在一九四六年秋天第一次閱讀美國企鵝版的《歐蘭多》，封底的開頭寫道：「沒有一位作家曾出生在如此合宜的環境當中。」吳爾芙及其信奉女性主義的追隨者想必不會贊同此一觀點，但這句話仍有相當的真實性。約翰・魯希金、湯瑪斯・哈代、喬治・梅若迪斯、羅伯・路易・史帝文生（Robert Louis Stevenson, 1850–94）等人不時出入於她父親的寓所，她且和達爾文（Darwin, 1809–82）、史崔奇（Strachey, 1880–1932）有親戚關係，這些對她的智識發展而言都不是壞事。心思細膩的維吉尼亞・史帝芬如果真的到了劍橋或牛津想必會更難適應，同時也將失去在她父親的圖書館中以及在瓦特・佩特的妹妹等優秀教師的薰陶下接受文學教育的機會。

她的父親雷斯里・史帝芬(Leslie Stephen)並不是她所憎惡的父權體系中的食人妖魔，不過當今許許多多的女性主義學者可沒有告訴我們這一點。我知道這些學者是根據吳爾芙自己的觀感，在她眼裡，她的父親是一個無法擺脫自己做為一個哲學家的挫敗感的自私孤癖的自我中心主義者。她的雷斯里・史帝芬是《燈塔行》裡的倫賽先生（Mr. Ramsay），在子女的心目中，這位維多利亞時期的末代子民比較像是祖父，而不像父親。但雷斯里・史帝芬和女兒最大的的差異在於她的美學主義和他的經驗主義與道德主義，他強烈撻伐美學主義的立場，對其主要倡導者佩特尤感深惡痛絕。

吳爾芙不贊同她的父親，她的美學主義和女性主義（再次姑且名之）是水乳交融，難分難解的。且看吳爾芙的門徒如何把她純粹的文學文化，轉換成政治性的文化大戰（Kulturkampf），這或許是近來最反諷的現象。這種轉換是行不通的，因為吳爾芙最準確的預言並不是她的本意。放眼二十世紀，沒有任何一位文人曾如此明確地向我們宣示：我們的文化勢必難脫文學的格局，所有尚未遭到拒斥的意識形態於其中概無容身之地。宗教、科學、哲學、政治、社會運動：這一切到底是我們手中的活鳥還是排列在架上的塡充死鳥？一旦我們的觀念模式棄我們而去，我們便回到了文學，回到了認知、識覺、感受交相錯雜的領域。在我們的社會逐步走向另一個神制時期的當兒，跳脫美學的範疇是這個社會下意識想要遺忘其窘迫困局所引發的症狀之一。不管吳爾芙不時予以壓抑的東西是什麼，她的美學感知是從來不曾缺席的。

書總是和其他的書有所牽連，而一本書只有先將經驗視為另一本書才有可能將這份經驗呈現出來，這是一個有其限制但非常真確的事實。某些作品一舉將限制全部拋開：《唐吉訶德》為其一，吳爾芙的《歐蘭多》為其二。老唐和歐蘭多是偉大的讀者，而也只有這種身分才足以代表賽萬提斯和吳爾芙這兩位執迷不悔的讀者。歐蘭多的一生以曾是吳爾芙情人的維塔·賽維—韋斯特（Vita Sackville-West）為範本。但賽維—韋斯特是優秀的園藝家和差勁的作家，同時也不像吳爾芙是一位天才讀者。歐蘭多貴族、情人甚至作家的身分指的實為維塔，而非維吉尼亞。在從莎士比亞到湯瑪斯·哈代的英國文學跟前，歐蘭多化身為一份批評意識並因此成為一個識見極不普通的通識讀者以及他／她的書的作者。

《唐吉訶德》之後的每一部小說都在重寫賽萬提斯的曠世傑作，即使有時候是不自覺的重寫。我不記得吳爾芙曾提及賽萬提斯，不過沒有關係，歐蘭多仍是屬於吉訶德的世界，吳爾芙也是一樣。將《歐蘭多》類比為《唐吉訶德》並不公平；而一部和吳爾芙寫給賽維

—韋斯特的有趣情書同樣鮮活但企圖心大得多的小說，也禁不起此一類比的摧殘。老唐總是不斷地在思索，孚斯塔夫亦然；歐蘭多則否。但我們可以藉由此一類比將吳爾芙和賽萬提斯擺在一塊，以便認清一項事實：那兩本書都屬於何辛佳的戲耍之道，我在討論《唐吉訶德》時已就此道予以闡釋。《歐蘭多》的反諷是吉訶德式的：這些反諷源於有條理的戲耍（organized playfulness）對社會與自然現實的反思。吳爾芙和賽萬提斯、歐蘭多和老唐「有條理的戲耍」是閱讀藝術或吳爾芙的「女性主義」——如果你一定要如此稱呼的話——的代名詞。歐蘭多是個男人或年輕人，突然就變成了女人。這位伊利莎白時期的貴族，事實上是永生不死的——且讓我們別再絮絮叨叨地在他的身分和性別轉換上兜圈子。歐蘭多來時是十六歲的男孩，去時是三十六歲的女子，而這二十年的文學傳記橫跨了三個多世紀的文學史。戲耍之道是可以超越時間的，此道在吳爾芙的《歐蘭多》裡看來是如此輕鬆自在，或許就是這個原因，讓最後過於快樂的結局成了本書的缺憾之一。

《歐蘭多》裡的愛總不脫閱讀之愛，即使這份愛表面上看起來是男女情愛。當男孩歐蘭多以他的主要身份——讀者——出現時，我們也看到了女孩維吉尼亞：

對書的愛好很早就顯現了出來。在他還小的時候，有時他在半夜看書被人發現，拿走了他的小蠟燭，他便養螢火蟲當代替品。拿走了螢火蟲，他便燃起火絨，幾乎要把整棟房子燒掉。且讓小說家去理清紛亂的頭緒及其中所有的微言隱義，一言以蔽之，他是一個酷愛文學的貴族子弟。

歐蘭多像吳爾芙一樣（而不像維塔・賽維—韋斯特）會拿幽靈魅影來替代情慾現實。他／她對不可能的情人俄羅斯公主夏莎（Sasha）和更荒誕的海軍上校馬默督・本梭羅・薛摩丁（Marmaduke Bonthrop Shelmerdine）的熾烈慾望可以說都是迴向自我的投射：《歐蘭多》事實上只有一個角色而已。維吉尼亞・吳爾芙的閱讀之愛既是其真切的情慾衝動，也是她的世俗神學。《歐蘭多》很美，但《通識讀者之二》（*The Second Common Reader*）裡最後一篇文章〈怎樣讀書〉（"How Should One Read a Book"）的最後一段話更美：

> 然而，有誰讀書是為了什麼了不得的好處呢？我們做事有時候難道不是因為事情本身的美好特質嗎？有些樂趣難道不是本身便屬極樂嗎？而這難道不正是其中之一嗎？有時我不免會想，當審判日來臨而傑出的征服者、律師、政治家都前來領賞的時候——他們的榮銜、他們的桂冠、他們的名字永遠銘刻在不朽之石上——至高的神看到我們帶著書前來，將會難掩妒意地跟聖彼德說：「看，這些人不需要酬賞。我們沒有什麼可以給他們的。他們已經那麼喜歡讀書了。」

自從我在小時候讀到這段文字開始，我就一直把頭四句話奉為圭臬，如今我依然以之與自己及每一個有心之士共勉。這段話並不排除以閱讀來獲取權力，不管是駕馭自己還是駕馭別人的權力，但那必定要透過終極之樂，一種艱辛與真實的樂趣。布雷克和吳爾芙的天真是一種有條理的天真，她對閱讀的觀感並不是天真的閱讀神話，而是莎士比亞傳授予他較為深入的讀者——包括吳爾芙在內——的冷漠與淡然。在吳爾芙的寓言裡，天堂所賜予的種種酬賞，無一及得上通識讀者的福惠或約翰生博士所說的讀者的通識達意。莎士比亞冷漠與淡然的無上樂趣，終於成為測試正典的唯一準則，那是哈姆雷特在第五幕之中以及莎士比亞自己於其十四行詩最高張的時刻裡所顯現的姿態。

《歐蘭多》是一首禮讚閱讀之樂的情慾頌詩

吳爾芙有比《歐蘭多》更好的著作，但這一首禮讚淡然閱讀之樂的情慾頌詩，無疑是她最核心的作品。雙性傳奇本是這種樂趣的一個因子，於吳爾芙或莎士比亞或吳爾芙的評論師父瓦特・佩特皆然。性的焦慮是獲得深刻的閱讀之樂的障礙，而對吳爾芙而言，性的焦慮一直不曾遠離，即使是她對賽維—韋斯特的愛也不例外。我們會覺得，吳爾芙和華特・惠特曼一樣，其同性情慾雖是發乎自然仍大半為強烈的唯我性格所阻。吳爾芙想必會跟著惠特曼說，「欲以吾身碰觸他人之身實為吾所難忍。」歐蘭多對夏莎和船長的熱烈情思都難以教人信服，但是他／她對莎士比亞、波普以及一部新的文學作品的潛在資質所投注的熱情，則讓我們心服口服。《歐蘭多》很可能是一封最長的情書，但它是吳爾芙寫給自己的情書。這本書暗中褒揚著吳爾芙做為一個讀者與作家的廣大神通。吳爾芙所掙來的一份健康的自信，在這部她最豪放不羈的小說裡得到了確切的抒發。

歐蘭多是個雅癖嗎？以時下的說法此即「文化菁英」，但吳爾芙自己曾在一九二〇年對卜倫斯貝里的聚會傳誌俱樂部（Memoir Club）宣讀過一篇直率的文章：〈我是個雅癖嗎？〉（"Am I a Snob?"）。其中的自我嘲諷消除了潛在的罪名，同時還留下了一句描述史帝芬一家的妙語：「一個智識性的家庭，堪稱書的貴族。」歐蘭多的家庭當然不是智識性的，但是以「書的貴族」來形容歐蘭多卻是再恰當不過了。書即是書，我們不需要在《歐蘭多》裡尋找暗樁；在故事的表面底下並沒有藏著一份母女的關係。歐蘭多變成女人以後對閱讀的熱愛仍然一如往昔。女子歐蘭多的後基督教美學觀且變得咄咄逼人：

> 詩人因此是位極崇隆的，她接著說道。他所說的話可及於他人所不及之處。對於那些貧窮與困苦的人，莎士比亞的一首蠢歌比世界上所有的傳道者與慈善家所佈施的還要多。

最後這句話大有問題，但吳爾芙熱切與幽默的身影於其中搖曳生姿。且讓我們根據當前的情勢稍稍更動之：對於那些貧窮與困苦的人，莎士比亞的一首蠢歌比世界上所有的馬克思主義者與女性主義者所做的還要多。

《歐蘭多》不是一項論證，而是一曲禮讚，在文化衰頹的氛圍中，它則成了一首輓歌。它大力為詩辯護，「半玩笑、半認真地」，吳爾芙在日記裡如此說道。這部小說所屬的文類便是一個可長可久的玩笑，而此一文類永遠的大師除了賽萬提斯不做第二人想——即使是和吳爾芙的小說如影隨形的史坦也比不過他。唐吉訶德的身形比歐蘭多巨大得多，但就連老唐也逃不出賽萬提斯的手掌心，而孚斯塔夫和歐蘭多——除了小說不甚高明的結局之外——則分別跳脫了莎士比亞與吳爾芙。歐蘭多既非維塔也不是維吉尼亞，她／他是美學觀與讀者的文學之愛的化身。這份熱情很快就會顯得古怪與過時了，而《歐蘭多》將成為它的紀念碑而留存下來，吳爾芙會很樂意見到此一發展的：「這的確是件難事——計時；只要和任何藝術有所接觸，它便馬上亂了章法：歐蘭多丟失了購物單可能要怪她太喜歡詩了。」

計時——和史坦的情形一樣——與想像是如同水火的，而我們大概也不會在小說結束的時候問道：歐蘭多會死嗎？在這本書的戲謔氣息和逸離現實的節慶氛圍裡，一切都像是巫師的法事，其核心意識在在說明了詩是不死的。但不死的詩會是什麼？小說巧妙地將詩定義為對聲音做出回應的聲音，但吳爾芙並未強調第二個聲音是死者的聲音。吳爾芙決心在這部小說裡心無旁騖地做一個作家，於是她便將故事裡每一種可能的焦慮予以剔除。但她並不知道沒有焦慮的詩是什麼模樣，我們也不知道。莎士比亞的身影貫穿了整部《歐蘭多》，而我們感到好奇的是，他如何能不在小說裡興風作浪，不把某種必須抗拒的權威引進小說之中，因為每一種權威——除了文學的多樣性之外——都在這本書裡遭到了質疑或嘲弄。吳爾芙對莎士比亞詩的權威所感到的焦慮在《幕與幕之間》裡有細膩的處理，《歐蘭多》則是予以迴避。但此一迴避係源於小說裡我先前所說的巫師氣息；在這部見證了詩的宗教與極力崇揚識覺感知的作品裡，不管是迴避還是其他一切的一切都是合情合理的。

吳爾芙的詭奇氣質、在她最好的小說裡揮之不去的疏異性，再次彰顯出此一最具正典性的文學特質。歐蘭多不像吳爾芙只想追尋文學的榮光，但節慶就是節慶，吳爾芙毅然決然地在追尋的過程中加入了史坦、哈慈里特、奧斯汀及其隱形典範佩特的行列。她的美學主義實乃其核心，這在《自己的房間》裡有最豐美的呈現，彷彿像莎士比亞一樣喃喃訴說著藝術本身即為自然：「自然已在她最非理智的情性中，用隱形墨水於心靈之牆上繪製出由這些偉大藝術家證實為真的預兆；此一圖樣只待天才之火的照耀便將明白揭曉。」

對吳爾芙與佩特而言，人格是藝術與自然極致的融合，是作家的生活與作品的決定性因素，其重要性遠超過社會所能造成的影響。《燈塔行》裡的畫家莉莉・布里斯可是吳爾芙的代理人，她在小說末尾看著她那已成一片朦朧的畫布，「她突然頗有所感，彷彿在一瞬間看清了，她在那裡畫了一條線，在中心處。做好了，完成了。她疲憊不堪地放下畫筆，是的，她想，我已經有了自己的視見。」或許時下許許多多的政治姿態有一天將會顯得陳舊與過時，而吳爾芙的視見到時候也將顯現其最核心的質素：恩典時刻的狂喜。「瓦特・佩特的政治觀」在今天聽來是多麼怪異的一件事，同樣地，忽略了維吉尼亞・吳爾芙的文學競技而大談她的政治觀也是怪異無比的。

20 卡夫卡：正典耐性與「無可毀滅性」

Kafka: Canonical Patience and "Indestructibility"

如果你想挑出一個最能代表我們這個世紀的作家，你可能會發現自己正陷入孤寡煢獨的人群中無助地摸索。如果沒有意外的話，二十一世紀就要來臨，屆時讀者——假使還有我們所說的讀者的話——將會選出我們這時代的但丁（卡夫卡？）和蒙田（弗洛依德？）。我在這本書裡選了九個現代作家：弗洛依德，普魯斯特，喬哀思，卡夫卡，吳爾芙，聶魯達，貝克特，波赫士，裴索。我並不是在列舉本世紀最優秀的作家；他們在此是要做為其他所有足以躋身正典的作家的代表。

卡夫卡是屬於我們這個時代的獨特精神體

除了聶魯達和裴索以外，本世紀的詩人並未上榜：葉慈、里爾克、瓦雷希、特拉可、史帝文斯、艾略特、蒙塔爾、曼德許丹（Mandelshtam, 1891-1938）、羅卡、瓦葉侯（Vallejo, 1892

1938）、哈特·柯瑞恩以及其他許多詩人。詩比小說或劇作更能吸引我，但擺在眼前的事實是：普魯斯特、喬哀思和卡夫卡甚至比葉慈、里爾克和史帝文斯都更能表現時代的風貌。歐登認為卡夫卡是屬於我們這個年代的獨特精神體。對許多人而言，「卡夫卡的」（Kafkaesque）已經披上了一層詭奇的意涵；或許它已經成了弗洛依德所說的「詭奇者」（the uncanny）的通用代名詞，一種和我們如此親近卻又如此疏隔的東西。純粹從文學的觀點來看，這是卡夫卡的時代，比說它是弗洛依德的時代更為貼切。弗洛依德暗暗跟隨著莎士比亞，為我們畫出了心靈的圖樣；卡夫卡告訴我們，我們無法因此而得救，連從我們自己手裡把自己救出來也不可得。

如果要呈顯出卡夫卡在本世紀的正典核心地位，我們必須廣泛審視他的各種作品，因為並沒有一種特別的文類足以道盡他的精髓。他是一個傑出的格言家，但是除了一些片斷和我們稱之為寓言的極短篇故事以外，他說起故事來總是有點半調子。他所寫的比較長的小說——《阿美利加》（*Amerika*）、《審判》（*The Trial*）甚至《城堡》（*The Castle*）——就其中的幾個部分個別來看都比整體以觀來得精彩；而像《變形記》（*The Metamorphosis*）等比較長的故事也都有些頭重腳輕。除了格言和寓言故事以外，卡夫卡最拿手的要數短篇或片斷故事，例如〈水桶騎士〉（"The Bucket Rider"）、〈鄉村醫生〉（"The Country Doctor"）、〈獵人葛拉丘〉（"The Hunter Gracchus"）、〈中國長城〉（"The Great Wall of China"）等精彩的完整片斷故事。他的日記比他寫的信來得討喜，即使是寫給米雷娜·葉生司卡（Milena Jesenska）

的信亦然，因為實在沒有幾個比法蘭茲・卡夫卡更糟糕的愛人了，即使是在他的門徒菲里普・羅斯的小說裡也是如此。卡夫卡曾說弗洛依德是「當代猶太焦慮大師」，而弗洛依德如果有機會分析一下卡夫卡所寫的那些很可能是天底下最焦慮的情書的話，想必他一定可以好好反唇相譏一番的。想要了解我們這個時代的正典文學天才的深層自我，就必須在他試圖以最客觀、最不具個人色彩的面貌出現時吸納之，雖然此一企圖終屬徒勞。

卡夫卡在他的作品和談話裡不斷勸人要有耐性

了解深層自我而非片斷的精神狀態，是卡夫卡極為獨特的負向模式，而這對一個以「別再提心理學了」與「心理學即為缺乏耐性」為箴言的作家而言，毋寧是相當合適的。卡夫卡強調，缺乏耐性是唯一的大罪，百惡此為先。然而卡夫卡總會讓我想起我最喜歡的格言：「睡快一點！我們要用枕頭」，這正是猶太式的缺乏耐性。耶威不是一個有耐性的上帝，至少作者J的耶威是如此，而自稱為猶太神秘哲人（New Kabbalist）的卡夫卡，其秘密神通術或許就是要讓猶太人的上帝有耐性一些。古斯塔夫・亞努（Gustav Janouch, 1903-68）的《卡夫卡訪談錄》（*Conversations with Kafka*）雖然欠缺真實性，但其中所捕捉到的卡夫卡音韻卻教人信服，這本書指出了有些人稱之為卡夫卡猶太神秘論知思想的東西，這在深受卡夫卡影響的葛雄・修隆（Gershom Scholem, 1897-1982）和華特・班雅明（Walter Benjamin, 1892-1940）

兩人身上也是顯而易見的。此一神秘論知思想對時間是極為不耐的，而卡夫卡在他的作品和談話裡卻不斷勸人要有耐性。

卡夫卡的讀者對一些是非莫辨的詭論總是有心理準備的，然而，有耐性的神秘論知思想卻不僅僅是詭論而已。就其定義而言，神秘靈知乃是一種不具時間性的永恆之知，它知曉自我中的自我，也知曉在那最內層的自我裡閃爍發光、千里遙隔的上帝。耐性也許是獲取神秘靈知的不二法門，卡夫卡顯然就是這麼想，但不管是哪一種神秘論知思想，其飆烈狂猛的負向性又是另外一回事。此一矛盾有其線索可循：耐性是卡夫卡的求知之道，但它無法導引出他的二元負向性或他的新猶太神秘哲學（Kabbalah）。我們經常把神秘靈知(gnosis)和神秘論知思想(gnosticism)連在一起，但卡夫卡是將兩者分隔開來的。他稱神秘靈知為「耐性」，稱神秘論知思想為「負向物」（the negative）·，前者極為緩慢，後者快得驚人，因為後者蘊含著卡夫卡在一切人事物的核心所察覺到的二元現象。卡夫卡式的「耐性」則是截然不同的風光：

> 你没有必要離開房子。待在桌子旁邊好好聆聽。也別聽了，好好等吧！也別等了，好好一個人靜靜吧！這世界將會在你面前自暴其貌；這是必然的；這世界將興高采烈地在你跟前扭轉翻騰。

「這世界可不能該贏而未贏」，然而卡夫卡自己是不求勝利的。但他也不知失敗為何物，「因為什麼事都還沒有發生」。如果你相信什麼事都還沒有發生的話，那麼你和猶太傳統就再疏遠不過了。猶太的記憶就像弗洛依德所說的壓抑一樣：事情都已經發生了，太陽底下再也沒有新鮮事。卡夫卡雖然對自己的家庭羅曼史感到恐懼，但他仍然決定要以「什麼事都還沒有發生」的態度來寫作。對猶太人而言，亞伯拉罕之約是最主要的大事，而在卡夫卡心目中，亞伯拉罕是一個不能信賴的人。或許是亞伯拉罕在齊克果《恐懼與戰慄》（*Fear and Trembling*, 1843）裡的英雄角色，促使卡夫卡做負向思考的。這些思考和猶太與基督教傳統顯然都是背道而馳的：

> 但想想另一個亞伯拉罕。他衷心期望能適切地奉行犧牲，對這整件事情也有相當正確的認知，但他無法相信自己就是人選，他，一個醜老頭，還有那個骯髒的年輕人，也就是他的兒子。他並不缺真誠的信仰，他有這份信仰；只要他能相信自己就是人選，他就會正確無誤地奉獻犧牲。他害怕自己以亞伯拉罕之名和兒子動身出發之後會在半路上變成了唐吉訶德。（Clement Greenberg英譯）

這位亞伯拉罕隱然是卡夫卡的吉訶德式先驅。就文學影響而言，歌德是卡夫卡不願親近的亞伯拉罕；就精神層面而言，亞伯拉罕具現了律法（the Law）或正向猶太教（positive

Judaism)。棄絕律法而就自己的負向哲學的卡夫卡，同時也捨棄了對世界有所誤解的亞伯拉罕：

> 亞伯拉罕陷入了以下的幻覺之中：他無法忍受這個世界的整齊劃一。然而，如今這世界看來是如此變化多端，任何時候只要抽出一小塊世界仔細觀察，都能證實這一點。因此，抱怨這世界整齊劃一，事實上是在抱怨未能好好和世界之紛雜多變緊密交融。

卡夫卡是一個非常聰明的譏諷家，他不會相信他的藝術或生命能好好和世界之紛雜多變緊密交融。他對亞伯拉罕的不懷善意表明了他的自我及其閃躲，包括他對猶太教的閃躲，以及對歌德以降的德語主流文學傳統的閃躲。卡夫卡口中的「耐性」即為閃躲，那是他實踐寫作藝術的預備譬喻或隱喻。比之其他實力相當的作者的作品，這項藝術和接受註解的可能性之間所存在著的辯證張力要顯著得多。喬哀思則是另一種極端：他歡迎各種詮釋，同時也是一個稱職的詮釋引導者。貝克特藝高人膽大，將喬哀思、普魯斯特、卡夫卡集於一身，他和註解之間的這種關係比較接近卡夫卡，而較不似喬哀思或普魯斯特；但是對《墨菲》、《莫洛伊》、《哇特》的作者而言，喬哀思和普魯斯特比卡夫卡更像是揮之不去的陰影。

卡夫卡為各種自以為是的詮釋設下了陷阱，只等莽撞的詮釋者一腳踏進來，此一陷阱是在卡夫卡躲避詮釋的古怪氛圍中形成的，只要相關評論掉入了這個陷阱，便是被卡夫卡給打敗了。他的那種譏諷使得他筆下的每一個角色都是、也都不是其外表的模樣。於是在〈一隻狗的研究調查〉("Investigations of a Dog") 這篇後期的故事裡，當一隻漂亮的獵犬在那奇妙非凡的高潮戲中現身於敘述者——一隻倒臥在自己的嘔吐物與血泊之中的衰狗——跟前時，我們無從解釋這隻獵犬是何方神聖或者牠所代表的是什麼。有一位著名的卡夫卡評論家大剌剌地直指這隻美麗的獵犬為上帝，但是就像許許多多強行為卡夫卡的作品塗抹神聖油膏的評論一樣，這又是卡夫卡的譏諷底下的犧牲品。我們可以說，卡夫卡的故事和小說裡並沒有任何暗喻神祇甚至呈現神祇的企圖。確實有很多天使和神仙臉孔的惡魔，也有謎樣的動物（和動物似的構造體），但上帝總在別的地方，在千里外的深淵裡，或是在睡大頭覺，或是已經死了。卡夫卡是才情出眾的幻想家，他是傳奇故事作者，而絕非宗教作家。他甚至不是修隆和班雅明想像中的猶太神秘論知者或猶太神秘哲學家，因為他對自己和我們都不抱任何希望。

卡夫卡的作品中，一切帶有超越意味的東西事實上都是嘲弄，但這並非普通的嘲弄；它源自一份精神心靈上的甘甜（sweetness of spirit）。卡夫卡很仰慕福樓拜，但他的感知習性比愛瑪·包法利的創造者要溫婉許多。然而，他寫的東西不論長短幾乎都包含了酷烈的事件、語調與困阨。可怕的事情即將發生。卡夫卡說了不少精言妙語直指其核心，他寫給不凡女子米雷娜的一封著名的信就是一例。卡夫卡寫的信常常是驚懼莫名的，但卻堪稱是本

世紀最生動流暢的文字之一。(以下為Philip Boehm的英譯)

米雷娜小姐，我已經很久沒有寫信給妳了，而我今天會提筆寫信也只是出於偶然。我實在不必為沒有寫信表示歉疚，妳是知道我是多麼痛恨信件的。我生命中的不幸——我並不想發牢騷，只是想多少發揮一點教育的功效——可以說是來自信件或源於寫信的可能。很少有人能矇騙我，但信件卻總是讓我上當——事實上不只是別人寫的信，我自己寫的信也是一樣。就我個人而言，這是一項很特別的不幸，我不願意再多談，但它同時也是一種普遍的現象。寫信的便利性想必——單單從理論的角度來看——已經在這世界上造就了可怕的靈魂支解。老實說，寫信是和鬼魂打交道，不只是和收信人的鬼魂，也是和自己的鬼魂打交道，它從所寫的信的字裡行間跑出來，而在一連串可相互見證、互為支援的信件裡更是如此。到底是誰那麼天才想出人與人之間可以靠信件來溝通的！遠方的人可供遙想，鄰近的人伸手可得——此外皆非人力所能及。然而，寫信卻教人在鬼魂面前赤身露體，而它們也期待得很。寫在信裡的吻從來到不了目的地，而在半路上就給這些鬼魂喝掉了。它們就是靠著這份豐富的營養快速增生的。人們覺察到這點並予以抵抗，為了儘力消除人與人之間的鬼影、創造自然的溝通與靈魂的平和，人們發明了鐵路、汽車、飛機。但已經沒有用了，這些發明顯然總是慢半拍。對立的一方靜默得多，也強勢得多；繼郵務之後又發明了電報、電話、無線電。鬼魂是不會餓肚子的，而我們終將毀滅。

卡夫卡所寫的東西，幾乎都和猶太人與猶太傳統有某種剪不斷理還亂的關係

很難找到比「寫在信裡的吻從來到不了目的地，而在半路上就給這些鬼魂喝掉了」和「鬼魂是不會餓肚子的，而我們終將毀滅」更流暢有力的句子了。

卡夫卡對自身猶太血統所抱持的態度可能是他最大的弔詭之一。在他寫給米雷娜的信裡，我們可以嗅出猶太人自怨自恨的怪味兒，但這份其來有自的情緒最糟不過是表面的無奈而已。卡夫卡所寫的東西幾乎都和猶太人與猶太傳統有某種剪不斷理還亂的關係。這層關係通常並不顯著，但我們因此更要格外予以重視，以之為出發點。卡夫卡擁有無比細膩的宗教感知，但他不相信上帝，即使是神秘論知派那遠在天邊的上帝他也不相信。弗洛依德、吳爾芙、喬哀思、貝克特、普魯斯特、波赫士、裴索、聶魯達——我所挑選的其他現代正典作家——也和他一樣不相信，但我們在這八人組身上卻找不著卡夫卡揮之不去的精神特質，甚至連受到卡夫卡影響的貝克特也不例外。卡夫卡之前主要的猶太德語作家海涅說上帝的名字叫做阿里斯多法尼斯，菲里普·羅斯在《行動夏洛克》（*Operation Shylock*, 1993）

裡把這句話做了很精彩的發揮。海涅是個遭受煎熬的相信者；不相信者卡夫卡則沒有給上帝取名字，不過如果卡夫卡的法庭和城堡裡的僕役們真有個上帝的話，它可能就是阿里斯多法尼斯呢！

許多非猶太與猶太讀者與弗洛依德分道揚鑣，因為他們拒絕視宗教為幻象，卡夫卡正是為這些讀者說話，也是跟這些讀者說話，他們同意卡夫卡所說的：他們出生得太晚，已無法為自己證明基督教與猶太傳統的正當性。卡夫卡不知道自己是個終點還是起點，我們也不知道。最佳卡夫卡學者之一的李奇・羅伯生（Ritchie Robertson）細心地覺察到，對《城堡》的作者而言，「宗教的意象宜乎表達宗教的衝動，但不宜詮釋此一衝動。」因為卡夫卡總是避免詮釋此一衝動，也不願為任何一種既定的詮釋背書，於是讀者只能獨自去面對卡夫卡所呈現的那份衝動，此一呈現有時採用熟悉的意象，有時則否。因此，在可能的範圍之內去了解卡夫卡自己的立場也就格外重要了。

我同意羅伯生所設定的起點：一九一七至一九一八年間寫成的格言是重要的文本，如今大多收錄於英文版的《藍色八開筆記本》（*The Blue Octavo Notebooks*〔1991, Ernst Kaiser & Eithne Wilkins 英譯〕）。尼采和愛默生、齊克果、卡夫卡一樣都是傑出的格言家，他將慣於依賴格言式寫作斥為頹廢的象徵。尼采最好的單一作品或許是《道德系譜學》（*On the Genealogy of Morals*, 1887），但是那三篇論證細密的文章大部分的力量仍是來自格言，而《查拉圖斯特拉如是說》的狂言狷語如今已是不知所云。其餘的尼采都是格言，而且妙不可言。卡夫卡是格言家和寓言家的創意組合，和維根斯坦、叔本華、尼采之間有奇異的類同。智慧作家歌德是這些人背後的身影，阿里斯多法尼斯派的海涅則讓卡夫卡添加了幾許猶太懷疑觀。但卡夫卡稱不上是猶太什麼的，他既非猶太懷疑論者，亦非猶太神秘論知者，也不是猶太異教徒。正如他自己說的，他是猶太之終或猶太之始，或許兩者皆是。雖然他堅決否認以及不斷漂亮地閃躲，他實在是代表了猶太式的寫作，連弗洛依德也瞠乎其後。我一度以為這要歸功於篡奪的力量：卡夫卡和弗洛依德以其不相上下的實力，重新定義了猶太式寫作，因為如果我們回頭看的話，他們倆已經成了猶太式寫作的化身。然而，雖然此一觀點顯現了正典作品飄忽游移的特性，它卻低估了弗洛依德與卡夫卡不曾止息的猶太情懷，這兩人都是當代猶太焦慮大師。我曾經說過，弗洛依德與卡夫卡的否定姿態和黑格爾的否定方式最基本的差異，在於前者設定了實際現勢的優越地位。理想主義式的哲學不管多麼富有辯證性，都和猶太人對現實事物的尊重格格不入。儘管卡夫卡擁有強大的幻想活力，他和弗洛依德或貝克特都是以現實經驗為依歸。邊緣性昭然若揭的猶太情境在卡夫卡的作品中幾乎總是非常迫近的；大可以「巴別塔」（The Tower of Babel）為題的〈中國長城〉是如此，在教人最意想不到的地方——動物寓言裡——也是如此。

卡夫卡那無可置疑的精神威權可有深刻的猶太因緣？我同意李奇•羅伯生所說的：「無可毀滅性」的概念是卡夫卡最核心的精神元素，不過此一概念在我看來比羅伯生所認為的要古怪一些，也較不契合時代的精神。以下便是有關「無可毀滅性」的數幀重要格言：

相信意謂著釋放出自身之中無可毀滅的元素，或者講得更精確一點是意謂著成為無可毀滅者，或者講得再精確一些是意謂著存在。

一個人如果不是永久信賴著自身之中某種無可毀滅的東西是無法存活的，雖然他可能永遠也覺察不到那無可毀滅的元素和那份信賴。對某個神祇的信仰是此一隱匿特性顯現於外的方式之一。

無可毀滅者不外是：它就是每一個人，同時是人所皆同的，因此它是存在於人與人之間無可割裂的連結。

如果那應在樂園裡遭到毀滅的東西是可以毀滅的，那麼它就不具最終的決定性；然而如果它是無可毀滅的，那就表示我們活在虛假的信仰當中。

相信就是存在，因為在最深邃的存在之中，有某些東西是無法毀滅的。然而信仰是多餘的，因為那某個神祇不過是做為一個人所感覺到的無可毀滅性的隱喻，這種感覺讓我們所有人不由自主地連結在一起。我們既不曾墮落，也不曾失去實際的永生，因為在最基本的存在狀態中我們一直是無可毀滅的。卡夫卡於此是否不過是再次禮讚了那——近似弗洛依德的愛慾——叔本華所謂作為物自身（thing-in-itself）的生存意志？或者卡夫卡所想的是更細緻、更飄渺的東西？羅伯生在追查卡夫卡和猶太神秘哲學之間若即若離的關係時，於卡夫卡的一則格言裡，發現了類似伊薩可・魯里亞（Isaac Luria, 1534-72）所謂tikkun的東西——吾人存在之破容器的復原：

> 精神世界之外無有一物；我們所說的感官世界實乃精神世界裡的邪惡因子，而我們所說的邪惡只不過是我們恆常的演化過程中的一個必要時刻。

存在與意識之間的罅隙是卡夫卡真正關心的主題

這個說法介於魯里亞的猶太神秘哲學和傑出的德國活力論神秘家麥司特・艾可哈特（Meister Eckhart, 1260-1327）之間。《藍色八開筆記本》裡每一則較精到的格言讓我感到驚訝的是：在所有的精神思想家之中，卡夫卡怎會顯得如此充滿希望？答案顯然是否定的；他曾經對好友馬可斯・布拉德（Max Brod）說，上帝多的是希望，**但我們則否**。希望屬於意識——意識是可以毀滅的——不屬於無可毀滅的存在。故事說得再短也無關存在，就算找來里歐・托爾斯泰伯爵也是枉然，雖然《哈吉・穆拉》的主角幾乎把存在和意識融合了起來。卡夫卡已成為本世紀最具正典性的作家，因為在我們每一個人身上，都可以找到存在與意識之間的罅隙，而此一罅隙就是他真正關心的主題，他將這主題與身為猶太人，或至少是身為漂泊的猶太人聯結在一起。

當相同的罅隙出現在貝克特的作品中時，我們感覺到它的源頭是笛卡兒而非弗洛依德，卡夫卡則似乎比較接近後者。猶太二元觀本是一種矛盾語，如果「猶太」是指猶太教抑或其所代表的規範傳統的話，那麼它仍繼續在弗洛依德與卡夫卡的作品中脈動著——不管此一脈動是不是斷斷續續的。弗洛依德當然不會知道我們有什麼是「無可毀滅」的；在他看來，存活的意志最後是會動搖的。然而，弗洛依德和尼采、卡夫卡都相信：最深處的自我是可以被強化的，愛慾可以成為對抗死亡驅力的堡壘。弗洛依德和尼采、卡夫卡也都認為意識是錯謬的、充滿了謬誤的希望。雖然弗洛依德拒絕接受有關存在的神秘性概念（他斥其為「汪洋般的感覺」），但是他明快且決絕地代之以他自身良善的權威，為我們的錯謬意識提供了一帖治療良方。卡夫卡拒斥所有的權威（包括弗洛依德的權威在內），他從來沒有為自己和我們提供任何治療方法。然而，他總是述說著存在，述說著無可毀滅者，我們所聽到的可能是最典型的猶太口吻，一種猶太的否定：

就我所知，我身上並沒有任何生命所需之物，有的只是人類普遍的弱點。藉此

——在這方面它可是力大無窮——我充分吸收了我所身處的時代的負面質素，這時代顯然和我非常親近，我無權反抗它，只有來呈現它。那些微量的正面質素或反轉成正面的極端負面質素，我是壓根兒沒有繼承到的。我不像齊克果是在基督教——其鬆散不振如今已是有目共睹——的引領之下走入生命的，也不像錫安主義者(Zionist)一樣緊抓著猶太祈禱披肩——如今正逐漸飄離——的下襬。我是終點或起點。

「反轉成正面的極端負面質素」必定是一種飽滿的負向神學，不管那是神秘論知派、基督教，或是異端的猶太神秘哲學（如加薩的納森〔Nathan of Gaza〕，即假彌賽亞賽威〔Sabbatei Zevi, 1626-76〕的先知）。卡夫卡的負面質素更細緻、更幽微，和時代精神正相契合。我們可以透過卡夫卡傑出的短篇故事〈鄉村醫生〉(1917, 此處採用J. A. Underwood英譯本）一窺其大概與驚悸氛圍。這一則以第一人稱敘述的故事是突兀而驚人的：其時態大多是現在式，雖然故事開頭暗示著這是發生在過去的事件。時值嚴冬，一位鄉村醫生必須緊急出動去看十哩外的一個生命垂危的病人，他沒有馬，或者以為他沒有馬。醫生所有地上的一個廢棄的豬舍詭異地打開了，從中出現一位粗暴、野獸般的馬伕和兩匹健壯非凡的馬兒。馬伕在為醫生的馬車繫好馬兒之前，首先就攻擊了醫生的女傭羅希（Rosy）——狂咬其臉頰。當醫生不太情願地被高大的馬兒拖走之後，馬伕便破門而入繼續襲擊嚇壞了的羅希，她的名字在描述醫生馬上要見到但無能治療的傷處時將再次出現。病人是一個農家男孩，他和傷處一樣地詭異與令人不快。非現實到處充斥著；農人們剝下醫生的衣服，威脅他，將他一絲不掛地塞進男孩的床裡。獨自一人面對病患的醫生在遭到男孩威脅之後跳上馬背逃跑了，另一匹馬、馬車、醫生的衣服則全在後面散漫地跟著，但是和先前驚人的速度相比，如今的速度是慢得可怕：

> 我這樣絕到不了家的；我的一身好工夫全走了樣；有一個後繼者在洗劫我，但那是沒有用的，因為他取代不了我；那可憎的馬伕在我的屋子裡興風作浪；羅希是他的犧牲品；我不願去想它。赤裸裸地暴露在此一惡劣天候的霜雪中，和那不得了的馬車以及了不得的馬兒四處遊蕩，我這麼一個老頭。我的毛皮外套就掛在馬車的後面，但我拿不到它，那些身手矯健的病人們亂哄哄的卻全不肯出點力。上當了！被騙了！去搭理那夜間錯誤的鈴聲——而且是無從挽回的。

這位鄉村醫生和卡夫卡的其他主角——水桶騎士、獵人葛拉丘尤其是土地測量員K.——一樣最後都是非生亦非死，既沒有真實的、有目的的行動，也不是停滯不動。預期——他們的和我們的——為實際上的、現實的世界所阻擾。我們不知道卡夫卡到底是不是在諷喻他身邊猶太人的情境，或者他自己做為一個作家的處境。我們似乎能感覺到卡夫卡拋開了他自己的否定或負向模式：自壓抑之中得到了認知上的解脫，而鄉村醫生的命運體現了猶太風情，或是和卡夫卡成為一個作者所必然失落的經驗有些關聯。

這些認同在智識上都是有可能的，甚至是意味深長的，但卻絲毫不帶感情的成份。很奇異的一點是，鄉村醫生的命運或他的故事從頭到尾都沒有情感糾結可言。就讀者的情感移轉而言，壓抑一直是存在的。卡夫卡的人物沒有一個是討人喜愛或令人同情的，至少沒有任何一個人物會比另一個更討人喜愛或更令人厭惡。就思想形式而言，鄉村醫生的困境和我們的處境是相通的，但我們卻從不曾和他相知相惜。發生在他身上的事，既是幻妙之至也是無可逃避。這些事可能會而有時也的確換了種方式發生在我們身上，但沒有人能分擔我們的悲情，正如我們無從分擔他的悲情一樣。一個無心的開端——去搭理那夜間錯誤的鈴聲——就在那永遠的現在式的敘述中引來大江濤濤東流，想要挽回是不可能的。卡夫卡的世界建構出新的文學「異術」（grotesque），於生命、於文學都是一大撞擊。〈鄉村醫生〉這一則故事擁有近似神魔般的力量，也提醒了我們，真正的神魔與詭奇總是會登上正典。尼采強調只有痛楚才難以忘懷，〈鄉村醫生〉歷久不衰的驚嚇效果便是文學上的佳例，其中的痛楚集中在情感糾結的付諸闕如上頭。卡夫卡最奇特、最具原創性的才情在於他的故事似乎是打從我們的遺忘處回返的，總是讓我們感覺到我們將繼續遺忘我們在體驗那些奇異詭譎時是什麼滋味。

卡夫卡死了有七十幾年了，如今我們正逞逞邁向二千年，新的神制時期可能即將來糾纏我們，此時他比以前更像是維科的混亂時期的核心作家。就美學成就而言，《審判》與《城堡》顯然是沒辦法和《追尋逝去的時光》、《尤利西斯》或《芬尼根守靈》相比擬的。但卡夫卡最好的片斷作品——故事、寓言、格言——給了我們一種絕不倚賴信仰或意識形態的精神特質，這一點是普魯斯特和喬哀思所不及的。普魯斯特、喬哀思和更早的福樓拜或亨利·詹姆斯都不談無可毀滅者，他們都是小說的守護者，也都和佩特一樣是識覺感知的禮讚者。如果卡夫卡有任何奧妙之處的話，那就是他和他的作品如今煥發出了如許權威的精神特質，渥茲華斯和托爾斯泰也曾擁有如此權威，但權威不再。圍繞著卡夫卡的奇異宗教氛圍有一天或許也會消散無蹤，但不是現在。卡夫卡的作品中不見神的蹤跡，我們見到的神跡全是虛妄；他所信持的唯有他和寫作訂下的盟約。

我曾經以為，卡夫卡如今顯而易見的精神氛圍，大都是來自批評上的後見之明，正如同但丁雖然懷抱著碧翠思的私密靈知，卻仍然被奉為天主教作者，米爾頓雖然抱持著異端死亡觀，而且一心一意想要劃地自處，卻仍然被視為新教詩人；卡夫卡和猶太教的關係雖然不是那麼自然，但他似乎比希伯來聖經以來的任何一個人都更像是一位猶太作家。但這麼說便是低估了卡夫卡於本世紀的共通普遍性。他是我們這個時代的標竿，因為他的寫作志業已成為一份精神的探求，他的格言仍持續在我們耳邊隆隆迴響著。而這一切到底是在評議我們自己還是卡夫卡呢？

終歸是卡夫卡的「無可毀滅者」此一隱喻。托爾斯泰個人的活力論引發了無比深刻的存活意志，其近似荷馬的古老風格是注定要消失的。卡夫卡傳達出一種寧靜的持續力，但是他就像他筆下的獵人葛拉丘一樣並不抗拒死亡。不管「無可毀滅者」的成份是什麼，我們都不必視其為永生的象徵。卡夫卡對來生不感興趣，這頗有聖經的味道，耶威者或先知們幾乎都不太關心來生這檔事。卡夫卡自覺無法給人福佑，而就算他有關於福佑的概念，他也不會讓我們知道那是什麼。他的法庭和城堡當然無法提供任何福佑，就算它們想（這不太可能）也沒有辦法。對卡夫卡而言，沒有任何一位父親可以福佑任何一個兒子。在他的世界當中，沒有任何多餘的生命力可以注入無際無涯的時間裡。

無可毀滅性直指人們最深處、最私密的生命質素

如果無可毀滅既非永生、亦非福佑，那麼它是什麼？叔本華的生活意志或弗洛依德的驅力說並不具備卡夫卡那權威的精神特質，而卡夫卡的「無可毀滅性」是否根源於魯里亞的猶太神秘哲學也是很可以懷疑的。卡夫卡雖然抱持著負向哲學，但他對我們的宗教信仰是蠻有興趣的。弗洛依德認為宗教傾向只不過是表露出了對父親的渴望，卡夫卡可不信這一套。然而，他的格言從來沒有說清楚「無可毀滅者」是什麼樣的概念，即使是心思最細密的卡夫卡評論家也難以釐清。卡夫卡在寫給米雷娜的一封信裡曾替他所感受到的「無可毀滅性」說話，他說這份感受「實實在在」，絕非個人的迷情遐思。在他心目中，無可毀滅

性是人與人之間真正的連結，直指人們最深處、最私密的生命質素。對於此一認知，除了神秘靈知之外，我實在不知道如何稱呼，但它顯然不屬神秘論知派，因為它拒斥任何有關上帝的概念，不管這位上帝是如何遙不可及，如何隱匿於原初的深淵之中。卡夫卡所肯定的是一種人類原初的屬性，它具有神的氣質但仍屬世俗：它是一份知曉，無可毀滅性是其中的已知。

然而，卡夫卡不是聖人，也不是神秘論者：阿道斯·赫胥黎（Aldous Huxley, 1894–1963）那美妙——但有點理想化——的文摘《常青哲學》（*The Perennial Philosophy*）不收錄他是對的。卡夫卡和弗洛依德一樣是呈顯負向性的實際主義者，但他的負向模式比弗洛依德的模式富有辯證性。黑格爾拒斥事實的權威，兩位猶太作家則予以高度尊重，但卡夫卡比弗洛依德擁有更強的事實感。卡夫卡於生命核心處感覺到一種無可毀滅性，這份感覺對他而言是一樁事實，等同於他的作家志業。或許這就是為什麼卡夫卡會在我們這個時代，成為散發濃厚精神氣息的正典標竿：他不是宗教作家，但他讓寫作變成了一門宗教。

就像我在討論但丁時所說的，這種轉換是不需要拿什麼浪漫派或現代派的東西來攪和的。命定的作家之所以廁身正典其部分原因是他們拿自己的寫作當賭注，正如巴斯卡拿信仰做賭注一般。莎士比亞在此是否又是一個絕大的例外？我會說正好相反：他全然信賴自己的藝術，其實際取向的基本態度為米爾頓、歌德、易卜生、喬哀思立下了典範。為劇作家莎士比亞披上基督教的外衣是徒勞無功的。不管莎士比亞其人相信什麼或懷疑什麼，哈姆雷特絕非基督教的英雄，而《奧賽羅》、《李爾》、《馬克白》的巫教氣息也絕對壓過了基督教的特質。依阿高、哀德蒙、馬克白給我們的是一種詭異但令人信服的印象：他們個個都是雄霸一方的天才，完美體現了這世界所有最陰暗的潛在質素。哈姆雷特陰暗的一面是莎士比亞悲劇的標尺。這世界是全盤錯亂，而生來要糾正它的哈姆雷特亦復如是。

卡夫卡和德國人一樣認為哈姆雷特是一位太敏感、太細緻以至於無法在一個笨拙的世界裡自處的英雄，此一看法或許是受了歌德的影響。卡夫卡跳開了歌德的哈姆雷特，將這位主角的敏銳細膩，轉換成猙獰的挑釁意味，約瑟夫·K.和土地測量員K.就是以這種姿態來面對法庭與城堡。此一轉換實乃《終局》之先聲，山謬·貝克特正是以卡夫卡的模式來改造哈姆雷特的。比起歌德那迷人的哈姆雷特，他的哈姆（Ham）和約瑟夫·K.要像多了；歌德的哈姆雷特和莎士比亞的哈姆雷特不同，前者壓根兒是無罪的，對自己實際犯下的罪行完全沒有罪惡感：屠殺窺伺的普羅尼烏斯，欣然歡送悽慘的羅森柯藍茲和基爾丹斯登去見閻羅，最糟的是，像一個虐待狂一樣無情地啃噬奧菲里亞，直到她發瘋自殺。

哈姆雷特只對他還沒有幹下的謀殺案有罪惡感。卡夫卡在這一點上比歌德要靈光一些，他似乎已經察覺到，莎士比亞所呈現的罪惡是不容置疑的，而且在任何罪名成立之前就已經存在。卡夫卡的世界法則並非基督教的原罪，而是莎士比亞／弗洛依德式的潛意識裡的罪惡感。卡夫卡把罪惡擺在最前頭，因為它是我們的「無可毀滅性」所強制抽取的稅金；對卡夫卡而言，我們之所以有罪，正是因為我們最深層的自我是無可毀滅的。我想，卡夫卡的閃躲與閃現都是為了要承載他對無可毀滅者的感受，這份感受在《終局》、《克拉普的最後一卷錄音帶》、《馬龍死了》、《真相大白》等貝克特最好的作品中繼續留傳著。

無可毀滅者並不是某一種盈盈滿滿的物質，以貝克特的話來講，它是當你無法持續下去時仍持續下去的作為。在卡夫卡的作品中，持續下去幾乎總是出之以反諷的形式：K.對城堡的無情進擊，葛拉丘於死亡之船上無止盡的巡遊，水桶騎士的遁入冰山，鄉村醫生的冬日漫遊。我們內在的「無可毀滅者」是一種希望或探求，但是在卡夫卡最陰鬱的弔詭底下，這種努力所顯現出來的是無可避免的毀滅性、尤其是自我毀滅性。與其說耐性是卡夫卡心目中的首要美德，倒不如說它是繼續存活下去的唯一憑藉，猶太人的正典耐性正是如此。

21 波赫士、聶魯達、裴索：拉丁美洲西班牙語系和葡萄牙的惠特曼

Borges, Neruda, and Pessoa: Hispanic-Portuguese Whitman

二十世紀的拉丁美洲文學可能比北美洲來得活躍——其奠基者有三：阿根廷寓言作家侯黑・路易斯・波赫士（1899–1986）；智利詩人帕柏羅・聶魯達（1904–1973）；古巴小說家阿列侯・卡本提（1904–1980）。許多重量級的人物自此三人脫胎而出：如尤里歐・柯塔佐（Julio Cortázor, 1914–84）、加布列・加西亞・馬奎茲、馬里歐・瓦加斯・佑沙（Mario Vargas Llosa, b. 1936）、卡羅・芬提（Carlos Fuentes, b. 1928）等風格各異的小說家；賽薩・瓦葉侯、歐可塔維歐・帕茲（Octavio Paz, 1914–98）、尼可拉・居顏（Nicolás Guillén, 1902–89）等享譽國際的詩人。我專注於波赫士和聶魯達，雖然時間可能會證明卡本提才是這時期的拉丁美洲作家的龍頭老大。但卡本提是受惠於波赫士的眾多作家之一，而聶魯達在詩壇的奠基者地位，就像波赫士在小說界與評論界的創立者地位一樣穩固，於是我在此便從文學之父與代表作家的角度來檢視這兩位作者。

波赫士的寫作受到卡夫卡的影響

波赫士是一個文學神童；他在七歲時出版了第一部作品，那是他所翻譯的奧斯卡·王爾德的故事〈快樂王子〉（"The Happy Prince"）。然而如果他只活四十歲的話，我們是不會記得他的，而拉丁美洲文學將會是另一番完全不同的風貌。他十八歲時開始寫惠特曼風格的詩作，立意成為阿根廷的吟詠詩人。但是他察覺到他是當不了講西班牙語的惠特曼了，聶魯達已穩穩地搶得了此一頭銜。於是他轉向具有猶太神秘哲學和神秘論知意味的寓言文字，這可能是受到了卡夫卡的影響，他那風格獨具的藝術便開花結果。轉折點是他在一九三八年年底所遭逢的一次可怕的意外。視力一直很不好的他，從一處照明甚差的樓梯上滑了一跤跌了下來，使他的頭部受到嚴重的創傷。他在醫院裡熬過了兩個禮拜噩夢連連的危險期，然後是緩慢而痛苦的痊癒期，這期間他開始對自己的心神狀態與寫作能力感到懷疑。

於是他在三十九歲那一年試寫了一篇故事來恢復自己的信心。結果便是笑鬧喧囂的〈皮耶·摩納，《吉訶德》的作者〉，此乃〈特隆，烏巴，歐比斯·特鐵斯〉（"Tlön, Uqbar, Orbis Tertius"）以及其他精彩的典型波赫士風格短篇小說作品的先驅之作。一九四一年的《歧路花園》（*The Garden of Forking Paths*）奠定了他的小說在阿根廷的聲名，《迷宮》（*Labyrinths*）和《小說集》（*Ficciones*）兩本選集於一九六二年在美國出版後便立刻獲得了廣泛的注目。

在波赫士所有的故事當中，我三十年前最喜歡的一篇如今仍是我的最愛：〈死亡與羅盤〉（"Death and the Compass"）。這一則故事和波赫士其他幾乎每一部作品一樣具有濃濃的文學氣息：它自知並且明白宣示其晚來後到的事實，對那份支配它和先人文學作品之間關係的相屬性毫不隱諱。波赫士的祖母是英國人；他父親豐富的藏書以英國文學為主。對一個西班牙語作家而言，波赫士是很奇特的例子，他第一次讀到的《唐吉訶德》是英文譯本，而他的文學、文化雖然具有普遍性，但骨子裡卻是屬於英國與北美風情。以文學為志業的波赫士對父親與母親的家族所立下的赫赫戰功一直無法釋懷。他的父親因為視力不好而當不成軍官，得此視力遺傳的波赫士似乎也遺傳了他父親的另一項特質：躲到書堆裡做夢，好彌補一下不能馳騁沙場的遺憾。艾爾曼曾說，那老是放不下莎士比亞的喬哀思唯一關心的便是要盡可能收納來自四面八方的影響，此說對波赫士而言毋寧更為貼切，只見他大刺刺地吸納並反映出了整個正典的傳統。如此盡情擁抱其先驅，到最後是否會限制了波赫士的成就是一個很難回答的問題，我將在本章稍後試著予以解答。

迷宮與鏡子在波赫士的故事裡處處可見

波赫士是迷宮與鏡子大師，對文學影響有很透徹的理解；比起宗教或哲學，這位懷疑論者更關心的是想像文學，他教導我們怎麼從美學價值的角度來切入宗教與哲學等種種思維。他奇特的作家運途和現代拉丁美洲文學祖師爺的顯赫地位，和他普遍的美學價值以及他那咄咄逼人的美學堅持是絕對脫不了干係的。如今我在重讀波赫士時總會感到魅力逼人並且覺得歡欣鼓舞，這種感覺甚至比三十年前還要強烈，因為在文學研究已經全面政治化甚至連文學本身恐怕都難逃政治化噩運的今天，他的政治虛無觀（承襲自父親的溫和版本）直如清爽的和風沁人心脾。

〈死亡與羅盤〉代表了波赫士最珍貴、最謎樣的一面。這一則十二頁的故事追蹤偵探艾里．隆洛（Erik Lönnrot）和公子哥兒瑞德．沙勒（Red Scharlach the Dandy）這位幫派頭子倆人血腥決鬥的結果，背景是波赫士總會拿來創造其奇幻世界的布宜諾斯艾利斯。隆洛和瑞德．沙勒這兩個死對頭顯然是一體雙生，倆人名字裡都有的紅色字義也暗示了這一點。波赫士是猶太人的熱情支持者，他不時會遐想著自己擁有猶太人的血統（他的敵人獨裁者培隆〔Perón〕的法西斯嘍囉們經常以此指控他）；他所寫的猶太幫派分子的故事想必會受到伊薩可．巴柏的讚賞，後者的大作《歐德撒的故事》（*Tales of Odessa*, 1916）裡的核心人物——傳奇匪徒本亞．柯里克（Benya Krik）——也和瑞德．沙勒一樣是個公子哥兒。波赫士寫過一篇有關巴柏生平的文章，他對巴柏的作品（還有他的名字）想必很感興趣，即使是三言兩語地對〈死亡與羅盤〉略加描述也能看到巴柏的影子。

猶太法師般的學者馬樹．亞摩林斯基博士（Dr. Marcel Yarmolinsky）於北方旅館（Hôtel du Nord）慘遭謀殺。其胸膛被利刃割開，屍體旁留下一張紙條，上面寫著：「那名字的第一個字母已經被唸了出來。」隆洛和愛倫・坡的奧古斯特・都彭（August Dupin）一樣是個嚴謹的推理家，他推斷留字指的是上帝耶威那四個字母的秘密名字JHVH。接下來又尋獲了一具屍體，那名字的第二個字母於焉出現。隆洛認為這些謀殺事件係出自某個瘋狂的猶太教派的神秘獻祭。第三起預期中的謀殺案件發生了，但沒有找到屍體，接著我們逐漸明瞭隆洛已陷入了沙勒設下的陷阱。構陷計劃最後在市郊的一幢名為特里斯特—勒—洛伊（Triste-le-Roy）的荒屋裡大功告成。瑞德・沙勒說明了他那繁複的計謀，他運用三個意象引君入甕：鏡子、羅盤以及偵探陷身其中的迷宮。隆洛在沙勒的手槍槍口前和這位幫派份子一樣興起了一股漠然的悲傷，他冷冷地批評迷宮多了一些累贅的線條，希望來生能夠死在由敵人所設計的較為精良的迷宮裡。故事隨著隆洛遇害告一段落，安魂曲便是沙勒所說的「我保證下一次會用那種迷宮來殺你，它將只有一條永無止盡的看不見的線條。」這象徵著埃雷阿哲學家芝諾（Zeno the Eleatic, 490-430B.C.），對波赫士而言也象徵著隆洛擬似自殺的行為。

波赫士給他作家生涯真正的起點〈皮耶・摩納，《吉訶德》的作者〉的評語是，它傳達出一份倦怠、懷疑、「吊上了一段文學長程列車車尾」的感覺。這便是〈死亡與羅盤〉的反諷或寓意：隆洛和沙勒結合了愛倫・坡和卡夫卡的風格編造出文學的死亡迷宮，為本是一體的兩個人秘密對決的熟悉場景再添一筆佳話。隆洛和沙勒的故事和波赫士許許多多的作品一樣是一則寓言，它告訴我們閱讀就是一種重寫的行為。幫派分子沙勒精巧地操控著隆洛對他所提供的線索的閱讀和解讀，這位偵探的詮釋改寫因此也在沙勒的盤算之中。

波赫士在他另一篇著名的故事〈特隆，烏巴，歐比斯・特鐵斯〉裡開門見山便說：「烏巴的發現要歸功於鏡子和百科全書的接合。」你可以拿波赫士小說裡任何的人、地、物來取代烏巴這方想像園地；在波赫士的世界裡，鏡子和百科全書總是接合在一起的，因為對波赫士而言，所有不管現存的還是假想的百科全書都既是迷宮也是羅盤。就算波赫士不是拉丁美洲文學的開山祖師（而他是的），就算他的故事沒有真正的美學價值（而它們是有的），他仍然會是混亂時期的正典作者，因為除了他刻意模仿的卡夫卡之外，他比其他任何一個作家都更堪稱是這時代的文學形上學家。他的世界觀顯然是混亂渾沌式的；在想像風格上他顯然是神秘論知派的弟子，雖然在智識上和道德上他是一個富有懷疑精神的人文主義者。古代神秘論知派的異教頭子們——特別是亞歷山卓的巴希里德（Basilides of Alexandria, 2nd cent.）——是波赫士真正的先驅。〈為巴希里德辯白〉（"Vindication of Basilides the False"）這篇短文在結束之前，為神秘論知思想做了一番精彩的辯護（Andrew Hurley英譯）：

神秘論知派和基督教在紀元初年始終相持不下。它後來被消滅了，但我們可以想像其勝利的可能。勝利的如果是亞歷山卓而非羅馬的話，我在此所簡述的突梯蕪雜的故事，將會變得條理分明，高雅堂皇，而且尋常普遍得很。諾瓦里斯（Novalis, 1772-1801, 按：德國詩人）所宣稱的「生命是精神之疾」或韓波的絕望呼聲「真實的生命無處尋覓；我們並不在這個世界上」也將獲得善男信女們有條件的贊同。無論如何，我們還能奢求什麼比微不足道更好的贈禮呢？還有什麼比撤離這個世界更能顯現上帝的榮光呢？

對波赫士和神秘論知派而言，宇宙和人類的創造與毀滅都是同一回事。最根本的事實是Pleroma或完滿，正統猶太教徒、虔誠的基督教徒和伊斯蘭教徒稱之為「渾沌」，神秘論知派人士則尊其為「先母」和「先父」。波赫士的想像回到了這份尊崇。他也如此看待「完滿」嗎？波赫士和貝克特一樣是叔本華的忠實讀者，而波赫士說叔本華暗示著「我們是上帝的碎片，這位想要棄絕存有的上帝於太初時分摧毀了自己。」死去或消失的上帝，或神秘論知派那千里遙隔、自謬誤的世界撤離的上帝，這就是波赫士僅存的神學意念。當他停止玩弄理想主義時，他也是跟著叔本華和神秘論知派亦步亦趨的。我們活在奇幻天地裡，那是一個扭曲的永恆鏡像，對此波赫士曾神采飛揚地說：「低層世界是高層世界的鏡子；塵世與天堂聲息相通；皮膚上的斑點是一幅永難抹滅的星圖；猶大有耶穌的影子，」他在〈猶大三貌〉（"Three Versions of Judas"）裡寫道：故事裡難逃宿命的丹麥神學家魯奈伯格（Runeberg）提出了一套理論，他說猶大——而非耶穌——才是上帝的化身，於是便為「聖子這個了無新意的概念」添加了「邪惡與災厄的複雜向度」。

自從瓦林提努斯（Valentinus, 100-165）的弟子們教授了神聖墮落原理以來，波赫士一直都很有神秘論知派之風，不過，對引致人類墮落的蛇大加讚頌的拜蛇派（Ophites）之後的任何一位神秘論知者，可能都沒有波赫士來得激烈，由〈神學家〉（"The Theologians"）便可窺豹一斑。在這一則故事當中，阿奎雷里亞的奧瑞里昂（Aurelian of Aquileria）和帕諾尼亞的約翰（John of Pannonia）這兩位波赫士杜撰的早期教會博學學者，在駁斥神秘異端思想方面是彼此較勁的對手。波赫士強調，才情稍遜因此也比較暴躁的奧瑞里昂是如何放不下對約翰的執念，並以這句動人的話總結倆人的競爭：「倆人在同一支軍隊裡服務，追求同樣的獎賞，和同樣的敵人打仗，但奧瑞里昂的每一個字私底下都是為了要勝過約翰而寫的。」故事結束之前，約翰在奧瑞里昂的教唆下因異端罪名被綁在柱子上活活燒死，接著奧瑞里昂自己也以一模一樣的方式，死在一座因雷擊而起火燃燒的愛爾蘭森林裡。奧瑞里昂在來生中發現自己和約翰在上帝跟前「本是同一人」，正如隆洛和瑞德·沙勒本是同一人一般。波赫士的悲愴是很一致的：在他的迷宮裡，我們所面對的不只是我們自然的鏡像，同時也是自我的鏡像。

每一個評論家都知道迷宮是波赫士的中心意象，此一意象是他所有的執念與噩夢的聚合點。從愛倫·坡到卡夫卡的所有文學先驅都被他請了來為這個渾沌的象徵提供養份，幾乎每一樣東西到了波赫士手裡都有可能變成迷宮：房子、城市、地景、沙漠、河流，尤其是觀念與圖書館。終極迷宮便是傳奇工匠戴達勒斯（Daedalus）為了保護與囚禁牛頭人身怪獸所設計的宮殿。我從來不十分明瞭喬哀思為什麼會為年輕時的自己取這個名字。沒錯，都柏林是一座迷宮，《尤利西斯》是另外一座，而循環往復的《芬尼根守靈》亦如迷宮一般；然而，極富喜感與自然主義氣息的喬哀思和卡夫卡、波赫士、貝克特不同，他是不太會去讚頌這樣的一種渾沌意象的。喬哀思也有摩尼（Mani, 215–276）教派二元分論式的（Manichean）思想，但他並不熱衷叔本華或神秘論知思想，也未曾發展出自己的一套神秘論知的視見。

波赫士立意摧毀現實，把人變成一團陰影

波赫士的迷宮雖然戲耍意味十足，但它隱伏的意涵和卡夫卡的迷宮一樣地陰鬱。如果整個宇宙是一座迷宮的話，這個波赫士最喜歡的意象便和死亡或弗洛依德的生命觀——死亡驅力的神話——搭上了線。反諷遂由此而生：最不能苟同弗洛依德的兩位現代作家一個是納博可夫（Nabokov, 1899–1977），一個就是波赫士。倆人對弗洛依德的印象都差得很。波赫士曾說過這麼一段乏善可陳的話：

我是否當他是個瘋子？那個老是追著性的執念團團轉的傢伙。或許他不是認真的。或許他只是在玩個遊戲。我試著讀他的作品，而我覺得他不是江湖郎中就是個瘋子。畢竟，這世界太複雜了，豈是如此簡單的模型所能概括。我讀過很多榮格（Jung, 1875–1961）的作品，比我看過的弗洛依德作品多得多；你會覺得榮格擁有

寬廣和煦的心靈。而事情一到弗洛依德口裡，就只剩下一些令人相當不快的事實而已。

就波赫士而言，這些令人相當不快的事實包括了他六十八歲時第一次也是唯一一次的婚姻，這樁婚事三年後以離婚收場；也包括了他和母親的親密程度（他一直和母親住在一塊），他母親死於一九七五年，享年九十九歲。這些事實和波赫士對弗洛依德的厭惡對他的讀者而言都沒有太大的意義，不過或多或少有助於了解他面對文學傳統的態度和他的藝術特質。波赫士對文學的看法有一點特別精彩：他反轉了舊有的影響概念，如他在〈卡夫卡與其先驅〉（"Kafka and his Precursors"）裡分析卡夫卡對布朗寧的影響時所說的：

> 這些作品或多或少都帶有卡夫卡的奇詭特性，然而如果卡夫卡不曾寫作的話，我們是察覺不到此一特性的；也就是說，此一特性就不存在了。羅伯·布朗寧的詩作〈恐懼與猶疑〉（"Fears and Scruples"）彷彿預告了卡夫卡的故事，但讀過卡夫卡的我們對這首詩顯然會另有更細膩的解讀。布朗寧對這首詩的詮釋和我們不同。「先驅」是一個不可或缺的評論詞彙，但我們必須為它洗脫所有論爭與較勁的意涵。事實上，每一個作家都創造了他自己的先驅。（Ruth L. C. Simms譯）

波赫士不容許論爭與較勁成為創造先驅的指導原則。在阿根廷的作家當中，他於《夢虎》（*Dreamtigers*［西班牙文意為《創造者》］）中將雷歐波多·魯格尼（Leopoldo Lugones）視為他的主要先驅，這位詩人於一九三八年自殺身亡。這本書獻給了魯格尼，這讓人很容易忘記波赫士和他那一代的人對這個老詩人的矛盾情感，雖然波赫士對自己的矛盾情感一向是表現得矛盾錯雜的。波赫士年記愈大愈喜歡一種觀點：正典文學不只是一個連續體而已，它實在是歲歲年年以來由許多人聯手寫成的一篇恢宏壯闊的詩作和故事。到了一九六〇年代，當波赫士成了他的立傳者艾摩·羅德里圭·蒙內格（Emir Rodriguez Monegal）所說的「老師父」（the old guru）的時候，這種文學理想主義觀愈趨純粹與絕對化，其確切與篤定超越了波赫士在雪萊和梵雷希那裡所發現的共同作者的現象。

波赫士全心擁抱著一種奇特的作者泛神論。他認為所有的作家——不只是莎士比亞——皆是如此：誰都是，誰也都不是；他們構成了活生生的單一文學迷宮。正如隆洛和瑞德·沙勒，正如神學家奧瑞里昂和約翰，荷馬、莎士比亞和波赫士融合成了一個作者。這份虛無式理想主義讓我想起了安娜·馬莉亞·巴倫尼其亞（Ana María Barrenechea）所說的堪稱是波赫士的最佳寫照：「波赫士這位令人讚嘆的作家立意摧毀現實，把人變成一團陰影。」這是一項讓人不寒而慄的計畫，如果莎士比亞立意如此的話，想必連他也要技窮。波赫士傷得到你，但方法總是千篇一律，這就是波赫士最主要的缺陷：他最好的作品缺少變化，即使它吸納了整個西方正典甚至更多的東西。波赫士或許是因為察覺到這一點而在一九六〇年代後期試圖回歸自然寫實主義，但其成果《布洛迪醫師的報告》(*Doctor Brodie's Report*, 1970) 基本上仍不脫奇幻天地。

波赫士的迷宮究竟是什麼玩意兒？他所講的故事很像是傳奇故事 (romance) 的片斷，但波赫士和他極為讚賞的霍桑不同，他不寫倚賴魔法和殘缺知識的傳奇故事。富有懷疑精神的波赫士機敏多識，他刻意迴避傳奇故事的大肆鋪張，以及其中漫無止境游走四方的意味。他的藝術經過細心的控管，有時還刻意閃躲。波赫士或他的讀者都不會在他那一切都經過算計的故事之中迷失方向。對弗洛依德所說的家庭羅曼史和——或許可以這麼稱呼——文學家庭羅曼史的恐懼促使波赫士一再地重複自己，也使得他過份理想化了作者與讀者之間的關係。這或許正是他之所以不愧為現代拉丁美洲文學之父的根本原因：他那無盡的啟示以及他對文化糾葛的敬而遠之。不過，他的成就光輝可能會漸漸黯淡下來：在現代文學中仍屬正典，但不再是核心作家。把他和卡夫卡的故事及寓言相提並論絕不是要抬高他的身價，而是非常自然和無可避免的，其部分原因是波赫士老是會有意無意地召喚卡夫卡。貝克特於一九六一年和波赫士共同獲頒一項國際獎，他最好的作品禁得起一再的重讀，波赫士則否。波赫士才思敏捷，但他不像貝克特能夠強而有力地保有一份叔本華式的視見。

然而，只要西方正典不死，波赫士在其中的地位就會和卡夫卡與貝克特一樣穩如泰山。在本世紀所有的拉丁美洲作者當中，他是最具普遍性的。除了頂尖的現代作家——弗洛依德、普魯斯特、喬哀思——之外，波赫士比其他幾乎任何一個人擁有更強大的漬染力，即使他的技藝和作品規模無法和別人比擬。如果你讀波赫士讀得夠多、夠仔細，你就會成為一個小波赫士，因為他會啟動你的文學意識，他的這份意識比任何人都要來得廣闊而深邃。

〈不死者〉為本世紀罕見的奇幻文學崇偉傑作

這份想像與反諷的意識很難說得清楚，因為它瓦解了個人性與共通性之間的論辯與對立。其中所傳達的訊息是文學或多或少都有剽竊的成分，波赫士從湯瑪斯・德・昆西那裡學到了這一課，這位英國浪漫派文論家是一位高度自覺的剽竊者，堪稱是波赫士最重要的先驅。德・昆西所寫的典型浪漫派散文充滿乖張的濃烈情感和狂幻的魔咒氣息，巴洛克風情躍然紙上。波赫士的散文風格幾乎反德・昆西之道而行，但波赫士的行徑與執念和《一個吸鴉片的英國人的告白》(*Confessions of an English Opium-Eater*) 以及未完成的《深深嘆息》(*Suspiria de Profundis*) 的作者是非常類似的。德・昆西在解說他自己的夢境時表現得最具原創性，也最為細膩，這些夢有一些被波赫士寫成了故事，其中的〈不死者〉("The Immortal") 可說是波赫士最詭奇的作品，他所有的創作執念幾乎全部濃縮成了這一則十四頁的故事，誠乃本世紀罕見的奇幻文學崇偉傑作。

〈不死者〉大都出之以佛雷米紐斯・魯夫 (Flaminius Rufus) 的第一人稱敘述，他是狄歐可里田皇帝 (Emperor Diocletian, 284-305) 在位時駐守於埃及的羅馬軍團指揮官。他的身分從一開始就是個驚奇；一九二九年於倫敦發現的手稿收藏在波普的六卷《伊里亞德》（1720）的最後一卷裡。古董商辛納的約瑟夫・卡塔菲魯（Joseph Cartaphilus of Symrna）想必是這個在一九二〇年代前後用英文寫成的故事的作者，「一個枯朽的俗夫，灰色的眼睛，灰色的鬍子，面目非常模糊，」操法語、英語和「綜合了薩羅尼卡（Salonika, 按：希臘北部海港）的西班牙語及澳門（Macao）的葡萄牙語的奇怪語言。」我們在故事最後或許猜得到那模糊面目的主人便是不死者荷馬，這位詩人已和羅馬軍團指揮官及（暗示性地）波赫士本人合為一體，而〈不死者〉這一則故事也把波赫士和他的先驅們融合了起來，這些先驅包括了德・昆西、愛倫・坡、卡夫卡、蕭伯納、闕斯特騰、康拉德以及其他一些作家。

〈不死者〉大可以換個名字叫〈荷馬與迷宮〉，因此二者——作者、不死者那迷宮般的荒城——構成了這個故事的主體。軍團指揮官魯夫尋覓著不死者之城，結果在那事實上是荷馬——第一個不死的詩人——的可怕人物身上看到了自己的映像。隆納・柯里斯特（Ronald J. Christ）在《險著：波赫士的幻象藝術》（*The Narrow Act: Borges' Art of Illusion*）一書中，將這一則故事視為兼具康拉德與艾略特風格的黑暗之心象徵之旅。此一類比頗為恰當，但不可將康拉德作品裡的道德成分列入考慮，道德考量在〈不死者〉裡無足輕重，在波赫士其他的作品中也很少有出頭的機會，他的成就在於他那拒斥傳統道德與社會關懷的英雄式美學主義，此一美學觀甚至會反諷地貶抑荷馬，好像他的史詩藝術不過是陳腔濫調似的。

對波赫士而言，荷馬和莎士比亞一樣不只是造物者或原初詩人，同時也是原初之人，如同布雷克的阿比翁（Albion）或喬哀思的伊耳威可（H. C. Earwicker）（H.C.E.即Here Comes Everyone：「世間凡人來也」）一般，這想必就是為什麼波赫士——不管他用的是什麼樣的反諷——會說〈不死者〉是「不死者倫理大綱」的原因。這份倫理其實不過是表現出了波赫士對文學家庭羅曼史習慣性的閃躲，和他對影響關係的理想化而已。作家都是一樣的；原創性並不可得。荷馬和莎士比亞是每一個人的化身，因此個人特質係子虛烏有，人格特性也是過時的神話。我們都將長生不死，所以我們有的是時間，所有人、所有事物都將來到我們跟前，正如蕭伯納的《回歸瑪士撒拉》（*Back to Methuselah*, 1921）此一〈不死者〉的主要源頭所呈現出來的一樣。

這種文學理想主義如果不是伴隨著狂野的譏諷，恐怕會讓波赫士顯得平淡而乏味，〈不死者〉也將成為多元文化主義論者的馬前卒。別擔心：這篇故事是波赫士所製造的最蒼涼、最凜冽的噩夢，史威弗特式的譏諷將理想化的文學觀扭轉成虛無與悲觀，長生不死在其中成了最大的噩夢，一個必然如迷宮一般的幻夢結構。在波赫士所有的奇幻世界當中，不死者之城最是讓人不知所措。軍團指揮官魯夫探索其地時發現它「是如此恐怖，光是它的存在就足以漬染過去和未來，連星星都有可能受到危害。」

關鍵字是「漬染」，〈不死者〉裡所瀰漫的便是漬染之苦。荷馬剛出現時是一個沉默、悲慘、吃蛇的穴居人，而眾人尋它千百度的不死之河，不過是一條多沙的小河。荷馬和其他不死者一樣幾乎被「純粹思辨」的生活給毀了。如果哈姆雷特真是想得太深而非想得太多，波赫士的荷馬（同時也是莎士比亞）便是想得太多而非想得太深。波赫士一方面是在嘲弄《回歸瑪士撒拉》，但他同時也在大肆攻擊自己的文學理想主義。弔詭的是，不死者之間如果沒有競賽與論爭，生命便不存在，文學也將死去。對波赫士而言，所有的神學都是幻想文學的分支。他在〈不死者〉裡的一個絕妙的反諷觀點是，雖然猶太教徒、基督教徒、伊斯蘭教徒表面上都相信長生不朽，但他們其實只把現世看在眼裡，因為他們只相信現世，來世只不過是拿來當獎賞或懲罰而已。波赫士曾於一九六六年對存在神學和思辨形上學做了一番奇妙的觀察：

我曾編輯幻想文學選集。我敢說這本書是第二個諾亞（Noah）會在第二次大洪水來臨時加以搶救的少數幾樣東西之一，但我必須對其中遺漏了此一文類的幾個意料之外的大師予以譴責，這些大師包括帕門尼德斯（Parmenides）、柏拉圖、約翰·史考特斯·艾里吉納（John Scotus Erigena）、阿貝特斯·馬格努斯（Albertus Magnus）、史賓諾沙（Spinoza）、萊布尼茲（Leibniz）、康德、法蘭西斯·布瑞德里（Francis Bradley）等哲學家。事實上，和創造上帝以及宣稱某一種存在可以一分為三，並且將無視時間永久孤單地存活下去的繁複理論比起來，小說家威爾斯（Wells）和愛德加·愛倫·坡的天才——從未來來到我們跟前的花朵、陷入催眠狀態的屍體——又算得了什麼呢？和認為本就存在著一份和諧狀態這種觀念比起來，能解毒的藥石豈非小巫見大巫？獨角獸和三位一體的天神比起來又如何？和大乘教派的佛陀增殖者比起來，譏諷家魯修斯・阿普流斯（Lucius Apuleius）是何等渺小？和柏克萊（Berkeley）主教的論證相比，希荷拉札德（Scheherazade）的阿拉伯一千零一夜豈非兒戲？上帝是慢慢創造出來的，我對此一事實甚為敬重；天堂和地獄也是一樣（不朽的獎賞、不朽的懲罰）。這些都是人類想像力的奇妙巧思。

反諷而精確的關鍵字是「敬重」和重複兩次的「不朽」。慢慢創造出來的上帝可能是幻想文學的最高成就。耶威者並未創造耶威，但猶太教徒、基督教徒、伊斯蘭教徒所敬拜的上帝，則的的確確是耶威者所創造的文學人物耶威；「馬可福音」的作者則創造了基督徒所敬拜的文學人物耶穌。天堂「不朽的獎賞」包括了那些文學人物，這便讓我們回到了〈不死者〉，在這篇故事裡，字語是波赫士唯一留給我們的東西。所有意象，甚至包括上帝的意象都在記憶中消逝；只有字語留存下來，而且總是「別人的字語」，因為我們沒有一個人能擁有自己的字語。

如果〈不死者〉真如我所說的是針對極端文學理想主義所施加的自我懲罰，那麼這篇故事和波赫士的其他作品到底能給我們什麼？是不是一份鮮活靈動得足以壓倒其本身明顯虛無傾向的美學成就？波赫士讚頌著即將離去的事物；最後一次做某件事、向某人或某地唱告別曲是他在後期的詩作與故事裡經常描繪的經驗。失落一直是波赫士的創作重點：我們只能失去我們未曾擁有的東西，這是在他的作品裡迴旋繚繞的主題。

西方傳統裡從來沒有人像波赫士一樣如此決絕地顚覆了文學不朽的觀念。他讓讀者回到了他追逐象徵隱喩、求取差異、置身他方、成為作家的原始渴望。文學志業取代了失落的戰功，然而阿根廷士紳波赫士從來無法接受詩的自主性與原創性的競賽本質。人格特性與個人特質得讓軍事統御和英雄戰技來發揮，由他的祖先——有一些戰死沙場——來發揮更是淋漓盡致。勇氣屬於他的外祖父伊希多羅・德・阿賽維多・拉普里達（Isidoro de Acevedo Laprida）的國度，拉普里達年輕時曾參加阿根廷內戰，過了一段長長的退休生活，最後在想像的國家保衛戰的奇幻氛圍中死去：「他集結了一批布宜諾斯艾利斯的鬼兵鬼卒，好讓自己戰死沙場。」

波赫士對惠特曼的追摹始終不改

波赫士還寫了一些有關其他兩個祖先的詩作，這兩位英雄其一於稍早的內戰中為叛軍所殺，其二是阿根廷獨立戰爭期間胡寧（Junin）戰役的勝利英雄。和這些家族戰士比起來，荷馬和莎士比亞的面貌要含糊曖昧得多。對波赫士而言，他們的精神特質主要是某種約略性的模糊；其朦朧含混的身分面目一部分是源於我們對作家生平缺乏足夠的認識，但主要還是因為波赫士必須讓他們再次與文學合為一體。波赫士對他們有無限的愛戀，如同他熱愛但丁、賽萬提斯、惠特曼、卡夫卡以及其他作家一般；但其中也有一份濃烈的矛盾情結。一種遲來晚到的感覺讓波赫士發現，和他比較相像的是他自己筆下的皮耶・摩納而非賽萬提斯，他將這份感受轉移到其他每一個作者身上，包括荷馬和莎士比亞。「我希望時間變成一個廣場，」他的一首詩幽幽嘆道。在〈萬物與無物〉("Everything and Nothing")之中，他狡黠地將莎士比亞之所以回到斯翠津度其晚年，解釋為他對「那仔細經營的幻象」亦即對他自己創造出無數人物的「激狂與怖懼」的能力感到厭倦。這樣的莎士比亞和波赫士的荷馬一樣是個身心俱疲的不死者；而波赫士自始至終也一直是一個倦怠的不死者，在進入正典文學迷宮的矛盾旅程中締造了一份真正的美學尊榮。

華特・惠特曼與其說是北美洲的荷馬（他自己的期望），不如說他是一個偉大的原創者，這號氣質獨特的人物，似乎在和波赫士模糊作者個別身分的迷宮式文學觀大唱反調，即使惠特曼自己也經常宣稱，他想要將其他所有個別的身分全部融入他那廣納萬川的神通大度裡。如前面討論惠特曼的章節所說的，此乃「華特・惠特曼、一個美國人、一個草莽人物」的宣言，而非真正的惠特曼即「真我」或「己我」的告白。惠特曼的詩變化多端，而他對其他詩人所造成的影響更是情況各異，不管是北美詩人或拉丁美洲詩人都是如此。他對其繼承人最主要的影響幾乎總是隱而不顯的，如艾略特和瓦里斯・史帝文斯都是如此。惠特曼對他們倆和艾茲惹・龐德（不情不願）、哈特・柯瑞恩（情願得多）而言雖然都具有重大的意義，但惠特曼可以說是在拉丁美洲發揮了最深遠的影響力：波赫士、聶魯達、瓦葉侯、帕茲。

波赫士一開始想要當惠特曼第二，後來他雖然改弦易轍，但他繼續追求著對惠特曼的成熟而細膩的理解，他一九六九年的《草葉集》翻譯選集足資佐證。波赫士在一九二〇年代指責拉丁美洲的惠特曼迷搞個人崇拜，波赫士也撻伐《自我之歌》的詩人，他說為事物命名並不足以讓它們以原創物之姿登上愛默生的驚奇之階。波赫士在一九二九年後悔了，不過他把惠特曼變成了另一個和他一樣淡漠超然、簡潔明快的現代主義者。聰慧過人的波赫士很快就在如今收錄於《其他的審問》中的〈華特·惠特曼略說〉("A Note on Whitman") 裡有了另一種更好的詮釋。波赫士在這裡對華特·惠特曼和小華特·惠特曼做了區分，也就是在角色面具和作者本人之間做了很好的劃分：「後者樸實、含蓄、沉默寡言；前者情感橫溢、放浪不羈……比較重要的一點是，我們在《草葉集》裡看到的快樂浪子一個人是寫不出那些詩作的。」

波赫士獻給惠特曼的最佳讚辭出現在一九六八年的訪談：

在我的一生中，惠特曼是讓我印象最深刻的詩人之一。我認為《草葉集》的作者華特·惠特曼先生和《草葉集》的主角華特·惠特曼似乎很容易混淆，而華特·惠特曼給我們的不只是一個意象，更是詩人放大的身形。華特·惠特曼的《草葉集》是一種史詩，其主角是華特・惠特曼——不是正在寫詩的惠特曼，而是他想要當的惠特曼。我說這些當然不是要批評惠特曼；他的作品不應該被當成某個十九世紀人士的告白，而應該被視為描寫一位烏托邦想像人物的史詩，此人或多或少是作家和讀者的放大與投射。還記得作者在《草葉集》裡經常把自己和讀者融合起來，而這顯然來自他的民主理論：單單一個特定的主角可以代表一整個時代。惠特曼的重要性實在無法一語道盡。就算將聖經或布雷克的短詩也納入考慮，惠特曼也擔得起自由詩體開創者的頭銜。他有兩個面向：公的面向——對群眾、大都市、美國瞭然於胸；私的面向，雖然我們不確定這種私密的質素是不是真心誠意的。惠特曼創造出了文學史上最可親、最難忘的人物。此一人物類似唐吉訶德或哈姆雷特，其複雜度比之絕不遜色，而且可能更為可親。

把《草葉集》的主角華特・惠特曼比擬為唐吉訶德或哈姆雷特是既精準且有趣的；惠特曼的確是他所創造的最傑出的（也是唯一的）文學人物。哈姆雷特雖然魅力無限，但卻不怎麼可親；但唐吉訶德是可親的，華特・惠特曼亦然。實際情況比波赫士想像的還要複雜：那位於內戰期間在華盛頓（Washington, D.C.）為傷者與垂死者無私奉獻的無償男護士是誰？裹傷者華特・惠特曼的形象和殉道者亞伯拉罕・林肯一樣令人目眩，而且可能更為可親。輓詩〈當紫丁香最後一次於前庭綻放〉的作者於生命和文學雙方面的奉獻，為他掙得了哀悼林肯的權利。惠特曼最好的詩作裡有他那詭秘與懾人的身影，但也同時形塑出了整個南北美洲的形象，拉丁美洲詩人已證實了這一點。

在這些拉丁美洲詩人當中，一般都認為帕柏羅・聶魯達是最具普遍性的，同時也堪稱是惠特曼真正的傳人。《詩集》的詩人勝過了《草葉集》其他所有的徒子徒孫，對喜愛哈特・柯瑞恩和瓦里斯・史帝文斯的我而言，這實在是有點難堪。我懷疑風格多變、力道十足的聶魯達是否真能和惠特曼或艾蜜利・狄津生一爭高下，但本世紀西半球的詩人無一可與之爭鋒。他那不幸的史達林思想經常像是個贅疣長在他的詩作上，但大體上對《詩集》並未造成太大的傷害。聶魯達與波赫士在他們和惠特曼的關係上可說是哥倆好：起先是亦步亦趨，接著產生反感，最後在對惠特曼的重新評價中達到高潮。聶魯達在一九六六年和羅伯・布萊（Robert Bly）的訪談中將拉丁美洲詩作（他自己和賽薩・瓦葉侯的詩）和現代西班牙詩人的詩作區隔開來，這些西班牙詩人有很多是他的朋友：羅卡、何南德茲（Hernândez）、阿貝提（Alberti）、賽努達（Cernuda）、阿雷山德（Aleixandre）、馬卡多（Machado）。他們背後的西班牙黃金時期傑出巴洛克詩人——考得隆、奎維多（Quevedo, 1580-1645）、宮果拉——已經為所有重要的事物命了名。惠特曼的魅力在於他教導我們如何觀看以前沒有看過的事物，如何去為以前沒有名字的事物命名：

> 南美洲的詩完全是另外一回事。你瞧，我們的國家裡有無名河川、無人知曉的樹

木、無人提過的鳥兒。我們要當超現實主義者比較容易，因為我們所知道的事情都是新的。所以，我們的職責應該是將那些未曾聽聞的事物娓娓道來。在歐洲，一切都已經被描繪過，一切都已經被歌詠過。在美洲則不然。在這方面惠特曼是偉大的導師。因為，惠特曼有什麼本事？他不只是高度自覺，而且還是開了眼的！他擁有可盡覽萬物的巨眼——他教導我們如何觀看。他是我們的詩人。

這似乎是聶魯達理想中的聶魯達，對暗影幽微、迷離飄忽的惠特曼而言則不是很恰當的描述。聶魯達接著說：「他不是那麼簡單——惠特曼——他是一個複雜的人，他最複雜的一面就是他最好的一面。」惠特曼是無比複雜的；聶魯達則不盡然。波赫士和聶魯達彼此看不順眼；充滿人道關懷的波赫士不會去擁抱史達林思想，而共產主義者聶魯達則奚落波赫士不曾活在真實的世界之中，這世界裡有工人、農人、毛澤東、史達林。聶魯達曾遭到波赫士的無情撻伐，在唇槍舌劍的論戰中沒有人會想和波赫士對壘的：

我認為他是個卑鄙小人……他寫了一本有關南美洲暴君的書，也寫了一些批評美國的詩。現在他知道那些全都是垃圾。他對培隆沒有半句批評的話。因為他在布宜諾斯艾利斯有官司要打，我後來才知道這件事，所以他不想給自己找麻煩。當他應該義憤塡膺地振筆高呼時，他卻無一字批評培隆。他的太太是阿根廷人，他知道他有很多朋友被關在牢裡。我國的情況他清楚得很，但他沒有半句批評的話。

那本書就是《詩集》(1950)，安里可・馬里歐・山提（Enrico Mario Santi）說，波赫士寫於一九四五年而於一九四九年出版——比聶魯達百科全書式的史詩早一年——的故事〈第一字母〉彷佛是對聶魯達預先嘲弄了一番，波赫士在一九六七年說出以上那段話時，私底下可能就在想著這個。《詩集》由分成十五個部份的大約三百首獨立詩作組合而成，寫作時間自一九三八年橫跨至一九五〇年。聶魯達和智利共產黨在這本書出版前做了很好的宣傳，波赫士當然知道它葫蘆裡賣的是什麼藥。聶魯達在〈第一字母〉裡成了波赫士的對手卡羅・阿根廷諾・達奈里（Carlos Argentino Daneri）遭受嘲弄，這是一個不可信賴的愚蠢且拙劣的詩人，而且顯然還是個惠特曼模仿者。對聶魯達未完之作的大肆撻伐就這麼巧妙地展開；《詩集》試圖歌詠整個拉丁美洲：地理景觀、花木、鳥獸、土產與外來的惡徒，還有包括帕柏羅・聶魯達、共產黨、偉大的懲罰者史達林在內的英雄。聶魯達似乎頗為贊同史達林的血腥屠殺：「懲罰是必要的。」於是波赫士便事先使上小小的文學懲罰：

我一生中僅有一次機會得以一窺《多福多喜》(*Polyolbion*, 1622) 裡的一萬五千首抑揚格六音步詩作 (alexandrines)，麥可・德雷登 (Michael Drayton, 1563-1631) 在這部地景史詩裡記錄了英格蘭的植物、動物、水文、山嶽、軍事與修院史。不過，我確信這部侷促而龐大的著作還比不上卡羅・阿根廷諾類似規模的作品那麼無聊。達奈里想要把整個星球表面全都寫入詩裡，到了一九四一年，他已經草草收拾了澳大利亞皇后州（State of Queensland）的數畝土地、西伯利亞歐布河（River Ob）幾近一哩的流域、墨西哥維拉科魯州（Veracruz）北部的煤氣廠、智利都市肯賽雄（Concepción）的布宜諾斯艾利斯教區的主要商店、阿根廷首都貝格拉諾區（Belgrano）的瑪利亞那・坎巴賽里斯・德・阿菲爾（Mariana Cambaceres de Alvear）宅邸以及離著名的布萊登（Brighton）水族館不遠的土耳其浴場。他從有關澳大利亞的部分挑了一些冗長曲折的詩句唸給我聽，其間他還對他自創的一個字頗為得意：「天白色（celestewhite）；他覺得這個字眼「真能捕捉到天空的神采，這對南方大陸的地理景致而言是相當重要的質素。」但這些散漫蕪雜、了無生氣的六步格詩句（hexameters）甚至比所謂的「占卜詩」（Augural Canto）還要無趣。到了午夜我就離開了。

《詩集》在最糟糕的時候的確草草收拾了南美洲的草木、鳥獸、河川甚至礦物。波赫士在一九七〇年對〈第一字母〉所做的評註中否認達奈里是一個意圖模仿但丁的詩人（以上所引述的詩作顯然是在嘲諷聶魯達和其他模仿惠特曼的小牌詩人），之前他先為《草葉集》那荷馬式的編目者再度獻上了中肯的讚辭：

我寫這篇故事最主要的問題所在華特．惠特曼已經很成功地解決了——將無限的事物列入有限的目錄中。這工作顯然是不可能的，因為這種沒個準兒的條列行為只能做個大概的樣子而已，每一種明明是偶發的質素，都要透過秘密的關聯或對比與其鄰接物連結起來。

波赫士自己曾簡要地說，第一字母——故事裡帶有猶太神秘哲學氣息的偶像物神或辟邪物——是對應於永恆時間的永恆空間，在這兒，「所有的時間——過去、現在、未來——同時存在著。在第一字母裡，整個宇宙的空間就存在於不過一吋見方的微小發光領域裡。」如果放在《草葉集》和《詩集》旁邊來看，這段話正是《第一字母》的最佳寫照，這篇十五頁的故事可以說是對散漫詩風的批判。我覺得，波赫士不管在智識上或形式上和愛默生都要比他和惠特曼契合得多。

惠特曼貫穿了聶魯達詩裡的語氣與情調

惠特曼是聶魯達理想中的父親，他取代了聶魯達的生父——鐵路工人尤賽．德．卡門．瑞耶（José del Carmen Reyes）。「帕柏羅．聶魯達」是個筆名，比起從小華特．惠特曼簡略而成的「華特．惠特曼」變化幅度要大一些。惠特曼要在他知道老華特．惠特曼——他那身兼酒鬼、貴格教徒、木匠的父親——已不久人世之後才能動手寫《草葉集》，同樣地，聶魯達也要在失去了「我那交遊廣闊，酒杯總是滿滿的可憐而辛苦的父親」之後才能開始寫《詩集》。詩人理想中的父親最容易遭到誤解，而聶魯達則可能是太了解惠特曼了。聶魯達對惠特曼的創造性誤讀是高度自覺的，正如多里思・桑摩（Doris Sommer）所說的：聶魯達試圖「回復以前那些不曾讓讀者感覺到一絲絲平等的希望而且惠特曼已在其詩集的序言中予以拒斥的典型，好藉此摧毀他的老師。」這番話可能說得沒錯，但聶魯達確實擁有足以和惠特曼相提並論的特質。

所有人都同意，《詩集》的第二個部分、由十二首崇偉詠歌所組成的〈馬丘・皮丘之巔〉（"The Heights of Macchu Picchu"）是全書精華所在。在曾是印加帝國（Incan Empire）國都的秘魯城市庫茲可（Cuzco）八十哩之外，有一荒城座落於安地斯山脈（Andes）的馬丘・皮丘之巔。聶魯達在墨西哥城（Mexico City）當了三年的智利總領事，於一九四三年秋天回國時途經秘魯，並登上了馬丘・皮丘之巔。兩年後他寫出了〈馬丘・皮丘之巔〉。對西班牙語詩作不太熟悉的讀者而言，約翰・佛斯汀納（John Felstiner）的精彩譯本可能是時下最好的聶魯達入門作品。

佛斯汀納認為惠特曼貫穿了聶魯達詩裡的語氣與情調：「懇切的同胞情誼，認同物質與感官，意識到共同的生命與勞動，放開胸懷眺望人類遠景，詩人並自告奮勇當一個救贖者。」最後一點特別重要，在聶魯達身上也特別麻煩，因為惠特曼那愛默生式的靈知和聶魯達那摩尼教派式的共產主義是很不一樣的。如果把〈馬丘・皮丘之巔〉和《自我之歌》的結尾放在一起來看，兩位詩人的精粹便展露於斯，而且聶魯達是討不到什麼便宜的：

（把什麼都告訴我，一串一串，
一環一環，一步一步，
磨磨你帶在身上的小刀，
將它們刺入我的胸膛和我的手
就像一條閃著刺眼黃光的河流，
就像一條埋葬美洲虎的河流，
讓我哭泣，時時，天天，年年，
盲目的歲月，星光的世紀，
給我靜默、水、希望。
給我掙扎、鐵、火山。
像磁鐵一樣吸住我的身體。
快快來我的血管來我的嘴裡。
藉由我的話語和我的血液開口說話。）

我像風一樣走了……我向疾奔的太陽甩動我的白髮，
我的肌肉如漩渦般流轉，如鋸齒花邊般飄蕩。

我把自己遺留給泥土以便長成我喜愛的小草，
如果你還需要我，找找你的靴子底下吧。

你不會知道我是誰或我說了什麼，
但我仍有益於你的健康，
能過濾並活化你的血液。

一開始抓不住我請別灰心，
於某處錯過我請往別處找尋，
我就在某個地方等著你。

兩位詩人都是向群眾喊話，聶魯達的隱喻混合了高度巴洛克風格的奎維多和魔幻寫實主義或超現實主義：閃著刺眼黃光的河流、埋葬美洲虎、活化已死工人的「掙扎、鐵、火山」，而這些工人接著便吸住了聶魯達的語言和慾望。這份情調既合理又實在，但比起惠特曼所呈現的溫婉權威則比較缺乏說服力，後者所展露的乃是無比的耐性與包容。聶魯達懷有某種遲來晚到的焦慮，即使在他堂皇地激勵已死的勞工們藉由他的話語和他的血液開口說話時也不例外。惠特曼則問我們在他離開以前想不想說話，問我們會不會因為動作太慢而趕不上，雖然他總是等著我們。聶魯達在〈人民〉("The People")一詩的結尾也學到了惠特曼的教誨，此實為《自我之歌》最後兩組三聯句的絕妙續篇（Alastair Reid英譯）：

（因此別驚擾了任何人，當
我像是獨自一人又非獨自一人的時候；
我不是沒人陪，我為所有人說話。

有人不自覺地聽我講話，
而那些我所歌詠的、那些知道的，
仍不斷出生，且將充滿整個世界。）

曾翻譯惠特曼詩作的聶魯達顯然在此影射了惠特曼，使得父與子的融合幾近完滿，至少在這時候是如此。抗拒波赫士的墨西哥詩人兼批評家歐可塔維歐·帕茲在《弓與琴》（*The Bow and the Lyre*）末尾的附錄裡，試圖融合公開與私密的惠特曼，聶魯達似乎也頗有同感：

華特·惠特曼是唯一不曾與周遭世界格格不入的傑出現代詩人。他甚至不知孤寂是什麼滋味；他的獨白是一曲大合唱。無疑地，在他身上至少有兩個人：公開的詩人和私密的人，後者隱藏了他真正的情慾傾向。然而，他的面具——民主詩人——不僅僅是面具而已：那是他的真實面貌。撇開最近的一些解釋不談，我們可以說詩的夢想和歷史夢想在他身上是完全契合的。他的信念與社會現實之間沒有一點距離。這一點比任何心理情境都要高上一級，我的意思是更寬廣、更重要。如今，在現代世界裡，惠特曼詩作的奇異特質只能藉由圍繞著它的另一種更奇異的特質來闡明：美洲的奇異特質。(Ruth L. C. Simms英譯)

這是一個精彩但錯誤的論點。它不只誤解了波赫士（最近的一些解釋），也低估了惠特曼詩作的複雜性。「真正的情慾傾向」和「心理情境」都無關緊要；重要的是惠特曼自己的心靈圖式，他在此一圖像裡陳列出彼此各不相同的兩個對立的自我和一個靈魂。惠特曼的真實面貌既不是民主也不屬菁英；它是神秘奇奧的，聶魯達想必也明白這一點。拉丁美洲的惠特曼之所以會成為閱讀上的一個如此令人迷惘的問題，或許是因為相關的重要人物——波赫士、聶魯達、帕茲、瓦葉侯——讀《自我之歌》和《海上漂流》輓詩都讀得不夠仔細的緣故。

裴索的異名係源自對《草葉集》的浸淫

在拉丁美洲詩人之外，葡萄牙詩人佛南多・裴索（1888-1935）是很令人稱奇的，他本身就是一篇奇幻的創作，而且比波赫士的所有創作都來得精彩。裴索生於里斯本（Lisbon），承繼了父方改宗猶太人的血統，在南非（South Africa）受教育，和波赫士一樣在雙語的環境中長大，二十一歲之前僅以英文寫詩。裴索詩名可與哈特・柯瑞恩媲美，倆人風格極為類似，特別是裴索的《曼沙真》（*Mensagem*［「訊息」或「召喚」］）這一系列以葡萄牙歷史為主題的詩作和柯瑞恩的《橋》非常近似。雖然裴索寫了不少精彩的抒情詩，但這不過是他的一部分成就而已；他也創造了一系列另類詩人——阿貝托・凱羅（Alberto Caeiro）、阿法羅・德・坎波（Alvaro de Campos）、里卡多・萊斯（Ricardo Reis）等等——並且為他們或化身為他們寫下了整本詩集。其中的凱羅和坎波詩才煥發，倆人詩風迥異，和裴索也大相逕庭，與萊斯這位有趣的小詩人更是大異其趣。

裴索不是瘋子，也不僅僅是一個譏諷家而已；他是惠特曼再世，而這位惠特曼為「自我」、「真我」或「己我」、「我的靈魂」分別取了不同的名字；他為這三人各自寫下了美妙的詩集，還以華特・惠特曼之名另外寫了一本。這絕非巧合，因為「異名」（heteronyms［裴索自己的用語］）的出現係源自對《草葉集》的浸淫。華特・惠特曼，一個美國人，一個草莽人物，此一《自我之歌》的「自我」搖身一變成為阿法羅・德・坎波，葡萄牙的一位猶太船舶工程師。「真我」或「己我」成為田園「牧羊人」阿貝托・凱羅，惠特曼的靈魂則成了里卡多・萊斯，一個寫侯瑞西式頌詩的享樂物質主義者。

裴索的這三個詩人不僅有自己的生平經歷，連五官特徵都一應俱全；裴索讓這三個人擁有獨立於他的存在，他甚至跟著坎波和萊斯直呼凱羅為「師父」或詩壇前輩。裴索、坎波、萊斯全都受到凱羅而非惠特曼的影響，凱羅則未受到任何人的影響，他是一位「純粹」或自然的詩人，幾乎沒受過教育，於二十六歲之典型浪漫年紀死去。裴索的擁戴者歐可塔維歐・帕茲精要地描述了這位四合一的詩人：「萊斯、坎波和裴索自己繞著凱羅這顆太陽的軌道運轉著。其中各自有否定或非現實的成分。萊斯相信形式，坎波相信感覺，裴索相信符號。凱羅什麼都不相信。他存在著。」

已成為裴索正典評論家的葡萄牙學者馬莉亞・艾林・拉馬侯・德・蘇薩・山托斯（Maria Irene Ramalho de Sousa Santos）如此詮釋裴索的異名：「這不僅是對惠特曼的詩，也是對惠特曼的性傾向與政治觀的解讀，其中一半是出於和惠特曼的共謀，一半是出於對惠特曼的厭惡。」裴索昭然若揭的同性情慾表現為坎波狂暴的自虐，這絕非惠特曼的風格；《草葉集》的民主意識形態也難見容於擁護君王體制的葡萄牙先知。

雖然拉馬侯・德・蘇薩・山托斯試圖閃避裴索面對惠特曼時所承受的漬染之苦，然而影響的焦慮可不是說躲開就能躲開的。裴索——坎波就像《美國古典文學研究》（*Studies in*

Classic American Literature）裡的勞倫斯一樣，對惠特曼擁抱全宇宙與其中每一個人的野心表現出了巨大的矛盾情結；然而裴索似乎比他那些理想化的評論者清楚得多：雖然他創造出了神奇的異名，想要將其詩的自我和惠特曼分開終究是不可能的。拉馬侯・德・蘇薩・山托斯在試圖以女性主義的模式避談影響的重擔之後，也不免要回到時間聯結的殘酷事實、回到詩的家庭羅曼史：

裴索從隱含於惠特曼作品中自我和己我之間的對話，形塑出兩個涇渭分明的聲音意象。惠特曼稍早曾藉由一份連結性的有機意識將這兩種聲音合為一體。半世紀之後的裴索浸淫於當代思想潮流之中，對尼采、馬里內提（Marinetti, 1876–1944，按：未來主義創導者）尤其是他曾翻譯其部分作品的佩特耳熟能詳；如果要以惠特曼的方式呈現那份自我，他就必須在技術上和哲學立場上尋找新的策略方能有成。裴索在《草葉集》特別是《自我之歌》裡察覺到兩個隱隱相抗衡的自我，這讓他學到了如何將單一意識的變遷流動嵌入詩中，如何在兩種面對生命的基本姿態之間來回奔走。凱羅和坎波共同唱出了新的《自我之歌》二重奏，獨唱者的主聲總是籠罩在另一個聲音的飄忽迷離之中。將一個角色視作另一角色的必要成分為異名提供了新的詮釋。

根據我所贊同的這份觀點來看，裴索已然接受了他在詩學影響這齣戲碼裡所扮演的角色，但他進一步在意識上將他對惠特曼的解讀予以延展，方法便是藉由兩位虛構詩人的彼此互動把前輩的精神圖樣具體描繪出來。我將先就此觀點解讀凱羅與坎波的詩作，接著我會再跳回到聶魯達，其詩風之繁複多變誠乃批評界的一大盛事。當里卡多・奈弗塔利・瑞耶（Ricardo Neftalí Reyes）取了帕柏羅・聶魯達這個假名並認華特・惠特曼為養父時，他便是遵循裴索的異名原則踏出了第一步。無論《詩集》日後是否如其若干擁戴者所預言的即將取代《草葉集》成為最具代表性的美洲之歌，聶魯達仍有許許多多不同於他那百科全書式史詩的詩作。其詩人生涯的繁複多樣實有惠特曼之風，只見各個差異極大的聶魯達自我在詩裡翩然現身，正如凱羅和坎波雖然變化無窮，卻一直是惠特曼式的自我。凱羅就像惠特曼的「真我」一樣，同時在賽事之內與之外，觀看並感到驚奇：

如此這般，
如果情況允許，
有時或可說出心裡的話，
不然便說得亂無章法，
我一直不情願地寫著詩，
彷彿寫作稱不上是某種姿態，

彷彿寫作於我
就如同外頭的太陽光照在我身上。

我試著說出我的感覺
而不去思索我的感覺。
我試著嵌入和思想契合的字句
而不沿著思想的迴廊
搜尋字句。

我不是一直都能感覺到我知道我應該感覺到的東西。
我的思緒在河裡游得慢吞吞的，
拖著一身人們要它穿上的笨重衣服。

我試著拋開我所學的，
我試著忘掉他們教我的記憶模式，
拭去他們塗在我的感官上的墨水，
取出我真實的情感，

將我自己解開，做我自己，而非阿貝托・凱羅，
這不過是一隻大自然所出產的人類動物。(Edwin Honig與Susan Brown英譯)

惠特曼的真我並非《草葉集》的作者，此一真我在《自我之歌》裡遭到自慰式的強暴後，於〈我與生命之海一同退潮〉之中嘲弄草莽華特。裴索的直覺告訴他，惠特曼的己我會寫出什麼樣的詩來：不自主的，人類動物或自然人的表白，將所學、記憶、過去的感官印象盡皆拋開。會有這種詩嗎？答案當然是否定的，而裴索顯然也心知肚明；然而，凱羅正是想要寫出不可能的詩篇，他的嘗試遂成為精彩傑作。桀驁不馴的坎波則剛好站在另一頭，這是大肆讚頌自己的神魔般的草莽華特，且聽聽他的狂想曲〈向華特・惠特曼致意〉("Salutation to Walt Whitman")：

無窮無盡的葡萄牙，六月十一日，一九一五年……
嘿喂喂喂！
從葡萄牙這裡，腦海裡裝載著所有過往的歲月，
我向你致意，華特，我向你致意，我宇宙裡的兄弟，
我戴著單片眼鏡，穿著緊緊扣住的大禮服，
我配得上你，華特，你是知道的，

我配得上你，光是我的問候就足以證明這一點……
我是如此懶散，如此容易厭倦，
我和你一道，你是知道的，我了解你、愛你，
雖然在你去世那一年出生的我與你緣慳一面，
我知道你也愛我，你認識我，我很高興。
我知道你認識我、看重我、瞭解我，
我知道這就是我，無論是在我出生十年前的布魯克林渡口，
或是沿著烏洛街（Rua do Ouro）閒逛心裡想著和烏洛街無關的所有事情，
正如你無所不感，我也一樣無所不感，於是我們在這兒緊握著手，
緊握著手，華特，緊握著手，整個宇宙在我們的靈魂之中跳舞。

噢詠讚絕對實體的歌手，總是那麼摩登與恆久，
紛飛世界的火樣情婦，
掠過萬丈紅塵的偉大雞姦者，
在岩石、樹木、眾人和他們的買賣之間騷勁十足，
渴望匆匆過客，渴望萍水相逢，渴望驚鴻一瞥，
我那渴盼萬事萬物內裡乾坤的狂熱份子，

我那疾疾穿越死亡的大英雄，
狂吼，尖叫，厲聲問候上帝！
詠讚仁胞物與那狂放溫婉情誼的歌手，
偉大時髦的民主人士，全心全意隨侍守候，
一舉一動如嘉年華會，一思一念如狂歡酒宴，
每一次突發衝動如孿生兄弟，
瓊-賈可．盧梭身處不顧一切打造器械的世界，
荷馬身處震顫肉慾之迷離飄忽，
莎士比亞擁有彷彿蒸汽驅動的感受力，
米爾頓——雪萊身處未來電力世紀的開端！
千姿百態的夢中色魔，
滲入一切物質動能的抽搐，
整個宇宙的支撐者，
各個太陽系的淫婦……（Honig與Brown英譯）

這首一九一五年的幻想曲延續了兩百多行，另外兩首更長的惠特曼風格狂飆姐妹作是

〈詠詩〉和三十頁的《海之詠》(*Maritime Ode*)，後者是坎波的傑作，也是本世紀的主要詩篇之一。除了聶魯達的《居留世間》(*Residence on Earth*) 和《詩集》裡最好的詩作之外，沒有任何一部惠特曼風格的作品可以和《海之詠》的狂放激越相比擬。

菲德里可．加西亞．羅卡十五年後（一九三〇年，哈特．柯瑞恩的《橋》於是年出版）也以《紐約詩人》(*Poet in New York*) 這部難望坎波項背的超現實作品當中的〈詠華特．惠特曼〉("Ode to Walt Whitman") 向惠特曼致意，但羅卡和裴索不同，他認識的是二手惠特曼，在他的想像裡，惠特曼是一個「鬍鬚滿是蝴蝶」的「可愛老頭」；浸淫於惠特曼且為他所激發的裴索──坎波運用變成華特．惠特曼此一波赫士式的策略（在波赫士之前）來為自己的文學生命奮力一博，如同波赫士的皮耶．摩納為了篡奪《唐吉訶德》作者的地位而變成賽萬提斯一般。

聶魯達是一個自陷己身的惠特曼

聶魯達至少在他那惠特曼風格的詩作裡已經了解到，《草葉集》的詩人飄忽、羞赧、敏感、形貌千變萬化。法蘭克．曼查卡 (Frank Menchaca) 指出，「聶魯達想必也已經了解，惠特曼詩作裡那號稱隨處可得的自我，事實上是到處都不可得的。」在惠特曼和聶魯達的詩作裡，這「到處」或許也包括死亡在內，但死亡仍是裹傷者惠特曼於其中迴旋不去的聶聶魯達作品所呈顯的主題之一。聶魯達在他早期最好的詩作《居留世間》裡，就像自比為海上漂流物的悲情惠特曼一樣面對著蒼涼荒漠。聶魯達說「這是沒有出口的詩」，同時強調，他是藉著代表西班牙內戰裡大限不遠的共和派從事活動才免於絕望喪志的。在現代的評論學者當中，里歐·史比策是少數幾位重量級人物之一，他說《居留世間》是「混亂的條列」；想必是惠特曼的陰暗面失去了控制，惠特曼的創作過程在這裡只剩下史比策所說的「解體行為」，也或許是惠特曼正與生命之海一同退潮。

套句裴索的異名說法，《居留世間》的作者是深鎖於坎波體內的凱羅，一個自陷己身的惠特曼。沒有出口的〈四處走走〉（"Walking Around"）一詩的結尾或許是最好的例子，以下是W. S. Merwin的精彩英譯：

於是星期一如油脂般燃燒
只因見我繃著臉到來，
它總像破輪子一樣吱吱叫，
如滾燙的血液一般走向夜色。

它把我擠進某些個角落，擠進某些個潮濕的屋子，
擠進骨頭伸出窗外的醫院，

擠進某些個散發醋味的補鞋匠的船艙，
擠進像嚇人的裂口一樣的街道。

有一些硫磺色的鳥兒，有可怕的腸子
從我厭惡的屋子的門上垂掛下來，
咖啡壺裡有幾副被遺忘的牙齒，
有鏡子
想必已流下羞愧和顫慄的眼淚的鏡子，
到處都有雨傘、毒物、肚臍。

我大步走著，平靜地、張著眼、穿著鞋、
怒氣騰騰、腦袋一片空白，
我走過，我穿越辦公室和堆滿整形器材的商店，
以及懸掛著鐵絲上晾曬的衣服的庭院：
內褲、毛巾、襯衫緩緩流下
骯髒的淚水。

《詩集》當中最出色的詩篇，是矯治聶魯達這種自毀式惠特曼情調的靈藥。羅柏托・宮札列茲・艾旦瓦里亞稱《詩集》為「背叛詩學」，它陰鬱地預言了聶魯達於一九七三年九月二十三日一命歸西的恐怖氛圍，十二天之前他的朋友薩爾瓦多・阿言德總統（President Salvador Allende）已遭智利軍方狙殺，並由此啟動了一場大屠殺。背叛並不是惠特曼的關懷重點；如今一切都已政治化，惠特曼的政治動向在此一評論界的惡劣時節裡受到了過份的強調。然而，不管是西班牙共和派還是智利遭到了軍方的背叛，對聶魯達而言，背叛都是個文學式的解脫，把他從惠特曼陰暗的那一面解放出來，因為他不像惠特曼擁有一份不可思議的能力，可以隨時讓自己光芒萬丈地日出東方。惠特曼對波赫士、聶魯達、帕茲以及其他許多作家所造成的影響為我們上的最要緊的一課是，只有如裴索一般桀驁不馴的原創性，才有可能在包納這份影響的同時不致對詩的自我構成危害。

22 貝克特……喬哀思……普魯斯特……莎士比亞

Beckett… Joyce… Proust… Shakespeare

貝克特始終把喬哀思當作第二個父親

理查・艾爾曼在他那權威的傳記《詹姆斯・喬哀思》裡說了一個有關喬哀思與貝克特倆人友誼的可愛小故事，當時他們分別是五十歲和二十六歲：

貝克特熱衷靜默，喬哀思亦然；他們的談話裡經常有很多為對方而發的靜默，倆人皆沉緬於哀傷之中，貝克特主要是對這世界，喬哀思主要是對他自己。喬哀思以他一貫的姿勢坐著，雙腿交疊，上面那隻腳的腳趾在下面那隻腳的腳背底下；同樣高高瘦瘦的貝克特也是一樣的坐姿。喬哀思會突然提出這樣的問題：「理想主義者休姆（Hume）會寫出什麼樣的歷史呢？」貝克特答道：「象徵呈現的歷史

(History of Representation)。」

艾爾曼引述的是一九五三年和貝克特的一次訪談，當時這個小故事發生已經有二十多年了，但貝克特可是記得清楚得很。喬哀思於一九四一年去世，活了不到六十歲；貝克特死於一九八九年，享年八十三歲。貝克特一直愛著喬哀思，把他當作第二個父親，以其忠實門徒之姿跨出了作家生涯的第一步。在貝克特所有的作品當中，我最喜歡的是《墨菲》，這是他首次出版的小說，寫於一九三五年，直到一九三八年才出版；然而這本書就像安東尼·柏吉斯的每一部小說一樣，具有濃濃的喬哀思風情，而且顯然和寫出三部曲(《莫洛伊》、《馬龍死了》，《無名者》)、《真相大白》、重要劇作(《等待果陀》，《終局》)、《克拉普的最後一卷錄音帶》)的成熟的貝克特大不相同。我將以《墨菲》為討論的起點，一部分是因為它讓我打從心底喜歡，一部分是為了要看看貝克特的典型喬哀思風情。喬哀思自己也很喜歡《墨菲》，他甚至可以背出墨菲的骨灰最後是怎麼被處理掉的：

幾個小時以後庫柏(Cooper)掏出了骨灰包，傍晚時他為了安全起見將它收到了口袋裡；接著憤怒地把它擲向一個讓他十分火大的人。它碰在牆壁上破了口，然後掉到地板上，就在那裡成了大夥兒啐、推、磨、踢、射、頂的目標。到了歇業時間，墨菲的身、心、靈已四下散佈於酒吧的地板上；在另一個黎明來臨之前就已經和塵土、啤酒、煙頭、玻璃、火柴、唾沫、嘔吐物被一起掃掉了。

此一提及「身、心、靈」的小小聳動場面，讓我們想起了六頁之前由墨菲唸出的遺囑：

> 關於如何處理我的身、心、靈的問題，我希望把它們燒成灰燼，裝入紙袋後帶到都柏林艾比街（Lr. Abbey Street）上的艾比劇院，接著立刻進到大好人柴斯特菲德伯爵（Lord Chesterfield）所說的方便小屋裡，它們曾在此消磨了最快樂的時光，就在走下底層座位時的右手邊，我希望能拉下鏈子把它們沖走，如果可能的話最好是在某齣戲劇上演的時候，整個執行過程不得有任何禮節或悲傷的表示。

《墨菲》裡負向性的高昂興致是無窮無盡的。此書之美在於其語言的飽滿華麗：它是山謬·貝克特的《空愛一場》。這部作品不太像是貝克特寫的，部分原因是它實在太類似喬哀思的手筆，另外也因為在貝克特的重要作品當中，只有它和狄更斯、福樓拜、喬哀思早期的小說一樣屬於象徵呈現的歷史，而不是像哈伯來、賽萬提斯、史坦那樣顛仆跌宕的「解析」形式（anatomy，諾斯洛普·孚萊喜用的字眼）。《墨菲》的敘述極為連貫，而當我最喜歡的兩個人物，亦即都柏林的畢達哥拉斯（Pythagoras）數學門生尼里（Neary）和威里（Wylie）現身時——有時還有「康尼罕小姐（Miss Counihan）的油熱屁股」作陪——貝克特給我們的活力與勁道十足的對話，此後便成為絕響：

「坐下，你們兩個，在我面前坐好，」尼里說，「別喪氣。要記住，任何一個不管多麼鈍的三角形，都會有某個圓弧劃過它那可悲的頂點。也請記住，有一個小偷得救了。」

「我們的中線，」威里說，「或者是什麼亂七八糟的東西在墨菲身上交會。」

「在我們之外，」尼里說。「在我們之外。」

「在外頭，」康尼罕小姐說。

輪到威里說話了，但是他不知道要說什麼。他一察覺到他没辦法及時為自己打圓場時，他立刻裝出一副悠哉悠哉的樣子，好像他正在等著發言似的。最後尼里冷冷地說：

「該你了，跳針先生。」

「等女士說完最後一個字嘛！」威里叫道。「這樣又得麻煩女士另外找一個字來說了！真是的，尼里！」

「不麻煩，」康尼罕小姐說。

現在每一個人都可以說話了。

「很好，」尼里說。「以下是我真正的想法。讓我們的談話不要再循現實或文學上的先例，每個人都盡其所能且盡其所知地講出事實。我要你們先聲奪人——若非奪人言語——就是這個意思。現在我們三個該分手了。」

貝克特很喜歡聖奧古斯汀的一則雋永短語，尼里只說出了語氣樂觀的前半部：「別喪氣——有一個小偷得救了；別亂來——有一個小偷下了地獄。」貝克特曾說，「我對思想的形態很感興趣，即使我並不相信這些思想：這句話的形態棒極了。重要的是形態。」在可追溯至奧古斯汀的基督新教裡，神的寬恕具有矛盾與專斷的形態；而堅定的無信仰者貝克特從小接受的正是愛爾蘭新教徒的教育。欣然無所信仰的《墨菲》是貝克特所寫的最純粹的喜劇。較陰鬱的言外之意無所不在，但連綿不絕的活潑氣韻更擅勝場。喬哀思在這整本書裡面，被其他唯一曾對貝克特的小說造成影響的作者調和著：風格迥異的普魯斯特，貝克特曾於一九三一年出版了一本談論他的精闢小書。其中的高潮是一份或許只有喬哀思的門徒才會有的普魯斯特印象：

對普魯斯特而言，語言特質比任何倫理或美學體系都來得重要。他從來不想把形式和內容分隔開來。一方是另一方的具體呈現，整個世界因而顯露。普魯斯特的世界由藝師以隱喻象徵的手法表現出來，因為藝術家是以隱喻象徵的方法來理解這個世界的：間接、相對地表達出間接、相對的感知。

如果把「普魯斯特」換成「喬哀思」或「貝克特」，這段話還是一樣有效。貝克特在《普魯斯特》一開始便提起「我們那附庸風雅的生存意志」，並且和普魯斯特一樣對這份意志進行叔本華式的抗拒。他的作家信條來自這篇專題論文裡的兩句清楚明確的話，這兩句話在喬哀思和普魯斯特之間搭起了一座橋：

> 唯一有成果的鑽研是挖掘式的、沉浸式的，是心神的收縮，是一種沉降。藝術家積極主動，但這是負向式的積極主動，從外圍現象的虛空中縮回，任自己被捲入漩渦的中心。

此一陷入自我深淵的沉降比較像是貝克特三部曲的藝術，而比較不像《芬尼根守靈》或《追尋逝去的時光》的調調。除了一份依戀之外，喬哀思最吸引貝克特的地方在於他那永不衰竭的驚人掌控能力。貝克特眼中的喬哀思從來不曾受制於那些經過他的轉化而成為《尤利西斯》和《芬尼根守靈》的文學題材。貝克特的普魯斯特則是一個作風迥異的詩父，他勇氣十足地讓自己被題材所犧牲與囚禁，同時懷著一份浪漫派的焦慮來看待這些題材。喬哀思的名字不曾出現在貝克特的這篇論文裡，但他那古典藝術家的身影和浪漫派的普魯斯特（及貝克特）是相對立的，後者在他們身處的時間裡寫作，喬哀思則不然：

古典藝術家無所不知，無所不能。他一手把自己提昇到時間之外，好讓他的時間順序得以清晰顯現，也讓他的發展有因果關係可循。普魯斯特的時間順序非常難以捉摸，各個事件的連結常是唐突與跳躍的；他的人物與主題看來雖然像是呼應著一種幾近瘋狂的內在需求，其形態與風貌卻流露出如杜斯托也夫斯基一般對眾事物之間凡常鄙俗之繫結的輕蔑。

這段話拿來形容《墨菲》比形容《追尋逝去的時光》要恰當一些，同時也已經在為三部曲暖身。「喬哀思知道得愈多，他就愈有辦法」；另一種方式則是「謹守無能與無知」。我們應該把這些話當成是某些尖厲無比的意識狀態的隱喻，《等待果陀》、三部曲、精彩的《終局》、還有聳動的《真相大白》都是從這些個意識狀態衍生出來的。如果說這些狀態基本上是各種不同程度的感知意識——彷彿那是意識的意識——我是很懷疑的，此乃休・肯納後笛卡兒式的寓言神話；肯納眼中的貝克特本是最後一位典型的現代主義者，為龐德、艾略特、喬哀思（和溫漢・路易斯〔Wyndham Lewis, 1884-1957, 按：英國畫家、作家〕！）做了滑稽的收場白，因此也是西方遭受啟蒙風潮襲捲摧殘的最後一個見證人。

哈姆雷特貫穿了貝克特的正典劇作《終局》

貝克特感受到我們的悽惶不安，這份感受比較像是後新教式的識見，源頭是叔本華而非笛卡兒。在貝克特的視見中，自我意識是生命漩渦的一部分，但只是那咄咄逼人的生存意志的另一種副產品而已。叔本華對超越享樂原則的驅力情有獨鍾，談起來口若懸河、滔滔不絕，但他和後來的弗洛依德一樣只是老調重彈而已。生存意志的主人包括了孚斯塔夫和馬克白，或者應該說孚斯塔夫是主人，馬克白則是這份意志底下的犧牲者。在貝克特心中盤桓不去的哈姆雷特——雖然貝克特比較喜歡哈辛——既是主人也是犧牲者，並以此姿態貫穿了貝克特的正典劇作《終局》。貝克特的哈姆雷特走的是法國模式，在這種模式之下，過多的意識思量抵銷了行動，這和莎士比亞的哈姆雷特是有點距離的。艾略特想必會對法國的哈姆雷特比較有好感，他說：「拉佛格（Laforgue, 1860-87）的哈姆雷特是個小伙子；莎士比亞的哈姆雷特則否，他沒有那種說詞與藉口。」貝克特的哈姆和拉佛格的哈姆雷特一樣是一個倏地鼓脹成墮落天神或假造物主的小伙子。但自我意識並不構成哈姆的負荷；生存意志以一種可怕的衰敗樣貌在他身上揮之不去。如果你是一個藝術家，你將感覺到生存意志正一點一滴奇異地增強，原本是渴望被認可，最後是渴望永生不朽。貝克特這個大作家看來是一個正直的大好人，而且比其他許多大作家都更宅心仁厚：極富同情心，非常仁慈，雖然也非常退縮。但身為一個作家，每一個作家的痛楚就是他的痛楚；愈有實力的作家其痛楚也愈強烈，而貝克特正是一位實力堅強的作家，比波赫士或品瓊更稱得上是（迄今為止）最後一位無可撼動的正典作者。

貝克特後來改變了創作模式，新的方法是先以法文寫作然後再自行譯回英文，從此之後他的風格不再受制於喬哀思，普魯斯特的想像也不再干擾他，雖然他們都是從叔本華那裡一路走來的。貝克特的《終局》或《真相大白》不會讓任何人覺得缺乏疏異性和原創性。他對品特（Pinter, b. 1930）和湯姆・史達波（Tom Stoppard, b. 1937）的劇作產生了巨大的影響；他的小說似乎是個終點站：他的那種文體沒有人能夠再進一步予以延伸或發展。《終局》很可能是西方正典最後一個重要時期的終局，我們將不安地等待著果陀、等待著新神制時期的假造物主，而貝克特和我們可都是老大不情願的。那一大群瞎起鬨的文化研究者會如何看待《終局》或《真相大白》呢？恐怕是把它們和《追尋逝去的時光》、《芬尼根守靈》及卡夫卡一起歸為舊日時光的首惡份子和唯美主義者的失樂園吧！貝克特和喬哀思的讀者都要認得但丁、莎士比亞、福樓拜、葉慈以及其他所有永生不死的死男死女——借用柯立芝對莎士比亞的讚美。劇場有它自己的傳統與承續，戲劇家貝克特將在劇場內和莎士比亞、莫里哀、哈辛、易卜生一樣長命。小說家貝克特則將和他的前輩喬哀思、普魯斯特一樣逐漸式微，因為新的神棍們將會推出他們那看似文學的多元文化非正典。《馬龍死了》或《真相大白》一旦碰上了艾莉斯・渦可的《馬莉迪恩》或其他所有立場正確的作品哪還會有什麼機會?高唱輓歌的我是很識趣也很實際的，《等待果陀》、《終局》、《克拉普的最後一卷錄音帶》等貝克特未來正典地位所繫的劇作，因此將是我討論的重心，貝克特晚期的非戲劇作品只好忍痛割捨了。

貝克特的主角們雖然各自展現出了迥然不同的風情，有一種特性倒是幾乎每一個人都有的：在注定要不斷演說同一個故事的宿命中一再自我重複。他們所步上的是流浪猶太人、柯立芝的老船員 (Ancient Mariner)、華格納的鬼船長 (Flying Dutchman)、卡夫卡的獵人葛拉丘的後塵。悲喜劇是貝克特的文類 (《等待果陀》是最好的例子)；除了《終局》以外，無論情感氛圍多麼陰鬱皆無法將之歸類為悲劇。好好執導與演出的《等待果陀》並不全然是一場喧囂嬉鬧之劇；我總是企盼能再看一場《等待果陀》的演出，而成就較高、較狂烈的《終局》即使演得再好也教我躊躇卻步。哈姆是《終局》裡暴躁易怒的哈姆雷特，這位仁兄可以說是一個不折不扣的唯我主義者，貝克特在劇中強大的表現力實令人難以消受。《果陀》長久以來一直很受歡迎，這和果果 (Gogo)、迪迪 (Didi) 這兩個小丑的朦朧想望多少有點關係。不過，這齣戲雖然比《終局》要溫和一些，天啟的意味也沒那麼濃烈，但它最終的意涵較諸易卜生晚期的劇作實在快活不到哪裡去。當你在等待果陀時，你所等待的大概就是死者醒來的時候。

《終局》的出發點是莎士比亞，它以《哈姆雷特》為本添加了若干的《李爾》、《暴風雨》、《李查三世》和《馬克白》；而正如每一個批評家都注意到的，《等待果陀》的源頭是雜耍、模仿滑稽劇、馬戲、雜技場、無聲電影喜劇以及這些劇種的共同起源：中古時代及其後的鬧劇。《果陀》是那麼古意盎然，而《終局》則是皇皇預示著未來：舊的神制時期碰上了正向我們疾疾奔來的新神制時期。每一個批評家也都同意，新教聖經糾纏著《果陀》：該隱（Cain）和基督就在近旁徘徊，但果陀不是上帝，可怕的波左（Pozzo）也不是。他的名字是隨便取的，沒有任何意義，不管它是從巴爾札克（貝克特很討厭他）那裡或貝克特自己的現實生活裡找來的都是一樣。至於基督教和《等待果陀》的關係，貝克特可是說得斬釘截鐵：「基督教是我極為熟悉的神話，因此我會加以運用。但這齣戲可不然。」貝克特和喬哀思都對基督教和愛爾蘭沒有好感，記住這一點絕對是很有用的。倆人都選擇了不信，也都選擇了巴黎，而貝克特對愛爾蘭為什麼出了那麼多重要的現代作家的回答是，一個飽受英國人和神職人員騷擾的國家不得不發聲為歌。拯救對貝克特而言是不存在的選項，對福拉迪米（Vladimir，按：即迪迪）和艾茲拉果恩（Estragon，按：即果果）來講也是不可得的。這是一部最不具奧古斯汀之風的劇作，雖然它是有關兩個小偷的寓言。

《終局》比《等待果陀》更經得起時間考驗

貝克特很擔心《等待果陀》會經不起時間的沖刷。還記得一九五六年我在紐約城第一次觀賞此劇的演出，柏特・拉爾（Bert Lahr）飾艾茲拉果恩，馬雪（E. G. Marshall）飾福拉迪米，克特·卡茲納（Kurt Kaznar）飾波左，阿文·艾普斯坦（Alvin Epstein）飾來吉（Lucky）。拒絕出席的貝克特罵它是「謬誤百出的粗糙表演」。一九九三年重讀此劇時，我發現其中的確有一些地方看來似乎經不起時間的沖刷，但這或許是因為四十年前的世界——在六〇年代的另一頭——現在感覺起來好像有一個世紀那麼久了。當時讓我震驚之處如今令我發思古之幽情，《終局》則完全不是這麼回事。哈姆既是棋盤上隨時會被吃掉的國王，同時也是一個蹩腳的棋手，雖然我們不知道除了我們觀眾以外他還能有什麼樣的對手。艾茲拉果恩和福拉迪米玩的只是等待的遊戲，他們是出色的藝人，也該由出色的藝人來扮演，並且和觀眾保持溫潤和諧的關係。貝克特顯然並不想讓他的流浪漢散發多大的吸引力，但實際的效果卻並非如此。哈姆這個最沒有吸引力的唯我主義者不適合由已故的柏特·拉爾來扮演，而（我希望）也不會有人想找拉爾扮演哈姆的先驅波左的。

我第一次觀賞《等待果陀》的演出時還沒有讀過劇本；拉爾在月亮昇起時唸出雪萊的詩句，我聽了不禁心頭一震：「蒼白而疲憊……因為爬上了天凝視我們這種人。」貝克特和喬哀思並不像艾略特那樣討厭雪萊（其實艾略特也不討厭雪萊）。雪萊的詠月詩事實上是第一幕的收場白：

你的蒼白和疲憊是否因為
爬上了天凝視大地，

孤單無伴地漫遊著
於生世不同的星子間——
不斷改變著，像一只不快樂的眼睛
找不到跟它一樣恆常永久的事物？

看起來頗有柏拉圖之風的雪萊，其實是某種程度的休姆式懷疑論者，他在這裡似乎是想和柏克萊主教玩個反諷的遊戲；至少我覺得貝克特是如此看待這些個詩句的，此即為艾茲拉果恩予以引述的原因。柏克萊認為事物本身並不存在，而只存在於我們的心靈感知裡；雪萊的月亮所諷擬的便是柏克萊式的主體意識，這份不快樂的意識不斷變動著，因為沒有任何人得以恆常與永久。「我們這種人」不值得月亮的注視，因此我們是不存在的。

雪萊的月亮此一孤單無伴的漫遊者，象徵著艾茲拉果恩擔憂福拉迪米可能會離他而去的焦慮，他不時威脅著要離開福拉迪米來表達這份焦慮。這份焦慮和艾茲拉果恩的自殺狂想有關，也使得他將自己比擬為基督。貝克特的立傳者蒂爾卓・貝爾（Deirdre Bair）告訴我們艾茲拉果恩原本是叫「李維」（Levy），而我們也有理由相信，在貝克特的心目中，他所代表的原本是喬哀思似的保羅・李昂（Paul Leon）等等被德國人殺害的猶太朋友。「等待」果陀，貝克特於法國英勇、靜默地抵抗德國時焦慮不已的等待，這兩者之間存有細微但不安的連結。死亡宿命是《等待果陀》裡明明白白的重荷，此劇反諷地嘲擬了柏克萊對現實原則與死亡終局的閃躲，而這正可讓它經得起時間的沖刷。

雪萊在第二幕開始不久又回來了；艾茲拉果恩提及雪萊的枯葉，那是「所有逝去的聲音」，是貝克特所有逝去的朋友與愛人。波左後來的歇斯底里更增添了死亡宿命的哀思：「他們橫跨在墳上生產，光亮一閃而過，接著又是黑夜。」來吉稍早在他那一長串的驚人話語裡迂迴駁斥了柏克萊主教：「總而言之每一個人因柏克萊主教的死而遭受的死亡損失達到每一個人一吋四盎司。」被死亡給物化、客體化的我們喪失了存在，而在這之前我們就先擔憂著自己是否曾經存在過。因此福拉迪米擔心他或許只是艾茲拉果恩的一場夢而已，擔心或許就在他瞪著入睡的艾茲拉果恩時，也有一個人在瞪著他。

就在此刻，戲劇家貝克特製造了一種極不尋常的效果。哲學劇多得很，貝克特顯然呼應了考得隆的《人生是夢》（*Life Is a Dream*, 1635），他在那本談論普魯斯特的書裡正是如此。但說也奇怪，貝克特的流浪漢感覺起來很新鮮、很有原創性，雖然我們可以看到以《第十二夜》的費斯蒂（Feste）為首的莎士比亞眾丑角們隱約在其中閃現。貝克特和約翰生博士在面對死亡宿命的態度上有奇異的共通之處，這可能是他很早就想寫《人之志業》（*Human Wishes*）的原因，而約翰生博士本人想必會因此現身舞台呢！貝克特和約翰生都有一份執念，他們認為死亡宿命之所以早早就來觸動我們的心弦，是因為我們一直都知道愛是早夭的、是永不可能的。這是《克拉普的最後一卷錄音帶》所要強調的，在這部劇作裡，貝克特四十歲時的美學想像和客體投射在自我上頭的陰影並沒有什麼兩樣，在此我所引述的是

〈哀悼與憂鬱〉（"Mourning and Melancholia"）裡慧黠機巧的弗洛依德。如果艾茲拉果恩和福拉迪米的範本是貝克特和他的妻子蘇珊（Suzanne）的話，那麼他們於一九四二年十一月的一個月間為了躲避蓋世太保，而從巴黎遠征至法國東南部的長途跋涉也許就是《等待果陀》的原始題材。貝克特的戲劇想像走得太遠了，在半個世紀之後的今天，此劇的源起對我們而言已變得如此遙不可及。它的美學尊榮純粹而絕對，任何想要把貝克特生活經驗中的焦慮和其戲劇藝術裡完足的焦慮連結起來的努力，恐怕都只是緣木求魚。

貝克特的名聲和他的散文故事（姑且稱之）沒有什麼關係；他的國際聲望係建立在他的劇作尤其是《等待果陀》上頭，過去和現在皆然。他那些擬似小說的作品非常精彩，但《終局》無疑是他的顛峰之作，而劇場便是他最能夠創造出獨樹一幟的藝術風貌的地方。喬哀思的劇作《流亡者》（*Exiles*, 1918）是學習易卜生風格的習作，而普魯斯特的劇作想必也會像亨利・詹姆斯的劇作那麼糟糕。貝克特不怎麼喜歡卡夫卡，在他的劇作之中我們多少可以嗅到卡夫卡的氣息，但貝克特並未表現出卡夫卡的「無可毀滅性」，這使得倆人的共通處有所侷限。喬哀思是某種程度的神秘家與摩尼教派論者，貝克特則否。他不會誤以為自己是上帝或莎士比亞，雖然《終局》改寫了《哈姆雷特》、《暴風雨》、《李爾王》等劇作；這齣戲就像《芬尼根守靈》一樣和莎士比亞有密不可分的關係。

在混亂時期最優秀的劇作家之中，很難找得到可以和貝克特平起平坐的對手：布雷希特、皮蘭德婁（Pirandello, 1867-1936）、尤涅斯柯（Ionesco, 1912-94）、加西亞・羅卡、蕭伯納。

他們沒有《終局》;你得回到易卜生那裡才找得到如此強而有力的劇作。當我們在等待果陀的時候,《墨菲》的作者仍然縈迴不去,然而當我們進到哈姆的捕鼠器裡的時候,這位作者已然消逝無蹤;哈姆的捕鼠器和哈姆雷特的捕鼠機實為異曲同工,而後者本就是改編自傳說中的《岡雜苦謀殺案》。我想不出二十世紀還有哪一部文學作品能夠像《終局》一樣,在一九五七年這麼晚的時間才出現而仍然如此富有原創性的,這份原創性迄今尚未受到挑戰。貝克特曾表示「大師風範」(mastery)在喬哀思和普魯斯特之後已成為絕響,但《終局》的確不愧為大師風範。貝克特於一九五六年邁入五十歲之後有一段以《終局》為開端的五年創作高峰期,其中包括了《克拉普的最後一卷錄音帶》和《真相大白》,這三部作品所構成的新的水平連貝克特自己都不曾再達到過。

貝克特原本計畫要寫一部描繪約翰生博士和史瑞爾太太(Mrs. Thrale)倆人關係的劇作,從中留存下來的一景便是他最早的戲劇作品。這是《人之志業》的第一幕,背景是約翰生博士家裡一屋子奇怪的人:威廉斯太太、戴斯蒙林太太(Mrs. Desmoulins)、卡邁可小姐(Miss Carmichael)、貓咪哈吉(Hodge)和李威特醫生(Dr. Levett)。當女士們爭論不休時,我們霎時間就看到了二十年後的作家貝克特:醉意朦朧的李威特走進來,搖搖晃晃地爬上樓梯,女士們的反應是:

(三位女士互換眼神。表示嫌惡的姿態。嘴巴張了又闔上。最後她們恢復了交談。）

威廉斯太太：我們說不出話來。

戴斯蒙林太太：劇作家一定會在這種場合要我們說話的。

威廉斯太太：他一定會要我們談談李威特的。

戴斯蒙林太太：向大眾。

威廉斯太太：無知的大眾。

戴斯蒙林太太：向廉價觀眾席。

威廉斯太太：向底層觀眾席。

卡邁可小姐：向包廂裡的觀眾。

從這裡再走一步便是《等待果陀》，接著再走一步即為《終局》。貝克特一開始就是從演員望向觀眾，而且從未反過來回頭望。《終局》有極端的內化傾向；這整齣戲就像一齣戲中戲，但舞台上並沒有觀眾，我們很可能就在古怪的唯我主義者哈姆的心靈之中，這是走到了最後一步的哈姆雷特，也是把魔法書沉到了海底的普洛斯帕羅，甚至也是瘋顛狂飆的李爾。貝克特和他之前的喬哀思一樣利用了莎士比亞，但利用的方式和喬哀思全然不同。《終局》鮮少直接引述莎士比亞的作品。貝克特把那三部劇作最要緊的地方重新打理了一遍。可羅夫就像是普洛斯帕羅身旁的卡力班和愛麗兒（Ariel），和哈姆雷特對話的何瑞修和掘墓者;被李爾嚇壞的弄臣和格勞斯特。其中有許許多多的移置與轉換:格勞斯特/可羅夫並未眼盲;李爾/哈姆是眼盲的。哈姆/李爾企求可羅夫/弄臣的愛;李爾的弄臣雖然尖酸刻薄,但他像是李爾唯一的兒子一樣愛著李爾。哈姆雷特到最後變得冷漠與超然;哈姆總是在張牙舞爪,但並不像哈姆雷特那麼危險。可羅夫是一個很不親切的何瑞修,但他和何瑞修一樣代表哈姆/哈姆雷特身旁的觀眾。普洛斯帕羅展現了他的寬宏大量;哈姆無時無刻不忿怒滿懷、心存報復。可羅夫的憤懣比較像卡力班,而比較不像愛麗兒,但他不想離開,因為無處可去。

《終局》的戲劇特質比《等待果陀》還要濃烈

鬼才貝克特將莎士比亞的三個最有力量的人物,從他們各自的作品之中抽離出來組合成了單一的角色。每一個批評家都注意到,《終局》的戲劇特質比《等待果陀》還要濃烈:哈姆是劇作家兼表演者,在表演的同時也和觀眾進行比賽(像是棋賽),除非表演也成了比賽。但這位演員頗為可憎;《終局》是談不上任何疏離效果的。我們看不到懷著曚曨想望的小丑流浪漢:哈姆很像波左,而且另外還擁有一份創造的才能,不過卻在他謬誤的創造行動中給糟蹋了。可羅夫並沒有比較討人喜歡,納格(Nagg)和奈兒(Nell)這對莫知所以的雙親和哈姆也非常相配。在閱讀劇本或觀賞其舞台演出的時候,我總是會驚訝於這些讓人沒有好感的角色，竟然能夠讓我沉浸於類似哈姆雷特、普洛斯帕羅、李爾的奇特魅力之中，他們身上所展現出來的何瑞修、卡力班、弄臣和格勞斯特的精采風華更是讓我值回票價。《終局》在正典中的特殊處境是它已接近正典的終局；在我們這個時代裡，它是文學最後的堡壘，如果文學指的是莎士比亞、但丁、哈辛、普魯斯特、喬哀思的話。貝克特可能並不在意（對此我表示懷疑），但他仍然是維科的神制時期回返前夕的沉默先知。他像是預告了但丁、普魯斯特、喬哀思不再有深入的讀者以及莎士比亞、哈辛終將於舞台上消失的那一天。這的確是終局，許多現在活著的人有生之年會看到這麼一天的。

如果你想用棋手貝克特的方法來撰寫甚至導演《哈姆雷特》的話，你可以把這齣戲想像成哈姆雷特和克勞底斯倆人之間的比賽，第五幕的終局終於把棋盤清得乾乾淨淨，只留下孤伶伶的騎士何瑞修和棋局已破之後才進來插花的國王浮廷布拉斯。《終局》裡的白眼哈姆沒有強勁的對手；他不是和自己下棋並成為輸家，就是在和觀眾進行沒有贏家的比賽。在《哈姆雷特》之中，克勞底斯和葛楚德在幕後狂野地做愛；這算不算通姦還有疑問，因為莎士比亞並沒有交代清楚倆人是什麼時候開始上床的。相較之下，納格和奈兒的羅曼史就平淡得多；這或許就是他們會在劇中出現的原因，因為嚴格來講，這齣劇根本不缺他們兩個。我覺得貝克特也巧妙地挪用了《馬克白》；外面那個讓哈姆感到不安的小男孩是本劇的弗里安斯，是即將君臨統治殘破世界石礫廢墟的王室的先祖。

可羅夫和哈姆的關係讓有些批評家想起了貝克特年輕時，他曾在喬哀思那唯我主義的哈姆雷特身旁扮演忠實的何瑞修。兩位主角的關係是《終局》主要的力量所在，其中嚴峻的荒疏氣息，造就了這齣戲無可置疑的普遍性，使得莎士比亞的劇作包括《李查二世》和《李查三世》在內無不受到它的影響。《終局》強大的詮釋力量使得它能夠為莎士比亞的作品做很好的註解，而如果從處處皆為莎士比亞所籠罩的史詩《尤利西斯》和《芬尼根守靈》回過頭來看莎士比亞，卻是一點幫助也沒有。這主要是一種型態上的差異；貝克特造就了我們這個時代的莎士比亞劇場。我並不喜歡看到《李爾王》演得像《終局》，或者《哈姆雷特》演得像《等待果陀》，湯姆·史達波那緊抓貝克特不放的《羅森柯藍茲和基爾丹斯登死了》(*Rosencrantz and Guildenstern Are Dead*, 1967) 就是如此。把《李爾》演得像《果陀》，《哈姆雷特》像《終局》，甚至讓《暴風雨》成為《普洛斯帕羅的最後一卷錄音帶》是更有想像力的做法，也更符合貝克特的精神。

然而，不管《終局》有多大的能耐來評論莎士比亞的戲劇，莎士比亞終究是聖經，《終局》終究是註解。這是一種英國—愛爾蘭—法國式的莎士比亞解讀法，帶著幾許反諷的哲學聯想：笛卡兒的分析思維，肯納已就此有所闡述；以及叔本華所提出的夢魘般的生存意志，年輕的貝克特曾在討論普魯斯特的論文中予以應用。貝克特在《終局》裡（其中有多少自覺的成分我們是不得而知的）寫下了哈姆的意識劇，易卜生並沒有做過類似的嘗試，雖然《皇帝與加勒里人》裡的皇帝朱里安多少有那麼點意思。

不管你怎麼解讀《哈姆雷特》，那個王子總會讓你一頭霧水，就像他把自己搞得一頭霧水一樣。想要為這個西方最宏大的意識體套上教條成規是絕對行不通的。莎士比亞在哈姆雷特身上所做的實驗實在太徹底了，使得我們很難把第一幕裡稚氣未脫的王子和第五幕中那個過了一兩個月卻像是老了十五歲的入定老僧聯想在一起。貝克特和喬哀思一樣在墓地一景過後對哈姆雷特失去了興趣，除了他仍記得「餘下皆是靜默」（The rest is silence）這句哈姆雷特臨終前所說的話以外。哈姆雷特是西方的英雄（或梟雄）意識體，是魅力人物的素描。他的變身哈姆則完全不是這麼回事：他和哈姆雷特唯一的共通點在於他也一樣同時是演員和戲中戲的導演；但這是哈姆雷特很重要的一部分，它讓我們相信，在莎士比亞所有的人物當中，丹麥王子是唯一能夠寫下整部劇作的作者。

每一個人都知道，莎士比亞所有的劇作都和演戲有關，至少從《空愛一場》以後是如此。羅薩琳（Rosaline）告訴白朗尼，如果想贏得她的芳心就必須和殘弱病患共同相處一年又一天的時光，白朗尼聽了抗議道：「這對一齣戲來說太長了。」和戲劇有關的隱喻在《哈姆雷特》、《奧賽羅》、《馬克白》、《李爾王》等四大家庭悲劇之中俯拾皆是，彷彿莎士比亞即便是在他的創作力最是飛揚激越的時候，也不免要藉助於他最熟悉的東西。哈姆淋漓盡致地表達出了莎士比亞、哈姆雷特和其他每一個人的寫劇慾望：「於是便喃喃地說話、說話、說話，像是孤單的小孩把自己變成兩個、三個小孩，以便大家一起在黑暗中低聲細語。」

貝克特乍看之下的確比莎士比亞更具形式化的風格；貝克特很讚賞威廉・巴特勒・葉慈像日本能劇一樣的舞台導向劇作，他那極端的形式化風格正是得自葉慈的啟示。然而，

《哈姆雷特》讓我們體認到，再怎麼形式化的風格——無論是哈辛、晚期的易卜生、葉慈還是貝克特——也趕不上《哈姆雷特》，我指的是這齣戲，而非丹麥王子；這位王子大可以隨興恣意而為，但他同時也在逐漸增強的形式化風格之中，不由自主地乘著死亡驛車向前飛奔，直到這齣戲在毒光劍影的黑色儀式中沉沉落幕。

哈姆的語言暴力得自哈姆雷特的提示，我們很難辨別誰的語言暴力比較形式化。哈姆也一樣只在西北角的偏北方有點瘋（按：哈姆雷特語），當風從南方吹來的時候，他的頭腦可是清楚得很。沒有人會迷上哈姆的憂鬱，哈姆雷特卻教幾個世紀以來的觀眾與讀者深深著迷，但哈姆那承襲自哈姆雷特的智識傷痕可絕對不能小覷。休・肯納的看法是迄今有關《終局》的評論裡最精到的，他說這是一齣冷峻的喜劇（我不這麼認為），我們自始至終一直都在哈姆的腦袋瓜子裡。哈姆笨手笨腳的，下棋也下得不好，但他執迷的堅持自有其智識的力量，顯然是一個性格人物。他不只是一個由演員扮演的角色；他本身就是演員，像哈姆雷特一樣總是不由自主地指控自己是個戲子。喬哀思在貝克特忠誠服侍的那些年間總在扮演著喬哀思，也就是說，他化身成了哈姆雷特、莎士比亞、史帝芬和布魯姆先生。貝克特則從來不是一個感情豐富的演員。我們不會知道莎士比亞是否走進了哈姆雷特（雖然這是很有可能的），但我們可以確定貝克特把自己隔離在他最好的戲劇角色之外，精彩的克拉普則不然，戲劇作者和戲劇角色之間的界線在他身上已不再清晰，而效果也很不錯。

哈姆是二十世紀戲劇第一人，如同海達・嘉柏樂是本世紀之交的戲劇界第一女主角一般。這很教人不安，但也不得不然：我們從女的依阿高和被奪去王位的國王（可以這麼說）來到了等而下之的奴僕，他不能坐，而眼盲的他也不能站。他在言談間流露出自以為等同於伊底帕斯和基督的幻想，這兩號人物在葉慈看來，既是互相衝突也是互為表裡的。哈姆想當一個冷酷的獨裁者，但我們無法確定這到底只是舞台上的願望和演員的遐想，還是一份邪惡的慾念。哈姆雖然人格鮮明，但這是一個無法以情理和心理學來加以評斷與分析的人格。莎士比亞的摹擬手法使得哈姆雷特既可以扮演他自己，也可以做他自己；哈姆或許只能扮演他自己而已。

既然哈姆雷特是哈姆的典範，而哈姆雷特在我們心目中又是個詩人，我們怎能說哈姆不是一個文學藝術家呢？這個已由席德尼‧侯曼（Sidney Homan）解說得很詳盡的問題讓我很傷腦筋，因為我們（包括貝克特在內）都經歷了毀滅性「藝術家」的年代，那些一個一個的大號哈姆：希特勒、史達林、墨索里尼。哈姆有點他們的影子，更有阿孚雷‧雅里（Alfred Jarry, 1873-1907）的《烏布王》（*Ubu Roi*）的味道。他和全盲的米爾頓、半盲的喬哀思的關係則不是很明確。侯曼令人不安地強調哈姆是一個創造者，而他的看法恐怕是對的；且看侯曼的論點延伸到了莎士比亞：「哈姆的命運，劇作家的命運——莎士比亞曾在十四行詩裡抱怨過這種情況——是要把一切都表達出來，是要拿出內心的情感在觀眾面前裸裎獻寶。」這又把哈姆和貝克特分了開來，後者在這方面是不願意那麼莎士比亞的。但這究竟是誰的劇作呢？是貝克特的還是哈姆的？——說得更犀利一些，是貝克特的還是莎士比亞的？喬哀思引述大杜馬（Dumas, 1802–70）的話說，莎士比亞是上帝之後創造最多東西的人。《終局》是否也是莎士比亞所創造的呢？

古老的神秘論知思想是最具負向性的異端神學，它曾提及一個假造物主（Demiurge，擬仿柏拉圖《提瑪烏斯》〔*Timaeus*〕裡的工匠），他的錯誤使得世界的毀滅與創造成了同時發生的單一事件。如許多批評家所指出的，《終局》的聖經色彩來自諾亞和他的兒子哈拇（Ham）的故事（按：參閱聖經「創世紀」九），我們無從得知（因為貝克特不肯告訴我們）哈姆的眼盲是否來自這份伊底帕斯式的詛咒，也說不出諾亞與大洪水和《終局》有什麼關係。對神秘論知者而言（我想貝克特是知道這一點的），大洪水是造物主的傑作，這個像哈姆一樣的假造物主想要摧毀所有的生命：人類、動物、大自然。波赫士在他早期的故事〈死亡與羅盤〉裡曾說，對神秘論知者而言，鏡子和父親都是可憎的，因為兩者都增加了人類的數目。這便構成了哈姆那馬克白一般的情境：他瞥見窗外的一個倖存的男孩，害怕他將是「未來的繁衍者」。

可羅夫和何瑞修都代表觀眾，為我們充當哈姆和哈姆雷特的中介。如果可羅夫走人的話，《終局》的戲就唱不下去了，然而儘管他宣稱不會久留，他仍然於幕落時靜靜地站在那裡瞪著哈姆。可羅夫顯然並未離去。卡力班和普洛斯帕羅終究是分不開的，因為他們倆一個是養子，一個是養父兼導師，而觀眾最後並不確定可羅夫和哈姆是否分得開。何瑞修看到哈姆雷特生命垂危時意圖自殺，在我心目中這一直是《哈姆雷特》裡最令人震驚的時刻。

哈姆雷特使出驚人的勁道──想想他已經說了不只一次「我要死了」──把毒藥從何瑞修那裡奪走，這並非出於倆人的情誼，而是希望何瑞修能活下來把哈姆雷特的故事講給浮廷布拉斯和其他倖存者聽。哈姆不需要可羅夫來講述他的歷史，有些批評家說他瞥見的窗外男孩將取代可羅夫，對這種看法我是相當保留的。

哈姆和可羅夫的關係是《終局》裡最大的問題所在；視其為另一種黑格爾所說的主奴辯證關係並沒有什麼幫助。如果將哈姆雷特─何瑞修和普洛斯帕羅─卡力班兩組關係融混起來，你所得到的將會是一種不穩定的矛盾組合。因為哈姆是創造者，所以可羅夫只能是被創造出來的東西，而可羅夫對其他被創造出來的東西全都看不順眼。貝克特曾對《終局》做過著名的評語，他說這齣戲「很艱澀、很簡略，其中最主要的是文本搔抓的力量，比起《果陀》是比較非人性的。」這齣戲可說是從頭簡略到尾，與《果陀》不同的是，它所刻意省略的是任何一點點的前景(foregrounding)。莎士比亞一貫是前景的大師，少了它，我們無從了解哈爾棄孚斯塔夫而去的原因，這是《亨利四世，第一部》開場前即發生的事，或者我們也不能了解為何弄臣要將李爾逼至瘋狂。貝克特則拒絕給任何前景，然而，如果莎士比亞真是如我所說的是《終局》的作者之一的話，貝克特這部驚人的正典劇作應該還是有前景的。

《終局》是意識與死亡的競賽

阿多諾（Adorno, 1903-69）說《終局》是意識與死亡的競賽。肯納說這齣戲絕望得讓人心服口服。我覺得這兩種看法都不太對；焦慮的預期瀰漫其間，而焦慮既非絕望也不是和死亡角力。弗洛依德說焦慮是因失去物品的危險而有的反應，而哈姆害怕失去可羅夫。我喜歡弗洛依德的論點，他說焦慮只是一份感知，對潛在焦慮的感知。當你在等待果陀時，你身處kenoma之中；《終局》的前景是《果陀》，我們又回到了kenoma之中，一場枯乾的洪水，無邊無際的虛空。當哈姆雷特對羅森柯藍茲和基爾丹斯登大聲咆哮時，他已點出了他終將向自己報復的終局：「啊上帝喲，我若不做那一場噩夢，我即便是被關在胡桃核裡，我也可自命為一個擁有廣土的帝王。」以下就是胡桃核裡的天地，在哈姆雷特的負向意識裡：

哈姆：去拿油罐。

可羅夫：做什麼用？

哈姆：給腳輪上油。

可羅夫：我昨天上過油了。

哈姆：昨天！你在說什麼？昨天！

可羅夫：我說的是在他媽的今天很久以前的他媽的那一天。我用的字都是你教我的。如果這些字對你已不再具有任何意義的話，那就教我別的字吧。不然就別叫我講話。

（無語）

哈姆：我認識一個以為世界末日已經降臨的瘋子。他是個畫家——和雕刻家。我很喜歡他。我曾經去瘋人院看他。我會牽著他的手拉他到窗邊。看！那裡！那些昇起的麥桿！還有那裡！看！捕鮮船隊的船帆。這一切多麼可愛！

（無語）

他會抽回他的手回到他的角落裡去。他嚇壞了。他所看到的盡是塵灰。

（無語）

只有他一個人活了下來。

（無語）

被遺忘了。

（無語）

這情形似乎不……是太……不尋常。

可羅夫：瘋子？什麼時候的事？

哈姆：噢過去了，都過去了，那時候你還不知道在哪裡呢。

可羅夫：願上帝做見證！

（無語。哈姆拿起他的小圓帽。）

哈姆：我很喜歡他。

（無語。他又戴上了小圓帽。）

他是個畫家——和雕刻家。

可羅夫：發生了那麼多可怕的事。

哈姆：不，不，現在沒那麼多了。

哈姆和可羅夫、普洛斯帕羅和卡力班在此結合成了顛倒的馬克白，兩個「昨天」便是那些個為愚人照亮塵灰死路的昨天。哈姆無視可羅夫的激烈反應逕自召來了威廉・布雷克的變身，布雷克沒住過瘋人院，不過倒有很多人當他是瘋子。畫家兼雕刻家的布雷克是一個天啟式的先知想像家，他穿透自然看到了神秘論知者眼中那創造／毀滅的漫天塵沙。劇中關鍵性的一句話是哈姆提及布雷克時所說的，「只有他一個人活了下來。」如果可以把某些面向單獨抽離開來看的話，《終局》裡確有一份神秘論知式或叔本華式的識見。哈姆之見即為布雷克之見：活下來不代表得救，但至少你不會被自然或自我所蒙蔽。哈姆和李爾一樣失去了廣大的江山，但也學會了對整個世界的盈盈幻象加以輕蔑。當他走向終局時，世事在他眼中變得愈來愈可怕，不過也正因為如此而不再那麼可怕。《終局》真正的前身可以說是《李爾王》，而它最後的發展可能會成為另一齣《暴風雨》。哈姆在這兩齣戲之間上場，為我們帶來了《哈姆雷特》的第二場戲中戲，魯希金所說的「舞台之火」於此乍然閃現。

《克拉普的最後一卷錄音帶》可視為《終局》的終曲

如果我們可以在貝克特後來的戲劇作品中找到《終局》的終曲的話，那便是自傳式的獨白劇《克拉普的最後一卷錄音帶》(1958) 了。心思細膩的肯納在這部作品中察覺到不信神的貝克特身上的新教遺緒；貝克特從叔本華那裡學到了對生存意志的不信任，但他仍擺脫不了新教的意志，這份意志無比堅決地以內在的光做為個人所持有的天主燭火。克拉普也是個燭光學者，但他的飄零浮渺並不是愛默生和史帝文斯所走的路子。看著派屈可・馬基 (Patrick Magee) 以至少三種不同的聲調在人生的三段歲月間吟詠著克拉普，你會對貝克特的美學特質有另一層的理解，你會感覺到一股在愈趨匱乏的同時愈向無限之境延伸的顯著力量。

《克拉普的最後一卷錄音帶》本是要取代《行而無言》(*Act Without Words*) 來為《終局》收尾的，但這部傑出的劇作並不適合扮演這種角色，因為連《終局》都無法蓋過它的光芒。《克拉普的最後一卷錄音帶》是為了說英語的馬基而寫的，想必是這個原因，使得貝克特在睽違十二年之後第一次首先以英文寫作。可以感覺到語言解放的氣息，像普魯斯特和渥茲華斯一樣回到了過去的時光，回到愛爾蘭，回到母親的死亡，回到一份失落的愛——對他那於一九三三年香消玉殞的表親佩姬．辛可來(Peggy Sinclair)的一份偉大的愛。我們在錄音帶上聽到的一種揭露，就在這個時刻貝克特突然靈光蓋頂。錄音帶上最溫柔、最棒的錄音播放了兩遍，傳送出一次神奇完滿的性經驗的記憶，但我們在最後卻聽到了這段話，而我認為這並非反諷：

> 我最美好的歲月也許已經遠逝。那時仍會有幸福快樂的日子。但我並不想重回舊時光。如今我體內燃燒著一把火。不，我不想重回舊時光。

不管是早期或晚期的貝克特都不曾像這般模樣。無論是悲情、譏諷或兩者皆是，這段話說得實在是有夠直接。此一《終局》——現代哀輓世紀的《哈姆雷特》——的終曲實非我們的想像所能負荷。這不是哈姆，既是貝克特也非貝克特。那把火能不能在藝術傳統裡尋求定位也是個問題。肯納在一份貝克特的研究評論的結語中試圖讓他自己和我們相信，早期的《普魯斯特》和成熟的《終局》的作者並不是「藝術宗教」的信仰者，因此在這方面他和艾略特是不謀而合的。我擔心將來的神棍們會比肯納更進一步，教貝克特身後的名節不保，但《終局》完足的疏異性是不會讓它有如此下場的。

〈第五部〉

載錄正典
Cataloging the Canon

23 最後的輓歌

Elegiac Conclusion

我無意提出「一生的讀書計畫」，不過這種說法如今聽來倒挺古色古香的。雖然各式各樣的科技娛樂不斷推陳出新，總會有（希望如此）生生不息的讀者繼續讀書。有時我會想像約翰生博士或喬治．艾略特眼前出現了饒舌音樂節目，或者親身體驗了虛擬實境的世界，想到他們對這些非理性的娛樂所可能做出的冷嘲熱諷與斷然拒絕，我便會覺得寬心不少。我這一輩子都在一所主要的大學裡教文學，對於文學教育是否能夠度過目前的險境，我可是一點信心也沒有。

我教書教了快四十年了，在我的教學生涯剛開始時，學術界可以說是唯艾略特的思想馬首是瞻；這些思想令我極感憤慨，也促使我全力與之奮戰。如今我身邊盡是招搖過市的教授；盡是法德理論的複製品；盡是嘴邊老掛著性別和性傾向的意識形態者；盡是漫無節制的多元文化主義者，這些都在在讓我體認到，文學研究的分崩離析已是無可挽回。那些敵視文學作品美學價值的憎恨人士是不會走開的，同時也將在體制內哺育出下一代的憎恨人士。我是體制內的老浪漫派，對艾略特所懷念的神制型意識形態，我仍舊難以苟同，但我覺得實在沒有必要為了文學的喜好爭論不休。這本書不是為學術界而寫的，因為學術界已經沒有幾個人是出於對閱讀的喜愛而閱讀的。約翰生與其後的吳爾芙所說的「通識讀者」並未絕跡，這類讀者或許仍將繼續歡迎有關哪些書值得閱讀的建議。

閱讀是為了擴大個人孤獨的存在

這種讀者讀書不是為了得到簡單輕鬆的樂趣，也不是想要減輕社會性的罪惡感，而是為了擴大個人孤獨的存在。如今的學術界好像著了魔一樣，我曾聽到一位著名的批評家責難這一類的讀者，他告訴我，閱讀必得出之以建設性的社會目的，否則是不道德的，他要我去唸阿卜杜·瓊·默罕默德（Abdul Jan Mohammed）的著作，好重新自我教育一番，這位作者是英國伯明罕（Birmingham）文化唯物論學派的領導人。我這個嗜讀成癡的人是不會放棄任何閱讀機會的，於是我便照他的話去做，但我並未得救，而仍然是要回來告訴你——不是你該讀什麼書或該怎麼讀書——我讀了什麼書和我覺得哪些書值得重讀，正典作品唯一實際的檢驗標準或許只有這一條了。

我想一旦你有了「文化評論」與「文化唯物論」的觀念，你對「文化資本」是一定不會陌生的。然而，為了累積「文化資本」所剝削的「剩餘價值」究竟是什麼玩意兒？大家都知道馬克思主義並不是什麼科學，而是一聲痛苦的呼喊，此一主義已經有了自己的詩人，但其他每一種重要的宗教異端也都有自己的詩人。「文化資本」不是一個隱喻就是一種很無趣的素描。如果是後者的話，那它指的不過是現今由出版商、經銷商、讀書社團所組成的交易市場。如果它是一份譬喻的話，那它也只是一聲痛苦的、滿懷罪惡感的呼喊，這份罪惡感的主人是法國中上層階級的智識份子，以及我們自己的學術界裡認同這些法國理論家而壓根兒忘了自己是在哪個國家生活和教書的人。美國有沒有（過）「文化資本」呢？我們是混亂時期的主人，因為我們一直是混亂失序的，即使是在民主制時期也是如此。《草葉集》是不是「文化資本」？《白鯨記》呢？正式的美國文學正典從來沒有出現過，也不可能出現，因為在美國所謂的美學一直是存在於古怪而偏僻的角落裡。「美國古典傳統」是個矛盾詞，「法國古典傳統」則是一脈相傳。

我不相信這樣的文學研究會有什麼前途可言，但這並不表示文學批評將是死路一條。批評是文學的一支，它會存活下去的，但也許並不是在我們的教學機構裡。西方文學的研究也會持續下去，但是將局限在目前的古典學系裡。現在所謂的「英文系」即將更名為「文化研究」學系，在這裡，《蝙蝠俠》（*Batman*）動畫、摩門教主題公園、電視、電影、搖滾樂將會取代喬賽、莎士比亞、米爾頓、渥茲華斯和瓦里斯·史帝文斯。曾經是菁英導向的重要大學與學院還是會開一些莎士比亞、米爾頓和其他文學大家的課程，但這些課將會由寥寥三四個學者——好比今天的古典希臘文和拉丁文教師——所組成的學系來開。我們不需要為這樣的發展表示哀悼；如今進入耶魯大學的學生，沒有幾個懷有真正的閱讀熱情。如果學生們本來就不曾擁有對偉大文學作品的愛，你是無法教導他們擁有這份愛的。孤獨怎麼教呢？真實的閱讀是一種孤單的活動，它沒辦法教導你成為一個更好的公民。閱讀的年代——貴族制時期、民主制時期、混亂時期——或許已經走到了盡頭，再生的神制時期將成為聲音和影像文化的天下。在美國，「文學研究危機」和宗教復興（或稱為大甦醒〔Great Awakening〕）及犯罪風潮同樣性質詭異。它們全都是新聞事件。美國的宗教復興已經持續了兩個世紀；美國國內的暴力更是源遠流長，不曾止息，而在我投入文學研究將近半個世紀的時間裡，這種研究活動不斷遭到社會各界的質疑，在一般人眼裡總是一副做不出什麼貢獻的米蟲形象。英文與相關學系一直無法為自己找到定位，總是率爾吞下任何看起來可以消化的東西。

這樣的饑不擇食終究帶來了自我毀滅的可怕後果：詩、戲劇、故事、小說的課程，如今已被各式各樣為社會政治改革運動敲鑼打鼓的啦啦隊表演所取代。或者，通俗文化作品代替偉大作家的艱深作品成了教學的材料。重新為「文學」下定義並不能解決問題；如果你在接觸文學時根本就認不出它來，那麼是沒有任何人可以幫你多認識它或者多愛它一點的。「到處通行無阻的文化」是後馬克思主義的理想派人士所提出的解決「危機」之道，但《失樂園》或《浮士德，第二部》如何能到處通行無阻呢？強而有力的文學作品在認知上和想像上是有相當的難度的，任何社會階級、性別、種族或族群裡，都只有一小撮人能有深入的體會。

在我年紀還小的時候，莎士比亞的《朱利阿斯・凱撒》不管在哪裡，幾乎都是學校課程的一部份，堪稱莎士比亞悲劇的最佳入門。現在老師們告訴我說，很多學校都沒有辦法把這部作品從頭教到尾，因為它抓不住學生的注意力。我還聽說有兩個地方把這部劇作的閱讀與討論換成了製作紙盾、紙劍的勞作課。文學生產與消費媒介的社會化，並無法挽回基礎教育品質滑落的趨勢。當今的學術氣氛正在鼓勵每一個人棄艱難的樂趣而就到處共通的樂趣，唯一的原因就是後者比較簡單與輕鬆。托洛斯基要他的馬克思主義同志們唸但丁的作品，在今天的大學裡可是沒有人會去搭理他的。

不管那是什麼，我都反對到底

請看我這邊。我是真正的馬克思主義批評家，我追隨的是葛魯丘（Groucho, 1895-1977, 按：電影喜劇演員，家族團體「馬克思兄弟」（Marx Brothers）的成員）而非卡爾・馬克思，葛魯丘的珠璣妙語是我的座右銘：「不管那是什麼，我都反對到底！」我所反對的依序是：艾略特及其學術界的徒子徒孫們新基督教風格的新批評（New Criticism）；保羅・德・曼及其黨羽的解構理論；新左派和老右派嚷嚷著文學正典不公不義的狂亂咆哮。極少數的幾個有實力的批評家是無法去擴展或修正或改編正典的，雖然他們有意如此。他們——無論自覺與否——只是在確認正典化的實際過程，推動此一過程的是過去與現在之間永恆的競賽。並沒有什麼社會經濟的因素把約翰・艾虛貝里、詹姆斯・梅里爾、湯瑪斯・品瓊給擠進那模糊不存在的但仍然扣人心弦的美國正典之中。瓦里斯・史帝文斯和伊利莎白・畢舍的詩，已在艾虛貝里和梅里爾身上找到了繼承人，正如艾蜜利・狄津生的詩找到了史帝文斯和畢舍一般。品瓊最好的作品可以說是裴瑞曼(S. J. Perelman, 1904-79)和奈瑟乃爾・韋斯特倆人的結合，但《四十九番貨之叫賣》(1966)的正典潛能主要在於我們的一種詭異的感覺：《寂寞芳心》(1933)是模仿它而寫成的。

在正典的傳承上，莎士比亞和但丁是永遠的例外；我們從來不曾相信他們倆會繞著喬哀思、貝克特或其他任何人團團轉。這就是我在本書裡一再重複的：西方正典就是莎士比亞和但丁。在他們之外就只有他們所吸納的和吸納他們的東西了。重新定義「文學」是白費力氣的，因為你無法奪得足夠的認知力量來涵括莎士比亞與但丁，而他們就是文學。如果你想要重新定義這兩位仁兄，那你可要自求多福了。「新歷史主義」現在正起勁地做這檔子事，此乃法國的莎士比亞，而哈姆雷特就在米榭・傅柯的陰影之中浮動。我們已經享用了法國的弗洛依德或拉岡、法國的喬哀思或德希達(Derrida, b. 1930)。猶太裔的弗洛依德和愛爾蘭的喬哀思比較合我的口味，英國的莎士比亞或全世界的莎士比亞亦然。法國的莎士比亞實在荒謬得太奇妙了，對這麼滑稽的一種發明，如果不知加以欣賞的話你一定會覺得過意不去的。

到底為什麼文學的學生們會變成業餘的政治科學家、半調子的社會學家、無能的人類學家、蹩腳的哲學家和受到多重決定的文化歷史學家讓人感到迷惑，卻也並非無法想像。他們憎恨文學，或是因文學感到羞慚，或者就是對閱讀文學作品沒有太大的喜好。他們讀一首詩或一本小說或一齣莎士比亞悲劇，主要是為了尋找文本外圍的意義，而這種努力並不是合情合理地去搜尋足夠的相關背景資料。文本外圍的東西——不管是怎麼挑選出來的——總是比米爾頓的詩、狄更斯的小說或《馬克白》更有份量與價值。我一點也不確定「社會能量」這個隱喻所代表或代替的是什麼，但這些能量和弗洛依德的驅力一樣是沒辦法寫作、閱讀或者做什麼事情的。原慾是個神話，「社會能量」亦然。莎士比亞則是一個寫下了《哈姆雷特》和《李爾王》的實實在在的人。現在所謂的文學理論可是沒辦法接受此一清楚明朗的事實的。

美學價值抑或種族、階級、性別多重決定論，你必須兩者擇一。如果你認為一切歸屬於詩、戲劇、小說、故事的美學價值都只是為主流階級服務的故做神秘，那麼你幹嘛還要讀書，你為何不挺身去照顧被剝削階級的迫切需求？我們的學校所鼓吹的一種最古怪的幻象是：不要讀莎士比亞，你要讀的是和受迫害者同樣出身的作家的作品，這樣你就可以造福他們。

關於世俗正典的形塑有一項顛撲不破的真理：形塑正典的不是批評家，也不是學術界人士，更別提政治家了。作家、藝術家、作曲家自己藉由強而有力的先驅和強而有力的後繼者之間的連結決定了正典的樣子。讓我們來看看當今美國最有活力的作者：詩人艾虛貝里和梅里爾，以及史詩小說家品瓊。他們是我心目中的正典作者，不過情況至今尚未明朗。有關正典地位的預言必須在一個作家去世之後，經過大約兩個世代的驗證。生於一八七九年，死於一九五五年的瓦里斯・史帝文斯顯然是一位正典詩人，可能是繼華特・惠特曼和艾蜜利・狄津生之後最重要的美國詩人。羅伯・佛洛斯特和艾略特似乎是他僅有的對手；龐德和威廉・卡羅斯・威廉斯的地位比較具有爭議性，瑪利安・摩爾和葛楚德・史坦（專就她的詩作而言）也是一樣，哈特・柯瑞恩則是太短命了。史帝文斯培育出了梅里爾、艾虛貝里、伊利莎白・畢舍、阿蒙斯以及其他有份量的詩人。

不過，想要看出他們的影響是否能造就出有成就的詩人目前還嫌太早，雖然我自己相信是可以的。當一個或者更多的詩人在他們的影響之下成了氣候時，史帝文斯的地位就更穩固了，但梅里爾或艾虛貝里則還不到時候，至少氣勢還不是那麼足。

這是一種很奇特的過程，而我不禁要問：那葉慈如何呢？在他之後的英國和愛爾蘭詩人對他的影響力表現得極為謹慎，像是隨時要把他甩掉似的。答案仍舊是：要看出真確的影響力是得花點時間的。葉慈死於一九三九年；在經過了半個多世紀之後，我可以在那些拒斥他的人身上看到他對他們的影響——艾略特和史帝文斯；而他們倆也已發揮了有力的影響，他們共同對哈特・柯瑞恩造成的影響即是一例，後者頗具爭議性的怪異語調如今已然行遍大江南北。艾略特和史帝文斯的文化觀頗有差距，柯瑞恩和艾略特尤其水火不容。

但社會政治的考量在形塑正典的影響關係之中，往往會有出人意表的轉化。柯瑞恩拒斥艾略特的視見，但他擺脫不了艾略特的語法。傑出的風格就足以決定正典，因為風格擁有漬染的力量，而漬染正是形塑正典的實際檢驗標準。

遠離莎士比亞彷彿也因此遠離了現實

試著讀幾天的莎士比亞，接著試試別的作者——在他之前、之後或和他同時代的。為了發揮實驗的效果，請選擇各組的頂尖作家：荷馬或但丁，賽萬提斯或班・強生，托爾斯泰或普魯斯特。這其間的閱讀經驗有性質上兼具程度上的差異。從莎士比亞的時代以來一直到現在的廣大群眾都感覺到了這份差異，一般與細膩的讀者都覺得這多少和我們稱為「自然」的感受有關。約翰生博士向我們保證：除了普遍自然本質的公允呈現之外，沒有什麼東西可以長久愉悅人心。我覺得這項保證仍然不假，不過現在有很多每個禮拜不斷冒出頭的作品是通不過約翰生的測驗標準的。自從莎士比亞的戲劇首次上演以來，人們一直都認為，他的呈現方式及其所模擬的吾人最重要的質素比其他人所反映的現實都要來得自然。從莎士比亞到但丁或賽萬提斯或甚至托爾斯泰，多少會讓我們覺得直接而立即的感應已不復從前。我們回顧莎士比亞，因遠離了他而深感遺憾——彷彿我們也因此遠離了現實。

閱讀和寫作的動機可說是千絲萬縷理不清，連最有自覺的讀者或作家都往往無法說出個所以然來。或許，對隱喻的追逐以及象徵語言的閱讀與寫作終究是求取差異、置身他方的慾望在作祟。在這裡我所說的是尼采的看法，他警告我們，我們能說出口的東西已經在我們的心裡面死掉了，因此說話這種行為總是帶著點輕蔑的意味。哈姆雷特同意尼采的看法，而這兩人想必已將那份輕蔑帶到了寫作的行為當中。但我們讀書可不是要來打開我們的心，因此輕蔑並不存在於閱讀行為當中。傳統經驗告訴我們，自由而孤獨的自我為了超脫死亡宿命而從事寫作。我想，追求自由與孤獨的自我之所以展書閱讀終究只為了一個目的：和偉大成就相會。此一相會實掩不住一份想同登偉大成就的慾望，此乃過去名為「崇偉」的美學經驗——企圖超越界限——的根基所在。年老、疾病、死亡、遺忘是我們共同的命運。某種可以存活下去的形式是我們共同的希望，雖然渺茫卻不曾止息。

展書閱讀時和偉大成就相會是一種私密和代價甚高的過程，在評論界一直不怎麼流行。如今更是明日黃花，只聽得追求自由與孤獨被冠上了政治立場錯誤、自私、不適合當今苦難社會的罵名。西方文學的偉大成就以莎士比亞為核心，在他之前和之後的所有作家不管是劇作家、抒情詩人抑或小說家都是以他為依歸。在人物的創造上，除了喬賽某方面的表現以外，莎士比亞可說是前無古人，而來者無一不被他呈現人類本質的方式所影響。他的原創性太容易吸收了，於是我們就在不知不覺間被解除武裝，完全感覺不到我們已經歷了何等的改變，並且繼續被改變著。莎士比亞之後的西方文學有一大部分或多或少都是面對莎士比亞所做的防衛，他那排山倒海的影響力，足以讓他所有命定的學生全部滅頂。

莎士比亞的奧秘在於他的普遍性：黑澤明的《馬克白》、《李爾王》電影版是不折不扣的黑澤明作品，也是不折不扣的莎士比亞作品。即使你將莎士比亞筆下的男男女女視為由演員扮演的角色而非戲劇人物，你仍然無法解釋，為什麼哈姆雷特和克利歐佩特拉就是比易卜生這位莎士比亞之後最主要的歐洲劇作家所提供的角色擁有更完整的人格。當我們從哈姆雷特來到了培爾・甘特、從克利歐佩特拉來到了海達・嘉柏樂，我們會感覺到鮮明的人格已不復得，莎士比亞神魔般的人物已縮水成易卜生的北方精靈。莎士比亞的普遍性最奇妙的地方在於它並不是用超越相屬性換來的：偉大的人物與其劇作被嵌在歷史與社會的脈絡裡，並拒絕任何型式的化約：歷史的、社會的、神學的，或是最近心理與道德的囈語。

生命和文學本就是一場競賽

在學者與哈爾眼中，孚斯塔夫擁有許多不堪的缺陷，而情形也的確如此，但身兼傑出的機智家、思想家和幽默大師的孚斯塔夫卻和哈姆雷特一樣，是一個深具原創性的意識體。孚斯塔夫不只是一個光芒四射的角色，他是一整個世界，絕非陪襯性地引人發噱而已；他所舉起的鏡子與其說是朝向自然，不如說是朝向我們追求鮮活生命的無限期許。布雷克說旺盛飽滿是為美，由此看來沒有任何一個戲劇人物會比約翰・孚斯塔夫爵士更美麗的了。約翰爵士的旺盛飽滿不下於哈伯來的「巨形」，而前者只能在舞台的框框裡表演，巴紐吉卻可以橫掃整個想像中的法國山水。威廉·哈慈里特把「為所有事物尋求定位的力量或熱情」稱為「活力風格」(gusto),並將莎士比亞列為活力風格第一人,薄伽丘和哈伯來則是散文故事界的活力風格兩大護法。哈慈里特試著要讓我們認清一個事實:藝術是不會逐漸革新與進步的,而現在這個年代可不吃這一套。

由這麼一個遲來晚到的批評家羅列出他心目中的西方正典能有什麼用處呢?在多元文化主義的浪潮一波又一波的襲擊之下,連我們的菁英大學如今都顯得意興闌珊。然而,即使目前的風潮就這麼永遠持續下去,在過去和現在的作品之間進行著的正典揀選過程仍會散發出獨特的魅力,因為生命和文學本就是一場競賽。每個人都有或應該有一份荒島書單,以備哪天被敵人追得避居僻壤或退役之後想靜靜安渡餘生的閱讀所需。如果可以選一本書,我會挑莎士比亞全集;如果可以選兩本,就再加上一本聖經。如果可以選三本呢?那麼問題就比較複雜了。威廉·哈慈里特是少數幾個穩居正典的批評家之一,他寫過一篇精彩的文章〈讀老書〉("On Reading Old Books"):

> 一本書還是在作者死了一兩個世代之後再來評價要好一些。我對死人比對活人有信心。當代作家大致可以分為兩類——你的朋友或你的敵人。對前者我們總是太有好感,對後者我們總是成見太深,於是我們便無法從中獲得閱讀之樂,也無法給予兩者公正的評價。

哈慈里特的警告對今天的批評家特別有用。正典於今尤甚的最大難題，在於這世界自有歷史記錄以來所累積的書籍（和作者）實在太過龐雜。「我該讀哪些書？」已非問題所在；因為讀書人口在今天電視、電影充斥的影像年代中已是少之又少了。比較實際一點的問題是：「我不必費神去讀哪些書？」一旦你接受了憎恨學派的某種信條，並承認美學的選擇不過是在社會與政治多重決定之下的幌子，這種問題就很好回答了。根據葛雷生法則（Gresham's Law），劣幣將驅逐良幣，為社會改革衝鋒陷陣的將是艾莉斯・渦可，而非任何一位較有才華與想像力的作者。但這些社會改革者的選擇標準在哪裡？令我們同感悲哀的是，政治很快就過時走味了，就像上個月的報紙一樣不再有新聞價值。文學政治的運作或許從來沒有停止過，但是，政治立場在傑出作家們那異常親密的家庭羅曼史當中是無足輕重的，這些作家彼此互相影響，政治上的相似和差異只能靠邊站罷了。

文學正典確認了我們的文化焦慮

文學影響屬於「精神政治」：正典形塑即便是毫無例外地反映了階級利益，也仍然是一種非常矛盾的現象。英美文學正典史的核心人物是米爾頓，而非兩位最傑出的英國詩人——喬賽和莎士比亞。同樣的道理，在整個西方文學正典的早期歷史中，最舉足輕重的作家並不在最傑出的詩人陣營裡——荷馬、但丁、喬賽、莎士比亞等等都不是；此一頭銜必須歸給魏吉爾，他是希臘詩風（卡里馬庫斯〔Callimachus, 1544-95〕和歐洲史詩傳統（但丁、塔索〔Tasso, 1544-95〕、史賓賽、米爾頓）之間的宏偉橋樑。魏吉爾和米爾頓這兩位詩人，在他們之後的作者心裡激起了強烈的矛盾情感，正是這些矛盾情感奠定了他們在正典裡的核心地位。雖然從傳抄者以斯拉一直到最近的諾斯洛普・孚萊，都對正典存有理想化的期許，但正典的存在並不是為了要消除讀者的焦慮的。正典實乃完足的焦慮，正如任何一部強而有力的文學作品都是作者完足的焦慮一般。文學正典並不會讓我們融入文化之中；它無法讓我們免於文化的焦慮。相反地，文學正典確認了我們的文化焦慮，但同時也為這份焦慮賦予了形式與一貫的內涵。

意識形態在文學正典的形塑中扮演著重要的角色，如果你堅持美學立場本身就是一種意識形態的話；這是憎恨學派六大支系共同的堅持：女性主義者、馬克思主義者、拉岡主義者、新歷史主義者、解構主義者、符號學者。各式各樣的美學觀當然各不相同，那些認為文學研究必須為社會改革身先士卒的信徒們所持有的美學觀，顯然和我自己後愛默生式的佩特—王爾德美學觀有所差異。這種差異到底構不構成差異我並不清楚；社會改革者和我似乎都同意品瓊、梅里爾、艾虛貝里是美國當今最具正典身段的三位作家。憎恨份子提名了很多非裔美國人和女人當另類正典作家候選人，但並不是很心甘情願的。

如果文學正典只是階級、種族、性別和國家利益的產物，或許其他的美學傳統也應該一視同仁，包括音樂和視覺藝術在內。如此一來，馬蒂斯和史特拉文斯基便可以和喬哀思與普魯斯特，共組死翹翹的歐洲男性白人四人幫一起鞠躬下台了。我好奇地看著紐約人群集於馬蒂斯的展覽會場：他們真的是因為在社會多重決定之下才跑來這裡的嗎？當憎恨學派在藝術史家和藝評家之間取得類似它在文學學術界的主導地位時，馬蒂斯會不會乏人問津，人們會不會爭相去看「游擊女孩」（Guerrilla Girls，按：女性主義藝術團體，一九八五年創立於紐約）的塗塗抹抹？這些瘋狂的問題實在用不著回答，因為馬蒂斯的地位無庸置疑，而世界各地的芭蕾舞團，顯然也不會拿政治立場正確的音樂來取代史特拉文斯基。那麼為什麼當文學碰到當今的社會理想主義者時會如此不堪一擊？有一種可能的答案是：一般人都誤以為，想像文學（我們曾經如此稱呼）的生產與理解所需要的知識和技能並不像其他藝術所需要的那麼多。

如果音符或畫筆的筆觸是我們日常所使用的語言，史特拉文斯基和馬蒂斯恐怕就會和正典作家一樣在劫難逃。在我試著閱讀憎恨學派所指定的許多另類正典作品時，我不禁百感交集：那些滿懷抱負的人想必是認為他們每天所說的話都是一篇篇的故事和小說，或者他們誠懇熱切的心意就是一首首的詩作，只消再稍加潤飾即可。我還是回到我的書單，希望文學倖存者能在其中發現一些他們還沒見過的作者和作品，將只有正典文學才能提供的回報好好珍藏。

附錄

建議書單

索引

〈建議書單〉

A
神制時期

在這兒以及接下來的書單裡，我將列出讓我覺得特別受用和有趣的翻譯版本。許多很有價值的古希臘與拉丁文學作品並不在其中，一般讀者想來也沒有時間閱讀。歷史拉得愈長，古老的正典必然會愈益減縮。這兒談的是文學正典，因此宗教、哲學、歷史和科學作品只有在本身具有傑出的美學價值時才會列入。

在這份書單裡，我想讀者在熟悉了聖經、荷馬、柏拉圖、雅典劇作家、魏吉爾之後，可蘭經便成為最重要的作品。不管是就其美學與精神上的力量，或是它將對我們所有人的未來所產生的影響來看，忽視可蘭經是很愚蠢的，而且也愈來愈危險。

鑒於古印度文學對西方正典的影響，我列入了一些古印度宗教作品和基本文學讀物。古中國文學的浩瀚資產和西方文學傳統大抵是不相通連的，現存的翻譯也多有不足之處。

A.

THE THEOCRATIC AGE

HERE, AS in the following lists, I suggest translations wherever I have derived particular pleasure and insight from those now readily available. There are many valuable works of ancient Greek and Latin literature that are not here, but the common reader is unlikely to have time to read them. As history lengthens, the older canon necessarily narrows. Since the literary canon is at issue here, I include only those religious, philosophical, historical, and scientific writings that are themselves of great aesthetic interest. I would think that, of all the books in this first list, once the reader is conversant with the Bible, Homer, Plato, the Athenian dramatists, and Virgil, the crucial work is the Koran. Whether for its aesthetic and spiritual power or the influence it will have upon all of our futures, ignorance of the Koran is foolish and increasingly dangerous.

I have included some Sanskrit works, scriptures and fundamental literary texts, because of their influence on the Western Canon. The immense wealth of ancient Chinese literature is mostly a sphere apart from Western literary tradition and is rarely conveyed adequately in the translations available to us.

THE ANCIENT NEAR EAST

Gilgamesh, translated by David Ferry

The Egyptian Book of the Dead

The Holy Bible, *Authorized King James Version*

The Apocrypha

Sayings of the Fathers (Pirke Aboth), translated by R. Travers Herford

ANCIENT INDIA (SANSKRIT)

The Mahabharata

There is an abridged translation by William Buck,

and a dramatic version by Jean-Claude Carrière, translated by Peter Brook

The Bhagavad-Gita

The crucial religious section *Mahabharata*, Book 6, translated by Barbara Stoler Miller

The Ramayana

There is an abridged prose version by William Buck, and a retelling by R. K. Narayan

THE ANCIENT GREEKS

Homer

The Iliad, translated by Richmond Lattimore

The Odyssey, translated by Robert Fitzgerald

Hesiod

The Works and Days; Theogony, translated by Richmond Lattimore

Archilochos, Sappho, Alkman

translated by Guy Davenport

Pindar

The Odes, translated by Richmond Lattimore

Aeschylus

The Oresteia, translated by Robert Fagles

Seven against Thebes, translated by Anthony Hecht and Helen H. Bacon

Prometheus Bound

The Persians

The Suppliant Women

Sophocles

Oedipus the King, translated by Stephen Berg and Diskin Clay

Oedipus at Colonus, translated by Robert Fitzgerald

Antigone, translated by Robert Fagles

Electra

Ajax

Women of Trachis

Philoctetes

Euripides

(translated by William Arrowsmith)

Cyclops

Heracles

Alcestis

Hecuba

The Bacchae

Orestes

Andromache

Medea, translated by Rex Warner

Ion, translated by H. D. (Hilda Doolittle)

Hippolytus, translated by Robert Bagg

Helen, translated by Richmond Lattimore

Iphigeneia at Aulis, translated by W. S. Merwin and George Dimock

Aristophanes

The Birds, translated by William Arrowsmith

The Clouds, translated by William Arrowsmith

The Frogs

Lysistrata

The Knights

The Wasps

The Assemblywomen (also called *The Parliament of Women*)

Herodotus

The Histories

Thucydides
The Peloponnesian War

The Pre-Socratics (Heraclitus, Empedocles)

Plato
Dialogues

Aristotle
Poetics
Ethics

HELLENISTIC GREEKS

Menander
The Girl from Samos, translated by Eric G. Turner

"Longinus"
On the Sublime

Callimachus
Hymns and *Epigrams*

Theocritus
Idylls, translated by Daryl Hine

Plutarch
Lives, translated by John Dryden
Moralia

"Aesop"
Fables

Lucian
Satires

THE ROMANS

Plautus
Pseudolus
The Braggart Soldier
The Rope
Amphitryon

Terence
The Girl from Andros
The Eunuch
The Mother-in-Law

Lucretius
The Way Things Are, translated by Rolfe Humphries

Cicero
On the Gods

Horace
Odes, translated by James Michie
Epistles
Satires

Persius
Satires, translated by W. S. Merwin

Catullus
Attis, translated by Horace Gregory
Other poems translated by Richard Crashaw, Abraham Cowley, Walter Savage Landor, and a host of English poets

Virgil
The Aeneid, translated by Robert Fitzgerald
Eclogues and *Georgics,* translated by John Dryden

Lucan
Pharsalia

Ovid
Metamorphoses, translated by George Sandys
The Art of Love
Epistulae heroidum or *Heroides* translated by Daryl Hine

Juvenal
Satires

Martial
Epigrams, translated by James Michie

Seneca
Tragedies, particularly *Medea*:

and *Hercules furens*, as translated by Thomas Heywood

Petronius

Satyricon, translated by William Arrowsmith

Apuleius

The Golden Ass, translated by Robert Graves

THE MIDDLE AGES: LATIN, ARABIC, AND THE VERNACULAR BEFORE DANTE

Saint Augustine

The City of God

The Confessions

The Koran

Al-Qur'an: A Contemporary Translation by Ahmad Ali

The Book of the Thousand Nights and One Night

The Poetic Edda, translated by Lee Hollander

Snorri Sturluson

The Prose Edda

The Nibelungen Lied

Wolfram von Eschenbach

Parzival

Chrétien de Troyes

Yvain: The Knight of the Lion, translated by Burton Raffel

Beowulf, translated by Charles W. Kennedy

The Poem of the Cid, translated by W. S. Merwin

Christine de Pisan

The Book of the City of Ladies, translated by Earl Richards

Diego de San Pedro

Prison of Love

B 貴族制時期

從但丁的《神曲》到歌德的《浮士德，第二部》歷經了五百年，這期間給了我們五大文學的豐富資產：義大利、西班牙、英國、法國、德國。在這份以及接下來的書單裡，對於一些正典大師我並未列舉其個別作品，有時我所列舉的是一些我認為足堪躋身正典卻遭到忽視的作者和作品。從這份書單開始，我略去了許多非屬核心的優秀作家。

我們也開始看到了「一時之作」的現象，這份遺憾在民主制時期持續擴大，在我們這個世紀則彷彿要將我們窒息。在他們自己的年代與國家受到高度肯定的作家，有時也能在其他年代與國家引領風騷，但經常會變成明日黃花供人憑弔。

在我眼裡，當今文壇這類作家少說也有好幾打，但是在這裡，將他們略去也就夠了，我將在最後一份書單的引言裡就此再做申述。

B.

The Aristocratic Age

It is a span of five hundred years from Dante's *Divine Comedy* through Goethe's *Faust, Part Two,* an era that gives us a huge body of reading in five major literatures: Italian, Spanish, English, French, and German. In this and in the remaining lists, I sometimes do not mention individual works by a canonical master, and in other instances I attempt to call attention to authors and books that I consider canonical but rather neglected. From this list onward, many good writers who are not quite central are omitted. We begin also to encounter the phenomenon of "period pieces," a sorrow that expands in the Democratic Age and threatens to choke us in our own century. Writers much esteemed in their own time and country sometimes survive in other times and nations, yet often shrink into once-fashionable fetishes. I behold at least several scores of these in our contemporary literary scene, but it is sufficient to name them by omission, and I will address this matter more fully in the introductory note to my final list.

ITALY

Dante

The Divine Comedy, translated by Laurence Binyon in terza rima, and by John D. Sinclair in prose

The New Life, translated by Dante Gabriel Rossetti

Petrarch

Lyric Poems, translated by Robert M. Durling

Selections, translated by Mark Musa

Giovanni Boccaccio

The Decameron

Matteo Maria Boiardo

Orlando innamorato

Ludovico Ariosto
Orlando furioso

Michelangelo Buonarroti
Sonnets and Madrigals, translated by Wordsworth, Longfellow, Emerson, Santayana, and others

Niccolò Machiavelli
The Prince
The Mandrake, a Comedy

Leonardo da Vinci
Notebooks

Baldassare Castiglione
The Book of the Courtier

Gaspara Stampa
Sonnets and *Madrigals*

Giorgio Vasari
Lives of the Painters

Benvenuto Cellini
Autobiography

Torquato Tasso
Jerusalem Delivered

Giordano Bruno
The Expulsion of the Triumphant Beast

Tommaso Campanella
Poems
The City of the Sun

Giambattista Vico
Principles of a New Science

Carlo Goldoni
The Servant of Two Masters

Vittorio Alfieri
Saul

PORTUGAL

Luis de Camoëns
The Lusiads, translated by Leonard Bacon

António Ferreira
Poetry, in *The Muse Reborn,* translated by T. F. Earle

SPAIN

Jorge Manrique
Coplas, translated by Henry Wadsworth Longfellow

Fernando de Rojas
La Celestina, translated by James Mabbe, adapted by Eric Bentley
Lazarillo de Tormes, translated by W. S. Merwin

Francisco de Quevedo
Visions, translated by Roger L'Estrange
Satirical Letter of Censure, in J. M. Cohen's *Penguin Book of Spanish Verse*

Fray Luis de León
Poems, translated by Willis Barnstone

St. John of the Cross
Poems, translated by John Frederick Nims

Luis de Góngora
Sonnets
Soledades

Miguel de Cervantes
Don Quixote, translated by Samuel Putnam
Exemplary Stories

Lope de Vega
La Dorotea, translated by Alan S. Trueblood and Edwin Honig
Fuente ovejuna, translated by Roy Campbell
Lost in a Mirror, translated by Adrian Mitchell

The Knight of Olmedo,
translated by Willard F. King

Tirso de Molina
The Trickster of Seville,
translated by Roy Campbell

Pedro Calderón de la Barca
Life Is a Dream, translated by
Roy Campbell
The Mayor of Zalamea
The Mighty Magician
The Doctor of His Own Honor

Sor Juana Inés de la Cruz
Poems

ENGLAND AND SCOTLAND

Geoffrey Chaucer
The Canterbury Tales
Troilus and Criseyde

Sir Thomas Malory
Le Morte D'Arthur

William Dunbar
Poems

John Skelton
Poems

Sir Thomas More
Utopia

Sir Thomas Wyatt
Poems

Henry Howard, Earl of Surrey
Poems

Sir Philip Sidney
The Countess of Pembroke's Arcadia
Astrophel and Stella
An Apology for Poetry

Fulke Greville, Lord Brooke
Poems

Edmund Spenser
The Faerie Queene
The Minor Poems

Sir Walter Ralegh
Poems

Christopher Marlowe
Poems and *Plays*

Michael Drayton
Poems

Samuel Daniel
Poems
A Defence of Ryme

Thomas Nashe
The Unfortunate Traveller

Thomas Kyd
The Spanish Tragedy

William Shakespeare
Plays and *Poems*

Thomas Campion
Songs

John Donne
Poems
Sermons

Ben Jonson
Poems, Plays, and *Masques*

Francis Bacon
Essays

Robert Burton
The Anatomy of Melancholy

Sir Thomas Browne
Religio Medici
Hydriotaphia, or Urne-Buriall
The Garden of Cyrus

Thomas Hobbes
Leviathan

Robert Herrick
Poems

Thomas Carew
Poems

Richard Lovelace
Poems

Andrew Marvell
Poems

George Herbert
The Temple

Thomas Traherne
Centuries, Poems, and *Thanksgivings*

Henry Vaughan
Poetry

John Wilmot, Earl of Rochester
Poems

Richard Crashaw
Poems

Francis Beaumont and John Fletcher
Plays

George Chapman
Comedies, Tragedies, Poems

John Ford
'Tis Pity She's a Whore

John Marston
The Malcontent

John Webster
The White Devil
The Duchess of Malfi

Thomas Middleton and William Rowley
The Changeling

Cyril Tourneur
The Revenger's Tragedy

Philip Massinger
A New Way to Pay Old Debts

John Bunyan
The Pilgrim's Progress

Izaak Walton
The Compleat Angler

John Milton
Paradise Lost
Paradise Regained
Lycidas, Comus, and the *Minor Poems*
Samson Agonistes
Areopagitica

John Aubrey
Brief Lives

Jeremy Taylor
Holy Dying

Samuel Butler
Hudibras

John Dryden
Poetry and Plays
Critical Essays

Thomas Otway
Venice Preserv'd

William Congreve
The Way of the World
Love for Love

Jonathan Swift
A Tale of a Tub
Gulliver's Travels
Shorter Prose Works
Poems

Sir George Etherege
The Man of Mode

Alexander Pope
Poems

John Gay
The Beggar's Opera

James Boswell
Life of Johnson
Journals

Samuel Johnson
Works

Edward Gibbon
The History of the Decline and Fall of the Roman Empire

Edmund Burke
A Philosophical Enquiry into . . . the Sublime and Beautiful
Reflections on the Revolution in France

Maurice Morgann
An Essay on the Dramatic Character of Sir John Falstaff

William Collins
Poems

Thomas Gray
Poems

George Farquhar
The Beaux' Stratagem
The Recruiting Officer

William Wycherley
The Country Wife
The Plain Dealer

Christopher Smart
Jubilate Agno
A Song to David

Oliver Goldsmith
The Vicar of Wakefield
She Stoops to Conquer
The Traveller
The Deserted Village

Richard Brinsley Sheridan
The School for Scandal
The Rivals

William Cowper
Poetical Works

George Crabbe
Poetical Works

Daniel Defoe
Moll Flanders
Robinson Crusoe
A Journal of the Plague Year

Samuel Richardson
Clarissa
Pamela
Sir Charles Grandison

Henry Fielding
Joseph Andrews
The History of Tom Jones, a Foundling

Tobias Smollett
The Expedition of Humphry Clinker
The Adventures of Roderick Random

Laurence Sterne
The Life and Opinions of Tristram Shandy, Gentleman
A Sentimental Journey through France and Italy

Fanny Burney
Evelina

Joseph Addison and
Richard Steele
The Spectator

FRANCE

Jean Froissart
Chronicles
The Song of Roland

François Villon
Poems, translated by Galway Kinnell

Michel de Montaigne
Essays, translated by Donald Frame

François Rabelais
Gargantua and Pantagruel, translated by Donald Frame

Marguerite de Navarre
The Heptameron

Joachim Du Bellay
The Regrets, translated by C. H. Sisson

Maurice Scève
Délie

Pierre de Ronsard
Odes, Elegies, Sonnets

Philippe de Commynes
Memoirs

Agrippa d'Aubigné
Les Tragiques

Robert Garnier
Mark Antony, translated by Mary (Sidney) Herbert, Countess of Pembroke
The Jewesses

Pierre Corneille
The Cid
Polyeucte
Nicomède
Horace
Cinna
Rodogune

François de La Rochefoucauld
Maxims

Jean de La Fontaine
Fables

Molière
(translated by Richard Wilbur)
The Misanthrope
Tartuffe
The School for Wives
The Learned Ladies
(translated by Donald Frame)
Don Juan
School for Husbands
Ridiculous Precieuses
The Would-Be Gentleman
The Miser
The Imaginary Invalid.

Blaise Pascal
Pensées

Jacques-Bénigne Bossuet
Funerary Orations

Nicolas Boileau-Despréaux
The Art of Poetry
Lutrin

Jean Racine
(translated by Richard Wilbur)
Phaedra
Andromache
(translated by C. H. Sisson)
Britannicus
Athaliah

Pierre Carlet de Marivaux
Seven Comedies

Jean-Jacques Rousseau
The Confessions
Émile
La Nouvelle Héloïse

Voltaire
Zadig
Candide
Letters on England
The Lisbon Earthquake

Abbé Prévost
Manon Lescaut, translated by Donald Frame

Madame de La Fayette
The Princess of Clèves

Sébastien-Roch Nicolas de Chamfort
Products of the Perfected Civilization, translated by W. S. Merwin

Denis Diderot
Rameau's Nephew

Choderlos de Laclos
Dangerous Liaisons

GERMANY

Erasmus, a Dutchman living in Switzerland and Germany, while writing in Latin, is placed here arbitrarily, but also as an influence on the Lutheran Reformation.

Erasmus

In Praise of Folly

Johann Wolfgang von Goethe

Faust, Parts One and Two, translated by Stuart Atkins

Dichtung und Wahrheit

Egmont, translated by Willard Trask

Elective Affinities

The Sorrows of Young Werther, translated by Louise Bogan, Elizabeth Mayer, and W. H. Auden

Poems, translated by Michael Hamburger, Christopher Middleton, and others

Wilhelm Meister's Apprenticeship

Wilhelm Meister's Years of Wandering

Italian Journey

Verse Plays and *Hermann and Dorothea,* translated by Michael Hamburger and others

Roman Elegies, Venetian Epigrams, West-Eastern Divan, translated by Michael Hamburger

Friedrich Schiller

The Robbers

Mary Stuart

Wallenstein

Don Carlos

On the Naïve and Sentimental in Literature

Gotthold Lessing

Laocoön

Nathan the Wise

Friedrich Hölderlin

Hymns and Fragments, translated by Richard Sieburth

Selected Poems, translated by Michael Hamburger

Heinrich von Kleist

Five Plays, translated by Martin Greenberg

Stories

C
民主制時期

我將維科的民主制時期定於歌德之後的十九世紀，此時義大利與西班牙文學已然式微，英國挾其浪漫主義文藝復興閃耀生輝，法國與德國也有不錯的表現。俄國與美國文學亦於此時初試身手。時下的正典改造運動想要回過頭來為許多十九世紀實力明顯不足的女作家以及非裔美人的若干學步之作歌功頌德。

我在這本書裡已經講了不只一次了，擴展正典勢必將驅逐較優秀的、有時甚至是最好的作家，因為我們沒有一個人（不管我們是誰）會有時間盡覽群書，無論我們讀書的胃口有多麼好。

對大多數人而言，尤其是干擾多多的年輕人，二流作者將會損耗最好還是花在一流作家身上的精力。女性主義者和非裔美籍文學學者所挖掘出來的東西，不偏不倚幾乎全是「一時之作」，才剛冒出頭就快要沒氣兒了。

C.

The Democratic Age

I HAVE located Vico's Democratic Age in the post-Goethean nineteenth century, when the literature of Italy and Spain ebbs, yielding eminence to England with its renaissance of the Renaissance in Romanticism, and to a lesser degree to France and Germany. This is also the era where the strength of both Russian and American literature begins. I have resisted the backward reach of the current canonical crusades, which attempt to elevate a number of sadly inadequate women writers of the nineteenth century, as well as some rudimentary narratives and verses of African-Americans. Expanding the Canon, as I have said more than once in this book, tends to drive out the better writers, sometimes even the best, because pragmatically none of us (whoever we are) ever had time to read absolutely everything, no matter how great our lust for reading. And for most of us, the harried young in particular, inadequate authors will consume the energies that would be better invested in stronger writers. Nearly everything that has been revived or discovered by Feminist and African-American literary scholars falls all too precisely into the category of "period pieces," as imaginatively dated now as they were already enfeebled when they first came into existence.

ITALY

Ugo Foscolo
On Sepulchres, translated by Thomas G. Bergin
Last Letters of Jacopo Ortis
Odes and *The Graces*

Alessandro Manzoni
The Betrothed
On the Historical Novel

Giacomo Leopardi
Essays and Dialogues, translated by Giovanni Cecchetti

Poems
The Moral Essays, translated by Howard Norse

Giuseppe Gioacchino Belli
Roman Sonnets, translated by Harold Norse

Giosuè Carducci
Hymn to Satan
Barbarian Odes
Rhymes and Rhythms

Giovanni Verga
Little Novels of Sicily, translated by D. H. Lawrence
Mastro-Don Gesualdo, translated by D. H. Lawrence
The House by the Medlar Tree, translated by Raymond Rosenthal
The She-Wolf and Other Stories, translated by Giovanni Cecchetti

SPAIN and PORTUGAL

Gustavo Adolfo Bécquer
Poems

Benito Pérez Galdós
Fortunata and Jacinta

Leopoldo Alas (Clarín)
La Regenta

José Maria de Eça de Queirós
The Maias

FRANCE

Benjamin Constant
Adolphe
The Red Notebook

François-Auguste-René de Chateaubriand
Atala and *René*, translated by Irving Putter
The Genius of Christianity

Alphonse de Lamartine
Meditations

Alfred de Vigny
Chatterton
Poems

Victor Hugo
The Distance, The Shadows: Selected Poems, translated by Harry Guest
Les Misérables
Notre-Dame of Paris
William Shakespeare
The Toilers of the Sea
The End of Satan
God

Alfred de Musset
Poems
Lorenzaccio

Gérard de Nerval
The Chimeras, translated by Peter Jay
Sylvie
Aurelia

Théophile Gautier
Mademoiselle de Maupin
Enamels and Cameos

Honoré de Balzac
The Girl with the Golden Eyes
Louis Lambert
The Wild Ass's Skin
Old Goriot
Cousin Bette
A Harlot High and Low
Eugénie Grandet
Ursule Mirouet

Stendhal
On Love
The Red and the Black
The Charterhouse of Parma

Gustave Flaubert
Madame Bovary, translated by Francis Steegmuller
Sentimental Education
Salammbô
A Simple Soul

George Sand
The Haunted Pool

Charles Baudelaire
Flowers of Evil, translated by Richard Howard
Paris Spleen

Stéphane Mallarmé
Selected Poetry and Prose

Paul Verlaine
Selected Poems

Arthur Rimbaud
Complete Works, translated by Paul Schmidt

Tristan Corbière
Les Amours jaunes

Jules Laforgue
Selected Writings, translated by William Jay Smith

Guy de Maupassant
Selected Short Stories

Émile Zola
Germinal
L'Assommoir
Nana

SCANDINAVIA

Henrik Ibsen
Brand, translated by Geoffrey Hill
Peer Gynt, translated by Rolf Fjelde
Emperor and Galilean
Hedda Gabler
The Master Builder
The Lady from the Sea
When We Dead Awaken

August Strindberg
To Damascus
Miss Julie
The Father
The Dance of Death
The Ghost Sonata
A Dream Play

GREAT BRITAIN

Robert Burns
Poems

William Blake
Complete Poetry and Prose

William Wordsworth
Poems
The Prelude

Sir Walter Scott
Waverley
The Heart of Midlothian
Redgauntlet
Old Mortality

Jane Austen
Pride and Prejudice
Emma
Mansfield Park
Persuasion

Samuel Taylor Coleridge
Poems and Prose

Dorothy Wordsworth
The Grasmere Journal

William Hazlitt
Essays and Criticism

Lord Byron
Don Juan
Poems

Walter Savage Landor
Poems
Imaginary Conversations

Thomas De Quincey
Confessions of an English Opium Eater
Selected Prose

Charles Lamb
Essays

Maria Edgeworth
Castle Rackrent

John Galt
The Entail

Elizabeth Gaskell
Cranford
Mary Barton
North and South

James Hogg
The Private Memoirs and Confessions of a Justified Sinner

Charles Maturin
Melmoth the Wanderer

Percy Bysshe Shelley
Poems
A Defence of Poetry

Mary Wollstonecraft Shelley
Frankenstein

John Clare
Poems

John Keats
Poems and Letters

Thomas Lovell Beddoes
Death's Jest-Book
Poems

George Darley
Nepenthe
Poems

Thomas Hood
Poems

Thomas Wade
Poems

Robert Browning
Poems
The Ring and the Book

Charles Dickens
The Posthumous Papers of the Pickwick Club
David Copperfield
The Adventures of Oliver Twist
A Tale of Two Cities
Bleak House
Hard Times
Nicholas Nickleby
Dombey and Son
Great Expectations
Martin Chuzzlewit
Christmas Stories
Little Dorrit
Our Mutual Friend
The Mystery of Edwin Drood

Alfred, Lord Tennyson
Poems

Dante Gabriel Rossetti
Poems and *Translations*

Matthew Arnold
Poems
Essays

Arthur Hugh Clough
Poems

Christina Rossetti
Poems

Thomas Love Peacock
Nightmare Abbey
Gryll Grange

Gerard Manley Hopkins
Poems and *Prose*

Thomas Carlyle
Selected Prose
Sartor Resartus

John Ruskin
Modern Painters
The Stones of Venice
Unto This Last
The Queen of the Air

Walter Pater
Studies in the History of the Renaissance
Appreciations
Imaginary Portraits
Marius the Epicurean

Edward FitzGerald
The Rubáiyát of Omar Khayyám

John Stuart Mill
On Liberty
Autobiography

John Henry Newman
Apologia pro Vita Sua
A Grammar of Assent
The Idea of a University

Anthony Trollope
The Barsetshire Novels
The Palliser Novels
Orley Farm
The Way We Live Now

Lewis Carroll
Complete Works

Edward Lear
Complete Nonsense

George Gissing
New Grub Street

Algernon Charles Swinburne
Poems and *Letters*

Charlotte Brontë
Jane Eyre
Villette

Emily Brontë
Poems
Wuthering Heights

William Makepeace Thackeray
Vanity Fair
The History of Henry Esmond

George Meredith
Poems
The Egoist

Francis Thompson
Poems

Lionel Johnson
Poems

Robert Bridges
Poems

Gilbert Keith Chesterton
Collected Poems
The Man Who Was Thursday

Samuel Butler
Erewhon
The Way of All Flesh

W. S. Gilbert
Complete Plays of Gilbert and Sullivan
Bab Ballads

Wilkie Collins
The Moonstone
The Woman in White
No Name

Coventry Patmore
Odes

James Thomson (Bysshe Vanolis)
The City of Dreadful Night

Oscar Wilde
Plays
The Picture of Dorian Gray
The Artist as Critic
Letters

John Davidson
Ballads and Songs

Ernest Dowson
Complete Poems

George Eliot
Adam Bede
Silas Marner
The Mill on the Floss
Middlemarch
Daniel Deronda

Robert Louis Stevenson
Essays
Kidnapped
Dr. Jekyll and Mr. Hyde
Treasure Island
The New Arabian Nights
The Master of Ballantrae
Weir of Hermiston

William Morris
Early Romances
Poems
The Earthly Paradise
The Well at the World's End
News from Nowhere

Bram Stoker
Dracula

George Macdonald
Lilith
At the Back of the North Wind

GERMANY

Novalis (Friedrich von Hardenburg)
Hymns to the Night
Aphorisms

Jacob and Wilhelm Grimm
Fairy Tales

Eduard Mörike
Selected Poems, translated by Christopher Middleton
Mozart on His Way to Prague

Theodor Storm
Immensee
Poems

Gottfried Keller
Green Henry
Tales

E. T. W. Hoffmann
The Devil's Elixir
Tales

Jeremias Gotthelf
The Black Spider

Adalbert Stifter
Indian Summer
Tales

Friedrich Schlegel
Criticism and *Aphorisms*

Georg Büchner
Danton's Death
Woyzeck

Heinrich Heine
Complete Poems

Richard Wagner
The Ring of the Nibelung

Friedrich Nietzsche
The Birth of Tragedy
Beyond Good and Evil
On the Genealogy of Morals
The Will to Power

Theodor Fontane
Effi Briest

Stefan George
Selected Poems

RUSSIA

Aleksandr Pushkin
Complete Prose Tales
Collected Poetry, translated by Walter Arndt
Eugene Onegin, translated by Charles Johnston
Narrative Poems, translated by Charles Johnston
Boris Godunov

Nikolay Gogol
The Complete Tales
Dead Souls
The Government Inspector, translated by Adrian Mitchell

Mikhail Lermontov
Narrative Poems, translated by Charles Johnston
A Hero of Our Time

Sergey Aksakov
A Family Chronicle

Aleksandr Herzen
My Past and Thoughts
From the Other Shore

Ivan Goncharov
The Frigate Pallada
Oblomov

Ivan Turgenev
A Sportsman's Notebook, translated by Charles and Natasha Hepburn
A Month in the Country
Fathers and Sons
On the Eve
First Love

Fyodor Dostoevsky
Notes from the Underground
Crime and Punishment
The Idiot
The Possessed (The Devils)
The Brothers Karamazov
Short Novels

Leo Tolstoy
The Cossacks
War and Peace
Anna Karenina
A Confession
The Power of Darkness
Short Novels

Nikolay Leskov
Tales

Aleksandr Ostrovsky
The Storm

Nikolay Chernyshevsky
What Is to Be Done?

Aleksandr Blok
The Twelve and Other Poems, translated by Anselm Hollo

Anton Chekhov
The Tales
The Major Plays

THE UNITED STATES

Washington Irving
The Sketch Book

William Cullen Bryant
Collected Poems

James Fenimore Cooper
The Deerslayer

John Greenleaf Whittier
Collected Poems

Ralph Waldo Emerson
Nature
Essays, first and second series
Representative Men
The Conduct of Life
Journals
Poems

Emily Dickinson
Complete Poems

Walt Whitman
Leaves of Grass, first edition
Leaves of Grass, third edition
The Complete Poems
Specimen Days

Nathaniel Hawthorne
The Scarlet Letter
Tales and Sketches
The Marble Faun
Notebooks

Herman Melville
Moby-Dick
The Piazza Tales
Billy Budd
Collected Poems
Clarel

Edgar Allan Poe
Poetry and Tales
Essays and Reviews
The Narrative of Arthur Gordon Pym
Eureka

Jones Very
Essays and Poems

Frederick Goddard Tuckerman
The Cricket and Other Poems

Henry David Thoreau
Walden
Poems
Essays

Richard Henry Dana, Jr.
Two Years before the Mast

Frederick Douglass
Narrative of the Life of Frederick Douglass, an American Slave

Henry Wadsworth Longfellow
Selected Poems

Sidney Lanier
Poems

Francis Parkman
France and England in North America
The California and Oregon Trail

Henry Adams
The Education of Henry Adams
Mont Saint Michel and Chartres

Ambrose Bierce
Collected Writings

Louisa May Alcott
Little Women

Charles W. Chesnutt
The Short Fiction

Kate Chopin
The Awakening

William Dean Howells
The Rise of Silas Lapham
A Modern Instance

Stephen Crane
The Red Badge of Courage
Stories and *Poems*

Henry James
The Portrait of a Lady
The Bostonians
The Princess Casamassima
The Awkward Age
Short Novels and Tales
The Ambassadors
The Wings of the Dove
The Golden Bowl

Harold Frederic
The Damnation of Theron Ware

Mark Twain
Complete Short Stories
The Adventures of Huckleberry Finn
The Devil's Racetrack
Number Forty-Four: The Mysterious Stranger
Pudd'nhead Wilson
A Connecticut Yankee in King Arthur's Court

William James
The Varieties of Religious Experience
Pragmatism

Frank Norris
The Octopus

Sarah Orne Jewett
The Country of the Pointed Firs and Other Stories

Trumbull Stickney
Poems

D
混亂時期：正典預言

我對這份書單不像前面三份那麼有信心。文化的預言一直是扮鬼臉的遊戲。此處所列舉的不一定全都會進入正典；文學作品數量爆炸的情形，對其中的許多作品都是個威脅。

但文化政治的考量從來不是我排除或選取的依據。我所略去的都是我認為終將成為一時之作的東西：即使是支持它們的「多元文化主義者」也會在大約兩個世代之後棄它們而去，以便為更好的作品騰出空間。

此處列舉的作品當然反映了我個人的一些特殊的喜好，但絕不全然是我自己的怪癖在作祟。羅伯・洛威（Robert Lowell, 1917-77）和菲里普・拉金（Philip Larkin，1922-85）名列書單，因為當今的批評家好像只有我認為他們的名聲有誇大之嫌；可能是我錯了，因此我必須假設我是被美學以外的考量給蒙蔽了，我厭惡這種考量並竭力避免之。然而，如果半個世紀之後我能自冥界回返而發現洛威與拉金和被我排除的許多人一樣都成了一時之作的話，我可是一點都不會吃驚的。

然而，批評家並不能製造正典，憎恨網絡也同樣插不上手，未來的詩人也有可能會因為認知到洛威和拉金無可逃避的影響力而確定其正典的地位。

D.

The Chaotic Age: A Canonical Prophecy

I am not as confident about this list as the first three. Cultural prophecy is always a mug's game. Not all of the works here can prove to be canonical; literary overpopulation is a hazard to many among them. But I have neither excluded nor included on the basis of cultural politics of any sort. What I have omitted seem to me fated to become period pieces: even their "multiculturalist" supporters will turn against them in another two generations or so, in order to clear space for better writings. What is here doubtless reflects some accidents of my personal taste, but by no means wholly represents my idiosyncratic inclinations. Robert Lowell and Philip Larkin are here because I seem to be the only critic alive who regards them as overesteemed, and so I am probably wrong and must assume that I am blinded by extra-aesthetic considerations, which I abhor and try to avoid. I would not be surprised, however, could I return from the dead half a century hence, to discover that Lowell and Larkin are period pieces, as are many whom I have excluded. But critics do not make canons, any more than resentful networks can create them, and it may be that poets to come will confirm Lowell and Larkin as canonical by finding them to be inescapable influences.

ITALY

Luigi Pirandello
Naked Masks: Five Plays, translated by Eric Bentley and others

Gabriele D'Annunzio
Maia: In Praise of Life

Dino Campana
Orphic Songs, translated by Charles Wright

Umberto Saba
Stories and Recollections, translated by Estelle Gilson
Poems

Giuseppe Tomasi di Lampedusa
The Leopard, translated by Archibald Colquhoun

Giuseppe Ungaretti
Selected Poems, translated by Allen Mandelbaum
The Buried Harbour: Selected Poems, translated by Kevin Hart

Eugenio Montale
(translated by William Arrowsmith)
The Storm and Other Things: Poems
The Occasions: Poems
Cuttlefish Bones: Poems
(translated by Jonathan Galassi)
Otherwise: Last and First Poems
The Second Life of Art: Selected Essays

Salvatore Quasimodo
Selected Writings: Poems and Discourse on Poetry, translated by Allen Mandelbaum

Tommaso Landolfi
Gogol's Wife and Other Stories

Leonardo Sciascia
Day of the Owl
Equal Danger
The Wine-Dark Sea: Thirteen Stories

Pier Paolo Pasolini
Poems, translated by Norman MacAfee with Luciano Martinengo

Cesare Pavese
Hard Labor: Poems, translated by William Arrowsmith
Dialogues with Leucò, translated by William Arrowsmith and D. S. Carne-Ross

Primo Levi
If Not Now, When? translated by William Weaver
Collected Poems
The Periodic Table

Italo Svevo
The Confessions of Zeno
As a Man Grows Older

Giorgio Bassani
The Heron, translated by William Weaver

Natalia Ginzburg
Family

Elio Vittorini
Women of Messina

Alberto Moravia
1934, translated by William Weaver

Andrea Zanzotto
Selected Poetry

Italo Calvino
Invisible Cities, translated by William Weaver
The Baron in the Trees, translated by Archibald Colquhoun
If on a Winter's Night a Traveler, translated by William Weaver
t zero, translated by William Weaver

Antonio Porta
Kisses from Another Dream:

Poems, translated by Anthony Molino

SPAIN

Miguel de Unamuno
Three Exemplary Novels, translated by Angel Flores
Our Lord Don Quixote, translated by Anthony Kerrigan

Antonio Machado
Selected Poems, translated by Alan S. Trueblood

Juan Ramón Jiménez
Invisible Reality: Poems, translated by Antonio T. de Nicolas

Pedro Salinas
My Voice Because of You, Poems, translated by Willis Barnstone

Jorge Guillén
Guillén on Guillén: The Poetry and the Poet, translated by Reginald Gibbons

Vicente Aleixandre
A Longing for the Light: Selected Poems

Federico García Lorca
Selected Poems
Three Tragedies: Blood Wedding, Yerma, The House of Bernarda Alba

Rafael Alberti
The Owl's Insomnia: Poems, translated by Mark Strand

Luis Cernuda
Selected Poems, translated by Reginald Gibbons

Miguel Hernández
Selected Poems

Blas de Otero
Selected Poems

Camilo José Cela
The Hive

Juan Goytisolo
Space in Motion, translated by Helen R. Lane

CATALONIA

Carles Ribá
Selected Poems

J. V. Foix
Selected Poems

Joan Perucho
Natural History, translated by David H. Rosenthal

Merce Rodoreda
The Time of the Doves, translated by David H. Rosenthal

Pere Gimferrer
Selected Poems

Salvador Espriú
La Pell de Brau: Poems, translated by Burton Raffel

PORTUGAL

Fernando Pessoa
The Keeper of Sheep, translated by Edwin Honig and Susan M. Brown
Poems, translated by Edwin Honig and Susan M. Brown
Selected Poems, translated by Peter Rickard
Always Astonished: Selected Prose, translated by Edwin Honig
The Book of Disquiet, translated by Alfred Mac Adam

Jorge de Sena
Selected Poems

José Saramago
Baltasar and Blimunda

José Cardoso Pires
Ballad of Dogs' Beach

Sophia de Mello Breyner
Selected Poems

Eugénio de Andrade
Selected Poems

FRANCE

Anatole France
Penguin Island
Thaïs

Alain-Fournier
Le Grand Meaulnes

Marcel Proust
Remembrance of Things Past (In Search of Lost Time), translated by C. K. Scott Moncrieff, revised by Terence Kilmartin

André Gide
(translated by Richard Howard)
The Immoralist
Corydon
(translated by Dorothy Bussy)
Lafcadio's Adventures (The Caves of the Vatican)
The Counterfeiters
The Journals

Colette
Collected Stories
Retreat from Love

Georges Bataille
Blue of Noon

Louis-Ferdinand Céline
Journey to the End of the Night

René Daumal
Mount Analogue, translated by Roger Shattuck

Jean Genet
(translated by Bernard Frechtman)
Our Lady of the Flowers
The Thief's Journal
The Balcony

Jean Giraudoux
Four Plays, translated by Maurice Valency

Alfred Jarry
Selected Works, translated by Roger Shattuck and Simon Watson Taylor

Jean Cocteau
The Infernal Machine and Other Plays

Guillaume Apollinaire
Selected Writings, translated by Roger Shattuck

André Breton
Poems, translated by Jean-Pierre Cauvin and Mary Ann Caws
Manifestoes of Surrealism, translated by Richard Seaver and Helen R. Lane

Paul Valéry
The Art of Poetry
Selected Writings

René Char
Poems, translated by Jonathan Griffin and Mary Ann Caws

Paul Éluard
Selected Poems

Louis Aragon
Selected Poems

Jean Giono
The Horseman on the Roof

Michel Leiris
Manhood, translated by Richard Howard

Raymond Radiguet
Count d'Orgel's Ball

Jean-Paul Sartre
No Exit
Nausea, translated by Lloyd Alexander
Saint Genet
The Words, translated by Bernard Frechtman
The Family Idiot: Gustave Flaubert

Simone de Beauvoir
The Second Sex

Albert Camus
The Stranger, translated by Matthew Ward
The Plague
The Fall
The Rebel

Henri Michaux
Selected Writings, translated by Richard Ellmann

Edmond Jabès
The Book of Questions, translated by Rosmarie Waldrop
Selected Poems, translated by Keith Waldrop

Saint-John Perse
Anabasis, translated by T. S. Eliot
Birds, translated by Robert Fitzgerald
Exile and Other Poems, translated by Denis Devlin

Pierre Reverdy
Selected Poems

Tristan Tzara
Seven Dada Manifestos, translated by Barbara Wright

Max Jacob
Selected Poems

Pierre-Jean Jouve
Selected Poems

Francis Ponge
Things: Selected Writings, translated by Cid Corman

Jacques Prévert
Paroles

Philippe Jaccottet
Selected Poems, translated by Derek Mahon

Charles Péguy
The Mystery of the Charity of Joan of Arc

Benjamin Péret
Selected Poems

André Malraux
The Conquerors
The Royal Way
Man's Fate
Man's Hope
The Voices of Silence

François Mauriac
(translated by Gerard Hopkins)
Therese
The Desert of Love
The Woman of the Pharisees

Jean Anouilh
Becket
Antigone
Eurydice
The Rehearsal

Eugène Ionesco
The Bald Soprano
The Chairs
The Lesson

Amédée
Victims of Duty
Rhinoceros

Maurice Blanchot
Thomas the Obscure, translated by Robert Lamberton

Pierre Klossowski
The Laws of Hospitality
The Baphomet

Raymond Roussel
Locus Solus

Antonin Artaud
Selected Writings, translated by Helen Weaver

Claude Lévi-Strauss
Tristes Tropiques

Alain Robbe-Grillet
(translated by Richard Howard)
The Voyeur
Jealousy
In the Labyrinth
The Erasers
Project for a Revolution in New York
For a New Novel

Nathalie Sarraute
The Use of Speech, translated by Barbara Wright
The Planetarium, translated by Maria Jolas

Claude Simon
(translated by Richard Howard)
The Grass
The Wind
The Flanders Road

Marguerite Duras
The Lover, translated by Barbara Bray
Four Novels, translated by Sonia Pitt-Rivers and others

Robert Pinget
(translated by Barbara Wright)
Fable
The Libera Me Domine
That Voice

Michel Tournier
The Ogre
Friday

Marguerite Yourcenar
Coup de Grace
Memoirs of Hadrian

Jean Follain
Transparence of the World: Poems, translated by W. S. Merwin

Yves Bonnefoy
Words in Stone, translated by Susanna Lang

GREAT BRITAIN and **IRELAND**

William Butler Yeats
The Collected Poems
Collected Plays
A Vision
Mythologies

George Bernard Shaw
Major Critical Essays
Heartbreak House
Pygmalion
Saint Joan
Major Barbara
Back to Methuselah

John Millington Synge
Collected Plays

Sean O'Casey
Juno and the Paycock
The Plough and the Stars
The Shadow of a Gunman

George Douglas Brown
The House with the Green Shutters

Thomas Hardy
The Well-Beloved
The Woodlanders
The Return of the Native
The Mayor of Casterbridge
Far from the Madding Crowd
Tess of the d'Urbervilles
Jude the Obscure
Collected Poems

Rudyard Kipling
Kim
Collected Stories
Puck of Pook's Hill
Complete Verse

A. E. Housman
Collected Poems

Max Beerbohm
Zuleika Dobson
Seven Men and Two Others

Joseph Conrad
Lord Jim
The Secret Agent
Nostromo
Under Western Eyes
Victory

Ronald Firbank
Five Novels

Ford Madox Ford
Parade's End
The Good Soldier

W. Somerset Maugham
Collected Short Stories
The Moon and Sixpence

John Cowper Powys
Wolf Solent
A Glastonbury Romance

Saki (H. H. Munro)
The Short Stories

H. G. Wells
The Science Fiction Novels

David Lindsay
A Voyage to Arcturus

Arnold Bennett
The Old Wives' Tale

Walter De la Mare
Collected Poems
Memoirs of a Midget

Wilfred Owen
Collected Poems

Isaac Rosenberg
Collected Poems

Edward Thomas
Collected Poems

Robert Graves
Collected Poems
King Jesus

Edwin Muir
Collected Poems

David Jones
In Parenthesis
The Anathemata

John Galsworthy
The Forsyte Saga

E. M. Forster
Howards End
A Passage to India

Frank O'Connor
Collected Stories

D. H. Lawrence
Complete Poems
Studies in Classic American Literature
Complete Short Stories
Sons and Lovers
The Rainbow
Women in Love

Virginia Woolf
Mrs. Dalloway
To the Lighthouse
Orlando: A Biography

The Waves
Between the Acts

James Joyce
Dubliners
Portrait of the Artist as a Young Man
Ulysses
Finnegans Wake

Samuel Beckett
Murphy
Watt
Three Novels: Molloy, Malone Dies, The Unnamable
Waiting for Godot
Endgame
Krapp's Last Tape
How It Is

Elizabeth Bowen
Collected Stories

J. G. Farrell
The Siege of Krishnapur

Henry Green
Nothing
Loving
Party Going

Evelyn Waugh
A Handful of Dust
Scoop
Vile Bodies
Put Out More Flags

Anthony Burgess
Nothing like the Sun

G. B. Edwards
The Book of Ebenezer Le Page

Iris Murdoch
The Good Apprentice
Bruno's Dream

Graham Greene
Brighton Rock
The Heart of the Matter
The Power and the Glory

Christopher Isherwood
The Berlin Stories

Norman Douglas
South Wind

Aldous Huxley
Collected Essays
Antic Hay
Point Counter Point
Brave New World

Lawrence Durrell
The Alexandria Quartet

William Golding
Pincher Martin

Doris Lessing
The Golden Notebook

Mervyn Peake
The Gormenghast Trilogy

Jeanette Winterson
The Passion

W. H. Auden
Collected Poems
The Dyer's Hand

Roy Fuller
Collected Poems

Gavin Ewart
Selected Poems

Basil Bunting
Collected Poems

William Empson
Collected Poems
Milton's God
Some Versions of Pastoral

George Wilson Knight
The Wheel of Fire
The Burning Oracle

R. S. Thomas
Poems

Frank Kermode
The Sense of an Ending

Stevie Smith
Collected Poems

F. T. Prince
Collected Poems

Philip Larkin
Collected Poems

Donald Davie
Selected Poems

Geoffrey Hill
Collected Poems

Jonathan Spence
The Death of Woman Wang
The Memory Palace of Matteo Ricci

Elizabeth Jennings
Selected Poems

Keith Douglas
The Complete Poems

Hugh MacDiarmid
Complete Poems

Louis MacNeice
Collected Poems

Dylan Thomas
The Poems

Nigel Dennis
Cards of Identity

Seamus Heaney
Selected Poems: 1969–1987
Field Work
Station Island

Thomas Kinsella
Peppercanister Poems

Paul Muldoon
Selected Poems

John Montague
Selected Poems

John Arden
Plays

Joe Orton
The Complete Plays

Flann O'Brien
The Dalkey Archive
The Third Policeman

Tom Stoppard
Travesties

Harold Pinter
The Caretaker
The Homecoming

Edward Bond
The Fool
Saved

George Orwell
Collected Essays
1984

Edna O'Brien
A Fanatic Heart

GERMANY

Hugo von Hofmannsthal
Poems and Verse Plays, translated by Michael Hamburger and others
Selected Prose, translated by Mary Huttinger and Tania and James Stern
Selected Plays and Libretti, translated by Michael Hamburger and others

Rainer Maria Rilke
Selected Poetry, translated by Stephen Mitchell (includes the *Duino Elegies*)
The Sonnets to Orpheus, translated by Stephen Mitchell
The Notebooks of Malte Laurids Brigge, translated by Stephen Mitchell
New Poems: First Part and Other

Part, translated by Edward Snow

Hermann Broch
The Sleepwalkers
The Death of Virgil
Hugo von Hofmannsthal and His Time

Georg Trakl
Selected Poems

Gottfried Benn
Selected Poems

Franz Kafka
Amerika
The Complete Stories
The Blue Octavo Notebook
The Trial
Diaries
The Castle
Parables, Fragments, Aphorisms

Bertolt Brecht
Poems, 1913–1956
The Threepenny Opera, translated by Desmond Vesey and Eric Bentley
The Good Woman of Setzuan, translated by Eric Bentley
Mother Courage and Her Children, translated by Eric Bentley
Galileo, translated by Charles Laughton
The Caucasian Chalk Circle

Arthur Schnitzler
Plays and *Stories*

Frank Wedekind
Lulu Plays
Spring Awakening, translated by Edward Bond

Karl Kraus
The Last Days of Mankind

Günter Eich
Moles

Thomas Mann
The Magic Mountain
Stories of Three Decades
Joseph and His Brothers
Doctor Faustus
Confessions of Felix Krull, Confidence Man

Alfred Döblin
Berlin Alexanderplatz

Hermann Hesse
The Glass Bead Game (Magister Ludi)
Narcissus and Goldmund

Robert Musil
Young Törless
The Man Without Qualities

Joseph Roth
The Radetzky March

Paul Celan
Poems, translated by Michael Hamburger

Thomas Bernhard
Woodcutters

Heinrich Böll
Billiards at Half-Past Nine

Ingeborg Bachmann
In the Storm of Roses, translated by Mark Anderson

Hans Magnus Enzensberger
Poems for People Who Don't Read Poems

Walter Benjamin
Illuminations

Robert Walser
Selected Stories, translated by Christopher Middleton, et al.

Christa Wolf
Cassandra

Peter Handke
Slow Homecoming

Max Frisch
I'm Not Stiller
Man in the Holocene

Günter Grass
The Tin Drum
The Flounder

Friedrich Dürrenmatt
The Visit

Johannes Bobrowski
Shadow Lands, translated by Ruth and Matthew Mead

RUSSIA

Anna Akhmatova
Poems, translated by Stanley Kunitz and Max Hayward

Leonid Andreyev
Selected Tales

Andrey Bely
Petersburg

Osip Mandelshtam
Selected Poems, translated by Clarence Brown and W. S. Merwin

Velimir Khlebnikov
The King of Time

Vladimir Mayakovsky
The Bedbug and Selected Poetry, translated by Max Hayward and George Reavey

Mikhail Bulgakov
The Master and Margarita

Mikhail Kuzmin
Alexandrian Songs

Maksim Gorky
Reminiscences of Tolstoy, Chekhov, and Andreev
Autobiography

Ivan Bunin
Selected Stories

Isaac Babel
Collected Stories

Boris Pasternak
Doctor Zhivago
Selected Poems, translated by Jon Stallworthy and Peter France

Yury Olesha
Envy

Marina Tsvetayeva
Selected Poems, translated by Elaine Feinstein

Mikhail Zoshchenko
Nervous People and Other Satires

Andrei Platonov
The Foundation Pit

Aleksandr Solzhenitsyn
One Day in the Life of Ivan Denisovich
The Cancer Ward
The Gulag Archipelago
August 1914

Joseph Brodsky
A Part of Speech: Poems

SCANDINAVIA

Isak Dinesen (Danish, but wrote in English)
Winter's Tales
Seven Gothic Tales

Martin Andersen Nexo
Pelle the Conqueror

Knut Hamsun
Hunger
Pan

Sigrid Undset
Kristin Lavransdatter

Gunnar Ekelöf
Guide to the Underworld, translated by Rika Lesser

Tomas Tranströmer
Selected Poems

Pär Lagerkvist
Barabbas

Lars Gustafsson
Selected Poems

SERBO-CROAT

Ivo Andrić
The Bridge on the Drina

Vasko Popa
Selected Poems

Danilo Kis
A Tomb for Boris Davidovich

CZECH

Karel Čapek
War with the Newts
R. U. R.

Vaclav Havel
Largo Desolato

Milan Kundera
The Unbearable Lightness of Being

Jaroslav Seifert
Selected Poetry

Miroslav Holub
The Fly

POLISH

Bruno Schulz
The Street of Crocodiles
Sanatorium Under the Sign of the Hourglass

Czeslaw Milosz
Selected Poems

Witold Gombrowicz
Three Novels

Stanislaw Lem
The Investigation
Solaris

Zbigniew Herbert
Selected Poems

Adam Zagajewski
Tremor

HUNGARIAN

Attila József
Perched on Nothing's Branch

Ferenc Juhasz
Selected Poems

Laszlo Németh
Guilt

MODERN GREEK

C. P. Cavafy
Collected Poems

George Seferis
Collected Poems

Nikos Kazantzakis
The Greek Passion
The Odyssey: A Modern Sequel

Yannis Ritsos
Exile and Return

Odysseas Elytis
What I Love: Selected Poems

Angelos Sikelianos
Selected Poems

YIDDISH

Sholem Aleichem
Tevye the Dairyman and *The Railroad Stories*, translated by Hillel Halkin
The Nightingale, translated by Aliza Shevrin

Mendele Mokher Seforim
The Travels and Adventures of Benjamin the Third

I. L. Peretz
Selected Stories

Jacob Glatstein
Selected Poems

Moshe-Leib Halpern
Selected Poems

H. Leivick (Leivick Halpern)
Selected Poems

Israel Joshua Singer
The Brothers Ashkenazi
Yoshe Kalb

Chaim Grade
The Yeshiva

S. Ansky
The Dybbuk

Mani Leib
Selected Poems

Sholem Asch
East River

Isaac Bashevis Singer
Collected Stories
In My Father's Court
The Manor, The Estate, The Family Moskat
Satan in Goray

HEBREW

Hayyim Nahman Bialik
Shirot Bialik: The Epic Poems

S. Y. Agnon
In the Heart of the Seas
Twenty-one Stories

Aharon Appelfeld
The Immortal Bartfuss
Badenheim 1939

Yaakov Shabtai
Past Continuous

Yehuda Amichai
Selected Poetry, translated by Stephen Mitchell and Chana Bloch
Travels, translated by Ruth Nevo

A. B. Yehoshua
A Late Divorce

Amos Oz
A Perfect Peace

T. Carmi
At the Stone of Losses, translated by Grace Schulman

Nathan Zach
Selected Poems

Dalia Ravikovitch
A Dress of Fire

Dan Pagis
Selected Poems

David Shahar
The Palace of Shattered Vessels

David Grossman
See Under: Love

Yoram Kaniuk
His Daughter

ARABIC

Najib Mahfuz
Midaq Alley
Fountain and Tomb
Miramar

Adunis
Selected Poems

Mahmud Darwish
The Music of Human Flesh

Taha Husayn
An Egyptian Childhood

LATIN AMERICA

Rubén Dário
Selected Poetry

Jorge Luis Borges
The Aleph and Other Stories
Dreamtigers (The Maker)
Ficciones
Labyrinths
A Personal Anthology

Alejo Carpentier
Explosion in a Cathedral
The Lost Steps
Reasons of State
The Kingdom of This World

Guillermo Cabrera Infante
Three Trapped Tigers
View of Dawn in the Tropics

Severo Sarduy
Maitreya

Reinaldo Arenas
The Ill-Fated Peregrinations of Fray Servando

Pablo Neruda
Canto general, translated by Jack Schmitt
Residence on Earth, translated by Donald Walsh
Twenty Love Poems and a Song of Despair, translated by W. S. Merwin
Fully Empowered, translated by Alastair Reid
Selected Poems, translated by Ben Belitt

Nicolás Guillén
Selected Poems

Octavio Paz
The Collected Poems
The Labyrinth of Solitude

César Vallejo
Selected Poems, translated by H. R. Hays
Spain, Take This Cup from Me

Miguel Angel Asturias
Men of Maize

José Lezama Lima
Paradiso

José Donoso
The Obscene Bird of Night

Julio Cortázar
Hopscotch
All Fires the Fire, translated by Suzanne Jill Levine
Blow-up and Other Stories, translated by Paul Blackburn

Gabriel García Márquez
One Hundred Years of Solitude, translated by Gregory Rabassa
Love in the Time of Cholera, translated by Edith Grossman

Mario Vargas Llosa
The War of the End of the World

Carlos Fuentes
A Change of Skin
Terra Nostra

Carlos Drummond de Andrade
Travelling in the Family, translated by Elizabeth Bishop, et al.

THE WEST INDIES

C. L. R. James
The Black Jacobins
The Future in the Present

V. S. Naipaul
A Bend in the River
A House for Mr. Biswas

Derek Walcott
Collected Poems

Wilson Harris
The Guyana Quartet

Michael Thelwell
The Harder They Come

Aimé Césaire
Collected Poetry

AFRICA

Chinua Achebe
Things Fall Apart
Arrow of God
No Longer at Ease

Wole Soyinka
A Dance of the Forest

Amos Tutuola
The Palm-Wine Drinkard and His Dead Palm-Wine Tapster in the Dead's Town

Christopher Okigbo
Labyrinths, with Path of Thunder

John Pepper Clark (-Bekederemo)
Casualties: Poems

Ayi K. Armah
The Beautyful Ones Are Not Yet Born

Wa Thiong'o Ngugi
A Grain of Wheat

Gabriel Okara
The Fisherman's Invocation

Nadine Gordimer
Collected Stories

J. M. Coetzee
Foe

Athol Fugard
A Lesson from Aloes

Léopold S. Senghor
Selected Poems

INDIA (in English)

R. K. Narayan
The Guide

Salman Rushdie
Midnight's Children

Ruth Prawer Jhabvala
Heat and Dust

CANADA

Malcolm Lowry
Under the Volcano

Robertson Davies
The Deptford Trilogy
The Rebel Angels

Alice Munro
Something I've Been Meaning to Tell You

Northrop Frye
Fables of Identity

Anne Hébert
Selected Poems

Jay Macpherson
Poems Twice Told

Margaret Atwood
Surfacing

Daryl Hine
Selected Poems

AUSTRALIA and NEW ZEALAND

Miles (Stella) Franklin
My Brilliant Career

Katherine Mansfield
The Short Stories

A. D. Hope
Collected Poems

Patrick White
Riders in the Chariot
A Fringe of Leaves
Voss

Christina Stead
The Man Who Loved Children

Judith Wright
Selected Poems

Les A. Murray
The Rabbiter's Bounty: Collected Poems

Thomas Keneally
The Playmaker
Schindler's List

David Malouf
An Imaginary Life

Kevin Hart
Peniel and Other Poems

Peter Carey
Oscar and Lucinda
Illywhacker

THE UNITED STATES

Edwin Arlington Robinson
Selected Poems

Robert Frost
The Poetry

Edith Wharton
Collected Short Stories
The Age of Innocence
Ethan Frome
The House of Mirth
The Custom of the Country

Willa Cather
My Ántonia
The Professor's House
A Lost Lady

Gertrude Stein
Three Lives
The Geographical History of America
The Making of Americans
Tender Buttons

Wallace Stevens
Collected Poems
The Necessary Angel
Opus Posthumous
The Palm at the End of the Mind

Vachel Lindsay
Collected Poems

Edgar Lee Masters
Spoon River Anthology

Theodore Dreiser
Sister Carrie
An American Tragedy

Sherwood Anderson
Winesburg, Ohio
Death in the Woods and Other Stories

Sinclair Lewis
Babbitt
It Can't Happen Here

Elinor Wylie
Last Poems

William Carlos Williams
Spring and All
Paterson
Collected Poems

Ezra Pound
Personae: Collected Poems
The Cantos
Literary Essays

Robinson Jeffers
Selected Poems

Marianne Moore
Complete Poems

Hilda Doolittle (H. D.)
Selected Poems

John Crowe Ransom
Selected Poems

T. S. Eliot
The Complete Poems and Plays
Selected Essays

Katherine Anne Porter
Collected Stories

Jean Toomer
Cane

John Dos Passos
U.S.A.

Conrad Aiken
Collected Poems

Eugene O'Neill
Lazarus Laughed
The Iceman Cometh
Long Day's Journey into Night

e. e. cummings
Complete Poems

John B. Wheelwright
Collected Poems

Robert Fitzgerald
Spring Shade: Poems

Louise Bogan
The Blue Estuaries: Selected Poems

Léonie Adams
Poems: A Selection

Hart Crane
Complete Poems and *Selected Letters and Prose*

Allen Tate
Collected Poems

F. Scott Fitzgerald
Babylon Revisited and Other Stories
The Great Gatsby
Tender Is the Night

William Faulkner
As I Lay Dying
Sanctuary
Light in August
Absalom, Absalom!
The Sound and the Fury
The Wild Palms
The Collected Stories
The Hamlet

Ernest Hemingway
Complete Short Stories
A Farewell to Arms
The Sun Also Rises
The Garden of Eden

John Steinbeck
The Grapes of Wrath

Zora Neale Hurston
Their Eyes Were Watching God

Nathanael West
Miss Lonelyhearts
A Cool Million
The Day of the Locust

Richard Wright
Native Son
Black Boy

Eudora Welty
Collected Stories
Delta Wedding
The Robber Bridegroom
The Ponder Heart

Langston Hughes
Selected Poems
The Big Sea
I Wonder as I Wander

Edmund Wilson
The Shores of Light
Patriotic Gore

Kenneth Burke
Counter-statement
A Rhetoric of Motives

Joseph Mitchell
Up in the Old Hotel

Abraham Cahan
The Rise of David Levinsky

Kay Boyle
Three Short Novels

Ellen Glasgow
Barren Ground
Vein of Iron

John P. Marquand
H. M. Pulham, Esquire

John O'Hara
Collected Stories
Appointment in Samarra

Henry Roth
Call It Sleep

Thornton Wilder
Three Plays

Robert Penn Warren
All the King's Men
World Enough and Time
Selected Poems

Delmore Schwartz
Selected Poems: Summer Knowledge

Weldon Kees
Collected Poems

Elizabeth Bishop
The Complete Poems

John Berryman
Collected Poems

Paul Bowles
The Sheltering Sky

Randall Jarrell
Complete Poems

Charles Olson
The Maximus Poems
Collected Poems

Robert Hayden
Collected Poems

Robert Lowell
Collected Poems

Theodore Roethke
Collected Poems
Straw for the Fire

James Agee
Permit Me Voyage
Let Us Now Praise Famous Men (with Walker Evans)

Jean Garrigue
Selected Poems

May Swenson New & Selected Things Taking Place
In Other Words

Robert Duncan
Bending the Bow

Richard Wilbur
New and Collected Poems

Richard Eberhart
Collected Poems

M. B. Tolson
Harlem Gallery

Kenneth Koch
Seasons on Earth

Frank O'Hara
Selected Poems

James Schuyler
Collected Poems

James Baldwin
The Price of the Ticket

Saul Bellow
Seize the Day
The Adventures of Augie March
Herzog

John Cheever
The Stories
Bullet Park

Ralph Ellison
Invisible Man

Truman Capote
In Cold Blood

Carson McCullers
The Ballad of the Sad Café
The Heart Is a Lonely Hunter

Flannery O'Connor
Complete Stories
The Violent Bear It Away
Wise Blood

Vladimir Nabokov
Lolita
Pale Fire

Gore Vidal
Myra Breckinridge
Lincoln

William Styron
The Long March

J. D. Salinger
The Catcher in the Rye
Nine Stories

Wright Morris
Ceremony in Lone Tree

Bernard Malamud
The Stories
The Fixer

Norman Mailer
Advertisements for Myself
The Executioner's Song
Ancient Evenings

John Hawkes
The Cannibal
Second Skin

William Gaddis
The Recognitions

Tennessee Williams
The Glass Menagerie
A Streetcar Named Desire
Summer and Smoke

Arthur Miller
Death of a Salesman

Edwin Justus Mayer
Children of Darkness

Harold Brodkey
Stories in an Almost Classical Mode

Ursula K. Le Guin
The Left Hand of Darkness

Raymond Carver
Where I'm Calling From

Robert Coover
Spanking the Maid

Don DeLillo
White Noise
Libra
Running Dog
Mao II

John Crowley
Little, Big
Aegypt
Love and Sleep

Guy Davenport
Tatlin!

James Dickey
The Early Motion
The Central Motion

E. L. Doctorow
The Book of Daniel
World's Fair

Stanley Elkin
The Living End

William H. Gass
In the Heart of the Heart of the Country
Omensetter's Luck

Russell Hoban
Riddley Walker

Denis Johnson
Angels
Fiskadoro
Jesus' Son

Cormac McCarthy
Blood Meridian
Suttree
Child of God

William Kennedy
Ironweed
The Albany Cycle

Toni Morrison
Song of Solomon

Gloria Naylor
The Women of Brewster Place

Joyce Carol Oates
Them

Walker Percy
The Moviegoer

Grace Paley
The Little Disturbances of Man

Thomas Pynchon
V.
The Crying of Lot 49
Gravity's Rainbow

Cynthia Ozick
Envy, or Yiddish in America
The Messiah of Stockholm

Ishmael Reed
Mumbo Jumbo

Philip Roth
Portnoy's Complaint
My Life as a Man
Zuckerman Bound: A Trilogy and Epilogue
The Counterlife
Patrimony
Operation Shylock

James Salter
Solo Faces
Light Years

Robert Stone
Dog Soldiers
A Flag for Sunrise

John Barth
The Floating Opera
The End of the Road
The Sot-Weed Factor

Walter Abish
Alphabetical Africa
How German Is It
Eclipse Fever
I Am the Dust Under Your Feet

Donald Barthelme
Forty Stories
The Dead Father

Thomas M. Disch
On Wings of Song

Paul Theroux
The Mosquito Coast

John Updike
The Witches of Eastwick

Kurt Vonnegut, Jr.
Cat's Cradle

Edmund White
Forgetting Elena
Nocturnes for the King of Naples

James McCourt
Time Remaining

James Wilcox
Modern Baptists

A. R. Ammons
Collected Poems
Selected Longer Poems
Sphere: The Form of a Motion

John Ashbery
The Double Dream of Spring
Houseboat Days
Selected Poems
Flow Chart
Hotel Lautréamont
And the Stars Were Shining

David Mamet
American Buffalo
Speed-the-Plow

David Rabe
Streamers

Sam Shepard
Seven Plays

August Wilson
Fences
Joe Turner's Come and Gone

Anthony Hecht
Collected Earlier Poems

Edgar Bowers
Living Together: New and Selected Poems
Donald Justice
Selected Poems
James Merrill
From the First Nine
The Changing Light at Sandover
W. S. Merwin
Selected Poems
James Wright
Above the River: The Complete Poems
Galway Kinnell
Selected Poems
Irving Feldman
New and Selected Poems
Donald Hall
The One Day
Old and New Poems
Alvin Feinman
Poems
Richard Howard
Untitled Subjects
Findings
John Hollander
Reflections on Espionage
Selected Poetry
Tesserae
Gary Snyder
No Nature: New and Selected Poems
Charles Simic
Selected Poems
Mark Strand
Selected Poems
The Continuous Life
Dark Harbor
Charles Wright
The World of the Ten Thousand Things
Jay Wright
Dimensions of History
The Double Invention of Komo
Selected Poems
Elaine's Book
Boleros
Amy Clampitt
Westward
Allen Grossman
The Ether Dome and Other Poems: New and Selected
Howard Moss
New Selected Poems
James Applewhite
River Writing: An Eno Journal
J. D. McClatchy
The Rest of the Way
Alfred Corn
A Call in the Midst of the Crowd
Douglas Crase
The Revisionist
Rita Dove
Selected Poems
Thylias Moss
Small Congregations: New and Selected Poems
Edward Hirsch
Earthly Measures
Tony Kushner
Angels in America

〈索引〉

五劃

六劃

七劃

八劃

九劃

十劃

十一劃

十二劃

十三劃

十四劃

十五劃

十六劃

十七劃

十八劃

二十三劃

附錄

建議書單

索引

內文簡介：

哈洛‧卜倫討論了二十六位正典作者的作品，藉此一探西方文學傳統。他駁斥文學批評裡的意識形態；他哀悼智識與美學標準的淪亡；他悲嘆多元文化主義、馬克思主義、女性主義、新保守主義、非洲中心主義、新歷史主義正引領風騷。

堅持「美學自主權」的卜倫將莎士比亞置於西方正典的核心，在他之前和之後的所有作家，不管是劇作家、詩人，抑或小說家全都是以莎士比亞為依歸。卜倫強調，在人物的創造上，莎士比亞可說是前無古人，而來者無一不受到他的影響。米爾頓、約翰生博士、歌德、易卜生、喬哀思、貝克特全都受惠於他；托爾斯泰和弗洛依德反叛他；而但丁、渥茲華斯、奧斯汀、狄更斯、惠特曼、狄津生、普魯斯特以及波赫士、聶魯達、裴索等現代西葡語系作家都告訴了我們：正典作品源於傳統與原創的巧妙融合。

在這部聳動、尖刻之作的最後，卜倫羅列出重要作家與作品的完整清單，此即他所見之正典。而《西方正典》不只是必讀書單而已，其中包含了對學識的喜愛，威勢十足地護衛一個統整連貫的書寫文化，對文學的政治化不假辭色，為世世代代以來的作品和重要的作家——也就是「西方正典」——提供引導。哈洛‧卜倫的書在《經濟學人》(*The Economist*)和《每週娛樂》(*Entertainment Weekly*)等種種性質互異的刊物上廣受討論與讚賞，學識與熱情交相輝映，令人目不暇給。在未來的年歲裡，它將引領我們重新拾回西方文學傳統所給予我們的閱讀之樂。

作者：

哈洛・卜倫(Harold Bloom)

美國耶魯大學人文學教授；紐約大學英文教授；曾任教於美國哈佛大學；美國學術院院士；著作有《葉慈》（一九七六）、《影響的焦慮》（一九七三）、《正典強光》（一九八七）、《影響詩學》（一九八八）、《J書》（一九九〇）、《美國宗教》（一九九二）等二十種，其他編著甚夥；得獎、獲頒榮譽學位不計其數。

校訂：

曾麗玲

台灣大學外國語文學研究所博士，台灣大學外文系副教授，專研現代文學理論、現代英美小說、愛爾蘭文學等，著作散見於中外各學術期刊。

譯者：

高志仁

台灣大學外國語文學研究所碩士；現於行政院新聞局資編處任外文編譯；譯有《一條簡單的道路》（一九九六）、《卡夫卡》（一九九六）、《教宗的智慧》（一九九六）、《簡單富足》（一九九七）等書（皆由立緒文化公司出版）。

校對：

刁筱華

文字、文化工作者，除曾發表多篇論述外，亦有多部譯著出版。

國家圖書館出版品預行編目(CIP)資料

西方正典 / 哈洛・卜倫(Harold Bloom)著；高志仁譯 --
二版 -- 新北市新店區：立緒文化, 民105.05
面；　公分. -- (新世紀叢書；39)
譯自：The Western Canon: The Books and School of The Ages

ISBN 978-986-360-061-9 (全二冊)

1. 文學評論

812　105006172

西方正典（下）The Western Canon

出版——立緒文化事業有限公司（於中華民國84年元月由郝碧蓮、鍾惠民創辦）
作者——哈洛・卜倫（Harold Bloom）
譯者——高志仁

發行人——郝碧蓮
顧問——鍾惠民

地址——新北市新店區中央六街62號1樓
電話——(02) 2219-2173
傳真——(02) 2219-4998
E-mail Address —— service@ncp.com.tw
劃撥帳號——1839142-0號 立緒文化事業有限公司帳戶
行政院新聞局局版臺業字第6426號

總經銷——大和書報圖書股份有限公司
電話——(02) 8990-2588
傳真——(02) 2290-1658
地址——新北市新莊區五工五路2號
排版——文盛電腦排版有限公司
印刷——祥新印刷股份有限公司

法律顧問——敦旭法律事務所吳展旭律師

分類號碼—— 812
ISBN —— 978-986-360-061-9
出版日期——中華民國87年1月～94年7月初版 一～四刷（1～7,000）
中華民國105年5月～105年12月二版 一～二刷（1～2,200）
中華民國110年10月二版 三刷（2,201～2,700）

定價◎ 720元（全二冊）

大緒文化 閱讀卡

姓　名：

地　址：□□□

電　話：(　　)　　　　傳 眞：(　　)

E-mail ：

您購買的書名：＿＿＿＿＿＿＿＿＿＿＿＿＿＿＿＿＿＿＿＿

購書書店：＿＿＿＿＿＿市（縣）＿＿＿＿＿＿＿＿＿書店

■您習慣以何種方式購書？

□逛書店 □劃撥郵購 □電話訂購 □傳眞訂購 □銷售人員推薦
□團體訂購 □網路訂購 □讀書會 □演講活動 □其他＿＿＿＿

■您從何處得知本書消息？

□書店 □報章雜誌 □廣播節目 □電視節目 □銷售人員推薦
□師友介紹 □廣告信函 □書訊 □網路 □其他＿＿＿＿

■您的基本資料：

性別：□男 □女　婚姻：□已婚 □未婚　年齡：民國＿＿＿年次

職業：□製造業 □銷售業 □金融業 □資訊業 □學生
□大眾傳播 □自由業 □服務業 □軍警 □公 □教 □家管
□其他＿＿＿＿＿＿＿＿＿＿＿＿＿＿＿＿

教育程度：□高中以下 □專科 □大學 □研究所及以上

建議事項：

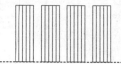